Mela Wagner
Restart – Heute wie damals

Das Buch

Die Geschichte von Leni und Paul geht weiter ... Trotz der alles verändernden Nachricht entscheidet sich Leni, in Paris zu leben. Die eigenen Fehler werden ihr jedoch immer mehr bewusst und die Sehnsucht, nach Hause zurückzukehren, steigt. Kurz nach ihrer Rückkehr trifft sie auf Paul. Doch er hat sich verändert und weist sie kalt und emotionslos von sich. Beide wollen ein Leben ohne einander versuchen – kommen aber dennoch nicht voneinander los. Aufs Neue geraten sie in eine Achterbahn der Gefühle. Warum hat sich Paul so verändert? Welches Geheimnis hütet er? Doch er ist nicht der Einzige, der ein Geheimnis verbirgt ...

Die Autorin

Mela Wagner, geb. 1985, lebt mit ihrer Familie in einem Vorort von Wien. Mela liebt Bücher, die vom echten Leben erzählen, die zum Nachdenken anregen und jeden Leser in die Geschichte eintauchen lassen.

Mit ihrem Debütroman »Restart – Die Begegnung« erfüllte sie sich ihren lang gehegten Traum, ein eigenes Buch zu schreiben und mit der Geschichte von Leni und Paul nicht nur Menschen zu erreichen, sondern sie auch zu berühren.

Weitere Informationen über das Buch und die Autorin auf www.restart-story.com und www.facebook.com/restartstory.

MELA WAGNER

RESTART

Heute wie damals

ROMAN

Montlake Romance

Die Erstausgabe erschien 2013 unter dem Titel »Restart – Heute wie damals« im Selbstverlag.

Veröffentlicht bei
Montlake Romance, Amazon Media EU S.à r.l.
5 Rue Plaetis, L-2338 Luxembourg
Februar 2017
Copyright © der Originalausgabe 2017
By Mela Wagner
All rights reserved.

Umschlaggestaltung: semper smile, München, www.sempersmile.de
Umschlagmotiv: © Nick Dolding /Getty; © Betsie Van der Meer /Getty;
© Champiofoto /Shutterstock; © zhu difeng /Shutterstock; ©
Foto-Ruhrgebiet/Shutterstock
1. Lektorat: Melanie Mandl
2. Lektorat: Cathérine Fischer
Korrektorat: Rainer Schöttle/DRSVS

Printed in Germany
By Amazon Distribution GmbH
Amazonstraße 1
04347 Leipzig, Germany

ISBN: 978-1-477-82286-9

www.amazon.de/montlakeromance

PROLOG

»Leni, Leni, meine süße Leni, komm zu mir.« Paul streckt die Arme nach mir aus, während er etwas angeheitert auf einem Klappstuhl auf dem Dach seiner Eltern sitzt und dabei versucht, sein Gleichgewicht zu halten. Er unterstreicht sein lässiges Outfit mit einer tief in die Stirn gezogenen Baseballkappe. Darunter blitzen seine blonden Haare leicht hervor.

»Sei nicht so laut, du wirst noch deine Eltern aufwecken und ich kann mir vorstellen, was dir blüht, wenn sie dich in diesem Zustand sehen«, kichere ich, setze mich auf seinen Schoß und wehre seine Hände ab, die sofort versuchen, den Weg unter mein T-Shirt zu finden. Grinsend schiebe ich ihn bei jedem Ansatz, mir an die Wäsche zu gehen, weg.

»Leni, du bist so süß, so zuckersüß wie Honig«, raunt Paul in mein Ohr, als er mich vorsichtig an sich zieht und meinen Hals zu liebkosen beginnt. »Komm, du willst es doch auch.«

Für einen kurzen Moment gebe ich mich der Sehnsucht hin, ihm endlich nahe zu sein, und kuschle mich an seine Schulter. Er sieht es als Bestätigung seiner eindeutigen Avancen. Sein Duft dringt mir in die Nase und automatisch – als hätte er einen Hebel umgelegt – schließe ich die Augen. Ich genieße den Augenblick, spüre seine Berührungen, sehne mich nach so viel mehr und spreche mir selbst Mut zu. Ich setze mich rittlings auf ihn. Er stöhnt entzückt auf, greift nach meinem Gesäß und zieht es noch etwas näher an sich, sodass ich unter mir seine spürbare Begeisterung wahrnehme. Erschrocken und beschämt senke ich den Kopf.

Einem Jungen so nahe zu sein fühlt sich fremd an und treibt mir die Röte ins Gesicht. Er beginnt verwegen zu lachen, als er meine Reaktion bemerkt.

»Du bist so süß, so unerfahren und mädchenhaft. Leni, du weißt gar nicht, wie sehr ich dich begehre.« Die Farbe seiner Augen wird eins mit dem dunklen Nachthimmel, der uns umgibt. Mein in der Brust hämmerndes Herz gibt mir die Gewissheit, nicht schon in Ohnmacht gefallen zu sein. Nervosität, vermischt mit Euphorie, löst in meinem Körper unzählige Feuerwerke an Gefühlen aus.

In seiner Nähe habe ich schon immer ein Kribbeln im Bauch gespürt, doch das, was ich jetzt gerade empfinde, stellt alles in den Schatten. Seine Hände gleiten über meine Haut, wandern an mir hinunter und ertasten Stellen an meinem Körper, die bislang noch von keinem Jungen berührt wurden. Gänsehaut läuft über meinen Rücken. Fordernd zieht er mich an meiner Bluse zu sich, hält dabei stetig meinem Blick stand. Ein verruchtes Lächeln umspielt seinen Mund. Uns trennt nur noch ein Hauch, bevor ich am Ziel meiner Wunschvorstellungen angekommen bin. Ich nehme den Geruch von Alkohol, vermischt mit Zigaretten und Pfefferminze, wahr – unsere Lippen nur noch Millimeter voneinander entfernt. Die Luft zwischen uns beginnt zu vibrieren. Schnelle und heftige Atemzüge dringen aus meiner Kehle.

Ich entdecke an seiner rechten Wange wieder dieses leichte Grübchen, das immer sichtbar wird, wenn er lächelt, und damit sofort meine Aufmerksamkeit an sich zieht. Wie oft habe ich mich in den letzten Wochen danach gesehnt. Immer wieder tauchte genau diese Situation in meinen Träumen auf. Nächtelang habe ich fantasiert, ihm endlich auf diese Art und Weise nahe sein zu können. Ich habe sogar ein eigenes Paul-Tagebuch begonnen, das nur ihm und meiner Liebe zu ihm gewidmet ist.

»Du bist so anders als alle anderen Mädchen …« Ich lächle verunsichert. »… Keine war bis jetzt so wie du!« *Will ich das in diesem Moment wissen? Will ich wissen, wie viele er vor mir hatte?* Seine Worte verwirren mich. »Lass endlich los. Sei nicht so verkrampft. Ich werde dich auf eine Reise mitnehmen. Heute werde ich siebzehn. Du könntest mir ein schönes Geschenk machen.«

Schützend, um einen gewissen Abstand zu wahren, lege ich meine Hände auf seine Brust, versteife mich und bin ernüchtert von seinen Worten. Die romantische Stimmung ist dahin. So, als wäre ich mit voller Wucht gegen ein riesiges Stoppschild gerannt, überkommen mich Ärger, Wut und Angst. Instinktiv fühle ich, dass ich mich vor Pauls trügerischem Charme schützen muss. *Mach dir doch nichts vor! Warum sollte es bei dir anders sein?* Ich bin eine von vielen. Sobald er sein Ziel erreicht hat, wird er mich ebenso abservieren wie alle meine Vorgängerinnen.

»Nein …«, flüstere ich leise. Nicht wirklich überzeugend. Paul hört nicht auf, seine Küsse auf meinem Körper zu verteilen. *»Nein!«* Widerwillig drücke ich ihn von mir weg, sehe, wie er erschrocken von meinem Hals ablässt, an dem er sich spürbar verewigt hat, und springe wie von der Tarantel gestochen auf. »Ich will das nicht. Nicht so. Selbst wenn du heute Geburtstag hast, ist das kein Grund!« Ich stoße ihn empört von mir.

Pikiert beginnt er zu lächeln. Anscheinend ist diese deutliche Zurückweisung für ihn neu. Er zieht eine blaue Zigarettenschachtel aus seiner Hose, greift nach einer Zigarette, bedeutet mir, auch eine zu nehmen – was ich natürlich verneine –, grinst und zündet sich den Glimmstängel an. Verrucht wie James Dean zieht er den Rauch ein, atmet hörbar aus und bläst eine

Tabakwolke in meine Richtung. Er stützt seine Ellbogen auf die Knie und zieht seine Stirn in Falten, als er zu mir aufblickt.

»Süße, erst rennst du mir wie ein kleines Mädchen wochenlang hinterher und dann willst du mich nicht ranlassen? Was soll der Mist?«

»Ich renne dir nicht hinterher«, versuche ich mich kläglich zu verteidigen und merke, wie mein Gesicht knallrot anläuft. Jeder Vollidiot wäre sich in diesem Moment meiner Lüge bewusst.

»Ich werde aus dir nicht schlau ...« Genüsslich zieht er an seiner Zigarette, steht vom Stuhl auf, beginnt, sein durch den Alkohol fehlendes Gleichgewicht wiederzufinden, und geht einen Schritt auf mich zu. Ein paar Zentimeter vor mir bleibt er stehen.

Ich fühle mich neben ihm so klein. Sein muskulöser Körper baut sich vor mir auf.

Wie gerne möchte ich meine Hand heben, um sie auf seine Brust zu legen. Musternd, als wäre ich von einem anderen Stern, legt er seinen Kopf schief und beginnt dabei, herablassend zu lachen. Sofort schwenkt meine Sehnsucht in Ärger um. Ich könnte ihm in diesem Moment an den Hals springen, doch stattdessen stehe ich vor ihm und merke, wie meine Augen feucht werden. Ich hoffe, dass er meinen verräterischen Anflug von Emotionen nicht gesehen hat.

»Schon gut, Süße, du hattest deine Chance.« *Wie bitte?*

»Du bist der größte Mistkerl, den ich kenne!« Ungestüm drehe ich mich um und fauche ihn zornig an. Ich hole wutentbrannt aus und knalle ihm meine flache Hand gegen die Wange. Erschrocken über mich selbst, reiße ich die Augen auf. Verblüfft reibt er sich die Stelle an seiner Wange. Die Luft zwischen uns ist aufgeladen. Trotz meiner Enttäuschung spüre ich noch immer, wie er mich anzieht, wenn auch meine Hoffnungen, das Mädchen an seiner Seite zu werden, immer mehr verblassen.

Er lacht höhnisch auf und legt den Kopf dabei in den Nacken. »Was hast du dir vorgestellt? Den Ritter in der eisernen Rüstung? Ich weiß nicht, welche Erwartungen und Wünsche du hegst, doch ich kann dir gleich sagen, dass diese ganze Rederei über Liebe absoluter Schwachsinn ist. Finde dich lieber schnell damit ab, sonst wirst du eines Tages das böse Erwachen erleben.« Sichtlich belustigt, jedoch mit einem Anflug von Sarkasmus, klingen seine Worte herausfordernd und gehässig. Es wirkt auf mich, als nötige ihn sein Ego zur schnellen Rechtfertigung.

»Du tust mir leid«, antworte ich traurig. Er lacht wieder abfällig. »Aber irgendwann kommst du an den Punkt, an dem deine Macho-Tour nicht mehr zieht. An dem du das erste Mal Gefühle spüren wirst, die deine ganzen fraglichen Wertvorstellungen in ein anderes Licht rücken werden. Ich weiß nicht, was dich so oberflächlich und herzlos gemacht und dir den Glauben an die Liebe geraubt hat, aber ich hoffe, dass du irgendwann selber spürst, wie sich diese Worte anfühlen, wenn sie dir an den Kopf geworfen werden …«

Ich blicke auf und schaue in seine grünblauen Augen, die mich unergründlich tief mustern, und möchte noch einmal diesen Moment auskosten, bevor ich fortsetze und damit bewusst all meine Träume augenblicklich vernichten werde. »Nicht, weil ich dir etwas Schlechtes wünsche, sondern weil das heißen würde, dass du überhaupt wieder etwas fühlen würdest.«

Sekunden verstreichen, in denen er mich wortlos anblickt und mit keiner Geste verraten würde, was er gerade denkt. Momente des Schweigens, eine Verbindung zweier Herzen, die anscheinend immer nur ich wahrgenommen habe. In dem Bewusstsein, nun alles zwischen uns zu zerstören, wende ich meinen Blick von ihm ab.

Paul Franke ist weder ein Gefühlsmensch noch jemand, der sich auf eine feste Beziehung einlassen will. Doch für einen Wimpernschlag fühle ich, dass ihn meine Worte vielleicht doch

9

berühren. Er wirkt verunsichert und die übliche Schlagfertigkeit lässt auf sich warten. Er ist ein Sonnyboy, Macho, Frauenheld, ein Herzensbrecher, und alles andere als einfühlsam.

»Bist du jetzt fertig mit deiner Gefühlsduselei?«, erwidert er herablassend und völlig emotionslos. Ich beobachte ihn, wie er lange an seiner Zigarette zieht und den Rauch in die Luft bläst.

»Das ist alles, was ich dir zu sagen habe.« Mit diesen ruhig gesetzten Worten verabschiede ich mich, drehe ihm meinen Rücken zu und verschwinde. Ich bin enttäuscht, zutiefst gekränkt und ärgere mich über meine Naivität. Paul Franke hat mein Leben die letzten Monate komplett auf den Kopf gestellt, nun ist es Zeit, ein neues Kapitel aufzuschlagen. Ohne ihn.

EINS

»Meine Damen und Herren, in wenigen Minuten beginnen wir mit dem Landeanflug. Wir bitten Sie nun, wieder Platz zu nehmen und sich anzuschnallen. Bitte schalten Sie alle elektronischen Geräte aus. Vielen Dank. Ladies and gentlemen, in just a few …« Ich beobachte die Flugbegleiterin, deren Lippen sich synchron zum Ton aus den Lautsprechern bewegen. Ihre Arbeitsuniform leuchtet in roter Signalfarbe. Der Rock, die Weste und die Strumpfhose sind farblich aufeinander abgestimmt. Freundlich strahlt sie die Passagiere an. Ihre Worte klingen auswendig gelernt – monoton und emotionslos. Ich starre sie unentwegt an und nehme ihre Stimme nur noch im Unterbewusstsein wahr. Fest drücke ich die Schachtel an meinen Körper und merke, wie sich mein Puls erhöht. Meine Hände sind feucht und ich beginne zu frieren.

»Bitte stellen Sie Ihre Rückenlehnen in eine senkrechte Position …«, höre ich sie wieder. Vorsichtig streiche ich ein paarmal über die kunstvoll bemalte indische Box aus Palisanderholz. Feine Miniaturmalereien, die Elefanten und Kamele zeigen, zieren den Deckel. Die Schachtel wurde mehrmals mit einem bunten Band umwickelt, darunter steckt der Brief meiner Mutter. Langsam lese ich ihre Zeilen, Wort für Wort.

11

Immer wieder bekomme ich einen Kloß im Hals, sobald der Inhalt ihres Briefes auch mein Herz erreicht.

Ich bin mir nicht sicher, ob es richtig war, in das Flugzeug zu steigen, doch wie unter Zwang habe ich die wichtigsten Dinge zusammengepackt, ein Taxi gerufen und sitze nun, wenige Stunden später, hier im Flugzeug. Behutsam streiche ich den Brief meiner Mutter glatt, der durch meine Tränen schon etwas wellig geworden ist. Ich bemühe mich, ihre Nachricht nochmals zu lesen, doch die Tränen in den Augen trüben meinen Blick.

Das kleine Mädchen neben mir zupft an meiner Bluse. Ihre Augen strahlen mich an. »Was ist in dieser Box?«, fragt sie mit kindlicher Neugier.

Ich wische mir die Tränen aus dem Gesicht und versuche, ihr zuzulächeln.

Ich habe eine Vorahnung, die ich nicht aussprechen will. Die Gewissheit werde ich erst bekommen, wenn ich wage, sie zu öffnen. Ich zucke mit den Schultern.

»Ich vermute, das ist eine Überraschung«, meine ich gedankenverloren.

»Vielleicht ein Schatz?« Neugierig mustert sie das Kunstwerk in meinen Händen. Ich beginne zu schmunzeln und nicke ihr zu.

»Ja, darin ist ein Schatz«, flüstere ich.

Ich blicke erneut auf das abgenutzte Papier in meinen Händen.

Meine liebe Leni,

in dieser Schachtel findest du die Antwort auf viele offene Fragen. Bitte entschuldige, dass ich sie dir nicht schon viel früher gegeben habe. Dies

geschah nur aus Sorge um dich. Längst verheilte
Wunden sollten nicht wieder aufgerissen werden.
Öffne die Schatulle deiner Vergangenheit, öffne
dein Herz und beginne, dich selbst wieder
zu spüren. Finde zurück zu dir und zu dem
Menschen, der du einmal warst und eigentlich
sein willst.

 In tiefer Verbundenheit
 Deine Mami

»Entschuldigen Sie?«

Ich blicke erschrocken auf. Eine warme Hand liegt auf meiner Schulter. Die Flugbegleiterin, die gerade noch in das Mikrofon gesprochen hat, lächelt mich freundlich an. »Sie müssen sich anschnallen«, meint sie ruhig, doch bestimmt. Ich nicke ihr geistesabwesend zu und schließe den Gurt um meinen Bauch. Unentwegt halte ich dabei die Schachtel in meinen Händen. Das kleine Mädchen blickt aus dem Fenster und beobachtet, wie die Maschine langsam mit dem Sinkflug beginnt und die ersten Häuser am Boden sichtbar werden. Aufgeregt bedeutet sie ihrer Mutter, doch auch hinunterzuschauen. Die Mutter versucht, sie zu beruhigen und ihre Nervosität zu stillen. Sie zappelt auf ihrem Sitz herum.

Ich kann ihre Unruhe so gut nachempfinden, denn gerade tobt in mir ein Gefühlschaos. Die lautlosen Zweifel und das Eingeständnis, viele Fehler begangen zu haben, nagen an meinem Nervenkostüm.

Als ich das Flugzeug verlasse, verstaue ich die Schachtel in meiner Handtasche und verabschiede mich im Vorbeigehen bei der netten Flugbegleiterin.

»Ziehen Sie sich warm an, es hat geschneit …«, ruft sie mir noch zu, bevor ich die Maschine verlasse. Hüpfend geht das kleine Mädchen an der Hand ihrer Mutter vor mir. Ich winke ihr zum Abschied und sehe, wie beide beim Ausgang von einem Mann abgeholt werden. Das Mädchen läuft ihm freudestrahlend entgegen und begrüßt ihn laut mit »Papi, Papi!«. Gedankenversunken halte ich inne und beobachte die wieder vereinte Familie.

Als ich das Gebäude verlasse, merke ich erst, wie recht die Flugbegleiterin hatte. Eine dicke weiße Schneedecke überzieht die Straßen und erschwert den Autos das Vorankommen. Hier herrscht das pure Chaos. Schneegestöber und ein eiskalter Wind, der mir Hunderte Schneeflocken ins Gesicht bläst, lassen mich schwer vorankommen. Es ist schon dunkel. Viele gehetzte Menschen drängen durch den überfüllten Ausgangsbereich. Bepackt mit großen Taschen und Geschenken hasten sie zu ihren Familien, um das Fest der Liebe zu feiern.

Keiner erwartet mich, denn ich habe niemandem von meinem Kommen erzählt. Es ist genau noch eine Woche bis Weihnachten.

Je näher dieser Tag rückt, desto genervter und ungeduldiger werden alle. Zu keiner anderen Jahreszeit streitet man so viel mit seinen Liebsten. Erwartungen werden nochmals in die Höhe geschraubt und oft nicht erfüllt. Für eine negative Grundstimmung ist somit gesorgt. Energisch streife ich meinen dicken Mantel über, ziehe den Gürtel fest und marschiere schnellen Schrittes zu den Taxis, die leider recht spärlich vorhanden sind. Ich habe Glück und erwische ein freies. Es ist, als ob es auf mich gewartet hätte. Ich atme tief durch und lasse mich in die weiche Polsterung des Taxis fallen. Im Radio läuft »Last Christmas« von Wham!.

Die verschneite Landschaft und die Lichterketten, die von den weißen Bäumen hervorblitzen, verzaubern die Landschaft und wecken Kindheitserinnerungen.

Als wir in die Straße meines Elternhauses einbiegen, ist sie kaum zu erkennen, weil dicke Schneehauben die Straßenlaternen verhüllen. Hierher verirrt sich nur selten ein Schneepflug. Der hohe Schnee verhindert das Weiterkommen, daher lässt mich der Taxifahrer am Anfang der Straße aussteigen. Ich kann mich glücklich schätzen, diesmal mit bequemen Schuhen unterwegs zu sein. Die Lichter des Taxis verschwinden schneller, als mir lieb ist, und so stehe ich einsam und verlassen in der dunklen Nacht. Mühsam ziehe ich den Trolley durch den Schnee. Meine Füße in den zu dünnen Schuhen werden mit jedem Schritt kälter, da der Stoff diesen Witterungsverhältnissen nicht standhält. Was bleibt mir anderes übrig, als einfach weiterzugehen? Das Geräusch des frischen, weichen Pulvers unter mir hört sich wunderbar an. Schneeflocken fallen vom Himmel und behindern meine Sicht.

Als ich vor dem Haus meiner Eltern ankomme, ist alles finster. Kein Licht scheint aus den Fenstern. Ich ziehe den Schlüssel, der seit dem Auszug aus meinem Elternhaus unverändert an meinem Schlüsselbund hängt, aus meiner Tasche, sperre die Türe auf und taste nach dem Lichtschalter. Der Eingangsbereich erhellt sich.

Der Duft von frischen Tannenzweigen und Vanille schlägt mir entgegen. Mit viel Liebe hat meine Mutter das Haus in einen Ort verwandelt, der weihnachtliche Stimmung verbreitet.

Ich schlüpfe aus meinen nassen Schuhen, stelle mein Gepäck ab und schleiche, vorsichtig wie ein Dieb, durch mein eigenes Elternhaus. Irgendwie fühlt es sich seltsam an. Meine Eltern scheinen nicht zu Hause zu sein. Schon lange Zeit war ich hier nicht mehr alleine. Ich nehme nur das Ticken der alten Wanduhr wahr, sonst herrscht gespenstische Ruhe. Zögernd betrete ich mein altes Kinderzimmer. Der Flug hat mich geschlaucht und ich sinke müde auf die kindliche Tagesdecke, die über meinem Bett ausgebreitet liegt. Zärtlich streiche ich ein paarmal über den ausgeblichenen Stoff.

Ich krame die Schachtel aus meiner Tasche hervor, positioniere sie auf meiner Kommode, so, dass ich sie vom Bett aus gut sehen kann, und starre sie unentwegt an. Vorsichtig nehme ich die Box in die Hand. Sie zieht mich magisch in ihren Bann, möchte geöffnet werden, fordert mich auf, endlich zu handeln. Mir wird heiß und kalt zugleich. Ich habe große Angst, damit den Geist der Vergangenheit heraufzubeschwören. Mein Herz klopft bis zum Hals. Behutsam öffne ich den Knoten des Bandes. Mein Atem stockt, als ich den Inhalt sehe. Sofort füllen sich meine Augen mit Tränen. Ganz oben liegt das Tagebuch, das ich seit dem Tag der Abtreibung nie wieder in Händen gehalten habe. Darunter liegen unzählige Briefe mit Pauls Handschrift. *Paul!* Ich ziehe die Briefe an meine Nase, versuche, ihm auf diese Art näher zu sein, und beginne, tief aus meinem Herzen heraus zu schluchzen.

Zaghaft öffne ich die ersten Seiten meines Tagebuchs und lese die Zeilen. Die schnörkelige Handschrift von damals erinnert nur noch wenig an meine jetzige. Die darin beschriebenen Gefühle ähneln umso mehr meinen heutigen.

Dann öffne ich den obersten Brief. Mein Herz verkrampft sich, als ich Pauls Worte zu lesen beginne.

HoneyBee,

nach vier unendlich scheinenden Tagen des Wartens auf ein Wiedersehen beginne ich, mir wirklich Sorgen zu machen. Keiner will mir sagen, wo du bist. Wie kannst du mir das antun? Nachdem wir all das gemeinsam durchgemacht haben! Warum? Warum bist du einfach verschwunden, ohne ein Wort zu sagen? Ich verstehe es nicht. Warum bist du so verdammt egoistisch? Ich kann ohne dich nicht leben. Ich kann ohne dich nicht lieben!

Du gehst, ohne dich zu verabschieden, und lässt mich mit gebrochenem Herzen zurück!

Ich weiß, vergangene Woche war nicht einfach und ich habe das Gefühl, einen großen Fehler gemacht zu haben.

Ich kann dir versprechen, mag ein Berg noch so steil und ein Gewitter noch so angsteinflößend sein, ich werde immer an deiner Seite gehen.

Ich halte keinen weiteren Tag ohne dich aus. Bitte schreib mir, wo du bist. Ich werde mich sofort auf den Weg zu dir machen.

Ich kann es kaum erwarten, dich wieder in meinen Armen zu halten, um dir zu sagen, wie sehr ich dich liebe. Ich verstehe, dass du nach der ganzen Geschichte Abstand brauchst. Doch lass dir nicht so viel Zeit, denn ich zerbreche an deiner Abwesenheit. Manchmal wünschte ich, ich hätte dich niemals kennengelernt, doch im gleichen Moment verfluche ich mich für diesen Gedanken, denn ohne dich würde ich niemals wissen, was Liebe bedeutet. Leni, bitte komm zurück. Zurück zu mir.

Ich liebe dich – bis zu den Sternen
Paul

Zehn Jahre nachdem diese Zeilen geschrieben wurden, sitze ich in meinem Kinderzimmer auf meinem Bett und lese seine verzweifelten Worte das erste Mal. *Was es bei mir auslöst?* Den Wunsch, ihm ganz schnell nahe zu sein. *Doch was sind schon Wünsche?* Spiegelbilder einer Realität, die manchmal schwer in Erfüllung geht. *War es richtig, hierherzukommen? Warum bin ich Hals über Kopf in dieses Flugzeug gestiegen? Warum sitze ich nun hier? Was wollte ich damit bezwecken?*

»Beginne, Verantwortung für dein Leben zu übernehmen. Du alleine entscheidest, was du daraus machst«, kommen mir die Worte meiner ehemals besten Freundin Elli, die in mir seit unserem schicksalshaften Treffen in Paris ständig auftauchen, in den Sinn. Mit jedem Brief, den ich öffne, versuche ich, ihre Worte zu leben und Frieden mit meiner Vergangenheit zu schließen, doch die Sehnsucht meines Herzens, Paul an meiner Seite zu wissen, wird dadurch nur noch schlimmer.

Ein unsichtbares Band zog mich in dieses Zimmer und ich spüre, es ist endlich Zeit, mein Leben in den Griff zu bekommen.

Die letzten Wochen in Paris haben gezeigt, dass ich so nicht mehr weiterleben kann. Ich bin körperlich erschöpft und bekomme kaum noch Schlaf, da mich die Vergangenheit ständig in meinen Träumen quält. Keine Nacht vergeht, in der ich nicht schweißgebadet und mit schlimmer Atemnot aufwache. Ich habe es eingesehen. Ich brauche Hilfe.

Doch nicht die Hilfe, die ich von einem Therapeuten bekomme. Ich brauche meine Familie. Ich sehne mich nach einem Zuhause. Selbst nach einiger Zeit in meiner kleinen Wohnung im Herzen von Paris wollte dieses Gefühl von Heimat nicht aufkommen. Tagtäglich meinem Beruf mit der gleichen Konsequenz und Härte nachzugehen, wie ich es in Wien getan habe, schaffe ich nicht mehr. Das ist auch meinem neuen Chef nicht entgangen.

Nun bin ich auf der Suche nach Geborgenheit. Ob ich sie hier finden werde, weiß ich nicht. Die Verzweiflung führt einen gewöhnlich immer zurück zu den Wurzeln.

Als wäre dies noch nicht genug, steht mir der Rechtsstreit mit meinem Mann bevor. Die Einladung zum Scheidungstermin habe ich von seiner Anwaltskanzlei in einem unpersönlichen Schreiben erhalten. Ich erwarte mir nichts mehr von Christian, aber zumindest habe ich mir eine friedliche und respektvolle Trennung nach fünf Jahren Ehe gewünscht. Nach unzähligen unschönen Berichten in den Zeitungen und seinen Drohungen weiß ich es heute besser. Manchmal verstehe ich ihn, denn er hat sich in eine Frau verliebt, die so nicht mehr existiert. Verständlicherweise lässt er nun seine ganze Wut an mir aus. Ich habe seine perfekte Welt zerstört.

Ein Urlaub war absolut notwendig. Die Einsamkeit in Paris konnte selbst mein stressiger Job nicht kompensieren. In Wien haben sich wenige Freunde um mich geschart. In Paris so gut wie keine. Am Abend saß ich einsam in meiner Wohnung und hatte viel Zeit nachzudenken. Meist schweiften meine Gedanken zu Paul. Selbst wenn ich es wollte, bringe ich ihn nicht mehr aus meinem Kopf. Seitdem ich Wien verlassen habe, herrscht beiderseits Funkstille. Selbstvergessen streiche ich nun über Pauls Briefe. Die Sehnsucht, ihn wiederzusehen, wird immer größer.

Zwei

Elf Jahre zuvor – Leni

Schon beim Betreten des Schulgebäudes spüre ich ein seltsames Gefühl aus Nervosität, Angst, Unsicherheit und einer unbegründeten Vorfreude. Meine Eltern waren nur mit Mühe davon zu überzeugen, dass es nicht besonders gut bei den neuen Mitschülern ankommt, wenn sie mich wie ein kleines Mädchen zur ersten Stunde begleiten. Ich bin sechzehn – also beinahe erwachsen.

Mein erster Weg führt mich zu meinem neuen Direktor, dem ich Rede und Antwort stehen muss, warum ich mitten im Schuljahr meine alte Schule verlassen will. Sicher wird es schwer sein, Freunde zu finden, denn wie ich aus Erfahrung weiß, hat sich jeder Schüler eine bestimmte Position in der Klasse geschaffen, und Neuankömmlinge sind so gut wie unerwünscht. Dennoch war ein Schulwechsel aufgrund meiner zunehmend schlechter werdenden Noten unvermeidbar.

Das Gebäude ist heruntergekommen und alt. Die kleinen betenden christlichen Figuren an der Wand erinnern an das ehemalige Kloster, das vor einigen Jahren einer Bildungsstätte Platz machen musste. Nun sitze ich bei meinem neuen Direktor in einem winzig kleinen Zimmer und warte auf seinen Segen, in meine neue Klasse gehen zu dürfen. Er wirkt nicht gerade erfreut, sondern distanziert und gestresst.

Auf seinem Schreibtisch liegen stapelweise Papier und Mappen und mittendrin eine angefangene Mahlzeit und ein halb voller Kaffeebecher. Genervt winkt er mich herein und bedeutet mir, Platz zu nehmen. Nach ein paar Formalitäten, einem höflichen Small Talk und der Angabe meiner Kontaktdaten für den Notfall führt er mich – im Schnellzugtempo – durch die kahlen Gänge der Schule. Die Wände bräuchten einen neuen Anstrich, überall bröckelt Putz ab und an einigen Türen, die vor langer Zeit einmal mit Glas bestückt waren, wurden farblich völlig unpassende Holzplatten eingesetzt. Ich nehme an, aus Sicherheitsgründen, weil die Gläser ziemlich schnell zu Bruch gehen.

Unsere Schritte hallen in den Gängen und gehen einher mit meinem schnellen Herzschlag.

Die Klasse, in der ich nun tagtäglich meine Zeit absitzen werde, befindet sich im dritten Stock. Eine alte Steinstufe, die in der Mitte schon extrem abgenutzt ist, ein Holzgeländer, das lose an der Wand hängt und nicht mehr zum Halt dient, wirken abschreckend. Schallendes Gelächter dringt durch verschlossene Türen. Trotz des optisch schlechten Eindruckes genießt die Schule einen exzellenten Ruf. Ich kann das im Moment kaum glauben. Abgehetzt und außer Atem versuche ich, dem Direktor hinterherzukommen.

Er führt mich zu einem Klassenraum, aus dem eine unangenehm hohe und kreischende Stimme dringt, die sich fürchterlich über den Lärm zu beklagen scheint. Anfangs klingt sie noch belehrend, doch je näher wir kommen, desto mehr artet es in ein Geschrei aus. Genervt schüttelt der Direktor den Kopf, bevor er mir ein kurzes, flüchtiges Lächeln schenkt. Er klopft an die Türe und reißt diese im selben Moment auf, ohne mir die Möglichkeit zu geben, mich innerlich darauf vorzubereiten.

Mein Herz setzt beinahe aus, als mich viele neugierige Augenpaare anstarren. Ich spüre, wie mir die Schamesröte ins Gesicht fährt. Der Lehrerin scheint der unüberhörbare Wutausbruch unangenehm zu sein, denn sie beginnt, sich stotternd zu entschuldigen.

Unbeholfen verlagere ich mein Gewicht von einem Fuß auf den anderen, blicke verlegen auf, werde mit drei Sätzen vorgestellt und dann in den Klassenraum geschoben.

»Das ist Lena Steinberg. Sie ist ab heute eure neue Mitschülerin. Alles Gute, Lena.« Wumps.

Ein kleiner Schubs und das Knallen der Türe hinter mir wecken mich aus meiner Schockstarre. Betretenes Schweigen und ich im Mittelpunkt des Geschehens. Etwas Schlimmeres könnte mir nicht passieren. Ich möchte im Erdboden versinken.

Frau Waldmann räuspert sich pikiert, senkt ihr Kinn und betrachtet mich über ihre runde Hornbrille hinweg, während sie sich durch ihre Dauerwelle fährt. Sie lächelt mich gekünstelt freundlich an und mir fallen sofort ihre gelben Zähne auf. »Setz dich zu Paul … Das ist der einzige freie Platz«, nuschelt sie vor sich hin und deutet in die Richtung des freien Platzes.

»Frau Professor Waldmann!«, beklagt sich der in der letzten Reihe sitzende Junge und tut seiner Empörung heftig kund. Ich bin noch von Frau Waldmanns Zähnen abgelenkt, bevor ich mich zu ihm wende. Viel zu lange starre ich den Jungen an, sauge seinen Anblick in mir auf. Einen Augenblick später werde ich mir dieser peinlichen Situation bewusst. Neben mir beginnen die Mädchen zu kichern.

Erbost verschränkt er seine Hände vor der Brust, streckt seine Beine weit von sich und blickt demonstrativ an mir vorbei, als ich mich neben ihn setze. Ich packe mein Notizbuch aus, lege den Kugelschreiber daneben und beginne beschämt, offensichtlich als Einzige, Frau Waldmanns nervtötender Stimme zu folgen. Ich werde von allen Seiten wie eine neue Spezies im Zoo beäugt. Was soll's! Ich muss hier gute Noten bekommen, sonst kann ich erneut die Schule wechseln. Ich fühle mich hier fehl am Platz. Der Junge neben mir wendet sich seinem anderen Sitznachbarn zu und würdigt mich keines Blickes. Er trägt eine Baseballkappe, die sein Gesicht versteckt, einen lässigen Kapuzenpullover und weite Jeans. Der andere Junge flüstert ihm etwas zu, Paul verpasst ihm einen Stoß an seine Schulter, der den Jungen beinahe zu Boden wirft.

Frau Waldmann entgeht die gereizte Situation in der letzten Reihe natürlich nicht und sie beginnt, ihren Unmut kundzutun, indem sie ihre Stimme wieder deutlich hebt, die sich dabei fast überschlägt.

»Paul, willst du zum Direktor gehen?«, droht sie ihm. »Das wie vielte Mal wäre das dann in dieser Woche?« Dabei zieht sie provokant ihre Augenbrauen in die Höhe.

Er beginnt, in sich hineinzumurmeln, dennoch umspielt ein Lächeln seine Lippen und ein Grübchen an seiner Wange kommt dabei zum Vorschein.

»Und nimm deine Kappe ab. Ich weiß nicht, wie oft ich dir das schon gesagt habe«, schimpft sie in unsere Richtung.

»Ich kann nichts dafür … Tim redet mal wieder Blödsinn, Frau Prof. Waldmann«, versucht er sich zu verteidigen, hebt dabei seine Schultern und grinst belustigt. Sie scheint sich über die Abkürzung ihres Titels zu ärgern. Die Zornesfalte zwischen den Brauen verdeutlicht ihren Ärger. Aus Pauls Augen blitzt der Schalk. Die anderen Schüler lachen schallend.

Im Klassenraum entsteht Unruhe, alle reden durcheinander. Frau Professor Waldmann beginnt erneut zu schreien.

Widerwillig zieht sich Paul seine Kappe vom Kopf und fährt mit seiner Hand prüfend durch sein blondes, sonnenerhelltes Haar. Er merkt, wie ich neugierig über meine Schulter in seine Richtung blicke. Als Antwort schenkt er mir ein geübtes Zwinkern. Was soll das? Was glaubt er eigentlich, wer er ist? Verlegen richte ich meine Aufmerksamkeit sofort wieder auf die Lehrerin, die unentwegt, wie aufgezogen, ihren Stoff herunterbetet.

»Holt jetzt bitte eure Bücher heraus und schlagt die Seite hundertdreißig auf. Dort findet ihr einen Text, den ihr euch bitte zu Gemüte führt und mir danach einen Bericht darüber schreibt. Fangt jetzt damit an, den Rest könnt ihr zu Hause erledigen.« Durch die Klasse geht ein Raunen. »Lena, bitte schau bei Paul mit, du bekommst deine Bücher erst in der kommenden Woche.« Augenrollen neben mir, zuckersüßes, gelbes Lächeln vor mir und Widerwillen in mir. Seufzend warte ich darauf, dass mich Paul in sein Buch schauen lässt.

Verwunderlicherweise schiebt er das Schulbuch in die Mitte des Tisches und schlägt sogar die richtige Seite auf. Erst jetzt wage ich einen flüchtigen Blick in sein Gesicht und sehe seine grünblauen Augen das erste Mal. Wir starren einander an und ich kann meinen Blick nicht mehr abwenden. Ein sanftes Lächeln bildet sich um seinen Mund. Ich genieße das Kribbeln, das meinen Körper in Beschlag nimmt. Mein Herz beginnt, schneller zu schlagen. Ein, zwei, vielleicht auch drei Schläge schneller als sonst.

Ich weiß nicht, ob es die Farbe seiner Augen ist, die an den ersten sonnigen Frühlingstag erinnert, an dem einem nach langen Wintermonaten das Grün der Wiese noch saftiger und das Blau des Himmels noch intensiver erscheinen, oder sein Blick, der mir die Gänsehaut über den Rücken laufen lässt. Ich beginne mir in Gedanken vorzustellen, wie er seine Hand auf meine Wange legt, seinen Mund auf meinen und meine Finger sich den Weg durch sein Haar suchen.

»Gefällt dir, was du siehst?«, reißt er mich aus meinen Gedanken. Ich klimpere mit meinen Augenlidern, um mich aus dieser Starre zu befreien. Auf seinen Lippen bildet sich ein süffisantes Lächeln.

Es ist ihm sichtlich nicht entgangen, wie ich ihn angestarrt habe. Verlegen senke ich meinen Kopf. *Wie peinlich!* Noch dazu läuft mein Gesicht genau jetzt rot an. Es scheint ihn zu amüsieren. Dem blondierten Mädchen vor mir ist das natürlich aufgefallen. Amüsiert beginnt sie zu lachen. Paul zwinkert mir zu und lächelt selbstbewusst. Irritiert versuche ich, mich auf den Inhalt des Buches zu konzentrieren und beginne, wie eine Musterschülerin besagte Aufgabe zu erledigen. Paul tut nichts dergleichen, außer mir bei meiner Arbeit zuzuschauen und mit blöden Sprüchen auf sich aufmerksam zu machen. Irgendwann wird es mir zu dumm und ich drehe mich genervt zu ihm.

»Was hast du für ein Problem?«, fauche ich ihn an. Ich werfe ihm einen strafenden Blick zu. Er verschränkt seine Arme wieder vor der Brust. Die Erheiterung ist ihm ins Gesicht geschrieben, dabei bildet sich erneut dieses kleine Grübchen auf seiner rechten Wange.

Das Blitzen in seinen Augen erscheint wieder und regt mich in diesem Moment noch mehr auf. Ich darf ihn nicht anhimmeln, wenngleich ich es schon die ganze Zeit unbewusst tue. Ich ziehe meine Augenbrauen fragend in die Höhe. »Willst du nicht einmal mit der Aufgabe beginnen?«

»Das erledigst du doch, Leni…« Leni? Mir dürfte entgangen sein, dass wir uns schon persönlich vorgestellt wurden, oder warum sonst ist er schon bei meinem Kosenamen angekommen? »Leni« nennen mich nur meine engsten Freunde, zu denen ich ihn eindeutig nicht zähle.

Ich kann oberflächliche, von sich eingenommene und arrogante Menschen nicht leiden. Paul ist genau so ein Typ, versuche ich mir einzureden.

»Ich werde deine Arbeit nicht erledigen, falls du das annimmst!«, entgegne ich energisch. Genervt lehnt er sich an mich, ist plötzlich ganz nah an meinem Ohr und ich zucke zusammen. Ich schnappe nach Luft. Der Duft seines Parfums, eine Mischung aus Moschus und Zitrus, vermischt mit dem

Duft frisch gewaschener Wäsche, dringt in meine Nase. Ich habe noch niemals einen Jungen kennengelernt, der so gut riecht. Sein anmaßendes Lächeln regt mich auf, löst aber zugleich ein angenehmes Prickeln in mir aus.

Leise, nur für meine Ohren bestimmt, haucht er: »Was muss ich tun, Leni?« Sekunden vergehen, ich schließe die Augen. Seine Nähe verzaubert mich und mein Herz beginnt seltsam, in einem ungewohnten Rhythmus, zu schlagen, als hätte er mir magische Worte zugeflüstert.

Ich weiß nicht, wann sich mein Mund genießerisch geöffnet hat, zu welchem Zeitpunkt sich meine Augen geschlossen haben und wann ich aufgehört habe zu atmen. Sekunden vergehen ohne Reaktion von mir. Ich bin nicht auf den Mund gefallen, aber in seiner Gegenwart anscheinend schon. Zaghaft und beklommen blicke ich flüchtig in seine Augen, die mich nicht mehr loslassen. Ich habe so etwas noch nie erlebt. Seine Augen halten mich gefangen. Doch selbst er scheint sich nur schwer lösen zu können. Eine wohlige Wärme macht sich in meinem Bauch bemerkbar. Gefühlte Minuten starren wir einander an, während sich seine Augen immer mehr verdunkeln und eine Veränderung durchmachen.

Ich werde aus ihm nicht schlau. Vielleicht versucht er so, die Mädchen für sich zu gewinnen? Bei mir hat es funktioniert. *Wie bitte? Was tue ich hier bloß?*

»Paul, lass sie in Frieden. Es ist nicht fair, wenn du ihr Hoffnungen machst.« Das Mädchen vor mir dreht sich um und schüttelt missbilligend den Kopf, während sie ihre Wangen seltsam einzieht und ihren Mund spitzt. Ihre Haare sind auffallend blond gefärbt. Spielend zwirbelt sie eine Strähne aus ihrem Haarknoten, während sie mich missfallend von oben bis unten mustert, aber Paul dafür umso intensiver anschmachtet.

»Etwa eifersüchtig, Jana?«, meldet sich ihre Sitznachbarin zu Wort. Paul lehnt sich zurück und lässt mich wieder langsam

Herrin meiner Sinne werden. Seine Nähe ist beängstigend und raubt mir jeden klaren Gedanken. Verwirrt sitze ich hier und bin Zuschauer einer Unterhaltung, die sich um mich dreht, ohne involviert zu sein.

»Pah …«, dreht sich die unechte Blondine wieder um und fühlt sich anscheinend ertappt.

»Ich bin Emma«, flüstert mir das andere Mädchen zu, nachdem Frau Professor Waldmann genervt in unsere Richtung blickt und mit ihrer Zunge schnalzt. »Lass dich nicht von Paul verunsichern. Er ist unser Casanova«, merkt sie an. »Aber eigentlich ist er ein ganz Lieber«, fügt sie noch hinzu. Paul lacht amüsiert und schüttelt seinen Kopf, während ein arrogantes Lächeln über seine Lippen huscht.

»Ich bin Lena«, antworte ich Emma, bevor die Glocke die Pause einläutet. In Windeseile packe ich meinen Notizblock und meinen Kugelschreiber zusammen und husche aus dem Klassenzimmer. Nichts ist unangenehmer, als in der Pause mit Fragen bombardiert zu werden. Überdurchschnittlich lange verweile ich auf der Mädchentoilette, zumindest so lange, bis die schrille Glocke die nächste Stunde ankündigt.

Zögernd betrete ich den Klassenraum. Paul steht mit ein paar Mädchen und ein paar Jungs in einer Gruppe zusammen. Ich versuche, unbemerkt an ihnen vorbeizuhuschen, als eine freundliche Männerstimme hinter mir ruft.

»Du musst Lena sein …!« Ich drehe mich um und sehe einen jungen Mann, der mir aufmunternd zulächelt. Er streckt mir seine Hand entgegen, nach der ich höflicherweise greife, und ich beantworte ihm seine Frage nickend.

»Ich bin Herr Schuster, dein Mathematikprofessor.« Oje, wie kann so ein netter Mensch nur das Fach meines Grauens unterrichten? Höflich lächle ich ihm zu.

»Hast du schon einen Sitzplatz?«

»Ja, ich sitze bei …« Bevor ich meine Antwort gebe, legt

jemand den Arm um meine Schultern und zieht mich an sich, sodass ich mit der Hälfte meines Gesichts an seinem Pullover klebe. Ich atme tief ein, genieße einen Atemzug lang seine Nähe, um ihm danach meine abwehrende Hand gegen die Brust zu drücken.

Die Wärme seines Körpers an meinem zu spüren, fühlt sich sagenhaft gut an, doch würde ich das in hundert Jahren nicht zugeben. Unter seinem Pullover spüre ich seinen muskulösen Körper. Ihm nahe zu sein, beschleunigt meinen Puls. Die Hitze schießt in meine Wangen und ich spüre, wie ich erröte.

»Sie sitzt bei mir, Herr Prof. Schuster.« Ich klebe noch immer an seinem wunderbar riechenden Pullover. Mein Mathematikprofessor atmet hörbar aus – sichtlich genervt.

»Na dann, benimm dich einmal, Paul, und verschrecke sie nicht gleich«, mahnt er ihn, bevor er mir ein weiteres kurzes Lächeln schenkt und danach die Schüler darauf aufmerksam macht, dass der Unterricht eigentlich schon begonnen hat. Ich löse mich von Paul, der siegessicher lächelt.

»Glaube ja nicht, dass ich auf diese Tour reinfalle.« Ich drücke mich von ihm weg und eile zu meinem Platz.

»Welche Tour denn, Süße?« Hinter mir höre ich ihn höhnisch lachen.

»Paul, stehst du neuerdings auf kleine, hübsche Jungs?«, neckt ihn der Bursche, dem Paul vorher einen Stoß verpasst hat. Ich denke, er spielt auf meinen Kleidungsstil an, der mein Desinteresse an Mode und meine Gleichgültigkeit gegenüber den neuesten Trends zeigt. Ich ziehe meine Mundwinkel genervt nach oben, um allen zu zeigen, was ich von ihrem Gespräch halte. Was für Idioten!

Professor Schusters Stunde vergeht zu meiner Verwunderung wie im Flug und ich beginne langsam, den Lösungsweg einer Gleichung zu verstehen. Er ist ein wunderbarer Lehrer. Seine Erklärungen müssen selbst Idioten, wie Paul und sein

Sitznachbar es sind, verstehen. Nach der Stunde merke ich zum ersten Mal, wie ich etwas Gefallen an dem Fach Mathematik finde. Ob ich die Liebe dafür entdecken werde, steht noch in den Sternen. Paul verhielt sich seltsamerweise in dieser Stunde total unauffällig. Als hätte Herr Schuster auch Pauls Interesse geweckt, verfolgt er seinen Unterricht, schreibt und arbeitet interessiert mit!

Der Gedanke an das nächste Fach treibt mir schon jetzt Schweißperlen auf die Stirn: Sport! Ich seufze innerlich und folge den plaudernden Mädchen vor mir.

Lustigerweise habe ich mich an Pauls Seite etwas zur Klassengemeinschaft gehörig gefühlt, was nun neben den vielen fremden Gesichtern so gar nicht gelingen mag. Nachdem wir uns in der Kabine umgezogen haben, kommt Emma zu mir. Jana, das blondierte Mädchen, quasselt indessen mit ihrer Freundin, während wir die Treppen zum Turnsaal hinuntergehen. Sie dreht sich kurz um und rollt mit den Augen, als sie uns beide sieht.

»Und, wie waren die ersten beiden Stunden für dich?«, fragt Emma. Ihr langes braunes Haar trägt sie zu einem strengen Knoten gebunden. Sie wirkt trotz ihrer eng anliegenden Sachen eher burschikos – der Kumpeltyp –, obwohl ihre Gesichtszüge fein und zierlich erscheinen.

Wahrscheinlich ist es ihr natürliches Auftreten und ihre unkomplizierte Art, die sie so sympathisch machen. Die figurbetone Sportkleidung der Mädchen soll anscheinend beim männlichen Geschlecht Aufmerksamkeit erregen. Ich habe es bevorzugt, der Bequemlichkeit halber in meinen weiten Jogginghosen und in einem um vier Nummern zu großen T-Shirt, das ich im Schrank meines Bruders gefunden habe, aufzutauchen. Außerdem, was nützt ein aufreizendes Outfit, wenn ich nur wenige Rundungen aufzuweisen habe? Also lieber der

Schlabberlook, damit werde ich sicher nicht auffallen.

»Die Stunden waren okay«, antworte ich etwas reserviert. Emma gehört anscheinend auch zu der Clique der beliebten Schüler. Ich verhalte mich lieber vorsichtig.

»Und hast du dich schon an Paul gewöhnt?« Alleine sein Name löst in mir ein verwirrendes Kribbeln im Bauch aus. Ich würde es mir in diesem Moment nicht einmal selbst eingestehen, aber etwas an seiner Art hat mir imponiert und erzeugt jetzt schon ein undefinierbares Gefühl, das ich so nicht kenne. Schulterzuckend lächle ich und fühle mich dabei ertappt.

»Er redet unheimlich viel Blödsinn, verzückt jeden durch seinen Charme, aber er ist ...« Sie hält kurz inne, überlegt, bevor sie weiterspricht: »Er liebt es, mit Mädchen zu spielen, wenn du weißt, was ich meine. Also kann ich dir nur den Tipp geben, dich nicht in ihn zu verlieben. Da wärst du nicht die Erste, der er das Herz bricht ...«

Ich beginne, heftig den Kopf zu schütteln, und versuche, die Röte in meinem Gesicht zu überspielen. »Ich habe kein Interesse, aber danke dir für deine Warnung«, versuche ich, desinteressiert zu wirken.

Sie beginnt, wissend zu lächeln. »Na, dann kann ja nichts passieren«, meint sie erheitert, bevor wir zu den anderen aufschließen.

Nach einem Kilometer Dauerlauf – der nur zum Aufwärmen dienen soll – merke ich zum ersten Mal, dass die knappe Kleidung der Mädchen doch ihren Sinn hat. Während sich bei mir allmählich unangenehme Schweißflecken bilden, tänzeln meine Schulkolleginnen unverändert strahlend schön vor mir herum. Ich war der Meinung, über eine gute Kondition zu verfügen, doch schnell werde ich eines Besseren belehrt.

Mit meiner Selbsteinschätzung liege ich völlig falsch. Resignierend und etwas betreten muss ich feststellen, dass ich von den Jungs zweimal überrundet wurde, und selbst die Mädchen saßen mir nach einer Umrundung wieder fest im Nacken. Doch diese Blöße will ich mir nicht geben und aktiviere meine letzten Kraftreserven. Keuchend, atemlos und mit schmerzhaftem Seitenstechen lasse ich mich ins Gras fallen. Sogleich scheucht mich meine Sportprofessorin auf und ermahnt mich, weiterzutrainieren.

Aber auch die nächsten Läufe ändern nichts an der Tatsache, dass ich ein enormes Trainingsdefizit habe.

»Lena, deine Ausdauer lässt schwer zu wünschen übrig und ist stark verbesserungswürdig. Bitte trainiere außerhalb der Schulzeit, damit du mit den anderen mithältst«, bemerkt die Lehrerin. Nach ihrem skeptischen Blick zu urteilen, kann ich mich gleich nach einer anderen Schule umschauen. Das kann ja lustig werden.

Frisch geduscht, mit hochrotem Kopf und mit schweren Beinen, lasse ich mich neben Paul auf den Stuhl fallen und stöhne verzweifelt. Er beobachtete mich verstohlen, bevor er spitzbübisch zu lächeln beginnt.

»Du solltest mehr Ausdauertraining machen, sonst fliegst du schneller, als dir lieb ist«, meint er belustigt.

Jetzt muss ich mir sogar noch Sorgen machen, im Nebenfach Sport durchzufallen. Gekünstelt lächle ich ihn an: »Danke für die Info«, und versuche, mich auf die Biologiestunde zu konzentrieren.

Anscheinend gehört Biologie nicht zu einem von Pauls Lieblingsfächern, denn er beginnt sich erneut mit seinem anderen Sitznachbarn zu unterhalten, während der Biologielehrer vor uns den Unterschied zwischen X-Chromosomen und Y-Chromosomen zu erklären versucht.

»Wenn du willst, kannst du mit uns mitlaufen«, flüstert Emma mir zu und tippt mich dabei an. Verwundert drehe ich meinen Kopf in ihre Richtung und bin nicht sicher, ob das jetzt eine Frage oder eine Aufforderung war. »Wir treffen uns einmal die Woche am Nachmittag und gehen laufen ...«, meint sie schulterzuckend.

Für einen kurzen Moment lauscht Paul unserer Unterhaltung und fährt sich ein paarmal durch sein frisch gewaschenes Haar. Sein Parfüm duftet bis hierher. Eine Strähne rutscht ihm dabei immer wieder ins Gesicht.

»Wen meinst du mit wir?«, frage ich sicherheitshalber und werfe Paul einen kurzen genervten Blick zu, den er mit seinem schelmischen Grinsen und einem Augenzwinkern auffängt.

»Ein paar Leute aus der Klasse.« Wer ist so wahnsinnig und macht freiwillig in seiner Freizeit Sport?

»Bei dem Schneckentempo, das unser Mauerblümchen heute an den Tag gelegt hat, ist sie nur eine Belastung«, meldet sich Paul zu Wort.

»Wir haben alle mal klein angefangen«, versucht mich Emma zu verteidigen und kneift dabei ihre Augen böse zu.

»Ich glaube, bei ihr ist Hopfen und Malz verloren«, erwidert er gelassen, während er sich erneut durchs Haar fährt.

»Sei nicht so ein Macho, Paul.« Lächelnd zwinkert sie mir zu.

»Wann geht ihr trainieren?«, unterbreche ich die beiden. Verwundert sehe ich, wie Paul sich zu mir dreht und dabei seine Augenbrauen in die Höhe zieht.

»Jeden Mittwoch nach der Schule«, antwortet Emma und scheint sich über mein Interesse aufrichtig zu freuen. Wenn Paul sich nicht so abwertend über meine Ausdauer ausgelassen hätte, wäre ich nie auf die Idee gekommen, bei einem zusätzlichen Training mitzumachen, doch nun ist mein Ehrgeiz geweckt, diesem Großmaul das Gegenteil zu beweisen. Das hat er jetzt davon!

DREI

Das einfallende Licht scheint durch die Fenster, erhellt den Raum und weckt mich aus einem ruhigen Schlaf. Zum ersten Mal seit Monaten fühle ich mich richtig erholt. Nur langsam öffne ich die Augen, um mich an die Helligkeit zu gewöhnen. Von Sekunde zu Sekunde erscheinen die Konturen klarer. In der Luft schweben schwerelos feine Staubpartikel, die im Sonnenlicht durch mein Kinderzimmer tanzen. Es herrscht eine beinahe belastende Stille im Raum. Einzig die tiefen, langen Atemzüge und der kräftige Herzschlag in meiner Brust durchbrechen diese Ruhe. Zögerlich drehe ich mich auf den Rücken und lasse meinen Blick durch mein Kinderzimmer schweifen. Es fühlt sich fremd an, wieder hier zu sein, zugleich weckt dieser Platz aber wunderbare Erinnerungen und versetzt mich zurück in eine andere Zeit meines Lebens. Wenn ich es mir erlaube, fühle ich mich hier geborgen, geschützt vor der beängstigenden Welt. Hier kann ich wieder Kind sein. Für einen kurzen Moment lasse ich es zu. Ich schließe die Augen und erlaube meinen Gedanken, die tief verborgenen Sehnsüchte zu wecken:

Leni, wie lange willst du noch liegen bleiben ... dein Frühstück steht auf dem Tisch! Du wirst noch zu spät in die Schule kommen ... komm endlich in die Gänge. Meinen Mund umspielt ein zartes Lächeln, als ich die sorgende Stimme meiner Mutter gedanklich wahrnehme.

Wenn du dir noch länger Zeit lässt ... Leni, nochmals rufe ich dich nicht mehr. Bring mich nicht dazu, in dein Zimmer zu kommen.

Ich drehe mich zur Seite und spüre, wie Paul mir eine Strähne aus dem Gesicht streicht. Mein Lächeln wird bei seiner Berührung stärker. *HoneyBee, wach auf. Wenn wir nicht bald aufstehen, steht deine Mutter im Zimmer und sie wird nicht erfreut sein, einen Jungen in deinem Bett zu finden.*

Ich wage es nicht, meine Augen zu öffnen. Ich will diesen kostbaren Augenblick noch genießen, ich möchte das Glück festhalten und nicht aus diesem Traum erwachen ...

Wir sollten aufstehen und ich verschwinde lieber, bevor sie uns erwischt. Wach auf, meine süße HoneyBee. Du hast lange genug geschlafen.

Die Erinnerung an seine Nähe fühlt sich wahrhaftig und echt an. Nur noch einen Moment, murmle ich in Gedanken. Ich spüre, wie er unentwegt über meine Haut streicht. *Wach auf, mein Engel.*

Beinahe kann ich ihn riechen. Ich möchte aus diesem Traum nicht aufwachen. Verzweifelt kneife ich meine Augen zusammen in der Hoffnung, den Augenblick mit ihm zu verlängern. Doch irgendwann höre ich weder die Stimme meiner Mutter noch die von Paul, auch seine sanften Berührungen nehme ich nicht mehr wahr. So schnell, wie sie mich eingefangen haben, so schnell ist diese Begegnung vorbei und ich bin wieder alleine in meinem Zimmer. Zurück bleibt meine große Sehnsucht nach ihm.

Wütend und verzweifelt lege ich die Hände über mein Gesicht und fluche vor mich hin. Ich quäle mich mit diesen Tagträumen doch nur selbst. *Das muss aufhören!*

Engelchen und Teufelchen sitzen auf meinen Schultern und

flüstern mir zu. Der Engel, der mich in meinem Entschluss, hierherzukommen, bekräftigt und mir helfend zur Seite steht und mich bestärkt: *Leni, du schaffst es diesmal.* Das Teufelchen allerdings – das leider noch viel größer ist – führt mir täglich mein Scheitern vor Augen und redet mir ein, dass ich es nicht wert bin, geliebt zu werden.

Sein Herz zu öffnen und glücklich zu sein, bedeutet so viel mehr Kraft aufzuwenden, als es einfach unglücklich zu verschließen. Dieser Glaubenssatz war lange Zeit meine Mauer, hinter der ich mich versteckt habe. Doch meine Entscheidung, mich zu ändern, treibt mich an. Ich will einen Neuanfang. Ich brauche einen Neuanfang!

Unweigerlich fühle ich mich dabei gezwungen, meinen Ängsten in die Augen zu blicken. Ich will mich von allem lossagen, was mich in dieser dunklen Welt hält.

Schon beim Betreten des Flugzeugs stand dieser Entschluss fest. Über die Umsetzung habe ich mir zwar noch keine Gedanken gemacht. Ich sehe das aber als einen durchaus positiven Aspekt in meinem sonst so minutiös durchgeplanten Leben an.

Für mich heißt es nun, alte Muster aufbrechen und Veränderungen zulassen.

Ich betrachte die vielen Bücher neben meinem Bett. Alphabetisch geordnet stehen sie sorgfältig in einer Reihe. Meine Fingerspitzen streichen gedankenverloren über den Rücken der Bände. Ich liebte es zu lesen. Stundenlang verkroch ich mich in meinem Zimmer, tauchte in eine andere Welt ein und genoss es, mich in das Leben der Darsteller zu versetzen. Paul empfand meine Schwäche für Romanfiguren oft als fragwürdig. »Du bist das verträumteste Mädchen, das ich kenne«, waren seine Worte, wenn ich ihm leidenschaftlich von meinen Romanhelden vorschwärmte. Heute lese ich nur noch Fachzeitschriften und korrigiere Artikel unseres Magazins. So komme ich auch nicht in

Versuchung, an das zu glauben, was einem in Romanen vorgegaukelt wird. Den Traum, in den mich das Lesen entführt, gibt es nun mal nicht. Meine Liebe für Bücher starb einen schnellen Tod. Zurück blieb ein Regal, vollgefüllt mit Büchern und den schönsten aneinandergereihten Phrasen und Wörtern, Erzählungen aus den Federn berühmter Poeten, Dichter und Schriftsteller. Allerdings erzählen die meisten von ihnen Geschichten, die niemals passiert sind und die oftmals glücklich enden. *Wo gibt es denn heutzutage noch ein Happy End? Es ist jämmerlich. Wenn ich früher an das Glück der Liebe glaubte, bin ich nun von dem trübsinnigen, deprimierenden Ausgang überzeugt.*

Sanft streiche ich über die Buchrücken, lasse kurze Erinnerungen zu und beginne zu lächeln. Plötzlich sehne ich mich danach, nach so langer Zeit wieder ein Buch zu lesen. Doch schnell schiebe ich diesen Gedanken von mir.

Sorgfältig lege ich die Bettdecke zusammen und streiche die Spuren meines Schlafs aus ihr. Ich trage noch die gleiche Kleidung, mit der ich gestern Paris verlassen habe. Mein Gepäck steht im Eingangsbereich. Deshalb durchstöbere ich meinen Schrank und finde einen alten Pullover, in den ich zweimal hineinpasse. Sanft streife ich über den kindlichen Aufdruck mit einer Biene und halte ihn an meine Nase. Selbst wenn er nicht mehr nach Kindheit riecht, fühlt es sich richtig an, ihn überzuziehen. Schnell befreie ich mich von dem engen Kleid, das ich beim Flug anhatte, schlüpfe in frische Unterwäsche, streife mir dieses altmodische Ding über den Kopf und betrachte mich im Spiegel. Ein kleines Lächeln huscht über meine Lippen, als ich ein junges Mädchen vor mir stehen sehe. Kopfschüttelnd wende ich mich ab. Bevor ich unter die Dusche springe und meinen Koffer hole, will ich meine Eltern begrüßen. In Windeseile zwirble ich die Haare zu einem unordentlichen Knoten und gehe barfuß die Treppen hinunter. Der Boden fühlt sich unter meinen nackten Fußsohlen kalt an. Bei jedem weiteren

Schritt beginne ich, etwas mehr zu frösteln. Erleichtert trete ich in die durch den kleinen Ofen erwärmte Küche ein. Meine Mutter rührt einen wunderbar riechenden Zimtbrei am Herd – der Duft löst sofort Erinnerungen in meinem Kopf aus – und hebt ihre Mundwinkel fröhlich, als sie mich sieht.

»Leni!« Mit ihrer überschwänglich liebevollen Art umarmt sie mich, und das erste Mal seit Jahren nehme ich diese Geste dankbar an. Wir beide genießen die vertraute Nähe. Länger als es für uns üblich ist, halten wir uns fest und sie atmet erleichtert tief durch. »Ich wollte dich gestern nicht mehr wecken, nachdem du schon so friedlich in deinem alten Bett eingeschlafen warst. Es ist schön, dich hier zu haben!«, flüstert sie in mein Haar und streicht dabei mütterlich darüber. Ich nicke und löse mich aus der für meine Verhältnisse schon lang andauernden Verbindung. Ich merke, wie sie mein unübliches Outfit mustert.

»Einen netten Pullover hast du da an«, zwinkert sie mir zu. Verschämt ziehe ich die Enden des Pullovers in die Länge und versuche, meine nackten Beine zu verstecken.

»Ich wollte nur schnell ›Hallo‹ sagen, bevor ich unter die Dusche springe und mich ordentlich kleide«, versuche ich sofort, meine alten Klamotten zu entschuldigen.

»Bleib so, wie du bist. Ich finde es wunderschön. Setz dich. Ich mache gerade dein Lieblingsfrühstück. Ich dachte, du freust dich.« Wie sehr ich ihre Nähe vermisst habe, merke ich erst, als ich beginne, sie wieder an mich heranzulassen. Etwas hält mich noch immer zurück, mich ihr zu öffnen. Doch ich bemühe mich, meine dunklen Gedanken von mir zu schieben. Ich will ihre innigen Gesten nicht sofort abwehren. Sie macht es mir nicht schwer, ihr wieder zu vertrauen. Wie gerne möchte ich sie umarmen und ihr sagen, wie heilend ihre Anwesenheit ist.

»Danke«, erwidere ich stattdessen gedankenverloren.

»Ich habe nicht so früh mit dir gerechnet. Normalerweise

kommst du doch immer erst zu Weihnachten. Warum bist du schon hier? Ist alles in Ordnung?« *Auf welche Frage soll ich nun zuerst antworten?*

»Ich weiß auch nicht, warum ich schon hier bin«, sinniere ich geistesabwesend. »Es hat sich richtig angefühlt, in das nächste Flugzeug zu steigen, als ich deine Schachtel in den Händen hielt. Außerdem steht mir die Scheidung von Christian bevor«, versuche ich, Rechtfertigungen zu finden. Ihre Stirn legt sich in Falten.

»Habt ihr alles regeln können oder ist er noch immer so wütend?«

»Wir haben seit unserer Trennung nicht mehr miteinander gesprochen. Unsere Anwälte regeln alles. Ich denke, so ist es am besten. Er ist nicht besonders gut auf mich zu sprechen«, antworte ich schulterzuckend.

»Er ist nicht gut auf dich zu sprechen?« Ihre Brauen wandern fragend in die Höhe. »Ist das dein Ernst? Nach dem, was dein Bruder erzählt hat, sollte er sich hier nicht mehr blicken lassen. *Denk* nicht einmal mehr daran, dich mit ihm zu versöhnen!« Sie kommt auf mich zu und stellt mir eine Kaffeetasse auf den Tisch. Mit einer innigen Geste streicht sie über mein Haar.

Verunsichert über ihre Nähe lächle ich schüchtern, wenngleich es sich richtig und gut anfühlt. »Wenn du unsere Hilfe brauchst, gib uns Bescheid! Du weißt, wir sind immer für dich da!«

Ich nicke. »Danke, aber Tim kümmert sich um alles. Er ist ein guter Anwalt.«

»Tim, aus deiner ehemaligen Klasse?«, fragt sie nach.

»Ja, er ist Anwalt. Er macht seine Sache ganz gut. Gegen Christian anzukommen ist nicht einfach, doch er lässt sich nicht unterkriegen.«

»Find ich gut!«

»Ich dachte, du wärst gegen Scheidungen?« Ich blicke zu

ihr auf. Um ehrlich zu sein, hatte ich Bedenken, so offen mit meiner Mutter über dieses Thema zu sprechen.

Sie rollt genervt mit den Augen. »Christian ist kein Mann, wie du ihn verdient hättest. Er wusste es nicht zu schätzen, dich an seiner Seite zu haben.«

»Er hatte es nicht immer leicht mit mir.« Wieder einmal versuche ich, ihn in Schutz zu nehmen. Sie zischt wütend und schüttelt bekräftigend ihren Kopf.

»Dein Vater hat es mit mir auch nicht immer leicht.« Ich beginne zu schmunzeln und sie stimmt mir mit einem sanften Lächeln bei. »Keinem Mann steht es zu, eine Frau zu schlagen. Ich dachte, ich hätte dir das als Mädchen Dutzende Male gesagt.« Ich beginne mich an Pauls Worte im Krankenhaus zu erinnern, die denen meiner Mutter gerade gleichen, und nicke beschämt. Sie haben recht, dennoch versuche ich, die Schuld ständig bei mir zu suchen. *Wie verrückt ist das eigentlich?* Ich nicke wissend, blicke zu meinen Händen und spiele mit meinen Nägeln.

»Ich habe gestern gesehen, dass du sie geöffnet hast …«, holt sie mich wieder aus meinen Gedanken. Verwundert blicke ich auf. »Die Schachtel«, meint sie erklärend. Selbstversunken knete ich meine Hände, die mir immer in unangenehmen Situationen Halt geben.

Ich antworte ihr lange nicht, bis ich ihr eine Gegenfrage stelle.

»Warum hast du sie mir geschickt?« Ich hoffe auf eine einleuchtende Antwort.

»Leni …« Sie zieht den Sessel neben mir zu sich, erzeugt dabei ein lautes Geräusch und setzt sich darauf.

Sie ergreift meine Hände und schenkt mir ein aufmunterndes Lächeln. »Weil es schon längst an der Zeit war. Es tut mir leid, dass ich es jetzt erst getan habe. Ich hatte kein Recht, sie dir nicht zu geben, doch du musst mich verstehen …« Ihre Brust hebt sich, als sie tief seufzt. »Egal, was ich zu dir sagte, es artete immer in einen riesigen Streit aus. Ich wusste, wie du all jene aus deinem Leben ausgeschlossen hast, die in diese Geschichte involviert waren, verständlicherweise. Ich hatte Angst, dich ganz zu verlieren.«

»Warum gerade jetzt? Was hat sich verändert?« Ich lasse nicht locker. Irgendeinen Grund wird es doch geben.

Ihre gerade noch so traurige Stimmung weicht einer gelösten. »*Du* hast dich verändert, mein Liebling. Auch wenn du noch immer versuchst, die Unnahbare zu mimen, spüre ich, wie du zu dir zurückfindest.« Sie legt erleichtert ihre Hände auf ihre Brust. »Du weißt gar nicht, wie glücklich mich das macht. Vielleicht bist du selbst noch nicht so weit, es zu sehen, aber du kannst es nicht mehr verstecken.«

»Nur deswegen hast du mir die Briefe geschickt?« Ich traue ihren Beweggründen noch nicht.

»Nein, ich weiß, dass du dich wieder mit Paul triffst, und ich dachte, es wäre schön für dich zu wissen, was er damals gefühlt hat.« *Daher weht der Wind!*

Ich knalle mit der geballten Faust auf den Tisch. Die Tassen klirren und wackeln gefährlich. »Du überfällst mich mit einer Kiste voll mit Briefen und glaubst, das sei richtig?« Wütend springe ich auf und schüttle den Kopf. »Du weißt nichts aus meinem Leben.« Ich kann meinen Ärger nicht mehr unterdrücken.

»Leni, sei nicht böse, ich habe es nur gut gemeint. Ich möchte alles aus deinem Leben wissen. Ich möchte, dass du mir wieder vertraust. Ich bin für dich da, wenn du mich brauchst. Du kannst mit mir über alles reden.« Ich gehe zum Fenster und blicke in die weiße Winterlandschaft, atme ein paarmal tief ein und aus und versuche, mich zu beruhigen und den guten Willen meiner Mutter zu erkennen, was meine dunklen und pessimistischen Gedanken nun mal schwer zulassen. Doch ich bin hier, um etwas zu ändern. Ich muss etwas ändern, rufe ich mir wie ein Mantra immer wieder ins Gedächtnis. Ich muss lernen, mich wieder zu öffnen und Nähe zuzulassen. Mein Leben verändert sich, ob ich will oder nicht. In Gedanken versuche ich noch immer, mich an die kalte Steinwand hinter mir zu drücken, die mir bis jetzt Rückhalt gab.

Doch sie schiebt sich immer weiter nach vorne und lässt den Platz, an dem meine Füße noch einen festen Stand haben, schwinden. Der Sprung in eine ungewisse Zukunft ist unvermeidbar. Der Abgrund erscheint mir gerade noch unüberbrückbar.

Was mein Geist noch tunlichst versucht zu vermeiden, erledigt mein Körper für mich. Ich verändere mich von Tag zu Tag. Die Bestätigung meiner Schwangerschaft bestand bislang aus einem positiven Schwangerschaftstest. Noch verdränge ich diese Tatsache. Ich habe bisher keine Frauenärztin aufgesucht und ich weiß nicht, was mich davon abhält. Bis dato habe ich versucht, mich abzulenken, um ja keine Veränderung wahrzunehmen und mich nicht all den Ängsten zu stellen. *Kann ich dieses Kind bekommen, wo ich meinem ersten das Leben nicht erlaubt habe? Wahrscheinlich werde ich es verlieren. Mein Körper ist durch das krankhafte Essverhalten geschwächt. Der Gedanke, eine alleinerziehende Mutter zu werden, macht mir Sorge. Bin ich dieser Aufgabe überhaupt gewachsen? Wann soll ich Paul davon erzählen? Soll ich ihm überhaupt davon erzählen?*

Es plagen mich weder morgendliche Übelkeit noch irgendwelche Essgelüste, die jede Schwangere daran erinnern würden, dass ein kleines Wesen in ihr wächst. Meine einstudierte Verdrängungstaktik hat mir dies bis jetzt ermöglicht. Obwohl ich mit dem Wunsch nach Paris ging, einiges in meinem Leben zu ändern, begann ich mich wieder mit Arbeit zuzuschütten, um keinen Gedanken daran zu verlieren, wie meine Zukunft ausschauen könnte. Wahrscheinlich war es damals die Macht der

41

Gewohnheit. Erst seit ein paar Tagen spüre ich, dass es an der Zeit ist, die Veränderungen anzunehmen. Die wachsende Oberweite, die plötzlichen Rundungen an meinen Hüften und der kleine Bauch beginnen, mich zu verraten.

Ich zwinge mich zu essen, da ich es mir selbst niemals verzeihen würde, dieses Kind aufgrund meiner Essstörung zu verlieren. Von Tag zu Tag gewöhne ich mich mehr daran, normal und gesund zu essen. Ich merke, wie mein Körper es mir dankt. Meine engen Kleider passen aufgrund meiner Oberweite nicht mehr.

Zwar weigere ich mich noch, mein Outfit gegen legere Kleidung einzutauschen, doch mit jedem Tag, der vergeht, geben mir die spannenden Nähte zu verstehen, dass es an der Zeit wäre, die schicken Kleider an den Haken zu hängen.

»Wo ist Dad?«, hole ich mich selbst aus den Gedanken.

»Er ist unterwegs … Weihnachtsgeschenke besorgen.« Ich nicke und drehe mich wieder zu ihr.

»Ich werde mal schnell unter die Dusche hüpfen, bevor ich etwas esse.«

»Ist gut, mach das …« Ich will die Küche verlassen, als sie mir noch nachruft: »Leni …« Ich drehe mich um und schaue sie fragend an.

»Du schaust gut aus. Deine Augen leuchten.« *Jetzt gerade?* Ohne zu denken, lächle ich. In diesem Moment schrillt die Hausglocke.

»Ach, sei so lieb und öffne die Türe, das ist bestimmt der Postbote. Ich erwarte noch ein Paket«, meint meine Mutter beiläufig.

»Bitte, Mutter, in diesem alten Ding geniere ich mich …« Ich ziehe demonstrativ an meinem Pullover.

»Mein Brei verbrennt mir sonst am Herd. Stell dich nicht so an. Den Postboten wirst du niemals wiedersehen«, antwortet sie und ich wage nicht, ihr zu widersprechen.

Kopfschüttelnd gehe ich zum Hauseingang. Verärgert über

mein folgsames Verhalten und in mich hinein fluchend reiße ich die Türe auf.

Mein Atem stockt, ich blinzle verwirrt und merke, wie sich mein Mund langsam öffnet. Der Schock, in zwei grünblaue Augen zu schauen, lässt mich erstarren. Wir blicken einander an. Keiner wagt es, das erste Wort zu sprechen. In meiner ganzen Planung, hierherzukommen, habe ich mir einfach nicht überlegt, wie ich ihm gegenübertreten soll, da ich nicht so schnell mit einem Zusammentreffen gerechnet habe. Schon gar nicht in diesem Outfit. Nun fixieren wir einander, als hätten wir einen Geist gesehen. Er räuspert sich, fängt sich als Erster und blickt zu Boden. »Hallo«, meint er emotionslos, als wäre ihm diese Begegnung egal.

»Ha- hallo«, antworte ich stotternd. Er hebt seinen Kopf leicht und ich merke, wie er verstohlen auf meine nackten Beine blickt. Die Kälte kriecht an meiner Haut hoch und lässt meinen ganzen Körper erschaudern. Ich beginne, unruhig von einem Bein auf das andere zu steigen.

Langsam gleitet sein Blick wieder zu mir hoch und bleibt bei meinem Pullover und dem Bienenmotiv, das sich direkt über meiner Oberweite abzeichnet, hängen. Sofort verschränke ich die Arme schützend vor meiner Brust. Aufgrund der niedrigen Temperatur zeichnen sich die Brustwarzen deutlich unter meinem Pullover ab. Seine Augen verdunkeln sich. Ich will etwas sagen. Meine Lippen öffnen und schließen sich, doch es entweicht kein Ton. Ich beiße mir wütend auf meine zitternden Lippen, um nichts von meiner Aufregung preiszugeben. Eingehüllt in eine dicke schwarze Jacke, darunter einen lässigen Kapuzenpullover, so steht er vor mir. Um seine Schultern trägt er seine große Ledertasche. Seine Haare, versteckt unter einer Mütze, blitzen an seiner Stirn hervor. Ich weiß nicht, wie lange wir voreinander stehen, ohne ein Wort zu sagen.

Die geladene Stimmung überträgt sich augenscheinlich auf

uns beide. Im Wechselbad der Gefühle möchte ich weglaufen, obgleich ich seine Nähe vermisst habe und ihn am liebsten an mich ziehen will, um ihm zu sagen, wie sehr ich mich freue, ihn zu sehen. Ich will mich an seinen Körper kuscheln und von ihm hören, dass alles wieder in Ordnung kommt. Stattdessen baut sich mit jeder Minute eine immer höher werdende Mauer vor uns auf.

»Was willst du hier?«, frage ich, um der Stille endlich ein Ende zu bereiten.

Er mustert mich eingehend, bevor er mir trocken antwortet.

»Deine Mutter hat mich angerufen. Ich soll kommen, dein Vater hätte sich den Rücken verrissen …«, redet er mechanisch. Er lacht auf, senkt den Blick, schüttelt den Kopf und fährt ein paarmal mit der Hand seinen Nacken entlang.

Oh mein Gott, wie ich diesen Menschen vermisst habe. Mein Körper reagiert auf seine Nähe ohne mein Zutun.

Ein Schwall von flatternden Schmetterlingen fegt über meine Haut, die stark zu kribbeln beginnt, hinweg. Verräterisch zieht sich meine Brust zusammen. Ich intensiviere den festen Griff meiner verschränkten Arme.

Ich runzle die Stirn und beginne, ihn mit der gleichen Intensität zu mustern, wie er es gerade getan hat.

»Mein Vater ist Weihnachtsgeschenke besorgen.« Er nickt, ohne mich dabei anzuschauen. Genauso wie mir scheint ihm dieses inszenierte Zusammentreffen bewusst zu werden.

»Das dachte ich mir schon«, antwortet er selbstgefällig.

Ich schnaufe gereizt auf. »Was glaubst du denn? Meinst du, ich hätte dich herbestellt?« Sein arrogantes Verhalten macht mich wütend.

Die Stimme meiner Mutter unterbricht uns. »Ach Paul, du bist es …«

Ich kann mir nur schwer das Augenrollen über ihre schlechte schauspielerische Leistung verkneifen. Er erwidert ihre Begrüßung mit hochgezogenen Augenbrauen.

»Komm herein … Es tut mir leid, ich habe ganz vergessen abzusagen. Ein paar Hausmittelchen und es geht ihm schon wieder blendend«, kichert sie, überzeugt von ihrem eigenen genialen Plan.

»So blendend, dass er shoppen gehen kann«, füge ich noch mit einem leicht sarkastischen Grinsen hinzu.

Ich stehe noch immer mit verschränkten Händen vor Paul. Eine reine Schutzmaßnahme, um keine Aufmerksamkeit auf meine körperlich deutlich sichtbare Begeisterung über seine Nähe zu richten.

»Gut, dann werde ich wieder gehen«, meint Paul schnell, zum Aufbruch bereit.

»Kommt doch gar nicht infrage …« Meine Mutter zieht Paul an seinem Ellbogen ins Haus. Ich trete ein paar Schritte zurück, um ihn dabei nicht zu berühren und vor allem nicht zu riechen. Paul schaut mich irritiert an, doch er fügt sich meiner Mutter.

»Ich habe gerade Zimtbrei gemacht. Du weißt doch, den Leni immer so geliebt hat …«

»Ich kann mich erinnern«, erwidert Paul verbittert und blitzt mich dabei wütend an.

Warum straft er mich permanent mit seiner Gehässigkeit? Wir liefern uns ein spannungsgeladenes Duell mit unseren Blicken.

»Iss mit uns. Ihr habt euch doch sicher viel zu erzählen, nachdem Leni jetzt in Paris lebt und ihr euch nicht mehr so oft sehen könnt. Leni hat mir von euren Treffen erzählt. Ich finde das großartig!«, sprudelt es übermütig aus ihr heraus.

»Hat sie das?«, fragt er argwöhnisch.

Nun bereue ich, dass kein klärendes Gespräch zwischen meiner Mutter und mir stattgefunden hat. Doch die Zeit dafür war zu kurz. *Wie hätte ich wissen sollen, dass er hier gleich auf-*

taucht? Unangenehmer könnte die ganze Situation nicht sein. Paul setzt sich an den Tisch und ich nehme auf dem am weitesten entfernten Stuhl Platz, ziehe die Beine an meine Brust und verstecke sie vor Pauls Blicken unter dem überdimensionalen Pullover. Diese Angewohnheit hatte ich schon als junges Mädchen. Meine Mutter scheint so in ihre Erzählungen vertieft zu sein, dass sie gar nicht wahrnimmt, wie wir einander kritisch betrachten. Unnachgiebig starrt mich Paul an. Seine Anwesenheit macht mich unsicher. Ich versuche, meine Haare zu richten, die wild in alle Richtungen stehen.

»Willst du auch Tee oder Kaffee?« Inzwischen steht meine Mutter neben uns und strahlt mit der gelben Teekanne um die Wette.

»Wie bitte?« Paul wird augenscheinlich aus seinen Gedanken gerissen.

»Ich sehe schon, ich lasse euch mal alleine. Ihr habt euch sicher viel zu erzählen, da ihr euch ja seit Wochen nicht mehr gesehen habt«, wiederholt sie sich. Sie klopft Paul auf die Schulter, stellt die Kanne auf den Tisch und verlässt die Küche. Stille.

Ein schnell klopfendes Herz in meiner Brust und diese schmerzende Sehnsucht, ihm nahe zu sein. *Ich sollte so nicht mehr denken. Es geht nicht mehr. Ich sollte mir das schnellstmöglich aus dem Kopf schlagen. Paul hat Marlene. Sie bekommen ein Kind. Unser Zug ist schon lange abgefahren. Ich schaffe das alleine.*

Da er zu Boden stiert und keine Anstalten macht, sich mit mir unterhalten zu wollen, versuche ich es mit einer Höflichkeitsfloskel. Ich will mich nicht mit ihm streiten.

Ich sollte versuchen, ein freundschaftliches Verhältnis zu ihm aufzubauen.

»Du schaust gut aus«, lächle ich ihm zu und hebe meinen Kopf, um seinen Blick einzufangen, doch er schaut unentwegt aus dem Fenster.

»Danke«, antwortet er kurz und emotionslos.

»Wie geht es dir?«

»Gut, danke!« Seine Lippen verengen sich zu schmalen Linien, während ich verlegen an meinen herumbeiße.

»Paul?« Ich neige meinen Kopf zur Seite und warte darauf, dass er mich anschaut.

»Was?« Er blickt mich zornig an.

Ich runzle verwundert die Stirn und versuche, mit seiner spürbaren Ablehnung klarzukommen. »Warum bist du so abweisend?«

Er schüttelt seinen Kopf und lacht dabei höhnisch. »Ist das dein Ernst?«

Ich merke, wie er sich sichtlich bemüht, die Fassung zu bewahren. »Mir geht es blendend. Was denkst du denn?«

Ich sollte mich zusammenreißen und nicht mit ihm streiten. Nachdem ich ein paar Minuten vergehen lasse, versuche ich erneut, ein normales Gespräch zu beginnen. »Es ist schön, dich wiederzusehen«, versuche ich, ihn zu besänftigen, obwohl ich mich ärgere.

»Ich wäre nicht hergekommen, wenn ich gewusst hätte, dass ich dich hier antreffe.« Der Stich sitzt. Genau dort, wo es am meisten schmerzt. »Hast du dich schon in Paris eingelebt?« Er presst seine Lippen erbittert zusammen.

»Es geht mir ganz gut«, erwidere ich leise.

Er betrachtet mich herablassend und starrt erneut auf meine Oberweite. Wobei ich mir nicht sicher bin, ob er die Veränderung meiner Brust bemerkt oder einfach der kindlichen Zeichnung darauf Aufmerksamkeit schenkt. Sein Gesicht macht eine deutliche Veränderung durch. Seine Augen verdunkeln sich auf eine Weise, die ich nicht von ihm kenne.

»Warum ziehst du diesen Pullover an? Was willst du damit bezwecken?«, herrscht er mich blindwütig und dunkel an.

Ich blicke fragend an mir herunter und verstehe erst, was er meint, als ich die Biene darauf sehe.

»Paul, es tut mir leid, ich wusste nicht, dass du kommst«, stottere ich etwas verwirrt. Dieses Gefühlschaos ist schlichtweg unerträglich.

»Egal, was du anhast oder zu mir sagst ... zwischen uns ist es aus. Ich habe mich für Marlene entschieden. Nur, dass du das weißt!«, weist er mich zurecht.

Wenn er mich mit seinen Worten verletzen will, dann hat er das soeben gründlich geschafft.

»Ich bin nicht hier, um Unruhe zu erzeugen«, versuche ich mich sofort zu verteidigen.

Er lacht sarkastisch auf. »Warum auch?«

»Ja, warum auch?«, wiederhole ich seine Worte. So langsam werde ich wütend. Was bildet er sich ein?

»Ich werde Marlene heiraten.« Seine Stimmbänder vibrieren deutlich.

Nickend senke ich den Kopf, um ihm meine Verzweiflung nicht zu zeigen. »Ich weiß ...«

»Sie bekommt ein Kind«, fügt er noch erklärend hinzu. Als wüsste ich das nicht.

»Ich weiß«, antworte ich betreten. »Es ist okay!«

»Okay ...«, wiederholt er. »Ich kann dich nicht mehr sehen«, fügt er noch schnell hinzu.

»Okay.« Ich weiß nicht, was ich anderes darauf sagen sollte.

Er wendet sich ab und schüttelt zornig den Kopf. »Nichts ist okay, also sag nicht immer ›okay‹, wenn es das nicht ist.«

»Paul, was soll ich dir sagen?« Seine Wut schneidet mir die Kehle zu.

»Nichts! Du sollst nicht hier sein. Du sollst diesen verdammten Pullover nicht anhaben, du sollst deinen Mund nicht aufmachen und du sollst deine Haare nicht zerzaust hochstecken ...« Er fuchtelt wild mit seinen Händen in der Luft herum. Ich kapiere in diesem Moment rein gar nichts und blicke ihn konsterniert an.

»Steck dir die Haare nie wieder so hoch, hast du mich verstanden?« Er deutet böse mit seinem Zeigefinger auf mich.

»Paul …« *Warum ist er so unbeherrscht?*

»Nichts da ›Paul‹! Hast du mich verstanden?«

»Warum dar…«

Er bedeutet mir, leise zu sein. »Hör auf zu reden. Du kannst nicht einfach immer so in meinem Leben auftauchen und alles auf den Kopf stellen. Das geht so nicht weiter.«

»Paul, jetzt hör auf.«

Seine Augen verengen sich und er bedeutet mir erneut, still zu sein.

»Nicht reden, habe ich gesagt. Du hörst mir jetzt mal zu, verstanden?« Ich schlucke heftig und wage nur zu nicken.

»Du hast mein Leben schon genug aus der Bahn geworfen. Nun ist Schluss damit. Du wirst dich nicht wie die Leni von früher kleiden, du wirst die Haare nicht so tragen wie jetzt und du wirst dich mit Schminke zukleistern. Klar?«

»Warum?«

»Weil ich deinen Anblick sonst nicht ertrage.« Er wendet sich von mir ab und schüttelt resignierend den Kopf.

»Paul, bitte hör auf, so kindisch zu sein«, ziehe ich seine Worte mit einer leicht hysterischen Stimme ins Lächerliche.

»Nein, Leni, das ist nicht kindisch, das ist reiner Selbstschutz. Ich werde Marlene so etwas nicht mehr antun. Deine Anwesenheit erschwert diesen Vorsatz. Mit der Lena, der toughen Geschäftsfrau, fange ich nichts an. Also kleide dich bitte wieder so wie sie und verhalte dich so, dann wird es keine Probleme geben.«

»Probleme? Was redest du da?« Wirre Gedanken kreisen mich ein, während ich ihn perplex anstarre.

»Du verstehst mich nicht? Ich bin es leid, meinem Herzen klarzumachen, dich von dem Podest zu heben, von dem dich mein Verstand schon längst entfernt hat«, knurrt er in einer Anwandlung von Zorn.

»Es tut mir leid … ich … ich …« Ich fühle mich wie ein

kleines Kind, das er für sein törichtes Verhalten maßregelt. »Ich will mich nicht zwischen dich und Marlene drängen. Das wollte ich nie und ich wünsche dir mit ihr eine Zukunft, wie du sie dir verdient hast. Ich wünsche dir alles Gute!«

»Ach, lass die Scheiße.« Er wird laut.

»Was?«, schreie ich nun doch erbost zurück. So langsam reichen mir seine Vorwürfe.

»Du wünscht mir mit ihr alles Gute? Bist du noch zu retten? Weißt du, was du für einen Schwachsinn redest?«

»Was willst du hören?« Ich könnte gerade vor Wut an die Decke springen.

»Nicht solche vorgefertigten Aussagen«, herrscht er mich an. »Sei doch *einmal* ehrlich zu dir selbst und versuche nicht immer, das zu sagen, was alle hören wollen. Du hast dich kein bisschen verändert. Vielleicht versuchst du dich mit deinem Äußeren an die Leni von damals heranzutasten, doch das wird dir nicht gelingen …« Er kommt mir bedrohlich nahe und bleibt vor mir stehen. Ich weiche sofort einen Schritt zurück. Wütend tippt er sich an die Schläfe. »Und weißt du warum? Weil du es nicht willst.«

»Was redest du da?« Meine Stimme klingt schrill.

Er lacht süffisant auf, bevor er mich wieder mit einer Bitterkeit anblickt, die das Blut in meinen Adern gefrieren lässt. »Du glaubst, stark in dieser lächerlichen Hülle zu sein. Doch man ist nicht stark, wenn man keine Gefühle zulässt. Stark sind die Menschen, die über Gefühle sprechen können. Das waren doch deine Worte, oder?« Wieder lacht er höhnisch auf. Meine Augen beginnen verdächtig zu brennen.

»Warum sagst du das alles? Warum bist du so gemein?«

»Weil es die Wahrheit ist«, antwortet er trocken.

»Paul, hör auf, so zu reden. Ich will etwas ändern.« *Warum versuche ich, mich vor ihm zu rechtfertigen?*

»Ha … dass ich nicht lache! Das nennst du ändern? Indem

50

du dir diesen alten Pullover überziehst, glaubst du, ein anderer Mensch zu werden? Du wirst dich nicht ändern, weil du in deinem Selbstmitleid aufgehst. Du genießt die Rolle des Opfers. Soll ich dir etwas sagen? Du wirst niemals wieder auch nur im Ansatz erfahren, was es heißt, glücklich zu sein und zu lieben, wenn du nicht endlich aufhörst, alles um dich herum schwarzzumalen. Glaube mir, ich weiß, wovon ich spreche. Du bist selbst für dein Glück verantwortlich. Der erste Weg wäre es, mich einmal mit diesen Floskeln, die du immer von dir gibst, in Ruhe zu lassen.«

»Gut, was willst du hören?« Meine Stimmbänder schmerzen von dem verbalen Schlagabtausch.

»Zum Beispiel, dass deine Glückwünsche an dieser Stelle völlig unangebracht sind und mich nur wütend machen!«, knurrt er.

»Gut, soll ich dir alles Schlechte wünschen?« Ich reiße theatralisch die Hände in die Höhe. »Schön, wenn es dir dann besser geht.« Ich seufze genervt und verstelle meine Stimme. »Paul, ich wünsche dir und Marlene alles Schlechte ...« Ich runzle fragend die Stirn. »Ist es das, was du hören willst?«

»Fahr zur Hölle.« Diese völlig sinnlose und hitzige Diskussion will kein Ende nehmen.

»Ha! Was willst du eigentlich von mir hören? Deine Wut ist hier völlig unangebracht! Ich war es nicht, die Marlene geschwängert hat. Also hör auf, deinen Zorn, der sich gegen dich selbst richtet, auf mich zu projizieren.«

Er schüttelt den Kopf. »Und wieder dreht sich die ganze Welt nur um Leni, oder? Du selbstgefälliges Miststück. Du warst diejenige, die mich dort hingetrieben hat.«

»Aber du warst derjenige, der mit ihr ins Bett gestiegen ist. Gib mir nicht die Schuld dafür.« Mein ganzer Körper ist in Rage. Nun beginne ich noch, haltlos zu zittern. Ich kann seinen Atem an meinem Gesicht spüren, als er noch einen Schritt näher an mich herantritt und mit dem Zeigefinger auf mich deutet.

»Wage es nicht anzudeuten, dass mein Kind ein Produkt meiner Schuld sei. Was bildest du dir ein?«, schreit Paul wütend. Ich bemühe mich, langsam zu atmen und mich selbst daran zu hindern, die verräterische Hand auf meinen Bauch zu legen.

»Was willst du denn hören? Sage es mir, dann spreche ich deine Worte nach«, schreie ich ihn mit letzter Kraft an. Meine Stimmbänder schmerzen.

»Genau hier liegt das Problem. Du sagst immer nur das, was alle hören wollen, und nicht, was du denkst. Warum bist du hier? Warum stehst du in diesem verdammten Pullover vor mir? Warum?«

»Weil ich das Gefühl hatte, nach Hause kommen zu müssen! Weil mir meine Mutter deine Briefe ausgehändigt hat und ich die nicht in Paris einsam und verlassen lesen wollte. Weil ich alles hier vermisse und weil ich mein altes Leben nicht mehr ertrage. Weil du mir gefehlt hast. Weil ich von dir ...« Er starrt mich eiskalt an. Ich wage es nicht, weiterzusprechen. Keine Gefühlsregung ist in seinem Gesicht zu erkennen. Seine Augen verdunkeln sich mit jeder Sekunde mehr.

»Ich will dich nicht mehr sehen. Ich habe mit dir abgeschlossen, nachdem du mir gesagt hast, dass ich endgültig aus deinem Leben verschwinden soll. Also wage es ja nicht, mit solchen Tricks, wie diesem Pullover, diese verwerflichen Gedanken in meinem Kopf zu erzeugen. Ich will dich weder heute noch morgen sehen. Verbrenne jeden dieser Briefe. Sie haben keine Bedeutung mehr.«

»Paul ...«

Er dreht sich um, greift zum Türgriff und hält ein letztes Mal inne.

»Warum machst du das?«, flüstere ich verletzt.

»Weil ich versuche, dich mit jedem Atemzug zu vergessen,

und deine Anwesenheit macht es mir nicht leichter. Bitte geh zurück nach Paris. Ich ertrage es nicht, dich hier zu haben.« Seine Worte werden immer leiser und seine Stimme bricht weg.

»Paul ...«

»Du wolltest, dass ich aus deinem Leben verschwinde. Also verschwinde nun auch aus meinem.« Er scheint nun die Schutzmauer um sich aufzubauen, die ich beginne aus meinem Leben zu entfernen.

Paul verlässt die Küche und der laute Knall der zufallenden Türe lässt mich hochschrecken.

VIER

Elf Jahre zuvor – Paul

Ich blicke auf die Uhr, als ich zum Treffpunkt komme. Tim schwätzt mal wieder ununterbrochen über die Vorzüge der Mädchen und ihrer knappen Bekleidung. Zugegebenermaßen – ich habe selbst schon einen Blick auf die Outfits geworfen. Als ich Leni am Zaun lehnend erblicke, fällt mir zuallererst dieser hässliche Bienenpullover, den sie zum Trainieren trägt, auf. Wie schafft man es nur, modisch permanent so daneben zu greifen? Ihre Haare sind lieblos zu einem unordentlichen Knoten zusammengebunden und stehen ihr zu Berge. Bei jedem anderen Mädchen gehört Make–up zum Standard. Bei ihr werden die leicht sonnengebräunte Haut und die süßen Sommersprossen von nichts verdeckt. Gerade weil sie darauf verzichtet, bin ich von ihr fasziniert, denn so kommen ihre feinen Gesichtszüge, die kleine Stupsnase und ihre leuchtenden Augen noch besser zur Geltung. Normalerweise schenke ich den geschminkten Mädels, die etwas aus sich machen, meine Aufmerksamkeit. Bei ihr will ich mir nicht vorstellen, wie Schminke ihr Gesicht verunstalten würde. Ihre vollen Lippen brauchen keine unnötige Farbe, in ihrem natürlichen Hellrosa sind sie mir schon am ersten Tag aufgefallen. Vielleicht schmecken sie genauso verführerisch, wie sie aussehen. Ich wette, unter diesen Säcken, die sie Kleidung nennt, stecken ansehnliche Kurven.

»Schau mal, das Mauerblümchen.« Tim lacht höhnisch. Halt doch die Klappe. Ich verpasse ihm einen groben Stoß. Lena als Mauerblümchen zu bezeichnen, ist zwar nicht weit hergeholt, doch ich kann es nicht leiden, wenn er sie so nennt. Woher kommen nur diese Gedanken? Warum will ich sie verteidigen? Was zum Teufel hat dieses Mädchen nur an sich? Warum schaffe ich es nicht mehr, meinen Blick von ihr abzuwenden? Diese kleine Hexe! Ich ziehe die Luft scharf ein, versuche, diese total lächerlichen Vorstellungen aus meinem Kopf zu bekommen, um mich wieder den offensichtlichen Vorzügen der anderen Mädchen zuzuwenden.

Der Kategorie Mädchen, die ich suche. Willig und nicht anhänglich. Verstohlen beobachte ich trotzdem im Augenwinkel, wie Emma Leni begrüßt. Ich nicke Leni nur kurz zu. Nicht zu viel Aufmerksamkeit. Das zieht bei den Schnecken immer. Obwohl ich keine Lust habe, sie zum Laufen mitzunehmen, da sie eine grauenhafte Kondition hat, bin ich irgendwie doch froh, dass sie hier ist.

Die Laufschuhe und ihr Outfit sind einfach lächerlich. Ihr ganzes Auftreten bettelt danach, verarscht zu werden. Eine bevorstehende Blamage ist schier unvermeidbar. Was hat sie sich dabei nur gedacht?

Geschmacklos wäre in ihrem Zusammenhang sogar eine Untertreibung. Könnte sie mit ihren sportlichen Fähigkeiten auftrumpfen, hätte sie vielleicht meinen Respekt verdient. Aber so verwirrt sie mich nur!

Unbeholfen zupft sie an ihrer Kleidung, die eher an ein abendliches Couch-Potato-Outfit erinnert. Ich merke, wie einige Mädchen sich köstlich über sie amüsieren. Die dünnen Hühner tragen kurze Höschen und figurbetonte Shirts, die die

Fantasien von uns Jungs beflügeln. Was Leni mit ihrem Outfit erreichen will, ist mir noch nicht klar. Vielleicht »understatement«?

»Hallo, Leni, schön, dass du da bist«, begrüßt Emma sie freundlich. Ich grinse und rolle die Augen. Emma, die Samariterin aller Außenseiter. Sie geht wieder einmal perfekt in ihrer Rolle auf. Ich versuche, die beiden zu ignorieren, und gebe vor, Tim Gehör zu schenken, obwohl ich nur noch den Klang von Lenis Stimme wahrnehme.

Ihr Tonfall sticht unter all diesem nervtötenden, lauten Gekreische heraus. Sie zwingt einen, innezuhalten und ihr zu lauschen.

Meine Verwirrung in ihrer Nähe entgeht ihr natürlich nicht, denn sie mustert mich skeptisch. Mist! Ich schenke ihr ein kurzes, gezwungenes Lächeln. Sie verdreht die Augen. Was ist nur mit mir los? Ich sollte so schnell wie möglich zu mir zurückfinden. Ihre Nähe tut mir eindeutig nicht gut.

»Wir laufen immer eine Stunde im Wald«, teilt ihr Emma mit. Ich lege meinen Kopf in den Nacken und beginne, belustigt zu lachen.

»Können wir jetzt endlich starten oder willst du ihr noch erklären, wie man läuft?«, mische ich mich ein. Um meinen unsicheren Blick von vorher wieder wettzumachen, scherze ich auf ihre Kosten. Leni funkelt mich wütend an, was ich, wenn ich ehrlich bin, erreichen wollte. Wie kann man gleichzeitig so unschuldig wirken und so viel Sex-Appeal haben? Ich genieße es, sie zu reizen, um eine Reaktion zu provozieren. Zwischen uns fühlt es sich wie ein Katz-und-Maus-Spiel an. Doch wenn ich ehrlich bin, reizt mich genau das.

Emma verdreht die Augen. »Paul, lauft schon mal los, wir sind direkt hinter euch.« Ich schüttle den Kopf und setze mich sofort in Bewegung. Wie immer gebe ich das Tempo der Gruppe vor. Diesmal lege ich sogar noch einen Zahn zu, da ich Leni beeindrucken will. Einfach nur lächerlich. Dummer, hormongesteuerter Idiot. Erschöpft und an meiner körperlichen Grenze komme ich einige Minuten vor den anderen an. Wir warten noch auf die Schlusslichter, zu denen – wie sollte es anders sein? – auch Leni gehört. Mit hochrotem Kopf lässt sie sich kraftlos ins Gras sinken. Ich grinse bei ihrem Anblick.

»Das war super, Leni. Mit jedem Mal wird es besser werden, du wirst sehen«, spricht Emma ermutigend auf sie ein.

»Nur über meine Leiche. Das war das erste und letzte Mal«, keucht sie mit hochrotem Kopf. Sandra, das neue Mädchen auf meinem Radar, versucht mir unterdessen schöne Augen zu machen. Seit einer Woche weicht sie nicht mehr von meiner Seite.

Unweigerlich zieht sie meinen Blick mit ihren hautengen Laufklamotten auf sich, wenngleich sie nur Mittel zum Zweck ist, während ich Leni still und leise beobachte.

Zugegebenermaßen finde ich Sandra echt heiß, doch sie ist wie alle aufgedonnerten Tussis nur ein Zeitvertreib. Nach einer Nacht langweilen sie mich schon wieder mit ihren einfältigen Ansichten. Danach kleben die Girls an meiner Seite und wollen meine volle Aufmerksamkeit, die ich einfach nicht zu geben gewillt bin. Ihre verführerischen Rundungen kommen deutlich zur Geltung, und ja, ich muss es zugeben, ich wäre kein Mann, wenn ich nicht darauf starren würde. Von Lenis Seite höre ich ein süffisantes Seufzen. Meine Playboy-Manieren sind ihr nicht entgangen.

Sandra straft sie mit einem wütenden Blick. Einen Augenblick später fasst sie besitzergreifend an mein Kinn, um auf sich aufmerksam zu machen. Sofort reiße ich mich los.

»Was soll das?«, blaffe ich sie an. Keine Frau hat das Recht, mich anzufassen, ohne davor meine Erlaubnis bekommen zu haben. Sie blinzelt mit ihren dunkel getuschten Wimpern, sucht Blickkontakt mit mir, und als sie wieder abblitzt, verabschiedet sie sich wenige Sekunden später von mir. Tänzelnd wackelt sie provozierend mit ihrem spärlich bedeckten Hinterteil vor uns Jungs herum. Natürlich starren wir darauf. Wir sind gerade einmal sechzehn, vollgepumpt mit Hormonen!

»Warum laufen dir die Schnecken immer nach?«, meint Tim neidvoll.

»Das ist mein Charme, Tim, davon kannst du nur träumen.« Ich kassiere einen Stoß gegen die Brust und lache belustigt auf. Dann wende ich mich wieder unserem Bienchen zu, das mich mit ihren Blicken förmlich töten will. Du wirst mir auch noch aus der Hand fressen.

»Süße, was hast du? Bist du eifersüchtig oder warum versuchst du mich mit deinen Blicken zu töten?«, bemerke ich ganz nebenbei.

Ihre vom Training erhitzten Wangen erröten bei meinen Worten noch mehr und ich juble innerlich. Jackpot, das wird ein leichtes Unterfangen.

»Dein anmaßendes Verhalten und die Art, wie du mit Frauen umgehst, sind für mich inakzeptabel. Du bist primitiv.« Sie hebt ihr zuckersüßes kleines Kinn und schnalzt missbilligend mit der Zunge, während sie demonstrativ ihre Hände vor der Brust verschränkt.

Ihre Giftpfeile quittiere ich mit einem selbstgefälligen Grinsen.

»Süße, sei nicht so streng …« Ich schenke ihr eines meiner gut geübten Lächeln und sehe, wie sie vor sich hinmurmelt. Tatsächlich bringe ich sie aus ihrem einstudierten Konzept und sage: »Du hast dich gut geschlagen. Bist du nächste Woche wieder dabei?« Mit weit aufgerissenen Augen starrt sie mich an, versucht ihre Schnappatmung wieder unter Kontrolle zu bringen. »Einen großen Vorteil hat die körperliche Anstrengung bei dir …« Ich strecke ihr meine Hand entgegen, um ihr auf die Beine zu helfen. Sie blickt zu mir hinauf. »So wortkarg kenne ich dich gar nicht.«

Ihrem Gesicht nach zu urteilen, hätte ich mir meine Bemerkung sparen können. Kurz erwägt sie, meine Hand zu ergreifen, hält inne und zieht sie verärgert zurück. Mist!

»Vielleicht liegt es an deiner überheblichen Gesellschaft, die mich einfach sprachlos macht.« Ungraziös und tollpatschig erhebt sie sich und streift sich das Gras von ihrem viel zu langen Pullover. Sie bedankt sich bei Emma und stampft ohne Verabschiedung an mir vorbei. Ernüchtert beiße ich meine Zähne aufeinander. Sie ist doch ein härterer Brocken als gedacht.

»Du bist ein Idiot, Paul. Hör auf, sie wie jedes deiner anderen Mädchen zu behandeln. Sie wird darauf nicht anspringen. Wenn du das noch nicht kapiert hast, tust du mir leid.« Und ob ich das gesehen habe, darauf braucht Emma mich nicht aufmerksam zu machen.

»Wie kommst du darauf, dass ich Interesse an ihr habe?«, antworte ich ihr verärgert. Daraufhin schenkt sie mir ein wissendes Grinsen. Lange blicke ich Leni nach, bevor mich Tim wieder in die Realität zurückholt. Leni ist kein Mädchen für mich. Sie ist nicht einmal attraktiv – für die Ansprüche, die ich normalerweise stelle. Warum denke ich überhaupt darüber nach?

Frau Waldmann versucht uns in ihrer Stunde die Begeisterung für Hermann Hesse und seine Werke näherzubringen. Ich kann mein Gähnen nicht unterdrücken. Dieses Fach langweilt mich zu Tode. Leni blättert vorbildlich in dem Buch, das wir bis Ende der Woche gelesen haben sollen.

»Streberin«, bemerke ich leise räuspernd mit vorgehaltener Faust. Natürlich entgeht es ihr nicht und ich kassiere einen verärgerten Blick. Aus Langeweile schieße ich mit kleinen Papierkügelchen gezielt in ihr Haar. Zuerst versucht sie es zu ignorieren, doch irgendwann dreht sie sich mit hochrotem Kopf zu mir.

»Hast du ein Problem?«, knurrt sie mich wütend an und verengt ihre Augen dabei böse. Ja Süße, ich will deine Aufmerksamkeit erzwingen, wenn dir das noch nicht aufgefallen ist.

Wenn sie sich ärgert, ist sie noch süßer.

»Wenn du mit dem Buch fertig bist, erzählst du mir dann, worum es geht?« Sie runzelt verständnislos die Stirn. Habe ich mich undeutlich ausgedrückt oder warum schaut sie mich so begriffsstutzig an?

Sie spielt ein gekünsteltes Lächeln vor, erzeugt dabei ein seltsam klingendes Geräusch und schüttelt energisch den Kopf.

»Warum sollte ich das tun?«, zickt sie herum.

»Dann höre ich auf, Papierkugeln in deine Haare zu werfen«, antworte ich gönnerhaft.

»Ha! Das ist aber äußerst großzügig von dir.« Ich kann nicht anders und beginne herzhaft zu lachen. Dieses Spiel zwischen uns fühlt sich prickelnd an. Wie sehr ich es liebe, sie zu provozieren.

»Ich weiß, so bin ich halt ...«, zwinkere ich ihr zu. Wenn sie nur einmal auf meine feuchten Handflächen greifen oder ihre Hand auf meine Brust mit dem wild pochenden Herzen legen würde, wüsste sie, welche Show ich hier spiele. Doch davon wird sie nichts erfahren.

Ich schiebe meinen Sessel etwas näher an sie heran und lehne meinen Körper an ihren. Sie zieht die Luft ein und hält sie an. Für einen Moment schließe ich die Augen, als ich ihren lieblichen Duft von Honig wahrnehme. Sie duftet genauso, wie sie aussieht. Zuckersüß. Was für ein verdammtes Shampoo benutzt sie?

Stünde mein Ruf nicht auf dem Spiel, würde ich diesen Moment anhalten, um sie zu küssen. Ich blase etwas Luft auf ihren zierlichen Nacken und sehe, wie sie schützend und verwirrt ihre Hand darauflegt.

Fragend blickt sie in meine Augen. Dieses Knistern nehme anscheinend nicht nur ich wahr.

»Süße ... wenn du mir jede Woche die Leseaufgabe

abnimmst, verspreche ich dir zusätzliche Laufeinheiten, damit du deine Sportnote verbesserst …« Bitte sag ja!

»Zusätzlich. Laufen. Mit dir?«, stottert sie. Sie schüttelt den Kopf und weicht zur Seite, um Abstand zu gewinnen. Ich amüsiere mich über ihr nervöses Verhalten in meiner Gegenwart. Diese Wirkung ist nichts Neues, doch sie bei ihr zu sehen, lässt mein Herz seltsam schneller schlagen.

Sie verwirrt mich auf eine Weise, die ich bisher nicht kannte. Gedankenverloren streift sie sich mit der Zunge über die Lippen und befeuchtet sie dabei. Verdammt, sie ist gut und weiß anscheinend ganz genau, was mir gefällt. Ich starre gebannt darauf. Abwechselnd beobachte ich ihre wundervoll geschwungenen Lippen und ihre Augen, die mich in Besitz genommen haben. Sie scheint genauso wenig mit der Situation umgehen zu können wie ich. Was passiert hier gerade? Ich räuspere mich, blicke zu Boden und ziehe meine Kappe unbeholfen tiefer in die Stirn. Verdammt, ich sollte wieder Herr meiner Sinne werden. Also grinse ich ihr überheblich zu. Warum verliere ich in ihrer Gegenwart immer die Kontrolle? Einen Moment länger und ich hätte sie an mich gezogen. Ihre Nähe fühlt sich so anders an.

»Also, was meinst du?«, versuche ich, diese angespannte Situation zu lösen.

»Warum sollte ich dieses großzügige Angebot, mit dir laufen zu gehen, annehmen? Ich fühle mich noch in der Lage, meine Laufschuhe anzuziehen und einen Fuß vor den anderen zu setzen, um mich eine Stunde selbst zu quälen. Dazu brauche ich keinen selbst ernannten Sklaventreiber.«

»Sieh es als Geschenk an, das ich dir als Neuling gebe. Du wirst durch mich sofort in die Liga der beliebten Schüler aufgenommen.« Warum versuche ich, sie zu überzeugen?

»Was, wenn ich überhaupt nicht zu den beliebten Schülern gehören will? Was, wenn ich mich in meiner Haut wohlfühle?«

»Komm schon, Süße, erzähl diesen Mist jemand anderem.

Jeder will beliebt sein«, meine ich hochmütig. Aber ihr nehme ich diese Worte sogar ab.

Sie beißt unentwegt auf ihre Unterlippe und überlegt fieberhaft. Ich starre wie ein dummer Junge auf ihren Mund. In meinem Kopf läuft ein Film, der zeigt, wie der nächste Moment aussehen könnte. Auf keinen Fall ist dieser Film jugendfrei.

»Du willst im Gegenzug, dass ich dir den Inhalt der Bücher erzähle? Warum liest du sie nicht selbst?«, reißt sie mich aus meinen Gedanken.

Ich wende mich von ihr ab. In ihrer Nähe schaffe ich es nicht, klar zu denken. »Weil ich keine Lust habe«, meine ich schulterzuckend und so beiläufig wie möglich.

»Wie bist du bisher drum herumgekommen, die Schullektüren zu lesen?«, hakt sie nach.

»Internet, Rezensionen und Erzählungen der anderen ...« Ich hebe belustigt die Augenbrauen und schmunzle. »Aber Frau Waldmann hat irgendwann kapiert, dass ich immer nur die Zusammenfassungen aus dem Internet lese, und mir daraufhin ein Ultimatum gestellt. Entweder ich lese die Bücher oder meine Note verschlechtert sich.«

Sie blickt für einen Moment zu Frau Waldmann, die ohne Punkt und Komma ihren Lernstoff vorträgt.

»Was soll's? Ich lese die Bücher sowieso. Ich werde sie dir erzählen, aber unter einer Bedingung ...«, meint sie emotionslos.

»Die wäre?«

»Betrachte mich nicht als eines deiner Betthäschen. Ich werde mich nicht auf deine Spielchen, die du mit den Mädchen hier abziehst, einlassen. Ich habe kein Interesse an dir und bin auch nicht darauf aus, durch deine Großzügigkeit eine beliebte Schülerin zu werden«, erklärt sie mir in einem herablassenden Tonfall.

Jede andere hätte ich in diesem Moment sofort fallen gelassen. *Was bildet die sich eigentlich ein?* Doch mein Bienchen hat anscheinend Narrenfreiheit und weckt so nur noch mehr Aufmerksamkeit.

»Das ist aber schon mehr als eine Bedingung. Aber von mir aus, da deine Forderungen auch in meinem Sinne sind«, erkläre ich mich einverstanden. Das Spiel möge beginnen.

»Dann sind wir uns also einig?«

»Klar, heute Nachmittag ist die erste Trainingseinheit!«

»Davor werden wir die ersten Kapitel des Buchs durchgehen!«

»Wie bitte?« Sie hat hier etwas falsch verstanden. Ich schüttle vehement den Kopf. »Von Buchbesprechungen war hier aber nie die Rede.«

»Was erwartest du dir denn sonst?«, meint sie, während sich ihre Stirn in Falten legt.

»Du sollst mir kurz vor der Deutschstunde erzählen, worum es in dem Teil geht, den wir lesen sollten. Ich beginne nicht, mit dir über das Buch zu philosophieren.«

»Warum nicht? Vielleicht gefällt dir der Austausch«, antwortet sie gönnerhaft.

»Bestimmt nicht!« Ich und Bücher? Nicht in diesem Leben.

»Gut, dann sieh es als weitere Bedingung.« Selbst wenn sie noch Hunderte stellen würde, ich würde mich darauf einlassen.

»So langsam habe ich das Gefühl, dass du mir hier einen Gefallen tust, und nicht umgekehrt, Honigbienchen«, merke ich verschnupft an.

»Vielleicht ist es auch so. – Honigbienchen?« hakt sie fragend nach.

Ich grinse und bedeute ihr, dass ich mich nun wieder aufmerksam dem Unterricht widmen will. Missbilligend schüttelt sie den Kopf, doch ich bemerke ein leichtes Lächeln in ihrem Gesicht.

FÜNF

»Wie konnte das passieren? Wir haben doch aufgepasst.« Immer wieder schüttelt Paul verzweifelt den Kopf. Zitternd halte ich den positiven Schwangerschaftstest in meinen Händen und blicke fassungslos darauf. Meine Atmung stockt. Der Film meiner Zukunft läuft blitzartig vor meinen Augen ab. Wenn ich mich für dieses Kind entscheide, werde ich es alleine großziehen müssen. Paul wird mich verlassen. Ihn zu verlieren, jagt mir fürchterliche Angst ein. Ich kämpfe gegen die Tränen an. Ein schnell verlorener Kampf. Sie verlassen ohne mein Zutun die Augen und rollen über meine Wangen.

»Wie stellst du dir das jetzt vor? Wir können doch mit unseren siebzehn Jahren keine Familie gründen. Wir sind selbst noch Kinder.«

Ich suche in seinem Gesicht vergeblich die Worte, die mir in diesem Moment helfen würden, wie: Es wird alles gut. Wir haben uns. Wir schaffen das. Ich stehe zu dir. Ich bleibe bei dir. – Vergebens. Ich weiß, es ist im Moment zu viel verlangt.

»Bitte schau mich nicht so an. Ich kann das nicht, Honey-Bee. Wir wollten doch die Welt bereisen. Wir sind zu jung. Das kann nicht funktionieren. Was geschieht mit unseren Plänen? HoneyBee! Schau. Mich. An.« Ich spüre, wie sich seine Hände

64

an meine Wangen legen. Er zwingt mich, in seine Augen zu schauen. »Ich kann das nicht. Das musst du verstehen.« Pauls Stimme verliert an Kraft. Mittlerweile schluchze ich unentwegt, da ich Klarheit über unsere Situation und die daraus resultierende Schlussfolgerung gewinne.

»Scheiße, wie konnte das passieren?« Er fährt sich ungestüm durch die Haare. In diesem Augenblick sehne ich mich so sehr nach seiner Nähe. Ich wünsche mir eine Umarmung. Stattdessen ist er so abweisend.

»Sag doch etwas! Wie konnte das passieren? Es tut mir leid, ich kann das nicht.« Seine indirekten Vorwürfe und die Angst in seinen Augen reißen mein Herz entzwei. Er lässt mich alleine und läuft davon. Ich bleibe zurück – hilflos wie ein kleines Kind.

»Leni, mein Schatz, wach auf!« Ich blinzle und spüre, wie mir jemand übers Haar streicht.

Meine Mutter sitzt neben mir. Mein Traum hält meinen Körper noch fest und das Erwachen in die Realität fällt mir schwer.

»Du hast schlecht geträumt. Es ist alles in Ordnung! Ich bin hier.« Ihre Worte sind so einfühlsam, dass ich zu weinen beginne.

»Schhhh, ist schon gut. Du hast geträumt!« Ich wünschte, sie hätte recht, doch was ich in den letzten Tagen erlebe, sind keine Träume. Ich durchlebe jeden Moment der Vergangenheit mit Paul.

»Es fühlt sich alles so real an.« Vielleicht ist es eine Art Aufarbeitung? Verwirrt setze ich mich auf und blicke aus dem Fenster. Draußen dämmert es bereits. Nach dem Wortgefecht mit Paul verbrachte ich den restlichen Tag damit, Weihnachtsgeschenke zu besorgen. Danach legte ich mich erschöpft ins Bett. Mein Körper scheint den fehlenden Schlaf der letzten Jahre aufzuholen. Ich könnte pausenlos schlafen.

»Ich habe gehört, dass ihr euch gestritten habt.« Sie mustert mich bedauernd. Ich will kein Mitleid.

»Gestritten ist gut. Er will mich nicht mehr sehen«, antworte ich traurig und spüre, wie ihre Hand über meinem Rücken auf und ab fährt.

»Warum das?«

»Weil er nun ein anderes Leben führt. Eines, das mich ausschließt.«

Sie atmet bedrückt aus. »Das tut mir leid, ich wusste nicht …«

»Ist schon gut. Du konntest es nicht wissen.«

Achselzuckend lächle ich ihr gespielt fröhlich zu, obwohl die Tränen noch immer meine Augen fluten und meine Wangen befeuchten.

»Leni, ich weiß nicht, was in der Zeit, in der ihr euch wieder nähergekommen seid, zwischen euch passiert ist, doch ich weiß auch, wie sehr Paul dich liebt. Selbst wenn er dich jetzt gerade nicht sehen will, zwischen euch ist so ein starkes Band«, versucht sie mich zu trösten.

»Er heiratet bald und seine Verlobte ist schwanger. Was bringt mir dieses starke Band? Unser Zug ist vor langer Zeit abgefahren.«

»Selbst wenn es keine gemeinsame Zukunft für euch beide gibt, weiß ich, dass ihr einander immer lieben werdet. Ihr wart schon als junges Paar seelenverwandt. Vielleicht könnt ihr Freunde werden?«

Mit ihren Worten versucht sie mich aufzumuntern, doch sie deprimieren mich in diesem Augenblick noch mehr.

»Wie soll ich mit jemandem befreundet sein …« *Dessen Kind ich in mir trage und der eine andere Frau heiraten wird?* »Ich kann das nicht«, beende ich den Satz.

»Lasst euch Zeit. Die Aufarbeitung wird nicht von heute auf morgen passieren. Ich freue mich sehr, dass du schon früher nach Hause gekommen bist.« Sie streicht mir über meinen Handrücken, den ich ihr diesmal nicht entziehe. Seit ich schwanger bin, suche ich die Nähe zu meiner Mutter, ohne zu wissen, warum. Mein Herz – auf das ich nun immer mehr höre – hat mich zu meiner Familie zurückgeführt. Vielleicht ist es der Drang nach einem »Nestbau«, von dem alle reden, sobald man in anderen Umständen ist, oder es ist einfach mein Verstand, der mich mahnt und versucht, mir klarzumachen, dass ich Hilfe brauchen werde, wenn dieses Kind zur Welt kommt.

»Ich muss mich anziehen. Ich wollte Emma noch besuchen«, beende ich unser Gespräch.

»Ist gut, Leni.« Sie steht auf, lächelt mir aufmunternd zu, geht ein paar Schritte, bleibt nochmals in der Türe stehen und dreht sich zu mir um. »Wenn du etwas brauchst – wir sind immer für dich da«, spricht sie sanft und verlässt mein Zimmer.

Es ist schon spät. Zögerlich klopfe ich an die Eingangstür des Reihenhauses, in dem Emma lebt. Nur noch wenig Licht erhellt die Räume. Die Kinder schlafen sicher schon und ich will sie nicht wecken. Verunsichert durch Pauls Kritik an meiner legeren Kleidung stehe ich nun wieder in hohen Schuhen und einem um den Bauch etwas ausgestellten Kleid, das meine kleine Wölbung versteckt, und einem dicken Wintermantel vor ihrer Türe. Ich zittere. Ob es sich dabei um Nervosität handelt oder ob es einfach die Kälte ist, die meine Zähne hörbar klappern lässt – ich weiß es nicht. Hinter der verschlossenen Türe nehme ich Emmas Stimme wahr.

»Komme schon«, höre ich sie dumpf und etwas entfernt. Die Schritte kommen näher. Emma öffnet die Türe und reißt in dem Moment, als sie mich sieht, überrascht die Augen auf. »Leni!«

»Hallo, Emma!« Ich verziehe dabei die Mundwinkel leicht und lächle verlegen.

»Ich habe heute nicht mehr mit Besuch gerechnet.« Peinlich berührt fährt sie sich durch ihr wirres Haar, aus dem sie etwas zieht, das aussieht wie ein Stück einer Nudel, das sich anscheinend beim Abendessen darin verfangen hat. »Siehst du?«, meint sie entschuldigend.

»Ich dachte … ich meine, ich wollte …« Ich ärgere mich, dass ich meinen Besuch nicht angemeldet habe. Schuldbewusst blicke ich auf die Spitzen meiner High Heels. In diesen Dingern kriecht die Kälte meine Beine hoch. Ich beginne, von einem Fuß auf den anderen zu steigen.

Augenblicklich bemerkt sie, wie unwohl ich mich fühle, und winkt mich mit einer einladenden Geste zu sich herein. »Schon gut, komm herein. Wundere dich nicht über die Unordnung. Ich komme gewöhnlich erst zum Aufräumen, wenn die Kinder schlafen.«

»Es tut mir leid, ich hätte mich vorher bei dir melden sollen …« Dankend nickend trete ich ein. »Lass dich bitte nicht von deiner Arbeit abhalten.«

»Nein, nein, kein Problem. Komm herein. Paul hat mir erzählt, dass du hier bist. Ich hatte gehofft, dass wir uns wiedersehen.« Sie umarmt mich. Ich schließe die Augen. Wir halten uns innig. Ich habe sie vermisst.

Mit einem tiefen Seufzer löst sie sich von mir und legt meinen Mantel auf die Kommode. Automatisch streife ich meine Schuhe ab.

Vor ein paar Monaten fühlte ich mich klein ohne diese »Halsbrecher«. Nun schlüpfe ich dankend in die wärmenden Hausschuhe, die sie mir anbietet.

»Möchtest du Kaffee?«, fragt sie.

»Nein danke. Vielleicht einen Tee?«

»Ja, klar. Komm.« Sie nimmt meine Hand und zieht mich in die kleine Küche. Hier herrscht pures Chaos. Die Essensreste der Kinder stehen noch in der Mitte des Tisches, überall liegen Nudeln verteilt. Aus einem umgeschütteten Fläschchen läuft Saft aus.

»Ich habe die drei Rabauken gerade ins Bett gebracht. Warte, ich mache den Saustall schnell weg.« Mit ein paar Handgriffen beseitigt sie flink das Durcheinander, kocht nebenbei Teewasser auf und säubert den Boden vom Schmutz. Anerkennend staune ich, wie die kleine Fee durch die Küche saust und dabei alles in Ordnung bringt.

Sie bietet mir einen Platz an, nachdem sie die Kuscheltiere und Spielsachen beiseite geräumt hat. Erst als die Teeschale mit ihrem dampfenden Inhalt vor mir steht, gesellt sie sich zu mir. Gefühlte Minuten schweigen wir uns an. Ich rühre in meiner Tasse und lächle beklommen.

»Du schaust gut aus«, durchbricht sie als Erste die Stille.

»Danke«, erwidere ich und senke schüchtern den Kopf. Vielleicht erkennt sie die Wahrheit in meinen Augen?

»Wie geht es dir in Paris?«, will sie wissen.

»Ganz gut. Der Job ist stressig.« Ich merke ihr zustimmendes Nicken. Wieder Stille.

»Wie geht es dir?«, frage ich nach. Können wir diese Höflichkeitsfloskeln nicht einfach überspringen?

»Auch ganz gut …«, antwortet sie wortkarg. Erneutes Schweigen. »Ich habe eine Ausbildung als Krankenschwester begonnen.«

»Wirklich? Das ist sicherlich eine enorme Aufgabe neben den Kindern, oder?«

»Es ist nicht immer einfach, aber es macht so viel Spaß. Für ein paar Stunden entkomme ich meinem Alltag.«

Ich sehe das Glitzern in ihren Augen und ein Lächeln huscht über ihre Lippen.

Die Freude an meinem Job ging schon vor vielen Jahren verloren.

Ab dem Zeitpunkt, als ich mein Leben von meiner Arbeit abhängig gemacht habe, sie zu meinem Mittelpunkt ernannte, verschwand jegliche Begeisterung.

»Hast du vor, dieses Jahr zum Weihnachtsfest in unser altes Stammlokal zu kommen?«, fragt sie mich.

»Ich denke nicht.«

Sie nickt und überlegt merklich.

»Vielleicht ist es besser so. Es sind alle dort. Marlene und Paul kommen auch.«

»Das habe ich vermutet«, erwidere ich schmallippig. Wir finden beide nicht die richtigen Worte, um auszudrücken, was uns auf der Seele liegt. Ich nippe an meinem Tee, während sie die restlichen Krümel mit der Hand vom Tisch fegt. Dann macht Emma den Anfang.

»Wenn du hier bist, um etwas über Paul zu erfahren, muss ich dich enttäuschen«, spricht sie es plötzlich direkt aus.

Zum ersten Mal blicken wir einander bewusst an.

Ihr skeptischer Blick scannt jede meiner Regungen im Gesicht.

Trotzig schüttle ich den Kopf und widme mich wieder dem Tee in meiner Tasse und rühre weiter gedankenverloren um.

»Ich bin nicht wegen Paul hier«, antworte ich mürrisch. Das ist gelogen.

»Warum dann? Warum hast du dich gerade jetzt entschlossen, hier Urlaub zu machen?« Sie nimmt mich mit ihrer leicht gereizten Stimme ins Verhör.

»Es ist Weihnachten …«, versuche ich, mich zu rechtfertigen. »Da komme ich gewöhnlich jedes Jahr nach Hause«, antworte ich schnippisch. Ich beginne, nervös an meiner Unterlippe zu kauen.

»Aber warum bleibst du diesmal länger? Ich traue deinen Beweggründen nicht. Was ist dein Plan?«

»Mein Plan? Emma, was redest du? Ich will bei meiner Familie sein!«

»Warum gerade jetzt? Sonst zieht es dich doch auch nicht zu ihnen.«

Warum muss ich ihr Rede und Antwort stehen? Still blicke ich ihr lange in die Augen, um festzustellen, warum sie so feindselig ist.

»Für Marlene und Paul ist es nicht einfach. Mach es ihnen nicht noch schwerer, als es sowieso schon ist«, meint sie nun etwas versöhnlicher.

»Ich bin nicht hier, um einen Keil zwischen die beiden zu treiben.« Wütend intensivieren sich die Bisse auf meiner Unterlippe, bis ich den Geschmack von Blut in meinem Mund schmecke. Ich will ehrlich zu ihr sein.

»Nachdem ich Paul auf dem Klassentreffen nach so langer Zeit wiedergetroffen habe, wurde mir langsam bewusst, welch großen Fehler ich in meinem Leben gemacht habe. Paul hat mich dazu bewogen, endlich die Schuldgefühle, die ich mir wegen der Abtreibung unseres gemeinsamen Kindes machte, loszulassen. Vor ein paar Monaten suchte ich anfangs noch permanent Ausflüchte vor ihm. Ich hatte Angst, nicht der Mensch sein zu können, den er glaubte, wiederzuerkennen. Ich stieß ihn erneut von mir und lief vor meinen Ängsten davon. Schon beim Betreten des Flugzeuges wusste ich, dass ich damit eine unverzeihliche Dummheit begangen habe.« Ich spiele mit meinen Händen und blicke demütig zu ihnen herab. Die Einsicht schmerzt grauenhaft. »Ich weiß, dass Pauls Platz bei Marlene ist. Ich bin hier, um mein Leben in den Griff zu bekommen, die Dinge, die damals passiert sind, aufzuarbeiten. Ich kann vor meinem Leben und meinen Problemen nicht mehr davonlaufen. Paul hat mich aufgerüttelt. Das ist alles. Außerdem löse ich die letzten Fesseln meines alten Lebens und lasse mich von Christian scheiden«, beende ich meinen Seelenstrip.

Ihre Miene ändert sich und sie lächelt mich wie ausgewechselt und entschuldigend an.

»Leni, es tut mir leid. Ich wollte dir keine Vorwürfe machen.«

»Schon gut. Ich habe es wahrscheinlich verdient«, erwidere ich kleinlaut.

»Es ist nur so, dass Paul ...«, unbehaglich streicht sie sich durch ihr Haar. Ihre Finger tippen ruhelos an die Tasse.

Was ist hier los? Ich runzle verwirrt die Stirn.

»... wie soll ich sagen? Er ist in letzter Zeit wahnsinnig unsicher.«

Ich verstehe nicht, was sie mir damit sagen will. Verwirrt bedeute ich ihr weiterzusprechen. »Es geht ihm nicht gut.«

Erschrocken ziehe ich die Luft ein und spüre ein unangenehmes Brennen in meiner Brust.

»Was ist mit Paul?« Mein Herz klopft augenblicklich schneller und ich bekomme Beklemmungen. Wenn Paul krank ist, muss ich es wissen.

»Die Art, wie ihr auseinandergegangen seid, die kontinuierlichen Streitereien mit Marlene und dein plötzliches Auftauchen. Das tut ihm nicht gut und ...« Wieder stoppt sie und stellt meine Nerven vor eine enorme Zerreißprobe.

»Was? Emma, bitte sprich weiter. Bitte rede Klartext. Was ist mit Paul?« Hektisch beginne ich, mit dem Fuß unter der Tischplatte zu wippen.

»Ich kann dir das nicht sagen. Er hat es mir verboten.«

Sie darf es mir nicht sagen? Was soll dieser Mist?

»Emma, wenn du es mir nicht sagst, werde ich meine Sachen packen und zu Paul fahren. Was soll das hier?«, antworte ich verärgert und kneife böse die Augen zusammen.

Ich sehe ihr Unbehagen. Nervös fährt sie sich durch ihr braunes, schulterlanges Haar. »Vielleicht ist es wirklich besser, wenn er dir davon erzählt.«

»Gut!« Verbittert stehe ich auf und greife nach meiner Tasche. Ich habe von diesen Andeutungen die Nase voll. In meiner schnellen Bewegung hält sie mich auf.

»Renn nicht sofort zu ihm. Du bist wütend. Es artet nur

wieder in einen Streit aus.« Sie verstärkt den Druck auf mein Handgelenk. »Bitte.«

»Du kannst nicht Dinge ansprechen und dann von mir erwarten, dass ich zu Hause Däumchen drehend darauf warte, dass er mit der Wahrheit herausrückt. Wenn Paul krank ist, muss ich das wissen«, erwidere ich aufgebracht, um nicht zu sagen hysterisch.

»Leni, bitte überlege dir das. Ihr seid zwei Hitzköpfe.«

Ohne zu antworten, verlasse ich ihr Haus. Schwer atmend trete ich in die kalte Nacht. Meine Gedanken kreisen nur um Paul und die Andeutungen, die Emma gemacht hat. Jeder Schritt führt mich in Pauls Richtung.

Als mein Taxi vor dem Wohnhaus stehen bleibt, in dem er mit Marlene lebt, bin ich mir nicht mehr sicher, ob es richtig war, herzukommen.

Wie habe ich mir das hier vorgestellt? An der Türe zu klingeln und ihn zu bitten, mir die Wahrheit zu sagen? Ich bin so blauäugig. Resignierend nehme ich zur Kenntnis, dass Emma recht hat, und bitte den verwirrten Taxifahrer, wieder umzukehren.

Als ich wieder zu Hause ankomme, lege ich mich in mein Bett. Meine Glieder schmerzen, ich friere erbärmlich, während mein Körper nach Ruhe lechzt.

Normalerweise würde ich mich nun zur Selbstdisziplin zwingen und mir keinen Schlaf gönnen, ich würde bis zum Umfallen weiterarbeiten, doch hier ist alles anders. Ich fühle mich beschützt wie in einem Kokon, in den ich mich fallen lassen kann, ohne ständig den eigenen mahnend erhobenen Zeigefinger zu spüren.

Ich starre auf die Schachtel mit Pauls Briefen, die eine Handlänge von mir entfernt steht. Schon der Gedanke, sie zu öffnen, bereitet mir Schmerzen. Doch es ist wie ein magisches, unsichtbares Band, das mich immer wieder zu dieser Schachtel hinzieht. Entschlossen greife ich nach ihr und ziehe wahllos einen Brief heraus. Mein Herz klopft bis zum Hals, als ich Pauls Handschrift erkenne.

Meine süße HoneyBee,

es ist nun fast ein Jahr her, seitdem du, ohne ein Wort zu sagen, weggegangen bist. Mein Herz wird von Tag zu Tag schwerer und zieht mich an einen Ort, der nur noch schwarz, dunkel und furchteinflößend ist. Doch das befriedigt mich mehr, als in dieser verflucht glücklichen Scheinwelt zu leben. Alle sagen, ich soll dich gehen lassen, denn die Zukunft stehe vor mir. Wie soll ich bloß loslassen, wenn mich alles an dich erinnert? Gedanklich versuche ich, dich immer wieder zu verscheuchen und dir keinen Platz mehr in meinem Kopf zu gewähren, doch mein Herz sehnt sich von Tag zu Tag mehr nach dir. Bitte, Leni, ich kann nicht mehr. Ich bin am Ende meiner Kräfte angekommen.

Heute wurde ich vom Direktor vorgeladen, da ich im Unterricht nur noch schlafe. Er meinte, ich solle mitarbeiten. Die Abschlussprüfungen stehen bevor. Dabei können sie doch froh sein, dass ich überhaupt in die Schule komme. Der leere Platz neben mir treibt mich bald in den Wahnsinn. Strikt verbiete ich jedem, sich dort hinzusetzen, da ich noch immer auf deine Rückkehr hoffe. Ich werde verrückt! Ich vermisse dich mit jedem Atemzug. Wo soll das hinführen? Ich habe auf nichts mehr Lust. Weder, mit den Jungs um die Häuser zu ziehen noch, mich mit Emma zu unterhalten. Sie geben mir tolle Ratschläge und glauben, damit irgendetwas verbessern zu können. Das können sie nicht, da du doch die Einzige bist, die es könnte.

Leni, bitte komm zurück zu mir.

Ich weiß nicht, wie lange ich das noch aushalte.

Mit jedem Tag, an dem du weg bist, liebe ich dich mehr!

Paul

Die Tränen versickern, als ich in den Schlaf falle – mit Pauls Brief fest in meinen Händen.

Sechs

Elf Jahre zuvor – Leni

Ich stehe mit einer lockeren Jogginghose, den bequemen abgetretenen Laufschuhen und einem ausgetragenen weiten Sweatshirt vor einem Einfamilienhaus in einer noblen Gegend nahe meinem Wohnort. Hier reiht sich ein riesiges Haus an das andere. Es befinden sich zwei separate Eingangstüren an der Hausfront. An einer prangt unübersehbar ein großes Schild mit dem Namen eines Arztes, seinen Ordinationszeiten und der Telefonnummer. Da es sich um den gleichen Nachnamen wie Pauls handelt, vermute ich, dass hier Pauls Vater ordiniert. Ich entscheide mich für die etwas unscheinbarere Türe, an der ein viel kleineres Schild mit Pauls Familiennamen hängt. Ein paar Minuten lasse ich noch vergehen und gebe meinem Puls die Möglichkeit, sich wieder auf einer normalen Frequenz einzupendeln. Fünf Minuten vor vier betätige ich die Glocke und warte ab. Die näherkommenden Schritte und das Rumoren hinter der verschlossenen Türe treiben meinen gerade ruhigen Herzschlag wieder in die Höhe. Meine Handflächen fühlen sich unangenehm nass an. Nicht nur einmal streife ich sie an meiner Hose ab. Auf was habe ich mich da nur eingelassen?

»Hallo?« Eine attraktive, relativ große Frau, schulterlanges blondes Haar, auffallend grüne Augen und eine etwas pummelige Figur, öffnet mir die Türe.

»Äh … ich bin Lena«, piepse ich. Sie wischt sich die Hände an ihrer Schürze ab.

»Lena. Bist du eine Freundin von Paul?« Ich schaffe es nur zu nicken. Eine Freundin von Paul? Wie viele hat er denn?

»Komm doch rein.« Sie mustert mich einen Moment, bleibt bei meinen Turnschuhen hängen, doch lächelt mir gewinnend zu. Augenblicklich fühle ich mich in ihrer Gegenwart wohl. Mir tritt herrlicher Duft von angebratenen Zwiebeln und Gemüse in die Nase.

»Sind Sie Frau Franke?«, bringe ich noch irgendwie hervor.

»Ja, ich bin Lisa, Pauls Mutter.« Sie streckt mir die Hand entgegen, die ich sofort ergreife, und ich grinse sie erfreut an. Ich schätze sie auf vierzig. Sie sieht aber durch ihr volles blondes Haar deutlich jünger aus.

»Ich bin Leni«, stelle ich mich höflichkeitshalber nochmals vor.

»Schön dich kennenzulernen, Leni. Ich bin gerade dabei, einen Auflauf ins Rohr zu schieben. Möchtest du bei uns essen?«, fragt sie mich in einem freundlichen, mütterlichen Ton.

»Nein danke, ich muss mit Paul die Deutschhausübung durchgehen, und danach wollen wir noch etwas trainieren. Aber vielen Dank für das Angebot.« Durch ihre unkomplizierte Art finde ich sie sofort sympathisch.

»Geh einfach die Stufen hinauf, zweite Türe rechts. Dort ist sein Zimmer«, bedeutet sie mir, bevor sie sich wieder ihrer Arbeit widmet.

»Danke.« Ich folge ihrer Anweisung, ziehe meine Schuhe aus und mache mich über die Holzstufen auf den Weg in den ersten Stock.

Hinter einer Türe ertönt laute Heavy-Metal-Musik. Ich

beginne, innerlich zu schmunzeln, denn diese Musikrichtung hätte ich niemals mit Paul in Verbindung gebracht. Ich klopfe vorsichtig an und warte ab. Niemand öffnet. Erneut versuche ich mein Glück, diesmal deutlicher, doch wieder keine Reaktion. Genervt öffne ich die Türe, ohne auf die Einladung zu warten.

Der Raum ist durch die vorgezogenen Jalousien komplett verdunkelt. Eine dicke Rauchwolke schwallt mir entgegen und ich blicke in ein verdutztes, unbekanntes Gesicht.

»Was?«, faucht mich der Junge an, der ausgestreckt auf dem Bett liegt und dabei eine Zigarette qualmt.

»Ich suche Paul«, piepse ich nun noch mädchenhafter. Er rollt genervt die Augen.

»Eine Türe weiter.« Nickend schließe ich die Türe und ärgere mich, nicht bis zwei zählen zu können. Ich weiß nicht, warum ich angenommen habe, Paul in dem Zimmer mit der lauten Musik zu finden.

Etwas verunsichert klopfe ich diesmal nur einmal. Ehe ich die Klinke hinunterdrücke, öffnet sich die Türe energisch.

Ein kurzer, kontrollierender Blick schweift über meinen Körper. »Du bist spät«, zischt er mich an. Ich starre verdutzt in seine grünblau schimmernden Augen.

Ich weiß nicht, wie lange ich mit offenem Mund vor ihm stehe. Seine Stirn legt sich in Falten. Zeitlupenhaft streicht er mit seiner Hand vor meinem Kopf herum, um mich für mein Verhalten zu veräppeln. »Le-n-iii?« Er zieht meinen Namen dabei absichtlich betont und lächerlich in die Länge.

»Tut ... tut mir leid, ich hatte noch etwas zu tun«, lüge ich und senke beschämt den Kopf. Ich kann ihm ja wohl kaum sagen, dass ich schon fünfzehn Minuten lang vor seinem Haus stand, um auf den perfekten Moment zu warten, nach ewigem Abwägen endlich anläutete, dann noch bei der falschen Türe klopfte, um mich vom Typen im Nachbarzimmer anpflaumen zu lassen. Aber was soll's, hier bin ich!

Er bekommt von meinen Gedankengängen nichts mit und bedeutet mir mit einer einladenden Handbewegung, in sein Zimmer zu kommen. Dabei lehnt er gönnerhaft im Türrahmen und grinst. Ich schürze genervt die Lippen und verdrehe sichtbar übertrieben die Augen. Auf was habe ich mich da nur eingelassen? Neugierig streift mein Blick durch sein Zimmer. Das riesige Doppelbett in der Mitte des Zimmers weckt sofort mein Interesse. Ohne es zu wollen, gleiten meine Gedanken zu den vielen Mädchen ab, die hier sicher schon lagen. Mit wie vielen Frauen hat er sich dieses Bett wohl schon geteilt? Mit einem Dutzend oder vielleicht sogar mit mehr? Ich versuche, das abstoßende Kopfkino auszuschalten, obwohl der Gedanke an Pauls entblößten Oberkörper, der sich beschützend über meinen legt, ein seltsames Kribbeln in meinen unteren Regionen auslöst. Schluss jetzt. Ich bin wegen anderer Sachen hier. *Warum bin ich eigentlich hier? Ach ja, das Buch!*

Ich ziehe es aus der Bauchtasche meines Pullovers hervor und winke vor seinem Gesicht damit herum.

»Wo sollen wir uns hinsetzen?«, frage ich bestimmt und freue mich über meine zurückgekehrte fokussierte Stimme. Das Grinsen in seinem Gesicht wird immer breiter. Blöder hätte ich auch nicht fragen können.

»Süße, wo du dich wohler fühlst. Bett oder Couch!« Ich schüttle vehement den Kopf. Warum bin ich in seiner Nähe immer so schüchtern? Sonst bin ich doch auch nicht auf den Mund gefallen.

An der Wand hängen Poster von Fußballstars und von leicht bekleideten Mädchen, die sich in seltsamen Posen rekeln. Medaillen und Pokale, die feinsäuberlich im Regal positioniert sind, erwecken meine Aufmerksamkeit.

»Du spielst Fußball im Verein?« Er nickt. Vom Nachbarzimmer dröhnt die laute Musik bis zu uns. Der harte Bass dringt durch die Mauer und ich spüre die Vibration unangenehm in meinem Körper.

Ich setze mich auf das dunkle Sofa, auf dem ich unruhig hin- und herrutsche, bis er sich neben mich setzt. Er legt lässig seine Füße auf den kleinen Tisch vor uns, zieht seine Laufhose etwas hinunter und schlägt mit einem kraftvollen Faustschlag an die Wand hinter uns. Ich erschrecke über den unerwarteten Knall so nahe an meinem Kopf und reiße entsetzt meine Augen auf. Wenn er mich gerade einschüchtern wollte, hat das wunderbar funktioniert.

»Tut mir leid. Mein Bruder übertreibt es manchmal mit der Lautstärke«, versucht er seinen plötzlichen Energieausbruch zu erklären. Die mahnende Aufforderung über die Wand scheint seine Wirkung zu erzielen, denn die Musik aus dem Nachbarzimmer dröhnt um einige Dezibel leiser. Ich versuche, mir nicht anmerken zu lassen, dass er mich komplett aus dem Konzept bringt.

»Also, erzähl mir schnell, worum es geht, dann können wir loslegen.« Seine Stimme klingt ungeduldig.

»Loslegen?«, wiederhole ich verwirrt.

Er seufzt angespannt. »Wir beginnen ganz langsam, keine Sorge«, versucht er meinen skeptischen Blick abzumindern.

»Ganz langsam?«, wiederhole ich dämlich. Wovon redet er?

»Das Laufen?«, antwortet er fragend und zieht dabei seine Augenbrauen in die Höhe.

Klar! Er meint das Laufen. Warum sollte er auch etwas anderes meinen? Ich fühle mich gerade unglaublich dumm. Was muss Paul bloß von mir denken?

»Das Laufen!«, wiederhole ich bestimmt. »Also gut, was hast du bis jetzt gelesen?«

Nun schaut er mich konsterniert an. »Süße, ich habe dir doch gesagt, dass ich mich mit diesem Genre nicht abgebe.«

»Ach so, was ist denn das Genre des Paul Franke?«, necke ich ihn.

»Nichts, was dich interessiert«, antwortet er hochnäsig amüsiert.

Meine Augen verengen sich. Ich schaue ihn gespielt böse an. »Lass es drauf ankommen.«

»Fußballergebnisse, Ruderergebnisse und der Wetterbericht«, spult er schnell ab. Dabei grinst er von einem Ohr bis zum anderen.

Ich lege meinen Kopf schief und beginne zu grinsen. »Das nennst du lesen? Aber du hast recht, das interessiert mich nicht wirklich.«

Er zieht seine Schultern in die Höhe und lächelt so breit, dass sein Grübchen an der Wange zum Vorschein kommt. »Wie würdest du es nennen?« Beschämt schaue ich zu Boden, um ihm nicht schon wieder das Gefühl zu geben, ihn anzustieren. Konzentriere dich. Ich gehe nicht auf seine Frage ein, sondern texte ihn zu, ohne dabei Luft zu holen.

»Also gut … Frau Waldmann wollte, dass wir das Buch zu Ende lesen und danach eine Interpretation schreiben. Bis wohin hast du es geschafft?«

Er stöhnt genervt auf.

»Süße, ich habe das Buch nicht einmal aufgeschlagen.« Seine Augen taxieren mich. Das sanfte Lächeln bringt meinen Herzschlag zum Stolpern. Sein Umgang mit mir verwirrt mich zusehends.

»Okay, dann beginne ich dir einmal kurz den Inhalt zu erzählen, damit wir nachher mit der Interpretation beginnen können – und hör auf, mich ›Süße‹ zu nennen. Wenn den Mädchen, die du hierher abschleppst, dieser Pauschalname gefällt, dann bitte. Bei mir zieht das nicht.« Ich bin Lena … oder Leni … egal, aber nicht ›Süße‹, verstanden?«

Er zuckt beschwörend mit seinen Augenbrauen und grinst frech.

»Also dann, Leniii, leg mal los. Aber bitte fass dich kurz.«

Ich ziehe streng die Luft ein und versuche, mich selbst zu beruhigen. Das kann ja lustig werden.

»Es geht um eine Freundschaft zwischen dem Lehrgehilfen Narziß, der sich in einer Klosterschule mit dem Schüler Goldmund anfreundet. Narziß ist eine edle, vollkommene und sehr intelligente Persönlichkeit, die hohes Ansehen im Kloster genießt und zugleich das sesshafte Leben liebt. Goldmund hingegen ist der Lebemann, ständig auf Wanderschaft und auf der Suche. Er lässt sich von Gefühlen und Äußerlichkeiten leiten, immer getrieben von der Leidenschaft. Von beiden ist er der Rebell.«

»Waren die beiden schwul?«, wirft er unproduktiv ein.

Ich seufze. »Nein, waren sie nicht …« Im Augenwinkel sehe ich, wie er mich die ganze Zeit beobachtet. Ein Zucken durchfährt mich, als ich zu ihm aufblicke und von seinen leuchtenden Augen gefangen genommen werde. Er scheint sich seiner Wirkung auf das andere Geschlecht bewusst zu sein, was ihn in bestimmter Weise noch attraktiver macht. Wie fühlen sich bloß diese Lippen an? Ein einziges Mal möchte ich ihn an seinem T-Shirt zu mir ziehen, meine Nase an seinen Hals legen, um seinen betörenden Duft einzuatmen. Ich hüstle verlegen und versuche, meine abschweifenden Gedanken in den Griff zu bekommen. Leichter gesagt als getan.

Ich schlucke heftig und spule meinen auswendig gelernten Text ab. »Jedenfalls befreunden sich die beiden, obwohl sie unterschiedlicher nicht sein könnten. Narziß lebt treu und gütig vor sich hin, während Goldmund ständig auf der Suche nach einem Vorbild ist. Seine Mutter hat nämlich den Vater und ihn verlassen. Goldmund geht auf Reisen und lässt sich auf Abenteuer mit vielen Frauen ein, was ihm am Ende fast das Leben kostet. Bis zum Schluss sucht er nach dem Idealbild, in Wirklichkeit nach seiner Mutter, die er durch die vielen Frauenbekanntschaften zu finden hofft.«

Anfänglich unterbricht mich Paul immer wieder und fällt mir mit abgedroschenen Anspielungen ins Wort. Je länger ich rede, desto mehr beginnt er, konzentriert zu folgen, bis er am Ende nur noch stumm vor mir sitzt und in den Raum starrt.

Ich mustere ihn einige Sekunden lang, bevor ich ihn vorsichtig und behutsam anstupse, um ihn aus seiner merkwürdigen Starre zu holen. »Alles okay mit dir oder bist du schon eingeschlafen?«

»Was passiert am Ende? Hat er sein Idealbild gefunden?« Seine Worte klingen bedauernd und melancholisch, sodass ich es fast nicht wage, ihm das tragische Ende des Buches zu erzählen.

»Das Hoffen auf die Erfüllung nach dem Tod steht im Vordergrund«, versuche ich, meine Worte so gefühlvoll wie möglich klingen zu lassen.

Seine Miene erhellt sich merklich, fast schon übertrieben. »Also kein Happy End?«

»Nicht im klassischen Sinne.«

Offenbar amüsiert ihn das, wie man an seinem Schmunzeln unschwer erkennen kann.

»Finde ich gut. Ich kann Happy Ends nicht leiden. Sie versuchen einem immer etwas vorzumachen, was es einfach nicht gibt.«

»Wie meinst du das?« Ich liebe Happy Ends.

Er zuckt gelangweilt mit den Schultern und versucht, so sachlich wie möglich zu sprechen. »Normalerweise erwartet dich in jedem Film das perfekte Ende. Man bekommt Ideale dargestellt, Wunschbilder, die in unserer Gesellschaft Werte vermitteln sollen.«

Ich schaue ihn erwartungsvoll an, um seine Sicht der Dinge besser zu verstehen.

»Du weißt schon«, setzt er fort, »Frau findet Mann, verliebt sich, sie müssen eine Krise bewältigen, damit sie schlussendlich glücklich zusammen alt werden. Verstehst du? Das ist doch Quatsch. So etwas gibt es im wahren Leben nicht. Wenn man

hinter die Fassade blickt, ist davon meist nichts mehr übrig …«
Er zögert und ich erkenne die Verbitterung in seinem Gesicht.
Erbost presst er seine Lippen zusammen und verschränkt
seine Hände vor der Brust. Seine Körpersprache könnte nicht
abweisender sein.

Ich mustere ihn eingehend und sehe, dass sich noch viel
mehr hinter den ausgesprochenen Worten verbirgt. Etwas an
seinem Blick macht mich traurig und zeigt mir eine vollkommen andere Seite von ihm. Tiefgründig. Nachdenklich. Zum
ersten Mal gebe ich meinen Gefühlen nach und spüre dieses
magische Band zwischen uns, das ich bis jetzt immer negiert
habe. Betreten senke ich den Kopf. Mein oberflächliches Urteil
über Paul ärgert mich maßlos. Vielleicht habe ich mich viel zu
schnell von dem äußeren Verhalten blenden lassen? Vielleicht
ist er ganz anders, wenn man ihn genau kennenlernt?

Ständig kritisiere ich oberflächliche Menschen, doch ich
habe mich gerade nicht anders verhalten.

Seine Ansicht über die Liebe deprimiert mich, und ich
verstehe nur schwer, was einen Menschen dazu bringt, so zu
denken.

»Ich finde es schade, dass du so denkst. Nenn mich utopisch,
lebensfremd oder einfach nur verträumt, doch ich glaube an die
einzig wahre Liebe«, seufze ich geistesabwesend und versinke
kurz in meine mädchenhafte Traumwelt.

Das törichte Lächeln kehrt in sein Gesicht zurück.

»Habe ich mir fast gedacht. Nicht umsonst haben die
ganzen Hollywood-Schnulzen so gute Einschaltquoten …«
Er zuckt mit den Schultern und wird wieder seiner Rolle des
gleichgültigen, coolen Jungen, den ich am ersten Tag in der
Schule kennengelernt habe, gerecht.

»Genug interpretiert für heute?«, reißt er mich aus meinen
Gedanken. Ich nicke verlegen und versuche, aus dem Irrgarten
meiner Gefühle zu flüchten. »Lass uns dann mal Sport machen.

Das befreit den Geist von diesen Hirngespinsten.« Enthusiastisch erhebt er sich, reicht mir auffordernd die Hand, die ich ihm diesmal entgegenstrecke – wenn auch zögerlich –, und ich spüre ein leises Kribbeln, als sich unsere Handflächen berühren. Selbst Paul bleibt bei der Berührung einen Moment zu lange an meinen Augen haften und ich merke, wie wir einander das erste Mal so richtig anblicken. Es fühlt sich sagenhaft gut an. So etwas habe ich vorher noch nicht erlebt. Mein Körper spielt komplett verrückt. Sehnsüchte werden frei, deren Existenz mir bis jetzt gar nicht bewusst war. Ich möchte von ihm berührt werden, wie noch nie von einem Jungen zuvor. Paul löst sich und leert mir damit einen eiskalten Kübel über den Kopf. Ich erschaudere bei der plötzlichen Distanz.

Athletisch saust er die Stufen hinunter. Ich folge ihm wortlos, als ich jemanden heftig streiten höre. Paul stoppt abrupt vor mir. Ich laufe beinahe in ihn hinein. Er prüft, ob ich die Stimmen ebenso höre.

Ich wage es kaum, ihn anzuschauen, da ihm die Situation sichtlich peinlich ist. Türen knallen im Untergeschoß, das Schreien verstummt und ich schrecke hoch, als sich ein hochgewachsener Mann vor uns aufbaut, gerade als wir über die Türschwelle hinaustreten.

»Was soll das? Wo willst du hin?«, schnauzt der Mann Paul zornig an.

»Ich gehe laufen! Geh mir aus dem Weg!«, erwidert er genervt und will den Mann zur Seite drücken. Sie bauen sich voreinander wie Kampfhähne auf.

Der Mann lacht höhnisch auf und schüttelt den Kopf. »Du wirst nirgendwo hingehen, wenn ich das sage!«

»Hör auf, mich herumzukommandieren. Ich lasse mir das nicht gefallen, und jetzt geh mir aus dem Weg.«

»Du wirst tun, was ich dir sage. Beweg dich in dein Zimmer.« Er drückt Paul an seiner Brust ins Haus zurück.

Ich stehe verloren hinter den beiden und möchte am liebsten im Erdboden versinken.

»Ich habe Leni versprochen, mit ihr laufen zu gehen«, verteidigt er sich, »also lass uns jetzt vorbei«, knurrt er mit zusammengebissenen Zähnen.

»Und wenn schon.« Sein Vater zuckt desinteressiert mit den Schultern.

»Ist schon gut, Paul! Wir verschieben das.« Ich greife unbewusst nach seinem Ellbogen, um ihn zu beruhigen. Sein Jähzorn lässt seinen Körper steinhart wirken. Ängstlich schrecke ich zurück, als mich Pauls geladener Blick streift. Grob reißt jemand an meinem Arm. Unfreundlich bugsiert mich sein Vater vor die Haustüre.

»Morgen hat er dich sowieso schon vergessen!«

Sprachlos reiße ich meinen Mund und meine Augen auf.

»So wirst du nicht mit ihr reden!«, schreit Paul fuchsteufelswild, stößt ihn beiseite, nimmt meine Hand und rennt mit mir unter den bösen Blicken seines Vaters davon.

»Schau, wo du bleibst. Hier brauchst du nicht mehr aufzutauchen!«, brüllt sein Vater ihm verbittert hinterher. Fassungslos schaue ich seinen Vater an und stolpere hinter Paul her. Sicherheitshalber drehe ich mich immer wieder um, um zu prüfen, ob er uns nicht folgt.

Diese Begegnung trifft mich wie eine Keule, der Schock sitzt in meinen Gliedern.

Einige Straßen weiter bleibt Paul abrupt stehen, lehnt sich an einen Zaun, holt seine Zigaretten hervor und zündet sich eine an. Erleichtert atmet er ein paarmal durch. Ich beobachte, wie er in seinen Gedanken gefangen ist und nervös die ersten Züge an seinem Glimmstängel zieht. Viel zu schnell fängt er sich und beginnt erneut mit seiner aufgesetzten Show.

»Tut mir leid, ich dachte, er wäre heute nicht zu Hause«, meint er achselzuckend.

Ich weiß nicht, was mich bestürzter macht, das aggressive Verhalten seines Vaters oder Pauls abgestumpftes Theater. Hätte mein Vater mich so behandelt, wäre ich in Tränen ausgebrochen. Er spielt seine Rolle perfekt und zieht teilnahmslos an seiner Zigarette. Ich zittere am ganzen Körper und stehe perplex vor ihm.

»Süße, alles okay?«, zwinkert er mir zu.

»Das, das … es tut mir leid«, stottere ich.

Er grinst schief. »Dir muss nichts leidtun. Ich hätte dich nicht zu mir nach Hause einladen sollen«, antwortet er knapp.

»Ist er zum ersten Mal so ausfällig geworden? Ich meine, wenn du Besuch hattest?«

»Normalerweise nehme ich keine Schnecken mit nach Hause«, antwortet er, während sich ein Grübchen an seiner Wange bildet. »Bilde dir bitte nichts darauf ein. Das war nur im schulischen Interesse.« Ich atme empört auf. Kopfschüttelnd entferne ich mich ein paar Schritte. Ich hoffe, er folgt mir. Ohne mich umzudrehen, spüre ich, wie er näherkommt. Schweigend gehen wir die Straße entlang.

»Komm schon, lass uns eine Runde laufen. Da bekommt man einen freien Kopf!« Er beginnt neben mir zu joggen, stupst mich sanft an und animiert mich, es ihm gleichzutun.

In der ersten Runde um den Häuserblock hält sich mein Puls noch in einem erträglichen Bereich.

Ich gebe mein Bestes, versuche, im gleichen Tempo wie er zu rennen, um von meiner schlechten Kondition abzulenken.

Bei der zweiten Runde beginne ich, heftig zu schnaufen, und bei der dritten Runde gebe ich, ohne um seine Zustimmung zu bitten, auf und lasse mich auf die nächstbeste Bank sinken.

»Du musst gleichmäßiger atmen. So hyperventilierst du und bist viel schneller aus der Puste.« Wie ein Adonis stellt er sich vor mich, stützt seine Hände in die Hüften, während sein Bizeps deutlich hervortritt, und schaut mich prüfend an.

Die weißen Zähne blitzen hervor, als er auflacht. Der hochrote Kopf, das Keuchen und meine Haare, die mir sicherlich zu Berge stehen, scheinen ihn zu erheitern. Weder hebt sich seine Brust schneller noch scheint ihn dieser Lauf anzustrengen. Es ist zum Verzweifeln.

Was bei mir beinahe zu einem Kreislaufzusammenbruch führt, war für ihn das Aufwärmprogramm.

»Ich werde niemals eine gute Note bekommen«, keuche ich entkräftet.

»Du machst dich gar nicht so schlecht. Ein paar Wochen, und du bist so fit wie die anderen Mädchen. Außerdem solltest du dir mal andere Sportklamotten kaufen. Biene Maja in allen Ehren, doch mit diesem übergroßen Sack kann es keinen Spaß machen.«

»Was hat meine Kleidung mit meiner Motivation zu tun?«

»Für heute reicht es. Lass uns die Runde bald wiederholen.« Er geht nicht auf meine Frage ein.

Stöhnend gebe ich ein undefinierbares, brummendes Geräusch von mir und er lacht belustigt auf. Herzhaft beginne ich nun auch zu lachen. »Du bist ein Sklaventreiber.«

Nun wäre es an der Zeit, getrennte Wege zu gehen. Ich habe ihm von der Schulliteratur erzählt und er hat sich als Fitnesscoach profiliert. So hat jeder seine Aufgabe erfüllt.

»Kennst du den See hinter dem Birkenwald?« Der Schelm blitzt aus seinen Augen, als er aufblickt und mich mustert.

»Klar!«

»Wer als Erster dort ist, darf den anderen ins Wasser schmeißen.«

»Das ist unfair. Da spiele ich nicht mit!«

»Komm schon. Ich gebe dir auch einen Vorsprung!«

Kurz überlege ich.

Ohne zu antworten, laufe ich los. Selbst wenn er mir den halben Weg Vorsprung gibt, scheint ein Gewinnen unmöglich.

»Wir sehen uns am See«, höre ich ihn hinter mir.

Ich gebe alles, ignoriere jeglichen Erschöpfungszustand, selbst mein wiederkehrendes Seitenstechen, und hüpfe über alle Hindernisse, die sich mir in den Weg stellen. Ich gewinne, hebe erleichtert die Arme und drehe mich vergnügt im Kreis. Beschwingt tanze ich vor Freude darüber, als Siegerin aus diesem Spiel hervorzugehen. Wenn auch schwer atmend, aber grinsend. In diesem Moment reißt er mich mit voller Wucht mit ins kühle Nass. Rücklings falle ich mit meiner Kleidung in das eiskalte Wasser. Ich schnappe nach Luft und greife um mich. Paul taucht lachend neben mir auf und reicht mir die Hand.

Ich quietsche erschrocken auf. »Du bist verrückt, Paul Franke«, fauche ich ihn an, bevor wir beide in schallendes Gelächter ausbrechen.

»Anders hättest du dich doch niemals auf den Wettlauf eingelassen.«

Ich spritze ihm mit meinen Handflächen das Wasser ins Gesicht. Immer wieder streift er sich sein nasses Haar zurück. Unweigerlich beginne ich zu lachen, lege mich auf den Rücken und genieße mein schwereloses Dasein.

Im Augenwinkel sehe ich, wie er mich beobachtet. Die Wassertemperatur lässt mich schnell frieren.

»Raus aus dem Wasser, bevor du dich erkältest und eine Ausrede für ein weiteres Training findest.«

»Danke, nun hast du mich auf eine gute Idee gebracht«, kichere ich vergnügt.

Pitschnass stehen wir vor dem Haus meiner Eltern. Er hat mich dazu genötigt, bis hierher zu laufen – in nassen Schuhen kein leichtes Unterfangen. Unser Lachen klang unentwegt durch die Straßen. Stillschweigend stehen wir nun nebeneinander. Die gelöste Stimmung ist vorüber. Ich denke an die Worte seines Vaters.

»Willst du noch mit reinkommen, bis du trocken bist?«, frage ich vorsichtig.

Er schüttelt seinen Kopf. »Kein Problem. Ich laufe zu Tim.«

»Sei nicht kindisch. Ich brauche dich noch als Trainer. Wenn du krank im Bett liegst, hilft mir das nicht.« Ich zwicke ihn dabei in den Arm und wundere mich über meinen plötzlichen Mumm.

»Wenn ich so nett hereingebeten werde, kann ich kaum widersprechen.«

Schnell springe ich unter die Dusche. Davor lege ich Paul ein paar Klamotten von meinem Bruder ins Zimmer. Als ich zurückkomme, beobachte ich ihn, wie er die Fotowand mit all meinen Freunden mustert. Ich räuspere mich.

»Schöne Bilder …« Er deutet darauf, grinst und schaut zu Boden. Täusche ich mich oder ist Paul Franke verlegen?

»Danke«, erwidere ich leise.

Mit einer Hand fährt er sich ein paarmal durch seine feuchten Haare, die sich leicht zu wellen beginnen.

»Ich sollte dann wieder gehen …« Er deutet auf den Pullover. »Danke für die Sachen.«

»Kein Problem. – Wohin gehst du? Ich meine, dein Vater wollte nicht, dass du nach Hause kommst.«

Er hebt desinteressiert seine Schultern. »Ach, der hat sich schon wieder beruhigt, bis ich zu Hause bin.«

»Wenn du willst, kannst du hier schlafen.« Ich deute auf mein Bett. Bin ich von allen guten Geistern verlassen? Ich möchte mein Bett mit Paul Franke teilen?

»Meinst du das jetzt ernst? Du lädst mich in dein Bett ein?« Wenn ich gerade noch mit Paul, dem tiefgründigen Menschen, sprach, steht nun wieder Paul, der Mädchenheld vor mir.

»Na ja, auf der Straße kannst du ja schlecht schlafen«, versuche ich, so leidenschaftslos wie möglich zu klingen.

»Okay.« Okay? Hilfe! Er nimmt mein Angebot wirklich an! Ich bin völlig verrückt! »Ist das deinen Eltern denn recht?«

»Na ja, wir liegen ja nur nebeneinander. Es ist doch nicht so, als würden wir etwas Verbotenes machen«, spiele ich diese äußerst heikle Angelegenheit herunter.

»Alles andere wäre verboten?«

Ich laufe rot an. Er versucht, mich aus der Reserve zu locken.

»Schon gut, das war ein Scherz. Ich danke dir für die Übernachtungsmöglichkeit.«

Ich schnaufe angespannt. »Hoffentlich bereue ich das nicht. Ich hole uns etwas zu essen. Mach es dir bequem.«

Mit Herzklopfen, fernab von Gut und Böse, liege ich neben dem Mädchenschwarm meiner Schule und versuche, zu schlafen. Zueinander gewandt, mit einer sicheren Distanz, erkenne ich die Konturen seines Körpers. So sehr ich es auch versuche, mein Atem beruhigt sich nicht. Obwohl es dunkel ist, meine ich, ihn schmunzeln zu hören.

»Was?«, flüstere ich.

»Dein Bett riecht nach Honig. Wenn du jetzt noch deinen passenden Bienenpullover dazu anhättest, könnte man sich wie Winnie Pooh fühlen. Gefangen in einem Honigtopf.«

»Gefangen im Honigtopf?«, frage ich nach.

»Ich liebe Honig«, ergänzt er flüsternd mit vibrierender Stimme.

Ein Kribbeln fegt über meinen Körper.

»Dann ist es ja gut.«

»Ja, das ist gut«, wiederholt er. »Neben dir zu liegen, fühlt sich richtig gut an...«, murmelt er sanft. »... Danke«, fügt er nach einer kurzen Pause hinzu. Ohne zu fragen, greift er nach meiner Hand und hält sie vorsichtig fest.

Ich atme ein und halte die Luft an. So viele Gedanken

schwirren in meinem Kopf herum. So viele Dinge, die ich ihm sagen will. Paul, es fühlt sich für mich auch richtig an. Ich genieße jeden Moment mit dir. Ich glaube, ich beginne, mich in dich zu verlieben. Stattdessen kommen mir die Worte »Schlaf gut« über meine Lippen.

»Schlaf gut, HoneyBee«, ist sein letztes Wort, bevor sein Atem ruhig wird und er neben mir einschläft.

Sieben

Es ist Nacht. Kleine Kristalle, die sich wie Nadelstiche anfühlen, landen auf meinem warmen Gesicht. Meine Füße schmerzen, denn die Kälte kriecht durch die hohen Stiefeletten, die eindeutig nicht für dieses Wetter geschaffen sind. Die Hände stecken geschützt im wärmenden Mantel. Musik und Stimmen, unterbrochen von lautem Lachen, dringen bis hierheraus. Ich beginne zu zittern. Wieder einmal weiß ich nicht, ob es wegen der Kälte oder wegen der Nervosität ist.

Emma hat mich gestern mit schlechtem Gewissen angerufen und mich aufgefordert, bei der Weihnachtsfeier vorbeizuschauen. Anfangs habe ich widersprochen, ihr meine Beweggründe genannt, doch wie so oft ließ sie sich nicht beirren und redete so lange auf mich ein, bis ich ihr versicherte, mich hier blicken zu lassen.

»Wir sind alle erwachsen und meine Anschuldigungen erscheinen mir nun lächerlich«, meinte Emma und nahm Bezug auf unser Gespräch vor ein paar Tagen. Egal, wie ich es drehte und wendete, welche Ausflüchte ich suchte, sie bestand auf mein Kommen. Je länger sie mich bearbeitete, desto mehr musste ich ihren Argumenten beipflichten. Mein Leben in den Griff zu bekommen, bedeutet, mich wieder meinen Freunden anzunähern.

Zuversichtlich begab ich mich auf den Weg hierher. Zweifelnd stehe ich nun vor dem Lokal und zapple von einem Fuß auf den anderen. *Ich will das hier. Ich muss das hier machen,* bete *ich mir unentwegt vor. Ich schaffe das.*

Unweigerlich driften die Gedanken ab und führen mich an einen Ort, an dem ich mich schon lange nicht mehr befand. Erinnerungen erscheinen wie ein Film vor meinen Augen.

»Was willst du von diesem Typen? Läuft da etwas zwischen euch?«, knurrt Paul mich mit seiner tiefen Stimme, die mir schon allzu vertraut scheint, an. Als stille Beobachterin spüre ich dieser längst vergessenen Begegnung vor über zehn Jahren nach. Ich lehne mit meinem Rücken an Tobys Körper. Noch vor ein paar Minuten haben wir uns köstlich unterhalten, herumgeblödelt, bis Paul aus dem Lokal gestürmt kam und sich suchend nach mir umgeblickt hat. Der Ausdruck in seinem Gesicht verwirrt mich.

»Leni, komm wieder herein. Was willst du denn mit ihm?« Er durchbohrt mich mit seinen vorwurfsvollen Blicken.

»Nein«, antworte ich schroff. Nach der Geschichte auf dem Dach seiner Eltern soll er mich in Ruhe lassen. Ich habe ihm nichts mehr zu sagen. Wann kapiert er das endlich? Trotzig drücke ich mich an Tobys Körper, ergreife seine Hand und ziehe ihn von dem Geschehen weg. Toby schenkt Paul ein selbstgefälliges Grinsen. Er beginnt, uns lautstark fluchend zu folgen. Grob reißt er meine Hand von Tobys Hand. Die Jungs bauen sich voreinander auf und beginnen, heftig zu diskutieren.

»Leni?«, höre ich meinen Namen. Ich schrecke hoch, komme wieder in der Gegenwart an und erkenne Tim. Er umarmt mich freudestrahlend. Gerade noch in diesen intensiven Gefühlen gefangen, raubt er mir mit seiner Umarmung die Luft zum Atmen.

»Schön, dass du auch kommst. Ich habe angenommen, dich erst nächste Woche anzutreffen.« Ich lächle gezwungen und kurz. Überrumpelt von seiner plötzlichen Anwesenheit fehlen mir die Worte. »Bist du gewappnet? Christians Anwaltskanzlei ist mein härtester Fall bis jetzt«, redet Tim auf mich ein.

Ich schüttle den Kopf, um meine Gedanken loszuwerden. »Tut mir leid«, murmle ich durcheinander. »Ich meine, es tut mir leid, wenn Christian dir Probleme bereitet.«

»Probleme. Ha!« Er scheint sich zu amüsieren. »Es ist eine Herausforderung, aber du kennst mich doch«, zwinkert er mir selbstsicher zu, »ich liebe Herausforderungen.«

»Das ist gut«, pflichte ich ihm geistesabwesend bei. »Danke für deine Hilfe. Ich bin sehr froh, dass du mir dabei hilfst.« Mein Lächeln wird weicher und ich komme endgültig ins Hier und Jetzt zurück.

»Das mache ich gerne.« Wir nicken einander zu, während eine unangenehme Stille entsteht. »Wartest du auf jemanden?«

»Nein.« Nervös tripple ich von einem Fuß auf den anderen. Ich friere. »Ich bin nicht sicher, ob es klug ist, mich in die Höhle des Löwen zu wagen«, sage ich und versuche, witzig zu klingen.

»Verstehe schon«, zwinkert er. »Komm.« Er streckt mir seine Hand entgegen, öffnet die Tür und zieht mich ohne ein weiteres Wort ins Lokal.

Meine Wangen beginnen durch den spürbaren Temperaturunterschied zu kribbeln. Die heiße Luft, vermischt mit dem Geruch von Punsch und Weihnachtskeksen, strömt uns entgegen. An den Wänden hängen Tannenzweiggirlanden mit blinkenden Lichterketten. Ein paar Leute mustern uns fröhlich, als wir eintreten. Schüchtern lächle ich. Ich löse mich von ihm und schließe die Türe hinter mir. Den Griff wie einen Anker fest in meiner Hand, zähle ich bis drei. Ich atme tief ein und aus. *Du schaffst das, Lena.* Es mag vielleicht komisch klingen, doch wenn man zehn Jahre damit verbrachte, sich so gut wie möglich einzusperren, um keine Gefühle zuzulassen, fällt das, was ich hier gerade versuche, verdammt schwer. Ich straffe meine Schultern. Tim streift meinen wärmenden Mantel ab und zwinkert mir aufmunternd zu. Ich blicke in viele fremde Gesichter. Deplazierter als ich in diesem Moment könnte man sich nicht fühlen. Doch Tim ergreift erneut – seiner Art entsprechend – forsch meine Hand und schiebt uns durch die Menschenmenge, bis wir bei der Bar ankommen. Er bestellt einen Punsch, um, wie er sagt, die Kälte aus seinen Knochen zu verscheuchen. Ich ordere bei der Kellnerin die alkoholfreie Variante. Kurz sehe ich, wie sich Tims Stirn in Falten legt und er mich argwöhnisch betrachtet.

Zweifellos kann ich seine Verwunderung verstehen. Zwei Minuten später halten wir das heiße Getränk in den Händen.

Das Lokal füllt sich immer mehr. Die Menschen rücken enger aneinander.

Unbewusst wippe ich zu Lady Gagas »You and I«.

Abrupt höre ich auf, als ich den Text wahrnehme. »Es ist lange her, dass ich hier war, es ist lange her, aber nun bin ich zurück und werde nicht ohne dich gehen.«

Tim entgeht meine Reaktion natürlich nicht und er lacht belustigt auf. Er stupst mich leicht an. »Du schaust gut aus. Deine Wangen sind voller. An dir war so gut wie nichts mehr dran«, versucht er in Tim-Manier charmant zu wirken.

Noch vor ein paar Wochen wäre ich ihm bei diesen Worten an den Hals gesprungen. Für einen kurzen Moment möchte ich das auch, doch ich beruhige mich. Es ist gut, dass ich beginne, wieder zuzunehmen.

»Danke!« Immer wieder streift mein Blick durch das Lokal. Keine Spur von Emma. Nach Paul halte ich nicht einmal Ausschau, da ich es mir selbst verboten habe.

»Tim, darf ich dir eine Frage stellen?« Er nickt und ich spiele verlegen mit meinen Händen. »Weißt du, warum Emma meint, dass es Paul nicht gut geht?« Er verschluckt sich an seinem Getränk, räuspert sich auffallend lange, um sich Zeit zu verschaffen.

»Süße, ich denke, ich bin die falsche Person, die dir das erzählen sollte«, erklärt er.

Verärgert schüttle ich den Kopf. »Ich verstehe nicht, warum ihr nicht endlich einmal die Dinge beim Namen nennen könnt. Was ist mit ihm?«

»Er wäre stinksauer auf mich.«

Ich rolle genervt mit den Augen. »Er muss es doch nicht wissen.«

Ich nippe ein paarmal an dem rötlichen Gebräu und versuche, mir dabei die Zunge nicht zu verbrennen.

Die Musik wird lauter und wir müssen schreien, um einander zu verstehen. »Da sind die anderen.« Tim deutet an das andere Ende der Bar. Ein Blitz durchfährt meinen Körper, als mich Pauls strafende Blicke treffen.

Neben ihm lehnt Marlene, deren vernichtende Gedanken bis hierher zu hören sind. Im puren Kontrast dazu Emma, die mir grinsend entgegenwinkt. Tim greift mal wieder nach meiner Hand, die ich ihm aber diesmal schnell entziehe.

»Was? Kommst du nicht mit?«

Entsetzt blicke ich ihn an. »Nein, da gehe ich nicht hin.«

»Warum?«

»Paul will mich nicht mehr sehen. Ich denke, es wäre keine gute Idee.«

»Er soll sich nicht so anstellen. Er kann dir nichts verbieten.«

Ich runzle die Stirn. Diese Worte aus Tims Mund sind mir neu. Früher wich er nicht einmal von Pauls Seite, geschweige denn stellte er dessen Wünsche infrage. Die Zeiten ändern sich. Widerspenstig, mit einem heftig pochenden Herzen und einem rebellierenden Magen, doch im Schutz von Tim, wage ich es, den anderen näherzukommen. Emma begrüßt mich freudestrahlend und drückt mich an sich.

Ich nicke allen gezwungen zu, lasse dabei aber Paul und Marlene aus.

Schnell suche ich einen sicheren, entfernten Platz an der Bar. Emma gesellt sich zu mir. Ich nippe noch immer an meinem Punsch. Überschwänglich zeigt sie ihre Freude über mein Erscheinen. Um ja nicht in Pauls Richtung blicken zu müssen, starre ich auf meinen leeren Becher. Nach einem kurzen Small Talk mit Emma entschuldigt sie sich, um zu Hause anzurufen. Ich ertappe mich, wie ich meinen Blick wiederholt zu Paul schweifen lasse. Meine masochistische Ader scheint mich immer noch zu begleiten. Jeder vertraute Umgang mit Marlene, jede liebevolle Zuwendung, die er ihr schenkt, stößt wie ein Messer in mein bereits blutendes Herz. Ihr Anblick schmerzt in meiner Brust. Paul aus meinem Kopf zu bekommen, scheint unmöglich. Der Weg ohne ihn fühlt sich leer, dunkel und kalt an. Tastend und vorsichtig wage ich die ersten Schritte ohne ihn. Wenn auch zögerlich, betrete ich neue Pfade, öffne verschlossene Türen und lasse mich auf eine ungewisse Zukunft ein. *Denn was bleibt mir anderes übrig?*

Ich wippe geistesabwesend zur Musik und versuche, entspannt zu wirken, obwohl es in mir brodelt.

»Darf ich dich auf ein Getränk einladen?« Ich schrecke hoch. Kurz überlege ich, ob der junge Mann mich anspricht. Ich runzle verwundert die Stirn. Für einen Moment denke ich darüber nach, mich umzudrehen, um sicherzustellen, dass er nicht jemanden hinter mir meint. Doch seine Augen fixieren mich. Sie leuchten in einem glänzenden Blau.

»Meinst du wirklich mich?«, frage ich sicherheitshalber nach.

Er beginnt zu lächeln. Seine Augen verengen sich dabei. »Ich bin mir sicher!«

Ich spitze den Mund und kneife die Augen zusammen. »Danke, ich hatte schon einen Punsch«, erwidere ich höflich, doch abweisend.

»Ich bin David Santos.« Er streckt mir seine Hand entgegen

und strahlt mich ermunternd an. Sofort fällt mir sein leicht amerikanischer Akzent auf.

»Okay!« Schüchtern blickt er zu Boden, hebt seinen Kopf dann seitlich und grinst mich wie ein kleiner Junge an.

Automatisch bewegen sich meine Mundwinkel für einen Augenblick nach oben.

»Willst du mir deinen Namen nicht verraten?«

Sein Lächeln steckt an. »Lena …« Ich überlege kurz, welchen Nachnamen ich ihm nennen soll. »Steinberg.«

»Lena Steinberg, es ist schön, dich kennenzulernen. Bist du dir sicher, dass du nicht noch einen Punsch haben willst?«

Ich beginne, verstohlen zu schmunzeln. Seine Haut bildet mit den braunen Haaren und dem dunklen kurz getrimmten Bart einen scharfen Kontrast zu seinen leuchtenden Augen. Kleine Falten bilden sich darum, als er bemerkt, wie ich ihn mustere. Ich bin von seiner Natürlichkeit und seinem Auftreten fasziniert. David ist ein attraktiver Mann.

»Ist deine Augenfarbe echt?«, versuche ich, meine intensive Musterung zu erklären.

Er legt den Kopf in den Nacken und beginnt zu lachen. »Ja, mein Vater kommt aus Brasilien und meine Mutter ist Amerikanerin.« Ich nicke und bin noch immer von der Farbintensität seiner Augen begeistert.

»Na ja, es hätten ja auch Kontaktlinsen sein können.« Er schüttelt vehement den Kopf und lacht erheitert.

»Nein, ich trage keine Kontaktlinsen«, amüsiert er sich.

»Und was machst du hier in diesem kleinen, verschlafenen Ort, wo sich Fuchs und Hase Gute Nacht sagen?«

Er dreht spielerisch sein leeres Glas auf dem Tresen. »Ich studiere in Wien. Ich bin heute mit einem Freund hier.« *Oh mein Gott, ein Student!*

»Ich bin nicht so, wie ich vielleicht aussehe …«

»Wie siehst du denn aus?«

»Ich meine, ich bin nicht auf der Suche.«

»Was suchst du denn nicht?« Er wirkt amüsiert und ich fühle mich idiotisch. Immer wieder blicke ich heimlich in Pauls Richtung und sehe, wie er sein Glas Bier in einem Zug leert und sich gleich ein neues bestellt. Er beobachtet jede meiner Bewegungen argwöhnisch. Marlene scheint sein Alkoholkonsum nicht zu entgehen, denn sie beginnt, mit ihm zu streiten.

»Na ja, du weißt schon … Mich wirst du nicht rumbekommen …« Jetzt wäre der richtige Zeitpunkt, zu schweigen. Ich gebe nur Schwachsinn von mir. Die fehlende Übung in solchen Dingen wird deutlich.

»Autsch, der Stich saß!«

Resignierend schüttle ich den Kopf. »Das kommt alles anders rüber, als ich es sagen will.«

Ich merke, wie er sich bemüht, nicht zu lachen. »Dann sag es einfach so, wie du es dir denkst.«

»Ich will keine neue Bekanntschaft und alles, was so dazu gehört, will ich damit sagen. Heute nicht! Und morgen auch nicht. Für eine lange Zeit nicht.«

»Okay«, antwortet er grinsend.

»Okay?«, frage ich nach.

»Glaube mir, das will ich auch nicht …«

Ich rolle für ihn sichtbar mit den Augen, doch merke ich, wie plötzlich ein Lächeln über meine Lippen huscht. Meine Wangen werden heiß. Ich weiß nicht, wann das letzte Mal ein Unbekannter mit mir geflirtet hat.

»Ich habe gerade eine lange Beziehung beendet und will mich nicht gleich in die nächste stürzen«, fügt er noch erklärend hinzu.

»Da haben wir etwas gemeinsam«, sinniere ich und nicke mit dem Kopf.

Er stößt mich leicht in die Seite. »Ist es verkehrt, wenn ich sage, dass ich dich sehr interessant finde und ich dich kennenlernen will?«

Ich seufze pikiert auf. »Das hast du in den fünf Minuten, die du neben mir sitzt, bemerkt? Außerdem liegst du da ganz falsch. Ich bin nicht interessant«, negiere ich sein Kompliment.

Er grinst erneut verschmitzt. »Sagst du!«

Ich bin mir nicht sicher, ob ich das Gespräch mit ihm weiterführen soll.

»David, ich weiß nicht, wo dieses Gespräch hinführen soll. Ich lebe in Scheidung, wohne eigentlich in Paris und bin …« *Nein, ich kann nicht einem Wildfremden erzählen, dass ich schwanger bin, wenn ich selbst dafür noch keine Bestätigung habe.*

»Was bist du?«, wartet er darauf, dass ich meinen angefangenen Satz beende.

»Ich bin, ich bin … zu alt für dich«, antworte ich schnell. »Du hast ein komplett anderes Leben als ich. Du bist Student!«, füge ich noch hinzu.

»Ich werde dieses Semester fertig! Außerdem, so alt siehst du auch wieder nicht aus.«

»Danke …« Ein unterdrücktes Lachen entkommt mir. »Sag mir, wie alt du bist, dann wirst du selbst sehen, was ich meine«, fordere ich ihn heraus.

»Ich bin vierundzwanzig.« *Gut, er hat recht.* So viele Jahre trennen uns nun auch nicht.

Jetzt gerate ich in Erklärungsnot. »Selbst wenn wir alterstechnisch nicht so weit auseinanderliegen – es geht nicht.«

»Warum nicht?« *Ganz schön hartnäckig!*

»Das Letzte, was ich jetzt brauche, ist ein Mann. Ich habe mich gerade von allen männlichen Wesen losgesagt. Ich bin kompliziert.« Das sollte reichen, um ihn abzuschrecken.

»Lena, sei nicht so skeptisch. Ich will dich nur kennenlernen. Was ist schon dabei?« Ich blicke zu Paul, der gerade Marlene umarmt und ihr einen Kuss auf das Haar drückt. Diese vertraute Geste schmerzt fürchterlich.

Ich atme tief aus, spüre, wie mich die Wut packt, will mich

endlich von Paul lossagen und möchte genauso unbeschwert wie er agieren. David kommt wie gerufen. Ich wende mich ihm zu und verbanne Paul aus meinem Kopf. Er lächelt mich gewinnend an. Was ist schon dabei, ihn kennenzulernen? Wer so hartnäckig ist, verdient eine Chance.

Mit der Entscheidung, loszulassen und nicht schon wieder alles zu planen, unterhalten wir uns gefühlte Stunden. Unbeschwert. Ehrlich. Humorvoll. Er erzählt mir von seinem Auslandsstudium, wie sich seine Eltern kennengelernt haben, und von seinen beruflichen Wünschen. Ich erzähle ihm von Paris und von meinem Job. Seine Nähe fühlt sich anders als erwartet gut an.

Ich genieße die Leichtigkeit, die ich während der Unterhaltung empfinde. Die Musik dröhnt mit jeder Minute lauter aus den Boxen. Wann immer mir David etwas sagen will, kommt er nahe an mein Ohr, um die Lautstärke zu übertönen. Als er mich das erste Mal beiläufig berührt, weiche ich unsicher zurück und blinzle verlegen. Er ignoriert meine Reaktion, redet unentwegt auf mich ein und bringt mich dabei immer wieder zum Lachen. Ich weiß nicht, wie lange wir uns unterhalten, bis Emma wieder vor mir steht und mich skeptisch beäugt. Sie begrüßt David, um sich danach sofort mir zuzuwenden. Am Ellbogen zieht sie mich von David weg, während sie ihn nicht aus ihrem Blickfeld lässt.

»Leni, wer ist das? Meinst du nicht, dass das etwas zu früh ist?« Ihre Augenbrauen wandern beschwörend in die Höhe.

»Wofür?«

»Na ja, du bist noch nicht einmal geschieden.« Sie verhält sich wie mein schlechtes Gewissen, das mahnend vor mir steht. Sofort ist der sorglose Moment vorbei. Stur stiere ich an ihr vorbei und verschränke die Hände demonstrativ vor meiner Brust. Während Paul vor meinen Augen sein Leben lebt, zwingt sie mich, die Warteposition einzunehmen. Warum soll es mir verwehrt sein, mich einmal unbeschwert mit einem Mann zu unterhalten?

»Ich rede doch nur mit ihm!« Und ich habe seit Langem wieder Spaß. *Was ist falsch daran?*

»Er hat doch sicher nur das eine im Kopf. Du machst dich lächerlich. Was versuchst du damit zu bewirken? Willst du Paul eifersüchtig machen? Es wird ihm nicht gefallen.«

Höre ich gerade richtig? Es wird Paul nicht gefallen? Warum dreht sich jeder zweite Satz um Paul?

»Und wenn schon? Wem bin ich Rechenschaft schuldig? Paul? Der ist doch mit Marlene hier und nimmt auch keine Rücksicht auf mich.« Verständnislos schüttle ich den Kopf und löse mich widerspenstig von ihrem festen Griff.

Sie schnauft hörbar genervt. »Warum müsst ihr euch gegenseitig verletzen?«

»Das nennt man ›sich arrangieren‹. Er küsst *sie* in meiner Gegenwart.« Dabei verziehe ich spöttisch mein Gesicht und deute in deren Richtung. »Das ist *mein* Weg, mich damit abzufinden. Ich. Unterhalte. Mich. Was ist daran verwerflich? Ich denke, ich bin hier die falsche Person, die du mit Vorwürfen überhäufst.«

»Ich weiß nicht, ob das der richtige Weg ist. Du tust dir doch damit nur selbst weh.«

»Das ist meine Art der Bewältigung. Ich will aufhören, mir Gedanken über alles zu machen. Das mit David ist harmlos. Er ist nett. Wir unterhalten uns. Es tut mir gut, ist leicht und zwanglos.«

»Schön!« Ich traue ihrem plötzlichen Sinneswandel nicht und beobachte sie mit zugekniffenen Augen. »Wenn du meinst. Du weißt, was ich davon halte. Ich billige sein Verhalten in deiner Gegenwart genauso wenig. Was ihr damit bezwecken wollt, verstehe ich nicht. Ihr könntet beide mehr Feingefühl füreinander aufbringen. Das ist meine Meinung«, fügt sie noch belehrend hinzu, bevor sie mir besänftigend über meinen Oberarm streicht und mütterlich ruhig auf mich einredet. »Ich will nicht, dass ihr euch gegenseitig verletzt! Diese Situation ist für euch beide nicht leicht.«

»Den Eindruck hatte ich bei Paul nicht, als er mir sagte, ich solle verschwinden.« Ich löse mich von ihr. »Mach dir keine Sorgen. Wir gehen uns aus dem Weg, dann funktioniert es irgendwann.«

»Irgendwann?«

Ich sehe ihr an, dass sie meine Sicht der Dinge nicht verstehen will. »Paul hat Marlene! Er ist mit ihr glücklich. Ich habe keinen Platz mehr in seinem Leben«, rechtfertige ich mich.

David strahlt mich an, als er sieht, wie ich ihm wieder meine Aufmerksamkeit schenke. Ich lächle zurück. Kurz drehe ich mich noch einmal um und sehe, wie sich Emma kopfschüttelnd entfernt.

»Alles okay bei dir?«

»Ja, das war meine Freundin.« Gezwungen lächle ich, da mich Emmas Worte beschäftigen. Offenkundig entgeht es ihm nicht, denn er überrascht mich, indem er meine Hand ergreift.

»Hast du Lust, zu tanzen?«

Überrumpelt nicke ich. Die Takte eines bekannten lateinamerikanischen Lieds beginnen.

»Dieses Lied kenne ich noch aus meiner Jugend.«

»Lambada! Der Tanz kommt ursprünglich aus Brasilien. Komm!« Seine Augen leuchten auffordernd. Er strahlt pure Lebensfreude aus. Beinahe steckt er mich damit an. Ich bin mir fast sicher, dass ihm durch seine Wurzeln der Rhythmus im Blut liegt.

»Um ehrlich zu sein, habe ich keine Ahnung, wie ich mich dazu bewegen soll«, versuche ich, Ausflüchte zu finden.

»Ich zeige es dir.« David zieht mich an meiner Hand vom Barhocker und bedeutet mir, ihm auf die Tanzfläche zu folgen, die sich immer mehr füllt. Verstohlen blicke ich zu Paul, der eng umschlungen mit Marlene tanzt. Um der Enttäuschung keinen Platz zu machen, wende ich meinen Blick von ihnen ab, ergreife energisch Davids Hand und lasse mich von seinen gekonnten Tanzbewegungen führen.

Mein eingerosteter Hüftschwung wird mit jedem Schritt an seiner Seite spielerischer. Federleicht dreht er mich im Kreis. Mädchenhaft kichere ich und stelle fest, wie sehr ich es vermisst habe, ausgelassen zu tanzen.

Ich schließe die Augen, genieße die Musik und fühle mich plötzlich wieder wie siebzehn. Ich spüre mit jeder Minute, wie die Angst und die vielen Zweifel von mir abfallen, und ich beginne, mich wieder frei zu fühlen. Ein berauschendes Gefühl, das, einmal eingeatmet, süchtig macht. Vielleicht ist es Davids Nähe, vielleicht ist es die Art, wie er mich über die Tanzfläche führt, oder vielleicht ist es einfach ein Loslassen von Mustern und ein »Freitanzen« – in diesem Moment bin ich glücklich. David scheint von meiner plötzlichen Wandlung begeistert zu sein.

Ich bin ausgelassen und spüre die Hitze in meinem Körper. Sofort wird das Lied vom nächsten Hit abgelöst. Ich blende die Welt um mich für einen Augenblick aus und spüre nur den Bass, der bis zu meinem Herzen vibriert. Ich lasse mich gehen und genieße es. Die Bewegungen fließen automatisch. Anscheinend zu viel, denn plötzlich spüre ich Davids Atem, gefolgt von seinen Lippen an meinem Nacken. Erschrocken reiße ich die Augen auf, drehe mich zu ihm und blicke in seine blauen Augen, die mich fragend anstrahlen. Alles in mir blockiert bei dieser intimen Geste und ich weiche sofort einen Schnitt zurück, lege meine Hand abwehrend auf seine Brust, damit er nicht noch näherkommt, und stoppe abrupt. Er blickt mich irritiert an. Beschämt senke ich den Kopf. *Was habe ich mir nur dabei gedacht? Bin ich komplett verrückt? Wie ich mich hier aufführe! Emma hatte recht. Ich bin noch nicht so weit!*

»Es tut mir leid. Ich kann das nicht.« Fluchtartig drehe

ich mich um und quetsche mich durch das Menschengewühl. David folgt mir zur Garderobe.

»Lena, es tut mir leid, ich wollte dich nicht bedrängen.«

»Nein, David, es ist nicht deine Schuld. Ich kann das nicht. Es liegt nicht an dir.«

Ich streife mir meinen Mantel über und trete vor die Tür. Er folgt mir und zieht sich ebenfalls seine Jacke an. Vor der Tür verklingt die Musik. Ich atme die kühle Nachtluft ein. Es hat aufgehört zu schneien, vom Himmel strahlen tausend Sterne. Ich wünschte, ich könnte nicht nur die Rolle einer losgelösten, freien Frau spielen, sondern es einfach sein.

»Lena, kann ich dich wenigstens nach Hause bringen? Ich will nicht, dass du ganz alleine durch die Straßen gehst. Außerdem möchte ich dich gerne wiedersehen.« David lässt nicht locker.

»Das ist nett, aber ich schaffe das schon. Ich nehme mir ein Taxi.« Ich will bereits aufbrechen, als er mein Handgelenk festhält. Fragend blicke ich auf seine Hand, um ein paar Sekunden später zu ihm aufzuschauen.

»Gibst du mir deine Nummer?« Er löst langsam seinen Griff.

Ich steige auf die Zehenspitzen und drücke ihm einen sanften Kuss auf die Wange.

»Danke für den schönen Abend. Es war nett, dich kennenzulernen.«

»Bekomme ich nicht einmal deine Nummer?«

Genau in diesem Moment öffnet sich die Tür hinter uns.

»Lena …«, höre ich Emmas empörte Stimme. Ich lehne mich etwas vor, um an David vorbeizuschauen. Paul steht mit Emma im Eingangsbereich. Seine Hände fest vor seinem Körper verschränkt, blickt er uns zornig an. Sein Anblick lässt das Blut in meinen Adern gefrieren. Sofort schiebt mich David schützend hinter sich. Ich schummle mich an ihm vorbei, um genauso wütend vor Paul und Emma zu treten.

»Das hat ja nicht lange gedauert«, meint Paul herablassend. Die Worte kommen lallend, er scheint zu tief ins Glas geschaut zu haben.

»Paul, hör auf. Ich wollte nur nachprüfen, ob Leni gut nach Hause kommt«, besänftigt ihn Emma und drückt ihn zur Tür Richtung Lokal. »Geh wieder rein«, redet sie beschwichtigend auf ihn ein.

»Wolltest du das? Oder wolltet ihr sichergehen, dass ich mit keinem Mann nach Hause gehe?«, fordere ich sie heraus.

»Leni, hör auf. Ich habe mir Sorgen gemacht.«

»Hast du das? Und was macht *er* dann hier?« Ich deute wütend in Pauls Richtung. »Er hat mir deutlich gemacht, dass er mich nicht mehr sehen will, also was soll das Ganze?«

»Wer ist der Typ?«, knurrt Paul wütend.

»Geht es dich etwas an?«, fauche ich zornig zurück.

»Hört jetzt auf. Ich habe dir schon gesagt, dass ich nach Leni schauen werde. Marlene wartet auf dich.«

»Ja, Marlene wartet auf dich«, äffe ich Emma nach.

»Lena, wer ist der Typ? Ist das dein Exmann?«, mischt sich David ein.

»Ha!« Paul stößt einen verhöhnenden Ton aus. »Ihr habt schon über deine Vergangenheit gesprochen? Das ist ja nett.«

»Nein, David, das ist nicht mein Exmann. Das ist ein Exfreund. Der mir noch vor ein paar Tagen sagte, dass er mich nicht mehr sehen will. So viel zu diesem Thema.«

»Ich glaube, hier ist nun alles gesagt«, mischt sich Emma wieder ein.

»Ich habe gerade erst begonnen«, knurrt Paul.

»Hey, ich glaube, heute ist nicht der richtige Zeitpunkt dafür«, versucht mich David zu besänftigen und zieht mich an meinem Ellbogen zurück. Als Paul diese Geste sieht, verengen sich seine Augen merklich.

»Warum hat er es so eilig, mit ihr nach Hause zu kommen?«
Paul blitzt David dabei böse an.

Ich glaube, mich verhört zu haben, und öffne fassungslos
den Mund. »Pah ... Wird das nun ein Verhör? Was bildest du
dir ein?« Ich kann meinen Ärger nicht mehr unterdrücken.
Meine Stimme überschlägt sich.

Seine Augen stieren mich provozierend an. »Sie hat es
gerne, wenn du ihr dabei sagst, wie schön und toll sie ist.« Dabei
betont er die Wörter »toll« und »schön« verhöhnend.

»Paul! Hör auf damit!« Emma zieht ihn nun auch zurück.

»Du bist ein verdammtes Arschloch, weißt du das?«, fauche
ich ihn an.

Er schüttelt den Kopf und zieht belustigt den rechten
Mundwinkel in die Höhe.

»Lass dir mal etwas Neues einfallen«, antwortet er herablassend, während er eine Packung Zigaretten aus seiner Tasche
zieht. Plötzlich bin ich zwischen Verwunderung über seinen
Zigarettenkonsum, dem er schon vor langer Zeit abgeschworen
hat, und meinem Ärger gefangen. Er zündet sich den Glimmstängel an und zieht ein paarmal tief durch.

»Lena, kann ich dich nach Hause bringen? Du frierst doch.«
Erst als mich David darauf aufmerksam macht, spüre ich die
Kälte in meinem Körper. Paul lacht kurz und sarkastisch auf.

»Geh sie trösten, mein Lieber. Lass dir nur nicht das Herz
brechen, wenn du von heute auf morgen alleine dastehst. Wenn
du Pech hast, ist sie morgen schon wieder weg.«

»Paul, geh jetzt endlich wieder rein. Du hast getrunken und
du machst alles nur noch schlimmer.«

Er schüttelt Emma von sich.

»Lass mich in Frieden. Du steckst doch mit ihr unter einer
Decke. Du hast mir nie gesagt, wo sie war. Du bist eine verlo-
gene Schlange.«

»Paul, ich habe nie gewusst, wo sich Leni aufgehalten hat.

Ich weiß nicht, wie oft ich dir das noch sagen muss.«

»Hör auf, Emma zu beschuldigen. Sie wusste es nicht. Wenn du wütend bist, dann sei es auf mich.«

»Das bin ich.« Seine Stimme überschlägt sich, als er mich anschreit. Er kommt auf mich zu, bleibt ein paar Schritte vor mir stehen und bläst mir den Rauch ins Gesicht. David stellt sich sofort neben ihn, legt seine Hand auf Pauls Brust und versucht ihn wegzudrücken. Paul schlägt angewidert seinen Arm beiseite.

»Na, wie fühlt es sich an, mit jemandem ins Bett zu steigen, den du nicht liebst?«, flüstert er mir leise zu. Ich rieche den Alkohol, vermischt mit dem Tabakgeruch. Ich bin mir sicher, dass David seine Worte gehört hat, doch selbst wenn ich es ihm erklären wollte, könnte ich in diesem Moment nicht darauf eingehen, da mich Paul mit seinem Blick gefangen hält. Wir taxieren uns unerbittlich.

Hörbar schlucke ich, bevor ich zu meiner verbalen Ohrfeige aushole.

»Ich werde dir davon berichten, wenn ich es weiß.«

»Viel Spaß!«

Wütend drehe ich mich zu David. »Lass uns gehen.«

Er nickt mir zu, legt seine Handfläche auf meinen Rücken und geht mit mir in die dunkle Nacht. Pauls hasserfüllte Worte hallen in meinen Ohren.

»Ich wünsch euch ein paar nette Stunden!«

»Die werden wir haben«, werfe ich zurück.

ACHT

Elf Jahre zuvor – Paul

»Hey, kommst du heute mit auf das Weinfest?«, flüstert Emma in Lenis Richtung, als Professor Schneider gerade den Lösungsweg der Gleichung auf die Tafel kritzelt. Ich folge ihm aufmerksam, da Mathematik zu meinen Lieblingsfächern zählt. Doch seitdem neben mir dieser Störfaktor Platz nahm, fällt es mir schwer, mich auf den Unterricht zu konzentrieren.

»Ich weiß nicht«, seufzt Leni verlegen und klopft mit der Hinterseite ihres Kulis auf den Tisch. »Ich sollte eigentlich noch lernen.« *Vielleicht ist es auch besser so!*

»Komm schon. Es ist Wochenende«, hakt Emma nach.

Leni lehnt sich in ihre Richtung und flüstert: »Ich bin schon ewig nicht mehr ausgegangen.«

»Dann wird es langsam Zeit.« Emma tippt auf meine Mitschrift und meine Absicht, dem Unterricht unseres Mathelehrers zu folgen, ist dahin. »Paul, kommst du heute auch mit?« *Was für eine Frage!*

»Zum Weinfest? Klar bin ich dabei, warum?«, antworte ich nebenbei, um ihnen nicht zu zeigen, dass ich ihrem Gespräch schon länger folge.

»Wir müssen Leni noch überzeugen«, erwidert Emma. Verstohlen blicke ich zu ihr. Sie fängt meinen Blick genauso irritiert auf. Im Beisein der anderen verhalten wir uns befangen und reden nur das Nötigste.

Seit einer Woche schleiche ich mich jeden Abend in Lenis Bett, um nicht zu Hause schlafen zu müssen.

Rein freundschaftlich natürlich. Jedenfalls rede ich mir das ein. Zugegebenermaßen freue ich mich den ganzen Tag darauf, neben ihr einzuschlafen, um ein paar Stunden später wieder neben ihr aufzuwachen. Jedes Mal warte ich auf die langen, gleichmäßigen Atemzüge und halte inne, bis sie sich zu einer kleinen Schnecke zusammenrollt. Der Moment, wenn ihre Haare ihr dabei ins Gesicht fallen, ist jede Minute des Wartens wert. Es ist einfach wunderschön, sie anzusehen. Manchmal gleiten meine Fingerspitzen über ihr Gesicht, fast ohne sie zu berühren, um sie ja nicht zu wecken.

Sie ist perfekt ... und sie ist sich dessen nicht einmal bewusst. Am Morgen wache ich meist schon vor ihr auf und merke belustigt, wie sie ihre Nase kräuselt, kurz bevor sie die Augen aufschlägt. Schnell stelle ich mich schlafend, damit sie nicht merkt, wie ich sie beobachte, um jedes Detail in ihrem Gesicht zu verinnerlichen. In ihrer Nähe fällt es mir verdammt schwer, den Gleichgültigen zu mimen, denn sie fegt wie ein Tornado durch mein Leben und vernichtet meine Coolness. Neben ihr bin ich nicht mehr Paul Franke, der sich nichts aus den Gefühlen der Mädchen macht, sondern ein Weichei, das nichts Besseres zu tun hat, als wie ein Spanner jede ihrer Bewegungen zu studieren. Ich breche all meine Regeln, mich niemals in ein Mädchen zu verlieben. *Ich mache mich hier lächerlich. Ich sollte sie schleunigst aus meinen Gedanken verbannen.* Was zur Hölle ist schon Liebe? Wer liebt, wird enttäuscht. Punkt.

»Warum überzeugen? Entweder will sie oder nicht«, meine

ich so beiläufig wie möglich. Ich blicke unauffällig zu ihr und sehe, wie meine Aussage sie enttäuscht. Ich könnte mich selbst ohrfeigen, doch es ist der einzige Weg, ihr fernzubleiben.

»Ich habe nicht einmal etwas zum Anziehen.« Sie sucht nach Ausreden. So gut kenne ich sie nun schon. Doch diesmal werde ich sie nicht vom Gegenteil überzeugen. Zu meinem eigenen Schutz.

»Das stimmt! Mit dem Bienchen-Pulli kannst du dort nicht auftauchen«, veräpple ich sie.

»Du bist so ein Idiot, Paul!« Emma wendet sich wieder Leni zu und lächelt dabei geheimnisvoll, als spinne sie gerade einen Plan. »Nach der Schule komme ich bei dir vorbei. Wir werden sicher etwas finden.«

»Glaubst du denn, wenn du sie in andere Klamotten steckst, wird aus dem Mauerblümchen ein stolzer Schwan?«, mischt sich Jana ein, die missbilligend in unsere Richtung blickt. Die Wut kocht augenblicklich in mir hoch. *Blondie soll verdammt noch mal ihre Klappe halten!* Wer hat sie schon gefragt? »Warum kümmerst du dich um solche Leute? Ist es die Nächstenliebe oder einfach nur Mitleid?«, zieht Jana Emmas Bemühungen, Leni zu integrieren, ins Lächerliche.

»Nichts dergleichen«, faucht Emma zurück. »Leni soll mal unter Leute kommen«, fügt sie noch erklärend hinzu.

Ich bemerke, wie sich Lenis Stirn in Falten legt. »Warum glaubst du, dass ich nicht unter Leute komme?«

Emma zuckt mit den Schultern und grinst wissend, ohne dabei auf ihre Frage einzugehen. »Also bist du heute dabei?«

»Bleibt mir etwas anderes übrig?«, fragt sie sicherheitshalber, obwohl Emma schon siegessicher bis über beide Ohren grinst.

»Nein«, sagt sie und kichert leise. Ich kann es mir nicht verkneifen, mit den Augen zu rollen, was Leni natürlich nicht entgeht.

Am Abend kippe ich ein Glas Wein nach dem anderen in mich hinein, um meine wirren Gedanken loszuwerden, die mich schon seit Tagen beschäftigen. Bisher ließ sich Leni noch nicht blicken. Sandras Körper klebt schon seit einer Stunde an meinem. Ihre süßliche Parfümwolke reizt meine Nase unangenehm.

»Süße, lass mir mal etwas Platz zum Atmen.« Kokett bewegt sie sich vor meinen Augen und wackelt mit ihrem Hinterteil. Der Alkohol trübt meine Sinne. Ich leere den Rest meines Glases und streiche über ihre Taille. Sandra genießt augenscheinlich meine Berührungen und ihre Lippen nähern sich verführerisch meinen. Lustlos wende ich mich ab.

Ihr Minirock, die hohen Schuhe und ihr freizügiger Ausschnitt setzen sie perfekt in Szene – keine Frage.

Ich zünde mir eine Zigarette an und ziehe ein paarmal daran, bevor ich den Rauch in die Luft blase. Mein Vater würde mir den Kopf abreißen, wenn er wüsste, dass ich rauche. Als Arzt missbilligt er jegliche Art, dem Körper Schaden zuzufügen. Einfach lachhaft. Was für ein Pharisäer! Schon seit Langem lege ich keinen Wert mehr darauf, was der alte Herr von mir erwartet.

Wieder lasse ich meinen Blick über Sandras Kurven schweifen. Reine Ablenkung, um nicht wie ein Liebeskranker nach *ihr* Ausschau zu halten. Der Raum platzt beinahe. Aus den Boxen dröhnt Tanzmusik. Der Alkohol steigt mir seit Stunden zu Kopf. *Kein Grund, auf die Bremse zu treten.* Mein Körper vibriert mit jedem Schlag durch den ohrenbetäubend lauten Bass. In der Menge taucht auf einmal Emma auf. Mein Puls beschleunigt sich, denn ich vermute, dass sich Leni in ihrer Nähe befindet.

Emma umarmt mich freundschaftlich. Sie ist das einzige Mädchen, das das ohne zu fragen darf. Emma unterscheidet sich von all den anderen Mädels. Sie ist meine älteste Freundin. Ich betrachte sie als kleine Schwester.

Wortlos löse ich mich von Emma, als ich Leni erblicke. Ich

kann kaum glauben, was ich sehe. Ihr Anblick raubt mir den Atem. Sie trägt enge, figurbetonte Jeans und ein anliegendes Top. Keine Spur zu aufreizend oder zu billig, sondern einfach nur hinreißend. Bezaubernd. Ihre aschblonden Haare fallen seitlich, zu einem Zopf geflochten, hinunter. Ohne aufwendige Frisur, ohne viel Make-up – einfach Leni. Entschuldigend zuckt sie mit den Schultern, als wäre ihr das Outfit unangenehm, und lächelt mir sanft zu. Ich möchte sie am liebsten an mich ziehen, an ihrem Haar einatmen und nie wieder ausatmen, ihr ins Ohr flüstern, wie ihr Lächeln auf mich abfärbt, wie sehr ich mich in ihr verliere, wie sehr ich sie begehre und ihre Nähe tagtäglich aufs Neue suche. Ich versuche, mir nicht anmerken zu lassen, wie ich ihre Anwesenheit genieße, obwohl sie mich verwirrt.

Ihre Augen verengen sich, als sie bemerkt, wie ich sie fixiere.

Augenblicklich bekomme ich ein seltsames Gefühl. Skeptisch betrachten wir einander. Während sich ihre Stirn in Falten legt, macht es den Anschein, als könne sie meine Gedanken lesen.

Mein Atem geht flach, während mein Herz heftig in meiner Brust schlägt. Zwischen uns darf niemals etwas passieren. Ich würde sie verletzen. Der Gedanke, sie könnte als Einzige meine Mauern einreißen, bereitet mir verdammt viel Angst. *Doch vielleicht nehme nur ich dieses verfluchte Knistern zwischen uns wahr.* Die Erkenntnis verkrampft merklich jede Faser meines Körpers.

Wenn ich ehrlich bin, fürchte ich mich, von *ihr* verletzt zu werden. Vor einer Zurückweisung. Ich sollte meine Gedanken schleunigst sortieren und sie vergessen. Aus meiner Starre erwacht, schiebe ich Sandra wie ein Schutzschild vor mich. *Was tue ich hier bloß?* Sandra sieht es als eindeutiges Zeichen, mir ihre Zunge in den Mund zu schieben. Es ekelt mich. Doch es lenkt mich – wenn auch nur wenig – von diesem unglaublich entzückenden Wesen ab. Ich versuche, mich darauf einzulassen und meine Augen zu schließen, zu entspannen, nicht an Leni

Steinberg zu denken. *Verflucht, es funktioniert einfach nicht.*

Mein Herz klopft in einem Tempo, wie ich es bis dato nicht erlebt habe. Weder sind es Sandras volle Lippen, die mich reizen, noch ihre Oberweite, die sie an mich presst. Es ist dieses schüchterne Mädchen, neben dem ich seit einer Woche jeden Abend schlafe, deren Duft und Lächeln mich bis in meine Träume verfolgen und mir meinen klaren Verstand rauben.

Nachdem ich Sandra von mir geschoben habe, fehlt jede Spur von Leni. *Mist!* Ich blicke besorgt in die Menschenmenge, doch ich finde sie nicht mehr. Emma tanzt unterdessen ausgelassen mit ein paar Klassenkollegen auf der Tanzfläche. Ich ziehe sie am Ellenbogen und frage, wohin Leni verschwunden sei.

»Sie ist mit einer Freundin zur Bar gegangen«, schreit sie mir, die Lautstärke der Boxen übertönend, zu.

Der Gedanke, sie könne sich betrinken und irgendein hormongesteuerter Typ ihre Situation ausnutzen, treibt mich in den Wahnsinn. Ich will sie suchen, als Sandra mich am Handgelenk packt und mir schmutzige Dinge ins Ohr flüstert.

Hin- und hergerissen zwischen dem Herzenswunsch, nach Leni Ausschau zu halten, und dem Kopf, der mir rät, Abstand von ihr zu nehmen, entscheide ich mich für Sandra und lasse den Verstand gewinnen. Ich sollte Leni so schnell wie möglich vergessen. Auch wenn es mir das Herz bricht. Sie ist kein Mädchen für mich. Sie hat jemand Besseren als mich verdient. Diese Einsicht macht mich verrückt. Widerstandslos lasse ich mich von Sandra ablenken und folge ihr nach draußen. In Gedanken immer nur bei einem Mädchen – Leni.

Ich weiß nicht, wie lange ich mit Sandra hier draußen auf der Parkbank herummache. Nicht eine Sekunde bin ich bei der Sache. Es entgeht ihr natürlich nicht und sie beginnt zu zicken. Plötzlich nehme ich hinter mir eine allzu bekannte Stimme wahr. Ich schiebe Sandra ohne Vorwarnung beiseite.

»Was hast du für ein Problem?«, faucht Sandra mich an.

Kichern, gefolgt von Lenis angeheiterten Worten, erregt meine Aufmerksamkeit. Ich bin sofort wieder bei Sinnen, als Leni etwas unbeholfen mit einem Typen aus unserer Schule den Weg entlangschwankt. Augenblicklich springe ich auf und richte meine verdrehte Baseballkappe gerade. Ich spüre das mächtige Bedürfnis, sie zu beschützen.

Absurd, da ich doch der Einzige bin, vor dem sie Schutz benötigt. Ohne zu überlegen, gehe ich schnellen Schrittes auf die beiden zu.

»Leni?« Meine Stimme klingt dunkler als beabsichtigt. Sie blickt verwundert auf. Ihr fröhlich-übertriebenes Glucksen durchbricht den Moment der Stille. *Wie sehr ich ihr Lachen liebe.*

»Paul!« Ihre Augen strahlen mich an. Dieser Kerl nutzt ihre Gutgläubigkeit schamlos aus.

»Was machst du hier?«, frage ich sie begriffsstutzig, wenngleich ich mir sehr wohl bewusst bin, was hier abgeht. Dieser Typ will sie abschleppen.

»Ich … ich …« Der Alkohol erschwert es ihr, die richtigen Worte zu finden. Würde sie nicht an diesem Kerl lehnen, fände ich es entzückend, doch so schäume ich vor Wut.

»Ich … ich … Mir war nicht gut und … und ich brauchte etwas frische Luft. Phillip bringt mich nach Hause.« *Ja klar!*

Ich wische mir mit dem Handrücken über den Mund und versuche, Sandras Spuren endgültig zu verwischen. Mir steht es nicht zu, eifersüchtig zu sein, doch dieses Gefühl bringt mich zum Kochen.

»Geht es dir besser?«, frage ich sie beiläufig, ohne den Typen aus den Augen zu lassen. Ich höre, wie Sandra fluchend hinter uns tritt.

»Mir geht es gut.« Zögerlich öffnet sie ihre Augen, als sie aufsieht. *Verdammt, nicht dieser Blick, Leni!* Ich darf sie nicht wie ein liebeskranker Kerl anschmachten. Räuspernd wende ich mich ab.

»Gehen wir?«, meldet sich der Kerl neben ihr genervt und zieht sie, ohne ihre Reaktion abzuwarten, weiter. Meine Zähne knirschen, als ich darauf beiße. Wütend balle ich meine Hände zu Fäusten. Sie schwankt ihm hinterher. »Gute Nacht, Paul.« Das Lächeln, das sie mir zum Abschied schenkt, bevor sie ihm wortlos folgt, lässt mein Herz für einen kurzen Moment aussetzen. *Nein. Nein. Nein! Sie darf nicht mit ihm gehen. Lass sie gehen. Nein, auf keinen Fall!*

»Warte!« Das Wort entweicht meiner Kehle wie ein plötzlicher Stromstoß. Ich folge ihnen.

Leni wendet sich zu mir und blinzelt erwartungsvoll mit ihren blauen Kulleraugen.

»Paul, kommst du wieder zurück?«, ertönt Sandras genervte Stimme hinter mir.

»Süße, für heute ist Schluss«, wimmle ich sie ab und würdige sie keines Blickes mehr. Ich weiß, ich bin ein Arsch, doch ich habe nur noch Augen für ein Mädchen – mein Mädchen, das ich nicht mit diesem Kerl zusammen wissen möchte. Selbst wenn ich niemals gut genug für sie sein sollte, er ist es bestimmt nicht. Leni reißt bei meiner Aussage die Augen auf, während sie verstohlen an mir vorbeiblickt, um Sandras Reaktion zu beobachten. Diese kommt wutentbrannt auf mich zu und beginnt mich wüst zu beschimpfen. *Ich habe es verdient. Ich weiß.*

Doch meine Augen fixieren nur Leni und es prallt ohne eine Erwiderung an mir ab.

»Wenn du mich jetzt fallen lässt, ist es vorbei«, kreischt Sandra erbost.

»Reg dich nicht so auf«, weise ich sie zurecht. »Und du verpiss dich, Phillip, oder wie auch immer du heißt!« Lenis fassungsloser Blick erheitert mich ein wenig. Verdattert öffnet und schließt sie den Mund, ohne ein Wort von sich zu geben. Man merkt, wie sie für einen kurzen Moment überlegt, bevor sie sich von Phillip löst und ihm etwas ins Ohr flüstert. Der wendet sich kopfschüttelnd von ihr ab. *Yes, baby, strike! So ist es richtig!* Doch sie kehrt nicht nur ihrem Begleiter den Rücken, sondern auch mir.

Ohne einen Ton zu sagen, geht sie davon, während Sandra mir die Hölle heißmacht. Ich ignoriere ihre Vorwürfe und folge ferngesteuert meinem Honigbienchen.

»Leni, warte …«, rufe ich ihr nach.

Zögernd dreht sie sich um, geht jedoch schnellen Schrittes weiter, als sie sieht, wie ich mich ihr nähere. *Will sie vor mir weglaufen? An ihrer Stelle würde ich vermutlich dasselbe tun.*

»Warte doch mal.« Als ich sie erreiche, bleibt sie abrupt stehen. Beinahe renne ich in sie hinein.

»Was willst du?«, schnauzt sie mich erbost an. Sie hat einen kleinen Schwips. Ihre Worte kommen nicht mit der Strenge, die sie beabsichtigt. Ich beginne zu grinsen. Einfach entzückend.

»Dich nach Hause bringen?«, stelle ich unsicher eine Frage, die mehr eine Antwort sein sollte.

Verneinend schüttelt sie den Kopf. »Was erwartest du dir davon?«

Sie durchschaut mich schneller, als mir lieb ist.

»Was meinst du?«, stelle ich mich dumm.

»Ich bin nicht so wie …« Sie deutet auf Sandra, die noch immer fluchend, mit den Händen vor der Brust verschränkt, auf meine Rückkehr wartet. »Na ja, so wie die Mädchen, mit denen du sonst abhängst.«

»Und … was soll das heißen?«

Sie wird wütend, als ich ihre Reaktion ins Lächerliche ziehe.

»Hör auf damit!« Sie fuchtelt mit ihrem Zeigefinger wild vor meinem Gesicht herum. »Das zieht bei mir nicht … diese … diese Masche!«

Selbst wenn ich versuche, ernst zu bleiben, huscht mir ein

Lächeln über die Lippen. Wenn sie sich aufregt, wirkt sie noch niedlicher.

»Ich weiß noch immer nicht, warum du dich so aufregst. Ich wollte dir nur anbieten, dich nach Hause zu begleiten. Ich kann mir nicht vorstellen, dass deine Eltern erfreut sind, wenn du alleine durch die dunklen Straßen gehst, oder?«

Trotzig stampft sie wie ein kleines Kind am Boden auf. »Ich wollte nicht alleine gehen. Phillip hätte mich heimgebracht.«

»Ja, klar. Du hast keine Ahnung, wie wir Jungs ticken. Der Typ hatte Hintergedanken, ist doch klar.« Ich versuche, den Groll in meiner Stimme in den Griff zu bekommen.

»Aber du hast natürlich keine, oder? Meine Eltern werden sicher entspannter sein, wenn ich es mit dem stadtbekannten Casanova mache.«

»Stadtbekannter Casanova?« Grinsend senke ich meinen Kopf und ziehe meine Kappe weiter in die Stirn. »Ich war mir nicht bewusst, dass wir es machen, wenn ich dich nach Hause bringe …« Ich möchte sie bewusst provozieren und versuche, mein Grinsen vor ihr zu verstecken, indem ich meine Lippen zu einer schmalen Linie zusammenpresse.

»So war das nicht gemeint!«, sucht sie nach Erklärungsversuchen und läuft dabei knallrot an. Als ihr nichts einfällt, dreht sie sich schnaufend um und geht schnellen Schrittes weiter. Ich folge ihr wortlos und laufe neben ihr her. Immer wieder stoppt sie und hält sich an der Hauswand fest.

»Meine Eltern wissen nicht, dass du seit einer Woche jede Nacht bei mir schläfst!«

»Das dachte ich mir schon, nachdem ich mich immer zur Terrassentür hinausschleichen muss.«

»Mir ist etwas schwindlig.«

Automatisch greifen meine Hände nach ihr, um ihr zu helfen, doch sie schiebt mich von sich weg.

»Warum machst du das?«, fragt sie resignierend, als sie stehen bleibt, mich für einen Moment mustert und gedankenverloren an ihrer Unterlippe kaut. Nun erröte ich selbst und fühle mich ertappt.

»Was?«, stelle ich mich unwissend.

»Alles? Warum bist du nett zu mir? Warum gehst du mit mir laufen? Warum unterhältst du dich mit mir? Warum begleitest du mich nach Hause und lässt dir dabei ein Vergnügen entgehen? Warum schläfst du seit einer Woche neben mir, obwohl du mich untertags keines Blickes würdigst und mit anderen Mädchen rummachst?«

Gefühlte fünf Minuten starre ich sie an. Schweigend verschwinden meine Hände in den Hosentaschen.

»Und warum starrst du mich immer so an?

»Ich kann dir jetzt schon sagen, dass ich nicht auf diese Nummer hereinfallen werde«, erklärt sie hochnäsig. *Das war mir von Anfang an klar. Genau hier liegt mein Problem.*

»Warum glaubst du, dass ich interessiert an dir bin? Du bist eine Zicke«, meldet sich mein verletzter Stolz zu Wort.

Ihre Gesichtsfarbe wandelt sich von einem verärgerten Rot in ein kreidebleiches Weiß. Sie starrt mich fassungslos an und ich ärgere mich, dass ich meinen Mund wieder einmal nicht halten konnte. Entrüstet wirft sie die Arme in die Höhe.

»Es tut mir leid. Wie konnte ich nur annehmen, dass so ein Typ wie du sich für ein Mädchen wie *mich* interessiert? Dumm, oder?«, flucht sie theatralisch.

Kopfschüttelnd wankt sie weiter. Ich folge ihr, ohne dabei ein Wort zu sagen. Stille, die nur durch das Hallen unserer Schritte unterbrochen wird.

»Wo hast du deine weite Kleidung gelassen?« Ich gebe ihr mit meinem Ellbogen einen leichten freundschaftlichen Stoß und muss mich zusammenreißen, um dabei ernst zu bleiben.

»Das war klar, dass dir das nicht entgangen ist. Oberflächlichkeit kann man in einem Atemzug mit deinem Namen nennen.«

Schulterzuckend reagiere ich auf ihren Vorwurf, obwohl er mich mehr trifft, als ich zugebe.

»Wenn du dieser Ansicht bist.« Ich habe den Wunsch, in ihrer Nähe jemand zu sein, der ich nun mal nicht bin.

Sie dreht sich zu mir, um mir ein gespieltes, verhöhnendes Lächeln zuzuwerfen.

»Wenn du dieser Ansicht bist?«, äfft sie mich nach. »Was redest du da? Bis jetzt bist du deinem Ruf gut nachgekommen.«

»Wie ist mein Ruf?«

Ihre Augen verengen sich, als sie plötzlich stehen bleibt und mich eingehend mustert. »Meinst du das jetzt ernst?«

»Ich will es aus deinem Mund hören«, ermutige ich sie, weiterzusprechen.

Sie rollt mit den Augen. Dann spricht sie wie aufgezogen. Einstudiert. »Du lässt nichts anbrennen und läufst jedem Rock nach …«

Ihre Worte schmerzen dort, wo ich normalerweise nichts fühle. Ich versuche, dem plötzlichen Frust Herr zu werden. So schnell gebe ich nicht auf.

»Das ist, was alle über mich denken, aber was denkst *du* über mich?«

»Was interessiert dich *meine* Meinung?«

»Würde ich fragen, wenn sie mich nicht interessieren würde?« Ich versuche, dabei ruhig zu bleiben, doch der Ärger schwingt bei jedem Wort mit.

»Nur, weil du bei mir schläfst, heißt das nicht, dass ich dich kenne. Du redest so gut wie nie über dich. Wie soll sich also mein Bild von dir ändern?«

»Seit einer Woche teilst du dein Bett also mit einem Fremden?«, schnauze ich sie an. Die Gewissheit, dass sie unsere Nähe ganz anders wahrgenommen hat als ich, ärgert mich. Denn ich habe mich, obwohl wir bisher nur wenig voneinander wissen, bis jetzt zu keinem Menschen so hingezogen gefühlt wie zu ihr und mich mit niemandem so verbunden gefühlt wie mit ihr.

Erbost reiße ich die Kappe von meinem Kopf und fahre ein paarmal durch mein Haar, das mir ständig ins Gesicht fällt.

»Paul?«

»Was?«, frage ich mit lauter Stimme. *Warum ist es mir so wichtig, dass sie nicht wie alle anderen denkt?*

»Warum ist es dir so wichtig, was ich über dich denke?«, fragt sie vorsichtig nach und wiederholt meine Gedanken.

Ich zucke mit meinen Schultern und schnaufe gereizt, während ich meinen Kopf in den Nacken fallen lasse und den dunklen Himmel betrachte.

»Was weiß ich? Ich will einfach nicht, dass du wie alle anderen über mich denkst.«

Ihre Augen fangen mich wieder ein, während sie die Stirn runzelt und bei mir nach Antworten sucht, die ich ihr nicht geben kann. Für einen kurzen Moment mustert sie mich. Ich fühle mich verletzlich – wie ein offenes Buch, aus dem sie zu lesen beginnt. Dieses wunderschöne, süchtig machende Glitzern in ihren Augen zu sehen, lässt mich erkennen, wie farblos mein Leben ohne sie ist. Ihre Augen strahlen in den Farben des Ozeans und nehmen mich für einen Augenblick auf eine Reise mit.

»Warum?«, fragt sie nachdenklich. Was gäbe ich dafür, sie jetzt einfach zu küssen. Mein Mund öffnet sich, doch ich bekomme keinen Ton heraus.

Um ihrem Bann zu entkommen, senke ich den Kopf und vergrabe schweigend die Hände immer weiter in meinen Hosentaschen.

»Paul?« Sie neigt ihren Kopf zur Seite, als wollte sie mich trösten.

»Ich weiß es nicht, okay?« Gekränkt – wie ein kleiner Junge – schnauze ich sie an.

Sie fragt nicht mehr weiter, sondern legt ihre kleine Hand

in meine große Hand. Ein Lächeln, gefolgt von einer aufmunternden Geste, ihr zu folgen. Ihre Haut fühlt sich weich an. Wortlos gehen wir Hand in Hand die Straße entlang. Diese kleine Berührung löst in mir mehr aus, als ich jemals bei einem Mädchen gefühlt habe. *Wie macht sie das nur?* Es kommt mir beinahe so vor, als wäre ich hier der Unerfahrene. An uns fährt ab und zu ein Auto vorbei und erhellt den Gehweg.

Verstohlen schaue ich immer wieder in ihre Richtung, doch sie reagiert nicht darauf und hält meine Hand fest umschlungen. Sie scheint selbst in Gedanken versunken zu sein. Mit dem erhöhten Puls eines Schuljungen, der zum ersten Mal von einem Mädchen berührt wird, gehen wir nebeneinander die dunklen Straßen entlang.

»Jeder nimmt Rollen an, um besser bei den anderen anzukommen. Gerade in unserem Alter sind wir dabei ständig auf der Suche nach Anerkennung.«

Beschämt stimme ich ihr im Stillen zu.

»Wir probieren aus, strengen uns an, scheitern, sind manchmal erfolgreich und werden durch die vielen Erfahrungen vielleicht zu den Menschen, die wir einmal sein wollen.«

Ich weiß, dass sie die Wahrheit spricht, doch ich will mich nicht zu einem dieser völlig liebestrunkenen Affen entwickeln, die alles, und vor allem sich selbst, aufgeben, um irgendwann aufzuwachen und zu sehen, dass es so etwas wie Liebe nicht gibt.

»Was sind deine Vorstellungen und Träume vom Leben?«, versuche ich, diesem heiklen Thema auszuweichen.

»Hmm …« Sofort leuchten ihre Augen und ich wünschte, es wäre mir nur ansatzweise erlaubt, so unbeschwert zu fühlen.

»Ich will erst einmal viel von der Welt sehen, ich möchte Menschen kennenlernen, studieren, arbeiten und später einmal ein kleines Häuschen abseits von all dem Trubel haben, um meine vielen Kinder aufwachsen zu sehen. Dann möchte ich ihnen von meinen Reisen erzählen, sie auf den Höhen und in den Tiefen ihres Lebens begleiten und mit den Menschen, die ich liebe, an meiner Seite alt werden.«

Ihr Enthusiasmus steckt an.

»Sehr philosophisch …«

Versunken nickt sie, doch das Glitzern in ihren Augen und das kleine Lächeln, das ihren Mund umschmeichelt, werden immer größer.

»Nicht philosophisch, einfach die Wahrheit, die von Herzen kommt …«

Ich nicke ihr stumm zu, während ich versuche, sie nicht anzusehen.

»Was sind deine Träume?«, will sie nun im Gegenzug wissen.

Über meine Träume spreche ich nicht, da ich sie selbst für mich noch nie definiert habe.

»Ich weiß es noch nicht. Vielleicht werde ich Arzt, so wie mein Vater es will«, seufze ich freudlos und speise sie mit einer Antwort ab, die alle von mir hören wollen und mit der sie sich normalerweise auch schnell begnügen.

»Was willst *du*?«, hakt sie nochmals nach und drückt dabei meine Hand ganz fest.

Ich hätte wissen sollen, dass sie nicht lockerlässt. Sie ist anders.

Sie hinterfragt, zögert nicht, unangenehme Fragen zu stellen. Sie ist neugierig. Jede andere hätte ich schon zurechtgewiesen. *Doch nicht meine Leni.*

»Ich möchte das machen können, was mich glücklich macht, und nicht, was andere von mir erwarten«, sprudeln die Worte aus mir heraus. Am liebsten würde ich das Gesprochene sofort zurücknehmen. Zum ersten Mal lächelt sie mich voller Erwartung an, um mich aufzumuntern, ihr von meinen Träumen zu erzählen. Diesen Gefallen kann ich ihr nicht tun. Zu

124

weit habe ich mich schon aus dem Fenster gelehnt und dabei beinahe meine Maske verloren. Leni weckt in mir das Gefühl, ein besserer Mensch sein zu wollen. Wie ein trocknender Schwamm – gefühlskalt und emotionslos – sauge ich ihr unbeschwertes, fröhliches Wesen auf. Ich kann nicht anders, ich will mehr. *Ich brauche sie.*

»Was wird von dir erwartet?«, probiert sie weiter, mich aus der Reserve zu locken.

»Mein Vater will, dass ich seine Arztpraxis übernehme. Er lässt mir nicht einmal die Möglichkeit, selbst über mein Leben zu entscheiden.«

Ihre Mundwinkel ziehen sich mitleidsvoll zusammen. Das ist genau das, was ich nicht wollte.

»Das tut mir leid.«

Ich will nicht, dass gerade *sie* meine Schwächen sieht. Ich will in ihren Augen stark sein. Der Typ, der alles auf die Reihe bekommt. Kein sentimentaler Junge.

»Es muss ein schönes Gefühl sein, das machen zu können, was du dir von deinem Leben vorstellst«, überlege ich gedankenverloren.

»Bis dahin vergeht noch viel Zeit. Ich mache nach der Abschlussprüfung ein Jahr Pause, um die Welt zu bereisen.«

»Deine Eltern erlauben dir das?«

»Warum nicht? Dann bin ich volljährig und kann machen, was ich will. Seit zwei Jahren arbeite ich jeden Sommer, um genug Geld für eine Weltreise sparen zu können. Ich will mich nicht sofort in das Uni-Leben werfen. Ich habe noch nicht einmal eine Ahnung, was ich studieren will. Dieses Jahr werde ich nutzen, um mir klar zu werden, was ich in meinem Leben machen will, verstehst du?«

»Mmmh … das klingt … schön. Willst du ganz alleine verreisen?«

»Ja, zum Leidwesen meiner Eltern. Sie sind sehr besorgt.«

»Das verstehe ich. Ich würde dich auch nicht alleine lossziehen lassen.«

Sie kneift die Augen zusammen und schaut mich verständnislos an.

»Na ja, du bist blond, hübsch, zierlich und kannst dich sicher nicht in der großen weiten Welt verteidigen«, versuche ich, meine verräterischen Gedanken zu rechtfertigen. Sie löst die Nähe zu mir und stemmt ihre Hände in die Hüften. Ich verfluche meine Worte.

»Aha …« Pikiert zieht sie ihre Mundwinkel nach unten. »Jetzt hörst du dich schon wie mein Vater an.«

Verärgert mustert sie ihre Schuhe auffallend lange.

Ganz anders als die anderen Mädchen, die hohe Stöckelschuhe anziehen, um optisch aufzufallen, trägt sie graue Chucks. Sie passen perfekt zu ihr. Ihre Zurückhaltung ist unglaublich anziehend. Könnte ich mich überwinden, würde ich meine Hand in ihr Haar legen, würde ihren Kopf zu mir ziehen und sie umarmen. Jede Sekunde des nächsten Moments wäre bei jeder anderen perfekt durchgeplant. Sie läge mir binnen kürzester Zeit zu Füßen. *Nicht so Leni.*

»Danke, dass du mich begleitet hast … das war sehr nett«, reißt sie mich aus meinen verwerflichen Gedanken.

»Schon okay. Geht es dir besser?«, murmle ich.

»Ja, danke, der Spaziergang hat gutgetan.« Ein scheues Lächeln huscht über ihren Mund. *Oh mein Gott, wie gerne ich sie küssen würde.* »Gehst du jetzt wieder zurück zum Weinfest?« Unsicher knabbert sie an ihren Lippen. Ich sollte mich umdrehen und hier schnellstmöglich verschwinden.

Als ich meinen Kopf hebe und in ihre Augen schaue, sehe ich wieder das Glitzern. Selbst wenn ich mich zwingen wollte, kehrtzumachen und sie hier alleine stehen zu lassen, ich könnte es nicht.

Zögernd trete ich einen Schritt auf sie zu. *Was tust du hier?*

Verschwinde auf der Stelle! Die Betonwand in ihrem Rücken hindert sie, mir auszuweichen.

Ich atme auffallend schnell. Ich stütze meine Hände neben ihren Kopf an der Wand ab und vermeide so ihre Flucht. Ängstlich presst sie sich fest an die Mauer. Wie ein scheues Reh, das in die Enge getrieben wird, reißt sie die Augen weit auf.

Mein Blick bleibt an ihren wundervoll geschwungenen herzförmigen Lippen hängen. Jede Muskelfaser in meinem Körper zieht sich zusammen, als ich ihr näherkomme und ihren Duft einatme. Einfach göttlich. Blumig, mit einem Hauch von Vanille und Honig. Ich hebe meine Hand und streiche eine kleine Haarsträhne aus ihrem Gesicht. So wie jede Nacht, wenn sie schläft und es nicht bemerkt. Ich liebe es, sie mit dieser intimen Geste zu berühren. Schnell und aufgeregt hebt sich ihr Brustkorb, mein Herz rast in einem abnormalen Tempo und passt sich ihrer hektischen Atmung an.

Ich möchte sie küssen und endlich die Bestätigung bekommen, dass es sich nicht anders als bei den anderen Mädchen anfühlt. *Tu es! Küss sie endlich, du Jammerlappen. Berühre sie. Jetzt sofort.*

Ich versuche, ihre Reaktion auf mein Näherkommen in ihrem Gesicht zu deuten. Doch sie blickt nur abwechselnd auf meine Lippen und in meine Augen. Sie ist so herzzerreißend nervös. Wie gut ich es ihr nachempfinden kann. Ich fühle mich selbst wie eine Marionette, deren Fäden sie zieht. Sie schließt die Augen in Erwartung eines Kusses, atmet schnell und ungleichmäßig. Sie beginnt merklich zu zittern und öffnet wieder ihre wundervollen Augen. Ein Schauer läuft über meinen Rücken. Ich warte ab, versuche, so routiniert wie möglich zu wirken — was mir in ihrer Nähe so verdammt schwerfällt. Leni verharrt völlig regungslos. Ich komme ihr näher und blase meinen Atem an ihr Ohr, was schlagartig eine sichtbare Gänsehaut auf ihrem Nacken auslöst. Es kribbelt heftig, als ich sehe, welche Wirkung ich auf sie habe.

»Leni Steinberg, warum hast du nur so Angst vor mir?« Es sollte in diesem Moment eher heißen: Warum habe ich nur so Angst vor dir?, doch das käme mir im Traum nicht über die Lippen.

Sie antwortet nicht, sondern beißt erneut auf ihren perfekt gezeichneten Lippen herum und treibt mich damit sprichwörtlich in den Wahnsinn. *Verdammt, wer wickelt hier wen um den Finger?* Langsam komme ich ihr näher. Sie hält merklich die Luft an. Ich streife mit meiner Nasenspitze ihren Hals hinauf und atme ihren Duft das erste Mal bewusst ein. Genießerisch verdrehe ich innerlich die Augen und werde mir bewusst, wie sehr ich ihr verfallen bin. Meine Hände verharren noch immer neben ihrem Kopf an der Wand, um ihr keine Fluchtmöglichkeit zu bieten. »Du bist so süß und du riechst nach Vanillepudding und nach einer Blume.«

»Jasmin«, japst sie. Ihre heisere Stimme löst bei mir ein triumphierendes Lächeln aus.

»HoneyBee …« *Worauf warte ich? Küss sie doch endlich!* Tausende wirre Gedanken kreisen in meinem Kopf, während meine Nase wieder an ihrer Haut entlangstreift. Kann man süchtig nach einem Duft sein?

»Paul, ich werde dich nicht küssen«, spricht sie leise, aber bestimmt aus. Augenblicklich schnelle ich zurück und blicke sie wütend an. Sie ruiniert meinen perfekten Moment, indem sie mir klarmacht, was ich eigentlich selbst schon weiß. Nicht gut genug für sie zu sein. Sie öffnet den Mund, als wolle sie noch etwas nachsetzen.

»Schlaf gut, Lena«, antworte ich kurz angebunden, schaue sie mit zusammengekniffenen Augen wütend an und verschwinde so schnell es geht. Ich blicke nicht mehr zurück. *Scheiße, ich habe es verbockt.* Ich bin nicht gut genug für Leni. Das wusste ich schon vorher. Warum macht es mich so unglaublich zornig? Ich könnte in die Luft gehen, so schäume ich vor Wut. Meine Brust brennt auf eine seltsame Weise. Ich möchte alles um mich kurz und klein schlagen. Unerwiderte Gefühle. *Sehnsucht. Verlangen. Abnormaler Herzschlag. So etwas kenne ich nicht. Ich will das alles nicht!* Ich bevorzuge es, der Junge zu sein, der ich vorher war. Ich sollte sie und all diese trügerischen Gefühle aus meinem Kopf verbannen. Ich bin der Einzige, der mich – vor ihr – schützen kann. Noch einmal falle ich nicht auf ihre entzückende Niedlichkeit herein. Sie ist wie jede andere. Ein gewöhnliches Mädchen, das sich nicht einmal gut kleiden kann.

Warum verschwende ich überhaupt meine Gedanken an sie? Mein verletzter Stolz stellt sich schützend zwischen meine Gefühle und Leni.

Neun

»*HoneyBee, darf ich mich zu dir legen?*« *Ich rutsche etwas zur Seite. Sanft streicht er über mein Haar. Seine bösen Worte und die Vorwürfe – ich mische mich zu viel in seine Angelegenheiten ein – schmerzen. Obwohl wir gerade heftig diskutiert haben und ich wütend nach Hause gerannt bin, sucht er nun wieder meine Nähe, was ich dankend annehme. Denn genauso wie er mich braucht, brauche ich ihn. Die Zurückweisung und die vielen Streitereien mit seinem Vater, Pauls Wutanfälle und sein Gefühl, niemals lieben zu dürfen, um nicht verletzt zu werden, erschweren unsere Beziehung.*

»Es tut mir leid, HoneyBee, ich wollte es nicht an dir auslassen. Mein Vater treibt mich noch in den Wahnsinn. Verzeihst du mir?«

Ich wende mich ihm zu und sehe, wie seine Augen im Mondlicht vor Kummer glänzen, während er gequält lächelt. An seinen Wangenknochen zeichnet sich eine gerötete Stelle ab. Vorsichtig streiche ich darüber.

»Er wollte sie schlagen. Ich bin dazwischengegangen. Es tut mir leid, dass ich so gefühlskalt zu dir war. Er weckt in mir eine Seite, der ich durch dich abgeschworen habe. Ich liebe dich, hörst du mich?«

Ich lächle, ziehe ihn zu mir, küsse die geschwollene Stelle in seinem Gesicht, streiche über seine Brust und verharre mit meiner Hand auf seinem Herzen. »*Gib ihm nicht die Macht, dein Herz zu verändern. Du alleine entscheidest, wer du bist und wer du sein willst.*« *Er nickt.*

Eine Träne läuft über seine Wange. Stürmisch umarmt er mich, als wolle er mich nie wieder loslassen.

»*Ich brauche dich. Ich liebe dich so sehr, HoneyBee. Ich wünschte, du hättest diesen Streit nicht miterlebt.*«

»*Ich liebe dich auch, Paul.*«

Das leise Knacken meiner Terrassentür, ein kühler Luftzug und näher kommende Schritte wecken mich aus einem seltsamen Traum. Mein Puls schnellt schlagartig hoch. Mir wird heiß und kalt zugleich. Tastend suche ich den Lichtschalter und werde von einer kühlen Hand gestoppt. Ängstlich ziehe ich sie zurück und schrecke hoch. Mein Schrei verstummt, als sich ein Finger über meine Lippen legt. Die Dunkelheit verhindert ein Erkennen. Sein Duft verrät ihn. Er stößt gegen mein Bett und beginnt, leise zu fluchen.

»Paul?«

»Schhhh …«

Ich versuche, mich aufzurichten, doch er greift nach meiner Schulter und drückt mich ins Bett zurück. »Was machst du hier?« Ich erkenne seine Silhouette.

»Schhhh …«, bekomme ich als einzige Antwort, bevor er meine Decke zur Seite schiebt und sich neben mich legt. »HoneyBee, darf ich mich zu dir legen?« Ich rieche Alkohol und den Geruch von Zigaretten. Sofort finden seine Hände meinen Körper und ziehen mich an sich.

»Nein, Paul …« Ohne mein Entsetzen ernst zu nehmen, beginnt er, sich über mich zu beugen und meine Haare aus dem Gesicht zu streifen. Ich liebte diese Geste. Ich liebe sie noch immer. Doch nicht so! Erstarrt bleibe ich liegen. Atme abgehackt. Vorsichtig fährt er mit seinem Daumen über meine Lippen – öffnet sie dabei leicht und seufzt erleichtert. Mein Verstand warnt mich und lässt alle Alarmglocken gleichzeitig läuten. Der Streit im Beisein von David und Emma vorhin spukt noch in meinem Kopf herum und seine plötzliche Wandlung verwirrt mich. Trotz der Dunkelheit erkenne ich seine vertrauten Gesichtszüge. Mein Atem stockt. Ohne es zu wollen, schließe ich ganz automatisch die Augen und genieße diesen Moment. Sein Körper legt sich kühlend an meine brennende Haut. Schützend greife ich mit meinen Händen auf seine Brust.

Plötzlich spüre ich seinen Atem an meinen Lippen, gefolgt von einem hauchzarten Kuss. Sanft streicht er mit seiner Zunge über die Kontur meiner Lippen. Durch die lange Atempause schnappe ich nach Luft. Ich wage es nicht, seiner Aufforderung zu folgen.

»Küss mich, mein Mädchen.« Seine Worte verhexen mich. Eigenmächtig öffnet sich leicht mein Mund. Keinen einzigen Millimeter bewege ich mich. Verharre ganz starr. Ich will ihn von mir wegdrücken, um mich nicht dieser verfänglichen Situation auszuliefern. Doch meine Sinne sind in seiner Gegenwart vernebelt. Verzweifelt drücke ich meine Beine zusammen, um das Kribbeln zu unterdrücken.

Immer wieder stupst er mit seiner Zunge an meine und animiert mich dazu, endlich loszulassen. Zaghaft streift er über mein Knie, aufwärts, und berührt sanft meine Haut, die heftig zu prickeln beginnt, während sich sein Kuss vertieft und ungehinderten Einlass fordert. Er stöhnt gequält, als ich seinen Kuss schließlich bedingungslos erwidere. Sein kraftvoller Körper legt sich fordernd an mich, dabei zieht er sich hektisch seine Jacke aus. Schnell folgen sein Hemd und das T-Shirt. Sehnsüchtig blicke ich auf die Konturen seines nackten Oberkörpers. Ich wage es nicht, ihn zu berühren, aus Angst, jegliche Beherrschung zu verlieren.

»Ich habe dich so vermisst«, keucht er abgehackt, mit rauchiger Stimme. *Wenn du nur ahnen könntest, wie sehr ich dich vermisst habe.* Seine Worte ermutigen mich. Zaghaft hebe ich meine Hand, streiche über seine Brust, seinen Hals entlang, bis ich sein Gesicht erreiche, und ertaste seinen Bart.

»Paul!« Unter meiner Berührung nehme ich ein Lächeln wahr. Alles fühlt sich so vertraut und richtig an. Er beugt sich aufs Neue zu mir herab, kitzelt mit seiner Nase an meiner Wange, bis seine Lippen wieder meine finden. Er küsst mich, als wäre es das letzte Mal – voller Leidenschaft und purer Verzweiflung. Pauls Hände wandern unter mein Gesäß und drücken mich an sich. Seine deutlich spürbare Lust bringt mich um den Verstand. Meine Haut prickelt heftig, als er mit seinen Fingerspitzen meinen Rücken bis zu meiner Taille entlangstreicht. Dort angekommen, verweilt er einen Moment, um sich danach den Weg unter mein Trägertop zu suchen.

Keuchend stoppt er seinen begierigen Kuss. »Leni … du fühlst dich so gut an. Du hast ja keine Ahnung«, bevor er mir verlangend mein Shirt über die Brüste schiebt.

Sofort umschließen seine Hände meine geschwollene Oberweite und beginnen sie zu kneten, während er immerzu meinen Namen murmelt. Verräterisch zeigen meine Brüste, wie erregt ich bin. Kurz halte ich die Luft an. Die Angst, nun aufzufliegen, verschwindet sofort durch seine gierigen Küsse auf meiner Haut. Berauscht von seinen Berührungen bäumt sich mein Körper auf, als er beginnt, meine sensible Brust zu liebkosen. Eine Gefühlsexplosion überrollt mich. Mein ganzer Körper ist elektrisiert. Trunken von diesen intensiven Gefühlen lechze ich nach mehr.

»Du hast zugenommen …«, haucht er heiser an mein Ohr. »Das macht mich glücklich.« Zärtlich streicht er über meine Wange. Sein liebevoller Blick beschert mir eine Gänsehaut. Ich rieche den Alkohol, der ihn zusätzlich antreibt, und sehe sein trügerisches Lächeln. *Was machen wir hier?* Die Realität holt mich schneller zurück, als mir lieb ist. Verzweifelt versuche ich, ihn von mir zu schieben.

»Paul, wir können das nicht schon wieder machen! Du bist betrunken. Morgen bereust du alles!« Schützend lege ich meine Hände auf seine Brust, wende mein Gesicht ab und versuche, Abstand zu gewinnen.

Er nimmt mich nicht ernst und zieht mit seinen Küssen eine Spur über meinen Hals, hinab zu meinen Brüsten. »Hör auf damit!«, versuche ich es energischer, als seine Liebkosungen wieder mein Gesicht erreichen. Kurz stoppt er bei meinem Ohr, während die Spitze seiner Zunge Kreise an dieser empfindlichen Stelle zieht. Ich erschaudere nicht nur einmal unter dieser Berührung.

»Glaube mir, HoneyBee, ich könnte diesen Moment nie bereuen.« Seine Hand streicht quälend langsam an mir herab, zieht mein Höschen von den Hüften und hält an, als er die Bestätigung für meine Lust bekommt. Mir wird heiß und ich atme heftig ein und aus, während mein letzter Widerstand fällt und ich mich für ihn zu öffnen beginne. Bei seinen leidenschaftlichen Liebkosungen fühle ich mich unfähig, die letzten Rufe meines mahnenden Verstandes zu hören.

»Hör auf zu denken …«, erwischt er mich bei meinen Gedanken. Er kennt mich so gut wie kein anderer. Unter seinen Berührungen wird das Ziehen zwischen den Beinen immer unerträglicher. Zappelnd winde ich mich. Plötzlich pausiert er. Seine Augen sind dunkel vor Begierde. Unentwegt blicken wir einander an, während er sich über mich legt, seine Hände neben meinem Kopf aufstützt und jungenhaft grinst. Ich fühle mich in eine andere Zeit zurückversetzt. Er lehnt sich zu mir herab und haucht in mein Ohr. »Ich will dich. Du hast ja keine Ahnung!« Seine Lippen glänzen feucht von unserem Kuss. *Ich will dich auch, Paul!* Zitternd wandern meine Finger seinem sehnigen, wunderschön geformten Körper bis zu seinem Hosenbund entlang. Gleichzeitig schiebt er sein Knie zwischen meine Beine und öffnet sie dabei.

Unter meinen Berührungen auf seiner Haut fühle ich Gänsehaut. Seine Augen verengen sich, als ich beginne, seine Hose langsam aufzuknöpfen. Langsam, Stück für Stück, schiebe ich sie von seinen Hüften. Seine Lust zu erkennen, steigert mein eigenes Verlangen ins Unermessliche. Erforschend fährt er mit seinen Fingerspitzen meinen Körper entlang und würdigt wohlgefällig jede meiner neu entstandenen Kurven. Ohne es auszusprechen, erkennt er, wie ich beginne, meinem selbstzerstörerischen Verhalten abzuschwören. Den Grund dafür hüte ich als Geheimnis. Er elektrisiert jede meiner Nervenenden. Ich atme heftig ein und aus. Ein anzügliches Lächeln bildet sich um seine Lippen, bevor ich die Intensität all meiner Empfindungen spüre und er in mich eindringt. Ausgehungert beginnen wir, uns im gleichen, vertrauten Rhythmus zu bewegen. Um ihn noch näher zu spüren, drücke ich meine Fingernägel in seinen Rücken. Keuchend bestätigt er mir seine Lust. Seine Zärtlichkeit weicht einem feurigen, wilden Gefühlsausbruch. Bestimmt reißt er meine Hände über meinen Kopf, hält mich fest. Er ist stürmisch. Ungezügelt tauche ich mit ihm in eine andere Welt. Ich weiß, dass das, was wir tun, falsch ist, doch aufzuhören, wäre undenkbar. Er küsst und neckt immer wieder meine sensiblen Brüste. Ohne Vorwarnung erlöst mich ein Höhepunkt. Paul folgt mir und wir umklammern unsere verschwitzten Körper.

Unser Atem geht schnell, während unsere Herzen um die Wette schlagen. Jedes Zeitgefühl verloren, weiß ich nicht, wie lange wir eng umschlungen in dieser Position verharren. Keiner will den anderen loslassen. Ich vergrabe mein Gesicht an seiner Schulter, um zu verstecken, wie die Tränen meine Wangen hinunterlaufen. Paul, bitte bleib bei mir, möchte ich ihm sagen. Verlasse mich nicht. Ich brauche dich. Stattdessen verharre ich starr, als er mich ein letztes Mal hingebungsvoll küsst, und ich spüre, wie es uns beide nur weiter ins Verderben zieht.

Es war ein Fehler, sich wieder diesen Gefühlen hinzugeben. Die Verzweiflung, dass ich mir genau diese Situation herbeigesehnt habe, und die Gewissheit, etwas Falsches getan zu haben, werden immer deutlicher.

»Ich ertrage den Gedanken nicht, dass dieser Typ vom Lokal bei dir schläft«, flüstert er mir ins Ohr, ich höre die Wut in seiner Stimme. Er rollt sich zur Seite und versteckt seine Stirn unter seinem Handrücken. Ich spüre das verräterische Brennen in meinen Augen und unterdrücke die Tränen, ausgelöst durch seine plötzliche körperliche Distanz.

»Ich ertrage es nicht, dich nicht bei mir zu haben«, antworte ich ihm leise mit zitternder Stimme. Er dreht mich, sodass ich mit dem Rücken zu ihm liege, und zieht mich an seine nackte, warme Brust. Ich nehme seinen Atem an meinem Hals wahr und spüre, wie seine Hand zu meinem Bauch wandert. *Ist es Zufall? Oder ahnt er etwas?*

Ich schließe die Augen, während die Tränen unentwegt in mein Kissen sickern und Paul gleichmäßig tief zu atmen beginnt. Ich schaffe es nicht, meine Gefühle vor ihm zu verbergen. »Schhhh …«, haucht er an meine Haut.

»Paul, du musst wieder gehen«, schluchze ich abgehackt.

»Schhhh …« Es prickelt heftig, als ich seine Lippen an meinem Nacken spüre. »Ich möchte bei dir sein. An deiner Seite fühle ich mich zu Hause.« Wimmernd liege ich in seinen Armen, genieße seine Berührungen und seine Nähe, die mir eindeutig nicht mehr zustehen.

Zärtlich streicht er über meinen Rücken, zeichnet jede Kurve meines Körpers nach und verteilt liebevoll seine Küsse, bis meine Tränen trocknen und ich einschlafe.

Ich liebe ihn – so sehr, dass es schmerzt.

Zeitig in der Früh wache ich einsam und verlassen in meinem Bett auf. Ich greife ins Leere, als ich meine Hand suchend nach ihm ausstrecke. Sein Duft am Bettbezug erinnert als Einziges an seinen nächtlichen Besuch. Natürlich habe ich befürchtet, dass es einmalig war, doch die Erkenntnis schmerzt. Betrübt ziehe ich das Kissen an mein Gesicht, vergrabe es und atme ein paarmal tief ein. *Warum tut es so verdammt weh? Ich bin selbst daran schuld. Hätte ich ihn vor ein paar Monaten nicht von mir gestoßen, wäre ich nun nicht in dieser Situation.* Gefangen in den selbst auferlegten Ketten, unfähig, mir selbst und ihm zu verzeihen, sah ich damals keine gemeinsame Zukunft.

Kurz nach der Trennung von Christian fiel es mir wie Schuppen von den Augen, welch großen Fehler ich begangen hatte, indem ich mich wieder von Paul – meiner großen Liebe und dem einzigen Menschen, der mich so liebt, wie ich heute bin – abgewandt hatte. Nach der heutigen Nacht verstehe ich Pauls Bitte, mich von ihm fernzuhalten. Denn genauso wie ich unter der Trennung leide und mich ständig zu ihm hingezogen fühle, so ergeht es ihm vermutlich auch.

Das Handy leuchtet und zeigt eine neue Nachricht an. Kurz bekomme ich Herzklopfen, weil ich denke, sie könnte von Paul sein. Doch dann sehe ich Davids Namen aufscheinen. Er bedankt sich für den Abend und will mich heute zu einem Kaffee einladen. Am liebsten möchte ich mich verkriechen, weinen, mich selbst bemitleiden und dabei von niemandem gestört werden. Wütend reiße ich die Schachtel mit Pauls Briefen von meiner Kommode. Sie fliegt in einem hohen Bogen durch mein Zimmer und knallt gegen den Wandschrank. Dutzende ungeöffnete Kuverts verteilen sich auf dem Fußboden meines Kinderzimmers. Lange betrachte ich das Meer an Botschaften, bevor ich ein schlechtes Gewissen bekomme, fluchend aufstehe, auf die Knie sinke und jeden einzelnen feinsäuberlich zurück in die Box lege.

Einer davon weist einige Knickspuren auf und sticht mir ins Auge. Ich öffne ihn mit zitternden Händen. Die Versuchung ist einfach zu groß. Ich sollte Pauls Bitte nachkommen und sie alle verbrennen. *Doch wie soll man etwas zerstören, dessen Wert mit nichts auf der Welt aufzuwiegen ist? Die letzten Erinnerungen und Beweise an eine Zeit, die ich absichtlich aus meinem Gedächtnis verbannt hatte.*

Selbst wenn ich sie zerstörte, würde es nichts daran ändern, dass Paul mit jeder Sekunde, jedem Herzschlag und jedem Gedanken bei mir ist. Eingeschnitzt wie in eine Baumrinde sind die Spuren, die er in meinem Herzen hinterließ.

Lena,

du bist weder meine Leni, meine HoneyBee noch mein Engel. Meine HoneyBee hätte mir das nicht angetan. Ich bin wütend! So verdammt wütend. Ich möchte schreien, fluchen und alles kurz und klein schlagen. Elli kam der Auslandsaufenthalt in Frankreich gelegen, nachdem ich jeden Tag bei ihr auftauchte, um etwas über dich herauszubekommen.

Mit Emma und den Jungs rede ich nur noch das Nötigste. Irgendwas sagt mir, dass sie mehr über deinen Aufenthaltsort wissen und es mir nicht verraten wollen. Ihre Gegenwart macht mich nur noch wütender. Die Ratschläge und Versuche, mich auf andere Gedanken zu bringen, treiben mich zur Weißglut. Sie verstehen mich nicht. Sie wollen es nicht einmal versuchen.

Gestern läutete es an der Tür. Erst dachte ich, du wärst es. Dann sah ich diese leicht bekleidete Frau, die außer dem blonden Haar keine Ähnlichkeit mit dir aufwies. Sie begrüßte mich mit den Worten »Deine Freunde schicken mich«. »Ich soll für Ablenkung sorgen«, raunte sie verlockend und klimperte mit ihren falschen Wimpern. Ihre rot lackierten Fingernägel, der dazu passende Lippenstift, die Lederstiefel, der Minirock und der süßliche Duft widerten mich an. Dennoch zog ich sie an ihrem Arm herein, knallte die Tür zu, drückte sie an die Wand, hob sie an ihrem Hinterteil hoch und küsste sie, um zu sehen, was ich dabei fühle. Sie stöhnte leidenschaftlich. Was soll ich dir sagen? Mehr als Ekel empfand ich nicht, sodass ich fluchend von ihr abließ und sie wieder vor die Tür setzte. Ich weiß, ich war nicht freundlich, doch was hätte ich tun sollen? Tim rief mich erbost an und meinte, er habe sein ganzes Taschengeld dafür geopfert, mich auf andere Gedanken zu bringen. Seitdem herrscht Funkstille.

Ich verkrieche mich immer mehr in meinem Zimmer und dröhne mich mit Musik zu. Meine Eltern streiten sich unentwegt und bemerken meinen Rückzug nicht einmal, da sie mit ihren eigenen Problemen beschäftigt sind. Immer öfter betrinkt sich mein Vater.

Der Alkohol scheint sein einziger Ausweg zu
sein. Ich beginne ihn langsam zu verstehen …
  Ich hoffe, du machst dir währenddessen
ein schönes Leben …

Schwindel, Übelkeit und ein Flimmern vor meinen Augen
lassen mich kurzzeitig nach Luft ringen. Ich atme ein paarmal
tief ein und versuche, mich zu konzentrieren. Die Puzzlestücke
setzen sich langsam zu einem Bild von Paul nach unserer Trennung zusammen.

Was ist damals wirklich passiert? Hektisch suche ich einen
anderen Brief heraus. Meine eigene Not ließ mich damals blind
für alles um mich werden. *Was habe ich getan?*

  Dies ist mein Abschiedsbrief an Leni
  Steinberg – eine Fremde,

  es tut mir leid, die letzten Wochen konnte
  ich mich nicht aufraffen, dir zu schreiben.
  Nachdem ich mich mit dem Shampoo, das
  du immer benutzt hast, stundenlang geduscht
  und damit die Sehnsucht nur noch größer
  gemacht habe, ertränkte ich meinen Kummer
  mit einer Flasche Wodka – mal wieder. Als ich
  aufwachte, lag ich in einem weißen, sterilen
  Krankenzimmer. Sie pumpten mir den Magen
  aus. Danach wies mich mein eigener Vater
  in eine Entzugsklinik ein! Ich tobte, rannte
  weg und wurde erneut dorthin verfrachtet.

Das Spiel wiederholte sich so lange, bis sie mich wegsperrten. Sie redeten unentwegt auf mich ein, bis ich begann, ihnen zu glauben. Sie rieten mir, Abschied von dir zu nehmen. Ihre Gehirnwäsche funktionierte. Denn anscheinend habe ich mich die ganze Zeit in etwas hineingesteigert. Sie meinten, mein Verhalten sei krankhaft. Heute glaube ich ihnen. Du hast mich offenbar nie so geliebt wie ich dich. Es ist Zeit, Abschied zu nehmen. Im Herbst gehe ich auf die medizinische Universität. So, wie es von mir erwartet wird. Bis dahin muss ich gesund sein.

Dies ist mein letzter Brief an dich. Das Loslassen fällt verdammt schwer.

Jedoch jeder Tag, den ich hier länger verbringe, lässt mir unsere Geschichte immer mehr als ein Traum erscheinen, aus dem ich langsam aufzuwachen versuche. Das hilft.

Lebe wohl, meine HoneyBee. Unsere Liebe war zu schön, um wahr zu sein.

Paul

Ich starre fassungslos auf die Zeilen. Immer wieder überfliege ich seine verzweifelten Worte. Das Knacken am Boden lässt mich erschrocken aufblicken. Meine Mutter betritt den Raum.

»Wusstest du davon?«, frage ich tonlos und halte seinen Brief hoch.

»Wovon?«

Verbittert ziehe ich meine Lippen zu schmalen Linien zusammen und meine Stimme klingt bedrohlich. »Dass Paul alkoholkrank war.«

»Ja.« Sie setzt sich zu mir auf den Boden.

»Warum hast du mir nie einen Ton gesagt?«, schreie ich vorwurfsvoll.

»Weil du nicht in der Lage warst, ihm zu helfen. Ihr hättet euch in diesem Moment mehr geschadet als euch zu helfen.«

»Wie kannst du das nur sagen?«

»Ich tat alles immer nur, um dich zu schützen.«

Ich seufze tief. Kopfschüttelnd blicke ich auf seine Handschrift. Ich versuche, ihr zu glauben.

»Ist Paul rückfällig geworden?«, spreche ich meine Befürchtungen aus.

»Ich weiß es nicht«, flüstert sie.

»Versprich mir bitte eines. Verheimliche nie wieder etwas vor mir, nur weil du denkst, dass du mich beschützen willst.« Sie nickt und ich verlasse das Zimmer.

Gedankenverloren dusche ich, lasse das kühle Wasser an meinem Körper hinablaufen, um eins mit meinen Tränen zu werden. Mechanisch ziehe ich mich an, lege mit dem Make-up eine Maske über mein Gesicht, binde mein Haar akribisch genau zusammen und zwänge mich in eines meiner engen Kleider. Ich betrachte mein Spiegelbild und stelle fest, in welchem Modus ich mich schon wieder befinde. Früher fühlte ich mich mit diesem Outfit geschützt, jetzt erkenne ich, wie lächerlich ich darin aussehe.

Wütend zerwühle ich die Frisur und reiße mir dieses einschnürende Stoffkorsett vom Leib. Der Mascara an meinen Augen beginnt zu verrinnen. Ein abscheuliches Bild einer Frau blickt mir entgegen. Ich möchte diese Person nicht mehr sein.

Im Laufe des Tages schreibe ich Paul eine Nachricht. »Können wir reden?« Er reagiert nicht darauf. Auch nicht auf meine zweite Frage: »Willst du mich nun ignorieren?«, antwortet er nicht. Als mein Handy plötzlich läutet, reiße ich es, ohne einen Blick darauf zu werfen, an mein Ohr. *Paul!*

»Hallo?« Mein Herz schlägt bis zum Hals.

»Leni?«

Sofort erkenne ich Davids fröhliche Stimme.

»David?«

Selbst durch die Telefonleitung merke ich, wie er gerade lächelt.

»Ja, ich bin's. Hast du meine Nachricht bekommen?«

»Ja, habe ich. Tut mir leid, ich bin noch nicht dazu gekommen, dir zu schreiben.« … *Weil mir Pauls nächtliche Aktion und seine Briefe beinahe den Verstand geraubt haben*, könnte ich noch hinzufügen – lasse es aber lieber.

»Also, wie schaut es aus? Eigentlich wollte ich warten, bis du dich bei mir meldest. Angeblich gibt es da so eine ›Ruf ja nicht als Erster an‹-Regel.« Ich beginne zu schmunzeln. »Da ich aber bei meinem Studienkollegen gepennt habe und noch in deiner Gegend bin, fände ich es schön, wenn wir uns noch mal sehen würden!«

David ist nur ein paar Jahre jünger, doch er redet, kleidet und verhält sich, als lägen Jahrzehnte zwischen uns. Vielleicht ist es mein Job, der mich in diese farblose, gefühlt alte Person hat verwandeln lassen, oder einfach mein Kopf, der mir verbietet, so frei und unbeschwert wie David zu sein. Zu sehr erinnert er mich an das glückliche Mädchen von damals. Ich bewundere seine Spontanität. Zu meiner eigenen Verwunderung stimme ich dem Treffen zu, um Paul aus dem Kopf zu bekommen.

Ungeduldig zapple ich auf meinem Sitzplatz herum, bevor David das Lokal betritt und grinsend auf mich zukommt. Genauso wie schon gestern mustere ich ihn eine Zeit lang, da mich sein leicht brauner Hautton und die leuchtend blauen Augen faszinieren.

Er ist mindestens genauso groß wie Paul. Innerlich ermahne ich mich, nicht ständig jeden mit Paul zu vergleichen.

Er beugt sich zu mir und küsst mich freundschaftlich auf die Wange. Schüchtern senke ich den Kopf. David streift seine Jacke ab und hängt sie an die Lehne seines Sessels. Er trägt die gleiche Kleidung wie gestern Abend. Einen grauen Kapuzenpullover mit dem Namen einer amerikanischen Universität darauf und abgenutzte Jeans. Als er sieht, wie ich seine Kleidung beäuge, verzieht sich sein Mund zu einem Lachen.

»Tut mir leid, ich bin nicht mehr zum Umziehen gekommen. Aber es ist schön, dass du heute noch Zeit gefunden hast. Nachdem wir gestern so schnell auseinandergegangen sind, dachte ich mir, es wäre schön, wenn wir noch etwas plaudern.«

Wir bestellen etwas zu trinken.

»Es tut mir leid wegen gestern. Das war sicher nicht schön mitanzusehen«, entschuldige ich mich sofort für den Streit mit Paul.

»Ist schon gut. Ich denke, es war eher für dich nicht gerade angenehm. Mach dir um mich keine Sorgen. Wie geht es dir denn, nach der ganzen Sache gestern?«

Ich erröte und beginne, nervös mit den Händen zu spielen. »Alles okay«, sage ich schnell. Meine Lider beginnen, verräterisch zu flattern. Ich schließe die Augen und senke den Kopf.

»Selbst für einen Außenstehenden war es nicht zu übersehen, wie viel Emotionen bei euch noch im Spiel sind.«

»Ich wollte dich da nicht mit hineinziehen. Es tut mir leid.«

»Ach, das ist schon okay.«

Er steckt mich mit seinem gewinnenden Lächeln an und streicht beiläufig über meine Hand. Sofort entziehe ich sie ihm.

»David, ich weiß nicht, ob ich das hier kann.«

»Was denkst du denn nicht zu können …« Seine Augen strahlen mich leuchtend an. »Wir unterhalten uns doch nur. Willst du mir davon erzählen? Ich bin ein guter Zuhörer.«

Er will nur reden? Das nehme ich ihm nicht ab. Was sollte dann seine Berührung?

»Ich weiß nicht. Die Geschichte mit Paul ist ziemlich kompliziert«, versuche ich zu erklären, bevor ich plötzlich drauflosplappere.

Es beängstigt mich etwas, dass ich zu einem Fremden mehr Vertrauen aufbaue als zu den Menschen, die mir am nächsten stehen. Doch die Worte kommen in seiner Nähe mit ungewohnter Leichtigkeit aus meinem Mund.

Dr. Goldmann, mein Therapeut, wusste nach über einem Jahr weniger als David nach einer Stunde. Ich erzähle ihm, wie ich Paul kennengelernt habe, welch prägendes Erlebnis uns trennte, wie wir uns nach zehn Jahren wiederbegegneten und wie unsere Geschichte von Neuem begann. Ich weine, als ich ihm von unserer erneuten Trennung, von meinem kalten Herzen und Pauls Briefen berichte. Kein einziges Mal unterbricht er mich, sondern folgt jedem meiner Worte, ohne sie zu bewerten. Aufmunternd lächelt er mir oftmals zu. Fast schon erschreckend, wie es mich befreit, mit ihm über all die Dinge, die in meinem Kopf vor sich gehen, zu reden.

Es beginnt zu dämmern, als wir aufbrechen. Er begleitet mich noch ein Stück.

»Danke fürs Zuhören.« Sanft streicht er als Antwort über meinen Oberarm. Seine spontanen Berührungen bringen mich aus dem Konzept.

»Ich finde es schön, dass du mir vertraust.«

»Find ich auch!«, erwidere ich lächelnd.

Bevor ich mich versehe, zieht er mich fest an sich und umarmt mich. Erschrocken versteife ich mich, doch David macht keine Anstalten, mich wieder loszulassen. Ich atme tief aus. Er überrumpelt mich mit seiner direkten Art – keine Frage – und gibt meinem Kopf keine Zeit, sich einzuschalten, um ihn wieder von mir zu stoßen. Wenn ich ehrlich bin, schätze ich seine Nähe. Merklich steigen mir die Tränen in die Augen. Ich versuche, sie zu unterdrücken.

»Manchmal braucht man einfach einen Menschen, der einen hält und einem sagt, dass die Sonne bald wieder scheinen wird.«

Ich nicke, schlucke den dicken Kloß in meinem Hals hinunter und spüre nun endgültig die Tränen in meine Augen schießen. David verkörpert all das, was ich mir selbst vor langer Zeit verboten habe. Fröhlichkeit. Unbefangenheit. Freundschaft. Vertrauen.

Minutenlang stehen wir im Schnee, während die Leute hektisch an uns vorbeirennen, Autos hupen und die Welt sich um uns weiterdreht. Dann nimmt er mein Gesicht in seine Hände und entdeckt die Tränen.

»Hey, Lena, es ist gut ... Ich will dich nicht zum Weinen bringen.« Schniefend und lachend zugleich wische ich mit einem Taschentuch die Tränen von meinem Gesicht.

Ich schüttle den Kopf. »Das ist es nicht. Es tut mir leid, ich bin neuerdings so eine Heulsuse. Ich kann meine Emotionen gerade nur schwer verstecken.«

Er lächelt schief und streicht über meine Wange. »Du musst sie nicht verstecken.«

»D-dah-vid ...«, schluchze ich seinen Namen stotternd. »Ich ... ich bin wahrscheinlich schwanger – von Paul«, ergänze ich noch. Er löst seine Hand von mir und blickt zu Boden.

»Lena, du bist ein wundervoller Mensch, der sich vor langer Zeit einmal einredete, nicht mehr glücklich sein zu dürfen. Dieses Kind ist ein Geschenk. Ich freue mich für dich.«

»Warum ... warum bist du so nett zu mir?«, stottere ich aufgelöst.

»Jeder erlebt in seinem Leben Dinge, die einen prägen. Manchmal brauchen wir um uns Menschen, die einen aus dem Loch holen, das oft metertief scheint, bis man hervorkriecht und merkt, wie niedrig die Barriere eigentlich war. Lass die Sonne wieder in dein Leben, Leni Steinberg.« Er tippt mit dem Zeigefinger an meine Nase.

»Sehen wir uns wieder?« Nun fürchte ich mich vor einem Abschied. Warum sollte er nach alldem, was er über mich weiß, mit mir befreundet sein wollen?

»Natürlich, wenn du das willst. Ruf mich an, wenn du bereit bist, aus deinem Loch zu krabbeln, oder Hilfe dabei brauchst. Bis bald, Leni Steinberg.«

Er zwinkert mir zu und dreht sich um.

Nach dem Gespräch mit Elli, meiner ehemals besten Freundin, der ich vor drei Wochen zufällig am Flughafen von Paris begegnet bin, blicke ich zuversichtlicher in meine Zukunft. Wenn ich so recht überlege, waren sie und Pauls Briefe der Grund, warum ich vorerst alle Zelte in Paris abgebrochen habe. Davids Worte zeigen mir nun wieder, dass ich mich auf dem richtigen Weg befinde. Wie ferngesteuert setze ich einen Fuß vor den anderen und gehe nach Hause.

ZEHN

Elf Jahre zuvor – Leni

Der Abend, an dem mich Paul beinahe vor meinem Elternhaus geküsst hat und danach fluchtartig davonrannte, veränderte so einiges. Seitdem ignoriert er mich. Nein, das Wort »ignorieren« wäre zu viel des Guten. Er behandelt mich wie Luft. Keine Annäherungsversuche. Keine Lauftreffen. Keine Übernachtungen. Nichts, außer seiner kalten Schulter. Weder beantwortet er mir Fragen noch fühlt er sich angesprochen, wenn ich wissen will, was sein Problem ist. Damit nicht genug, funktioniert er perfekt in seiner Rolle des Mädchenaufreißers. Sandra musste Lisa Platz machen. Diese wurde von Sofia, einem Mädchen aus der Nebenklasse, abgelöst. Ihm scheint nicht bewusst zu sein, wie sehr er mich damit verletzt. Es treibt mich in den Wahnsinn, ihn dabei zu beobachten, wie er einem anderen Mädchen genau auf die Art näherkommt, wie ich sie mir selbst ersehne. Jeden Tag hoffe ich aufs Neue, dass er mit mir redet und wir dieses Missverständnis klären können.

Ich versuche, mich abzulenken und seine Nähe so gut wie möglich zu meiden. Selbst seine süffisanten Meldungen waren nicht mehr zu hören. Für Paul existiere ich nicht mehr. So langsam nehme ich es resignierend hin. Außerdem stehen Prüfungen an, auf die ich eindeutig meinen Fokus legen sollte.

Nach dem unangekündigten Test von unserem Mathelehrer, Herrn Schneider, letzte Woche bin ich mir sicher, dass ich meine Nase lieber in die Bücher stecken sollte als in die Angelegenheiten meines arroganten Sitznachbarn. Die Schulglocke läutet das Wochenende ein.

Beim Verlassen des Schulgebäudes hält mich Emma auf. Normalerweise versuche ich, so schnell wie möglich das Weite zu suchen, um eine Begegnung mit Paul zu vermeiden.

»Leni, warte einen Moment.« Sie verabschiedet sich von einer meiner Klassenkolleginnen und kommt auf mich zugelaufen. »Dich erwischt man neuerdings auch nur schwer. Ich wollte dich etwas fragen. Paul wird heute siebzehn und ich organisiere eine Überraschungsfeier. Willst du auch kommen?«

Ich gäbe viel dafür, doch ich bin mir sicher, dass er mich dort nicht sehen will.

»Nein, Emma, diesmal nicht.« Ohne ihr die Möglichkeit zu geben, darauf zu reagieren, löse ich mich von ihr, schultere meine Tasche und flüchte. Normalerweise blocke ich nicht so konsequent ab, doch ich kenne Emma und ihre Überredungskünste.

Am Abend ruft mich Elli an und wir beschließen, in unser Lieblingslokal im Zentrum unseres Ortes zu gehen. Seit meinem Schulwechsel und Pauls seltsamem Verhalten verkrieche ich mich zunehmend in meinem Zimmer. Etwas Abwechslung wird mir guttun.

Elli trägt wie immer hohe Schuhe, einen extra kurzen Rock, ein eng anliegendes Shirt und darüber eine dünne Jacke. Zitternd, doch mit einem Grinsen im Gesicht, treffen wir uns auf halbem Weg. Egal, wie lange wir einander nicht sehen, wir verstehen uns auch ohne Worte. Beieinander eingehängt laufen wir kichernd und schnellen Schrittes durch die Straßen. Geduldig folgt sie meinen Erzählungen und den Berichten über die neue Schule. Elli ist eine wunderbare Zuhörerin. Seit der Kindergartenzeit sind wir unzertrennlich. Ein anderes Kind wollte ihr die Sandschaufel entreißen und ich habe sie heldenhaft verteidigt. Dieses prägende Erlebnis schweißt uns bis heute zusammen. Seit wir nicht mehr dieselbe Klasse besuchen, sehe ich sie nur noch am Wochenende.

Angeheitert betritt eine Gruppe junger Leute das Lokal und gesellt sich zu uns an die Bar. Einer von ihnen kommt mir bekannt vor. Grinsend prostet er mir zu. Ich lächle schüchtern zurück. Elli entgeht dies natürlich nicht. Ihrem Naturell entsprechend beginnt sie sich sofort mit den anderen zu unterhalten, während ich unbeholfen mit meinem Glas auf dem Tresen zu spielen anfange.

Genau in dem Moment, als ich den letzten Schluck zu mir nehme, spüre ich einen Seitenhieb aus Ellis Richtung, verschlucke mich und beginne, heftig zu husten. »Das ist Toby, er geht bei dir in die Schule«, meint Elli schon etwas angeheitert.

Ich blicke in zwei dunkelbraune Augen, die mich besorgt mustern. Schnell liegt seine Hand klopfend auf meinem Rücken.

»Alles in Ordnung?« Toby grinst spitzbübisch und ich erhole mich langsam.

Elli unterhält sich, ungeachtet meines Hustenanfalls, mit einem anderen Typen aus der Gruppe.

»Ich bin Toby.«

»Ich bin Leni«, antworte ich mit hüstelnder Stimme.

»Ich kenne dich aus der Schule.«

»Ja, du spielst in der Band, oder?«

»Ja, genau.«

»Cool!« Anerkennend nicke ich ihm zu.

»Spielst du auch ein Instrument? Oder singst du?« Heftig verneine ich.

»Nein! Bis jetzt blieb mein Talent nur der Dusche vorbehalten«, antworte ich und lache belustigt auf.

»Du singst?«

»Ja! Unter der Dusche. Für mich!« Dabei betone ich die letzten beiden Wörter noch mal kräftiger.

Er achtet nicht einmal auf meine Antwort. »Wir brauchen noch eine Unterstützung. Wenn du Lust hast, komm doch einfach einmal vorbei!«

Ich ziehe meine Augenbrauen in die Höhe und lache dabei belustigt. »Danke, aber ich glaube, ohne mich seid ihr besser dran.«

Mit einem Zug leert er sein Glas, bevor er eine Schachtel aus seiner Tasche zieht und mit weißem Papier und etwas Tabak geschickt eine Zigarette rollt.

Unweigerlich beobachte ich, wie er sie anzündet, einen tiefen Zug macht und sie mir auffordernd hinhält. Der süßliche Geruch tritt sofort in meine Nase. Ich lehne ab. Grinsend genießt er, wie der Rauch seine Lungen füllt. Seine gegelten Haare stehen ihm zu Berge, während mich seine Augen eingehend mustern und er immer wieder den Glimmstängel an seine Lippen führt.

»Leni, was wollen wir mit dem restlichen Abend anfangen?«

Wir? Obwohl ich ihm schon ein paarmal am Schulgang über den Weg gelaufen bin, bemerke ich heute zum ersten Mal dieses freche Lächeln. Mit seinem verruchten Bad-Boy-Blick löst er in meinem Bauch ein Kribbeln aus. Unsicher blicke ich zu Boden. Keine Frage, Toby löst in mir etwas aus.

Was, kann ich noch nicht sagen. Wir unterhalten uns. Über seine Band, über meinen Schulwechsel und über seinen Wunsch, für ihn zu singen. Während ich eine Cola trinke, nippt er an seiner Bierflasche.

Als seine Gruppe sich entscheidet, weiterzuziehen, reden alle so lange auf uns ein, bis Elli und ich ihnen folgen.

Ich beginne zu frieren, obwohl das Wetter es heute gut mit uns meint und für die Abendstunden ein verhältnismäßig warmer Wind weht. Toby bietet mir seine Jacke an. Wir gehen nebeneinander und ich lerne ihn etwas besser kennen. Ich bewundere seine Bodenständigkeit und seinen Humor, mit dem er mich ununterbrochen zum Kichern bringt.

Ohne darauf zu achten, wo wir sind, betreten wir den Vorgarten eines Hauses, aus dem lautstark Musik dröhnt. Ich blicke mich kurz um, bevor ich realisiere, wo wir uns befinden. Durch die intensiven Gespräche mit Toby habe ich nicht auf den Weg geachtet. Fluchtartig trete ich einen Schritt zurück, Toby hält mich aber auf.

»Was ist los? Wohin willst du?«

Eine Sekunde später entdeckt mich Emma. *Verdammter Mist!* Sie schreit meinen Namen so laut durch den Garten, dass es nicht lange dauert, bis Paul mein Eintreffen registriert und schnellen Schrittes auf mich zukommt.

Innerlich bereite ich mich auf einen Wutausbruch vor, kneife automatisch die Augen zusammen und wage sie kaum zu öffnen, als er knapp vor mir steht. Er riecht so gut, so vertraut, dass ich ihn unter Tausenden mit verbundenen Augen erkennen könnte.

»Mein Geburtstagsgeschenk ist hier«, grölt er angeheitert durch die Menge, während ich noch immer nicht wage, aufzublicken.

Einige klatschen und pfeifen lautstark.

Was hat er da gerade gesagt?

Toby steht unterdessen neben uns und beobachtet, so wie alle anderen, diese unangenehme Situation. Ich möchte im Erdboden versinken. An seiner Bierflasche nippend, tritt Paul einen Schritt näher zu mir und streicht meine Haarsträhne zur Seite.

Er legt seinen Finger unter mein Kinn und überstreckt meinen Nacken, um meinen Blick zu suchen. Ich werde nicht schlau aus den zwei grünblauen Augen, die mich anfunkeln. Sofort spüre ich das Kribbeln in meinem Bauch und die Gänsehaut, die meinen Rücken hinabläuft. Eine Explosion der Gefühle, alleine, wenn er mich berührt.

Er lehnt sich zu mir.

»Jetzt kann die Party beginnen ...«, flüstert er in mein Ohr. Wir stehen im Mittelpunkt des Geschehens. Er streift Tobys Jacke von meinen Schultern. »Die brauchst du nicht mehr.« Er greift meine Hand und zieht mich, ohne mich zu fragen, an sich. Wortlos gehorche ich, denn ich sehne mich seit Wochen danach, ihm endlich wieder nahe zu sein.

Im Stiegenhaus begegnen wir ein paar Jungs. Sie klopfen ihm anerkennend auf die Schulter. Eigentlich sollten alle Alarmsignale bei mir aufleuchten, doch ich folge ihm. Aus den Boxen dröhnt Michael Jacksons »The way you make me feel«. Nach ein paar Schritten drückt er mich ohne Vorwarnung an die Wand, verknotet seine Hände mit meinen und hebt sie über meinen Kopf. Ich atme heftig, als er mir näherkommt, sein Gesicht an meine Wange legt und mir ins Ohr flüstert: »Ich habe dich vermisst.«

Ich rieche den Alkohol in seinem Atem. Mein Herz schlägt bis zum Hals, als er beginnt, mit seinen Lippen über meinen Hals zu streifen. Ängstlich, doch zugleich erregt, wimmere ich seinen Namen.

Langsam löst er eine Hand von der Wand, legt sie an mein Knie, um hauchzart meinem Bein entlang aufwärts zu streichen. Ich verharre aus Angst, etwas falsch zu machen. Meine Unerfahrenheit versteift meinen ganzen Körper. Als er beim Bauch ankommt, schiebt er mein T-Shirt leicht in die Höhe und streicht meinen Hosenbund entlang. Ich zittere unter seinen Berührungen.

Seine Hand wandert höher. Gequält stöhnt er auf, bevor er mich abrupt loslässt, meine Hand ergreift und mich die Treppen weiter hinaufzieht, bis wir auf einer Terrasse ankommen. Er verschließt die Tür mit seinem Rücken und lehnt sich dagegen. Die laute Musik verklingt und ist nur noch leise wahrzunehmen.

»Alles Gute zum Geburtstag«, gebe ich kleinlaut von mir und senke dabei verlegen den Kopf.

»Warum bist du hergekommen?«

»Es war nicht geplant ...«

»Du wolltest gar nicht kommen, oder?« Ich nicke. »Warum strafst du mich? Was habe ich dir getan?«

Ich runzle die Stirn und verenge dabei meine Augen. *Was meint er damit?*

»Ich strafe dich? Du ignorierst mich!« Ich lache dabei sarkastisch auf.

»Jeder deiner Blicke zeigt mir, wie du mich verachtest. Du denkst, ich sei nicht gut genug für dich. Stimmt's?«

»Was redest du da für einen Schwachsinn?«

Er senkt den Kopf und atmet resignierend tief aus. »Ich vermisse es, neben dir zu schlafen.« *Träume ich, oder spricht Paul Franke diese Worte zu mir?*

»Du kannst immer bei mir schlafen ...«, flüstere ich, ohne darüber nachzudenken.

Er stößt sich von der Tür ab. »Was läuft da zwischen dir und Toby?«

Langsam verringert sich unser Abstand. Geheimnisvoll blickt er seitlich auf, als er vor mir steht.

»Nichts!«, antworte ich ehrlich.

In Zeitlupe hebt er seine Hand, legt seinen Daumen an meine Lippen und entlockt mir ein leises Seufzen.

Fordernd zieht er meinen Körper zu sich. Als wir aneinanderstoßen, umspielt ein Lächeln seine Lippen.

Ich löse mich von ihm und kichere verlegen. Er wankt angeheitert zu einem Klappstuhl und bedeutet mir, ihm zu folgen. Fordernd zieht er mich an sich.

Ich lande rittlings auf ihm. Sofort finden seine Hände den Weg unter mein T-Shirt.

»Leni, du bist so süß, so zuckersüß wie Honig«, raunt Paul, »lass einfach los, du willst es doch auch …«

ELF

Flughafen Paris – drei Wochen zuvor

Nervös tippe ich mit meinem Reisepass auf das Pult beim Check-in. Mein Flug nach Mailand wurde ohne eine Benachrichtigung der Airline um drei Stunden nach hinten verschoben. Der Blick auf meine Armbanduhr verheißt nichts Gutes. In ein paar Stunden beginnt ein Meeting, bei dem meine Anwesenheit dringend erforderlich ist. Die Flughafenmitarbeiterin hämmert unaufhörlich in die Tasten, doch scheint damit nichts auszurichten. Geschlagene fünfundvierzig Minuten warte ich nun schon hier. Hinter mir bildet sich eine lange Menschenschlange. Meine Füße beginnen in den hohen Designerschuhen zu brennen und schwellen an. So langsam beginne ich, meinen Job und den damit verbundenen Stress zu verfluchen.

»Es tut mir leid, Frau Ames. Der andere Flug ist ausgebucht. Ich kann nichts für Sie tun.«

Tief durchatmen. Ich beuge mich näher zu ihr und flüstere bedrohlich ernst: »Ich denke, Sie verstehen mich nicht. Ich habe ein Meeting, das ich nicht verschieben kann.«

Sie zuckt emotionslos mit ihren Achseln. Ich könnte in die

156

Luft gehen.

»Es tut mir leid! Ich kann es nicht ändern. Der Flug über Frankfurt ist leider ausgebucht. Ihrer geht erst in zwei Stunden.«

Während ich der Dame am Schalter zu erklären versuche, wie wichtig mein Termin ist, höre ich im Hintergrund eine Stimme aus dem Lautsprecher: »Ellenora Apfelbaum, bitte kommen Sie unverzüglich zum Schalter vierundzwanzig.«

Die Frau am Schalter redet unentwegt auf mich ein. Ich schenke ihr keine Beachtung mehr, sondern lausche der Ansage im Hintergrund.

»Wie war das?«, spreche ich gedankenverloren aus.

Sie hält inne, kneift die Augen zusammen und blickt mich verwundert an. Ich höre die Durchsage erneut.

»Ellenora Apfelbaum, bitte kommen Sie unverzüglich zum Schalter vierundzwanzig.«

Ellenora Apfelbaum? Das kann nicht wahr sein. Es gibt nur eine Frau mit diesem Namen, das kann kein Zufall sein. Ich entreiße der Frau am Schalter mein Ticket und renne los.

Elli! Wo ist dieser verdammte Schalter vierundzwanzig? Was macht Elli in Paris?

Ich laufe orientierungslos durch das Flughafengebäude. Der kleine Trolley hinter mir schwenkt gefährlich hin und her. Die hohen Schuhe erleichtern mir die Sache nicht. Hilfe suchend bleibe ich immer wieder stehen und drehe mich verzweifelt um die eigene Achse. Mein Herz klopft wild in meiner Brust. Als ich schon aufgeben will, entdecke ich den ominösen Schalter vierundzwanzig nur ein paar Meter von mir entfernt. Davor steht, mir den Rücken zugewandt, eine schlanke Frau, deren Haare kurz geschnitten in alle Richtungen stehen und von einem Band etwas im Zaum gehalten werden. Sie trägt auffallend bunte Kleidung. Sofort beginne ich zu zweifeln, ob es sich wirklich um Elli handelt, doch wie ferngesteuert gehe ich ein paar Schritte auf sie zu, stelle mich neben sie und lausche ihrer Stimme.

Es ist Elli. Meine Elli!

»Kann ich Ihnen helfen?«, fragt sie mich in einem akzentfreien Französisch. Sofort blitzen ihre Augen auf, als sie mich erkennt. Erheitert strahle ich sie an.

»Leni?«

Ich nicke stumm, bevor sie mich umarmt und verzückt zu lachen beginnt.

»Lass dich anschauen!« Euphorisch blickt sie an mir herab. »Du siehst toll aus.«

Ich lächle verschämt. »Danke, du auch!«

Sie zwinkert mir keck zu und steckt mich mit ihrem Lachen an.

Sie war schon immer ein fröhlicher Mensch, aber jetzt erwärmen ihre Nähe und ihre positive Energie selbst einen Eisbrocken wie mich.

»Wie geht es dir?«, fragt sie mich mit aufrichtigem Interesse. »Wir haben uns schon seit Ewigkeiten nicht mehr gesehen!«

Ich könnte es ihr auf den Tag genau sagen, doch ich lasse es lieber.

»Danke, mir geht es ganz gut!« Oberflächlichkeit ist noch immer mein treuer Begleiter. Selbst bei meiner ehemals besten Freundin mache ich keine Ausnahme. Wenn ich mein Herz entscheiden ließe, hätte ich sie schon längst fest umarmt, um ihr zu sagen, wie sehr ich sie vermisst habe.

»Hast du Zeit? Wollen wir einen Kaffee trinken gehen?«

Nachdem ich hier festsitze, nicke ich.

Sie klärt die Formalitäten mit dem Herrn am Schalter und hängt sich bei mir ein, bevor wir ein paar Schritte gehen. Anfangs verspanne ich mich, da ich so gut wie jeden körperlichen Kontakt meide, und stöckle kerzengerade neben ihr her.

»Also, erzähl mal. Ich hörte, dass du sehr erfolgreich bist.«

»Ich arbeite bei Ela, einer Modezeitschrift. Ich reise viel.

Es geht mir gut«, lüge ich mal wieder mein Gegenüber an. Die Macht der Gewohnheit. Solange ich ihr dabei nicht in die Augen blicke, habe ich damit kein Problem.

»Mmmh … und du bist verheiratet, oder?«, versucht sie, ein Gespräch aufzubauen.

Ich lache süffisant. »Bald geschieden!«

»Echt? Das wusste ich noch nicht. Sonst sprechen sich die Leni-Gerüchte immer schnell herum.«

»Seit wann interessierst du dich für Gerüchte?«, antworte ich schmallippig. Ich hasse es, wenn man sich den Mund hinter meinem Rücken zerreißt.

»Die Redereien sind mir egal. Mich hat interessiert, was du machst, und da hört man sich nun mal zwangsläufig die Geschichten an.«

Ich rolle mit den Augen und zeige ihr, wie es mich nervt. »Das kannst du nicht alles ernst nehmen.«

»Ich weiß. Doch ich dachte oft an dich, und die Erzählungen brachten mich dir wieder etwas näher. Ich habe sogar ein Abonnement von der Zeitschrift, bei der du arbeitest.«

»Deine Sehnsucht nach mir dürfte sich in Grenzen gehalten haben. Du hast mich kein einziges Mal kontaktiert«, erwidere ich und lächle spöttisch.

Sie stoppt abrupt.

»Leni, du warst lange Zeit wie vom Erdboden verschwunden. Für uns alle. Als ich erfahren habe, dass du beim Klassentreffen warst, habe ich mir überlegt, mit dir Kontakt aufzunehmen, doch ich denke, ich habe auf eine Gelegenheit wie diese jetzt gerade gewartet. Außerdem hättest du dich auch melden können«, meint sie schulterzuckend.

Ich kann ihr nur stumm zustimmen, da mein Ego in diesem Moment nichts anderes zulässt. Wortlos gehen wir nebeneinander her.

Wir setzen uns in ein kleines, menschenleeres Restaurant.

Während sie sich einen Caffè Latte bestellt, ordere ich ein Soda. Seit dem Tag, an dem ich die zwei Striche am Schwangerschaftstest sah, rauche ich nicht mehr und trinke auch keinen Alkohol. Zum Essen zwinge ich mich tagtäglich. Nicht jede Sucht lässt sich von heute auf morgen ablegen. Doch ich bemühe mich. *Was gäbe ich jetzt für eine nervenberuhigende Zigarette.*

»Wie ist es dir in den letzten Jahren ergangen?«, versuche ich, das Gespräch fortzusetzen.

»Eigentlich gut. Ich ging nach der Schule für ein paar Jahre als Au-pair nach Frankreich, studierte kurzzeitig, doch schmiss das Studium schnell wieder hin. Das Pauken langweilte mich. So begann ich eine Ausbildung zur Sozialarbeiterin. Jetzt arbeite ich in einer Beratungsstelle für Jugendliche. Die Aufgabe erfüllt mich und ich darf mit großartigen Menschen zusammenarbeiten«, plappert Elli fröhlich drauflos. Ohne Punkt und Komma.

»Hast du Kinder?«

»Nein, nicht einmal den richtigen Partner dafür. Bis jetzt lässt mein Traumprinz noch auf sich warten. Meine Exfreunde waren alles Idioten. Davon möchte ich gar nicht erst anfangen.«

»Ich verstehe. Und was verschlägt dich nach Paris?«

»Ich habe ein paar Freunde aus meiner Zeit in Frankreich besucht.« Sie lacht erheitert auf. »Oft habe ich darüber nachgedacht, wie es sein würde, dir auf der Straße über den Weg zu laufen. Es ist schon etwas skurril, dich jetzt hier am Flughafen von Paris zu treffen.«

Ich lächle.

»Ja, als ich den Namen Apfelbaum im Lautsprecher hörte, wusste ich, dass du es bist.«

Elli hat sich kaum verändert. Verrückt wie eh und jäh, passt sich ihr äußeres Erscheinungsbild dem frechen Blitzen in ihren Augen an. Sie beginnt, mich eindringlich zu mustern. Diesen

Blick kenne ich. Über zehn Jahre lang haben wir kein einziges Wort miteinander gesprochen, doch schon nach ein paar Minuten beschleicht mich das Gefühl, ihr nichts vormachen zu können. Nervös beginne ich, mit meinen Händen zu spielen. Mit jeder Sekunde wird mir heißer. Elli besaß schon immer die Gabe, Menschen alleine durch ihre Beobachtungen zu durchschauen.

Als sie mit ihrem Scan-Blick fertig ist, zieht sie ihre Lippen spitz zusammen und schnalzt missbilligend mit ihrer Zunge.

»Also, diese toughe Geschäftsfrau, die du hier vorgibst, mag ich nicht«, meint sie trocken und verschränkt demonstrativ ihre Hände vor der Brust. Ein weiterer Charakterzug an Elli, den ich schon damals schätzte: ihre Ehrlichkeit. Gerade schützte mich noch eine dicke Mauer, doch Elli reißt sie wie ein Bulldozer einfach um. Meine Brust senkt sich, als ich tief und seufzend ausatme.

»Ich kann sie auch nicht leiden!«, antworte ich ehrlich.

Sie grinst mich schief an. »Wo steckt meine beste Freundin?«

Die Direktheit ihrer Worte versetzt meinen Körper in Panik. Kurz überlege ich, ob ich diesem Drang, zu flüchten, nachkommen soll, doch dann antworte ich ihr im Lena-Ames-Stil. Emotionslos und kalt.

»Sie ist mit vielen anderen Dingen verschwunden«, erwidere ich achselzuckend.

»Wann?«, versucht sie, mich aus der Reserve zu locken.

Ich spitze den Mund. »Kannst du dir das nicht denken?«, antworte ich ihr scharfzüngig.

»Doch, aber ich möchte es aus deinem Mund hören.«

Ich starre an ihr vorbei und sehe uns beide in Ellis Badezimmer wieder. Dort, wo alles anfing. Sie hält meine Hände und redet auf mich ein, während mir die Tränen unentwegt über die Wangen laufen.

Ich räuspere mich und verwische den Tagtraum, so schnell,

wie er vor meinen Augen auftauchte.

»Als ich mein Kind entfernen ließ, starb auch etwas von mir. Wahrscheinlich auch deine beste Freundin«, antworte ich trocken.

»Leni«, sie greift wie damals nach meinen Händen. Ich will sie ihr entziehen, doch sie hält mich fest.

»Lass mich dich halten.«

Unsicher verenge ich meine Augen. »Bitte!« Ich gebe nach. Wenn auch widerwillig.

Sie streicht mit ihren Daumen über meine Handrücken. »Was dir und Paul passiert ist, war nicht schön. Keine Frage. Oft passieren uns Dinge, die wir einfach nicht verstehen und die uns an die Grenzen des Erträglichen bringen. Das Aufgeben ist oft viel einfacher als das Durchkämpfen.«

Ich atme tief ein und aus. Misstrauisch betrachte ich sie, wie sie nach den richtigen Worten sucht.

»Ich bin nicht einer deiner Jugendlichen, denen du helfen musst.« Augenblicklich verspannt sich mein gesamter Körper. Ich entziehe ihr meine Hände.

»Ich weiß. Aber du bist meine beste Freundin, der ich nie sagen konnte, wie leid mir die Sache von damals tut.«

»Du hast nichts falsch gemacht.«

»Ich weiß, aber ich habe es versäumt, für dich da zu sein, als du am dringendsten jemand gebraucht hättest.«

»Das ist Vergangenheit.« Ich beiße mir die inneren Mundecken blutig.

»Das redest du dir vielleicht ein. Mir kannst du nichts vormachen.« Sie sucht erneut meine Nähe und fasst an meinen Oberarm. »Du musst mit dem, was geschehen ist, Frieden schließen.«

Unwillkürlich beginne ich zu blinzeln, um meine Tränen zu vertuschen. Weder will ich weinen noch mit ihr über dieses Thema sprechen. *Wie stellt sie sich das vor?* Wir sehen uns nach über zehn Jahren das erste Mal wieder und sie denkt, wir könnten dort ansetzen, wo sich unsere Wege trennten.

»Ich will nicht darüber reden!«, meine ich trotzig.

Doch, wie schon früher, lässt sie sich von meinen Worten nicht wirklich beeindrucken.

»Du hast noch immer nicht losgelassen, stimmt's?«

Ich zucke nur mit den Schultern. Ein Wort mehr und ich breche in Tränen aus.

»Wenn es so einfach wäre. Ich kann einfach nicht verzeihen. Mir selbst nicht und auch nicht meinem Umfeld.«

»Leni, deine Gefühle sind in Ordnung. Du musst nur lernen, sie anzunehmen, sie zuzulassen, um zu erkennen, was sie mit dir machen.« Ich kann meinen Zweifel nur schwer verstecken, runzle die Stirn. »Ich möchte etwas versuchen. Vertraust du mir?«

Nein! Wo ist hier der Notausgang?

»Was hast du vor?«, frage ich vorsichtig und schlucke meine Angst hinunter.

»Vertraust du mir?«

Nervös zapple ich auf meinem Stuhl herum. Etwas zögerlich nicke ich. »Ich denke schon …, aber …«

»Okay, dann ist es gut …«, unterbricht sie mich. »Ich möchte, dass du die Augen schließt.«

Sie greift erneut nach meinen Händen und umschließt sie liebevoll mit ihren, während sie wieder beginnt, ihre Daumen besänftigend über meine Handrücken zu streichen.

»Elli, wenn das so ein Psycho-Ding werden soll, kann ich dir gleich sagen, dass es nicht funktioniert. Mein letzter Psychologe hatte auch keinen Erfolg.«

»Versuch, dich zu entspannen und so unvoreingenommen wie möglich an die Sache heranzugehen.«

Ich gebe ihr die Chance, auch wenn ich mir nicht viel davon erwarte.

»Ich versuche es.«

»Okay. Ich möchte, dass du ein paarmal tief einatmest.«
Bevor ich ihrer Anweisung folge, blicke ich durch das Restaurant, um sicherzustellen, dass wir nicht beobachtet werden. »Ich möchte, dass du dich in die Situation zurückversetzt, durch die du begonnen hast, dich zu verändern. Geh an den Ort zurück, an dem die lebensfrohe Leni verscheucht wurde.«

Sofort öffne ich die Augen. *Das geht zu weit.* »Nein!«, antworte ich konsequent. »Sicher nicht, Elli!«

»Vertrau mir, Leni.«

Lange blicke ich in ihre Augen. Ihr Lächeln schenkt mir den nötigen Mut. Seitdem ich Wien verlassen habe, drifte ich wieder in meine alten Gewohnheiten ab.

Ich verschließe mich meinen Freunden immer mehr und lasse niemanden an mich heran, obgleich ich mir selbst geschworen habe, das endlich zu ändern.

Ich darf mein Leben, so wie ich es die letzten zehn Jahre gelebt habe, nicht mehr weiterführen. Schweren Herzens lasse ich mich auf ihre Bitte ein und schließe erneut meine Lider.

Elli wiederholt ihre Worte. »Begib dich an den Ort, an dem alles begann. Auch wenn es schmerzt. Versuche nachzuspüren, wie du dich damals gefühlt hast.«

Mit zitternden Händen reiche ich Paul den Schwangerschaftstest. Meine Atmung geht flach. Das Brennen in meinem Hals nimmt von Sekunde zu Sekunde zu. Meine Kehle fühlt sich eingeschnürt an. Ich schaffe es kaum, Luft zu holen. Er blickt fassungslos auf die beiden Striche. Der Ausdruck in seinem Gesicht jagt mir einen Dolch ins Herz. Ich sehne mich nach einer Umarmung, doch er straft mich mit diesem vorwurfsvollen Blick.

Ich möchte vor dieser Entscheidung davonlaufen.

»Leni, wie stellst du dir das vor? Wir sind selbst noch Kinder. Wir haben nicht einmal einen Abschluss. Ich kann das nicht. Ich will dieses Kind nicht. Ich bin selbst noch ein Kind.«

Ich nicke und atme tief aus. Die Tränen tropfen auf mein

Kleid.

Elli drückt meine Hände fest. »Wie hat sich das angefühlt?«

»Ich fühlte mich alleingelassen. Ich fühlte mich schuldig. Ich fühlte mich dumm und hilflos. Der Ohnmacht nahe.«

»Was haben diese Gefühle mit deinem Körper gemacht?«

»Diese Schwere erdrückte mich. Mir war ständig kalt. Ich wollte fliehen. Ich hatte solche Angst.«

»Hast du heute noch immer Angst?«

»Ja.«

»Wovor?«

»Vor dieser Hilflosigkeit!«

»Damals warst du dieses junge, hilflose Mädchen, das jemanden an seiner Seite gebraucht hätte, stimmt's?«

Ihre Worte treffen den wunden Punkt. Wie wahr sie sind, verrät mein bebender Körper.

»Ja«, flüstere ich.

»Heute bist du nicht mehr hilflos. Du bist stark. Dieses Erlebnis hat dich stark gemacht. Dadurch durftest du lernen. Versuche, dir das Mädchen von damals vorzustellen. Was hättest du damals gerne gehört? Was hätte dir geholfen?«

Nur einen Augenblick später stehe ich gedanklich in dem Badezimmer, wo alles seinen Anfang nahm, und knie mich vor das eingeschüchterte Mädchen, spüre ihre Hände in meinen, blicke in zwei ängstliche Augen und beginne, aufmunternd zu lächeln. »*Ich habe solche Angst*«, *wispert sie.* »*Ich weiß, aber es ist in Ordnung*«, *antworte ich.*

Mein Händedruck wird fester und sie erwidert es. »*Ich werde dich nicht verlassen. Ich werde bei dir bleiben. Zusammen stehen wir das durch. Okay?*« *Sie nickt, ihre Augen sind rot unterlaufen, doch sie beginnt zu lächeln, wenn auch zögerlich, doch sie lächelt.* »*Du bist nicht alleine. Ich verspreche es dir. Ich werde für uns beide da sein und für unser Glück kämpfen. Egal, was uns widerfährt, ich werde kämpfen.*«

165

Ich nehme mein Schluchzen wahr, öffne die Augen und sehe meine Hände in Ellis liegen. Sofort entreiße ich sie ihr schockiert.

»Was war das?« Ein paarmal blinzle ich desorientiert.

»Alles okay?«

»Ich denke schon.« Obwohl ich noch immer völlig perplex vor ihr sitze, merke ich, wie federleicht sich mein Körper plötzlich anfühlt. »Wie schaffst du etwas, was meinem Therapeuten in unzähligen Sitzungen nicht gelungen ist?«

»Ich kenne dich, das kommt mir vielleicht zugute. Außerdem ist es mein Job, Menschen eine neue, klare Sicht der Dinge zu geben.« Ich sitze neben ihr, doch meine Gedanken schweifen immer wieder zum Erlebten ab. »Vielleicht willst du mir irgendwann erzählen, was du gerade erlebt hast?« Ich lächle leicht. »Versuche, dich nun bei jeder Situation, die dir das Gefühl gibt, hilflos zu sein, daran zu erinnern, dass du nun älter bist. Beginne, Verantwortung zu übernehmen. Keiner zwingt dich zu Entscheidungen. Höre auf, dir selbst im Weg zu stehen, und lebe dein Glück. Du hast es wie jeder andere verdient.«

Elli verlässt mich wieder, um ihren Flug nach Wien zu erwischen, doch unser Zusammentreffen hat Spuren hinterlassen. Lange Zeit sitze ich im Restaurant, starre ins Nichts und rekapituliere jede Minute unseres Treffens. Richtungsweisend leuchten ihre Worte einen dunklen Weg aus und zeigen mir, wie ich ihn bewältigen kann.

Ich entscheide mich, nicht nach Mailand zu fliegen. Das Meeting verpasse ich sowieso. Stattdessen fahre ich in meine kleine Wohnung, mitten im Herzen von Paris. Noch immer kreisen meine Gedanken um das Gespräch mit Elli. Wir haben unsere Nummern ausgetauscht, um einander wieder in Wien zu treffen. Das Heimweh wird nach unserem Treffen immer heftiger.

Beim Betreten meines Wohnhauses hält mich der Portier auf und überreicht mir ein Paket, das für mich abgegeben wurde. Ich erkenne die Handschrift meiner Mutter.

Erschöpft schließe ich die Eingangstür mit einem Fußtritt, lege meinen Mantel auf die Stuhllehne, streife meine Schuhe ab und reiße neugierig das Papier auf. Ein kleines Kuvert fällt zu Boden. Ein Brief meiner Mutter. Abwechselnd blicke ich auf die wunderschön verzierte Schachtel aus Holz und auf den Brief. Stirnrunzelnd öffne ich ihn und lese ihre Zeilen.

ZWÖLF

Elf Jahre zuvor – Leni

»Schhhh, Leni, sei still … komm einfach mit.« Ich kichere leise und folge ihm. Ich lege die Hände um seinen Hals und den Kopf in den Nacken. Dabei betrachte ich seine dunkelbraunen Augen. »Du hast toll gesungen. Mein kleines Goldkehlchen«, grinst er mich schief an.

»Danke Toby! Ich denke, du meinst Maggy, meine Stimme hat man kaum gehört.« Ich kichere erneut, ziehe mich fest an seine Brust und atme erleichtert aus. Der ganze Trubel um unseren Auftritt hat das Adrenalin durch meinen Körper jagen lassen. Erst jetzt lässt dieser Zustand langsam nach. Toby stupst mit seiner Nase an meine und küsst mich flüchtig darauf. Seine typische Geste, um mir näherzukommen. Ich lege meinen Kopf an seine Brust und verstecke meine Nase in seinem Hemd. Er riecht nach Zigaretten und nach ganz viel Toby.

»Du warst toll. Wenn ich das sage, ist es so.«

Mit seiner von Natur aus rauen, rauchigen und leicht heiseren Stimme entlockt er mir ein beschämtes Lächeln. Toby erweckt in mir eine Seite, die ich nicht kannte. Schon in seinen jungen Jahren lebt er, wie es ihm beliebt, und macht sich wenig aus den Ansichten anderer Menschen. Er verkörpert das klassische Bild eines Rockers. Dunkel und mysteriös.

»Lass uns tanzen gehen. Es ist mein erster Ball an dieser Schule. Ich möchte die ganze Aufregung nach dem Auftritt abschütteln und mich entspannen.«

Er schüttelt verneinend den Kopf und beginnt schelmisch zu grinsen.

»Nein, ich habe keine Lust auf Tanzen, lass uns etwas anderes machen …« Dabei schiebt er mein Kleid ein Stück höher und küsst mich halsaufwärts, bis er meine Lippen mit seinen versiegelt und ich ihm nicht mehr widersprechen kann. Bestimmend fordert er Einlass. Mein Herz spielt jedes Mal verrückt, wenn Toby mir zeigt, wie sehr er mich begehrt. Seine feinen Musikerfinger wandern weiter unter mein Kleid, während meine tatenlos an mir herabhängen. Zu sehr fürchte ich mich davor, etwas falsch zu machen.

Meine Brust hebt sich hektisch auf und ab. Ich betrete hier völliges Neuland. Einerseits wünsche ich es mir, doch etwas hält mich zurück. Die näher kommenden Stimmen retten mich aus einer Situation, der ich nur einen Moment später selbst ein Ende bereitet hätte. Toby lässt widerwillig von mir ab, stöhnt genervt und rollt seine Augen. Ich streiche ihm sanft über seine Wange und ziehe dabei einen kleinen Schmollmund. Als sich die Tür öffnet, dringen laute Musik und drückende Hitze heraus. Hinter der Bühne bekam man die Menschenansammlung kaum mit.

»Leni, da bist du …!« Maggys Gesicht scheint vor lauter Aufregung noch immer hochrot. Sie hebt die braune Lockenpracht aus ihrem Nacken und fächert sich Luft zu. »Lass uns etwas trinken gehen.«

»Ich wollte eigentlich bei Toby …«

»Geh nur, ich möchte mit meinen Jungs etwas rauchen«, unterbricht er mich. Meine Augen mustern ihn. Er lacht dunkel. »Wenn du verstehst«, fügt er noch etwas abfällig hinzu.

»Etwas rauchen …?«, frage ich pikiert nach. Ich ärgere mich, denn seitdem ich mit ihm zusammen bin, vergeht kein Tag, an dem er sich nicht mit Pot einraucht. »Lass den Scheiß endlich. Wir können auch so unseren Spaß haben.« Meine Abneigung gegen dieses Zeug kann ich nur schwer verbergen.

»Ich möchte etwas chillen. Das solltest du auch. Probiere es, es wird dir gefallen. Sei nicht so verklemmt. Es wird dich entspannen«, meint er mit einem verhöhnenden Tonfall.

Pah, ich und verklemmt?

»Toby, du bist ein Idiot. Ich habe dir schon so oft gesagt, dass mich das nicht interessiert.«

Wütend löse ich mich aus seiner Umarmung, nehme Maggy an der Hand und tauche mit ihr in der Menschenmasse unter. Hauptsache weg von Toby. Soll er doch in seiner Nebelwolke glücklich werden. Wenn ich ehrlich bin, schmerzt es, wie er seine Prioritäten setzt und ich dabei nebensächlich bin. Ich fühle mich zu Toby hingezogen und empfinde mehr als nur Freundschaft, doch tief in mir spüre ich, dass sein lethargisches Verhalten, ausgelöst durch das Zeug, das er raucht, uns zum Verhängnis werden könnte. Seine Passivität und dieses Machogehabe regen mich auf.

Ich entscheide mich, seine Worte zu vergessen, und beginne, meinen Schulball zu genießen. Die Zeit wird zeigen, wie es mit uns beiden weitergeht.

Maggy und ich werden von allen Seiten zu unserem Auftritt beglückwünscht. Nach ein paar Drinks stehen wir grölend auf der Tanzfläche, und während der DJ mit Céline Dions Liebesballade »All by myself« den Paaren die perfekte Ausrede verschafft, um einander näherzukommen, schreien wir uns die Seele aus dem Leib. Von den anderen ernten wir nur genervte

Blicke, doch um nichts in der Welt wollen wir die Tanzfläche verlassen. Wir lachen, kreischen und quietschen. Der Alkohol, das Gehüpfe, die laute Musik, das Ausreizen meiner Stimmbänder und die Leute, die sich dicht um uns drängen, helfen mir, meine Gedanken an Toby und Paul, meine Schulnoten und die bevorstehenden Prüfungen loszulassen. Nach einer Stunde und einigen Drinks brauche ich eine Pause. Und das schnell. Alles beginnt sich zu drehen. Ich bin beschwipst – ich gebe es zu. Hinter Maggy erscheint Emma, die ich freudestrahlend und etwas zu heftig umarme. Beinahe kippe ich mit ihr um. Doch es belustigt mich nur noch mehr. Ich bekomme meinen Lachanfall kaum noch in den Griff. Wenn Toby mich nun sehen könnte. *Von wegen verklemmt.* Auch wenn ich mich kindisch verhalte und es eher meiner Trotzreaktion auf Tobys Worte zuzuschreiben ist, macht es Spaß.

»Emma, tanz mit mir!«, quietsche ich vergnügt und hüpfe wie ein Gummiball vor ihr auf und ab.

Sie schaut mich verwundert an. »Maggy, was hast du Leni gegeben?« Maggy zuckt mit den Achseln und stimmt in mein übermütiges Lachen ein.

Ich nehme Emmas Hände, drehe mich ein paarmal im Kreis und genieße das schwerelose Gefühl. Santanas »Maria Maria« dröhnt aus den Lautsprechern. *Wie ich diesen Song liebe!* Ich stoße an viele tanzende Körper. Nach einigen schnellen Umdrehungen verlässt mich mein Gleichgewicht. Zuerst spüre ich einen Ellbogen in meinem Bauch, danach einen Stoß gegen den Rücken und zu guter Letzt den harten Boden. *Autsch! Das war so nicht geplant.* Um mich bewegen sich alle desinteressiert weiter, als wäre ihnen mein Sturz nicht einmal aufgefallen. Ich kann hier kaum atmen.

Panisch versuche ich, mich aufzurichten. Ich ertaste viele Beine, doch keine helfenden Hände. Erst als mir jemand unter die Knie greift, mich hochhebt, an sich zieht und aus der dunklen Enge befreit, bekomme ich wieder Luft. Ich lehne mich dankbar an seine Schulter und verstecke mein Gesicht.

»Paul!«, raune ich an seinen Hals.

Paul? Nein, er soll mich nicht anfassen. Ich bin noch immer verdammt wütend auf ihn nach dem Zusammentreffen an seinem Geburtstag auf dem Dach seiner Eltern. Hektisch beginne ich zu zappeln und versuche, mich zu befreien.

»Halt still!«, warnt er mich zornig und verstärkt seinen Griff.

Ich beginne zu fluchen und meinen Ärger lautstark kundzutun. Erheitert gaffen uns einige nach.

Wohin bringt er mich?

Die kühle Luft verschafft nicht nur meinen Lungen den nötigen Sauerstoff, sondern erweist sich auch als hilfreich, um wieder nüchtern zu werden. Paul setzt mich auf eine hüfthohe Mauer. Seine Konturen verschwimmen. Seine Hände stützen seitlich meine Schenkel, obwohl ich schon sicher sitze.

Ich versuche, sie von mir zu schieben. »Lass mich los!«

Er grinst. »Geht es dir gut?«

»Interessiert dich das?«, blaffe ich ihn an.

Er räuspert sich und versucht sein Lächeln zu verstecken, indem er seine Augen zusammenkneift und seine Mundwinkel hinunterzieht.

»Würde ich sonst fragen?« Belehrend verstellt er seine Stimme.

»Ach, lass mich doch in Ruhe.« Ich stoße gegen seine Brust.

Er macht sich darüber lustig, indem er theatralisch an die Brust greift und sein Gesicht schmerzerfüllt verzieht.

Obwohl ich ihn verärgert anfunkle, grinse ich innerlich. Pauls Art ist schlichtweg gewinnend. Selbst wenn ich wütend bin, entwaffnet er mich mit seinem Zwinkern, seinem Lächeln, seinen Worten und seinen Blicken.

»Glaube mir, das hatte ich vor.«

»Warum tust du es dann nicht endlich? Geh wieder zu Sandra, Lisa oder wie sie auch alle heißen!« Ich versuche, dabei lustig zu klingen, doch ich kann mein Missfallen nur schwer verbergen.

Er grinst erneut frech. *Nein, besser gesagt, er lacht mich aus.* »Was ist?«

»Du lallst!«

»Und wenn schon? Stört dich das?« Diesmal versuche ich, ernst zu klingen. Was mir natürlich nicht gelingt.

Er neigt seinen Kopf leicht zur Seite und schenkt mir eines seiner charmanten Lächeln. »Nein, du kleine Zicke!« Ich rolle mit den Augen.

»Danke, hinreißend! Mit diesen Worten wickelst du die Mädchen immer um den Finger? Sorry, bei mir zieht das nicht!«

»Darauf brauchst du mich nicht aufmerksam zu machen. Das weiß ich selbst!«

Flüchtig mustere ich ihn in seinem dunklen Anzug. Dieser Anblick gehört verboten, doch ich gönne ihm diese Genugtuung nicht und wende meinen Blick schnell wieder ab. Unerwartet fährt er sich wütend durchs Haar.

»Ahhh, ich werde noch wahnsinnig!«

Was hat Paul für ein Problem? Ich habe ihn nicht gebeten, mich hierherzuschaffen.

»Was ist dein Problem? Du kannst mich hier alleine lassen! Ich brauche keinen Aufpasser!« Das kam nun etwas zu schnippisch über meine Lippen, doch ich fühle mich in seiner Nähe komplett hilflos und verwirrt.

Er fährt sich ein paarmal über den Nacken und schüttelt den Kopf. »Das würde ich gerne. Das kannst du mir glauben.«

»Dann tue es doch endlich, worauf wartest du?«

Für einen Moment blickt er in meine Augen. Sie verdunkeln sich. Das Prickeln auf meiner Kopfhaut verstärkt sich. *Ich darf für ihn nichts empfinden. Es handelt sich um Paul. Er wird*

mich schneller abservieren, als es überhaupt begonnen hat. Seine
Annäherungsversuche und die herablassenden Worte an seinem
Geburtstag sollten mir eine Lehre sein. Der Gefühlsbogen spannt
sich bis zum Äußersten. Herzklopfen. Schmetterlinge. Gänsehaut. *Hilfe, und nun kommt er näher.* Langsam tritt er an mich
heran, nimmt mein Gesicht in die Hände, atmet schnell und
abgehackt und blickt in meine Augen. Ich kann seinen Atem an
meinem Gesicht spüren. Sein Duft verzaubert mich jedes Mal
aufs Neue. Automatisch schließen sich meine Augenlider.

»Leni Steinberg, mein Verhalten bei meiner Geburtstags-
party tut mir aufrichtig leid. Ich habe Dinge zu dir gesagt, die
ich im Nachhinein bereue. Alles nur, um mir nicht einzugeste-
hen, dass keine Nacht vergangen ist, in der du mich nicht bis
in meine Träume verfolgt hast. Du hast dich in meinen Kopf
geschlichen. Was soll ich bloß dagegen tun?«

Verdutzt öffne ich die Augen wieder und blicke in seine
wunderschönen grünblauen Augen. »Ist das nun gut oder
schlecht? Ich meine ... ich meine, wenn ich dich verfolge?«,
stottere ich angespannt.

»Schhhh ...« Sein Daumen streicht verführerisch über
meine Lippen. Automatisch öffne ich sie, um etwas zu sagen,
allerdings bringe ich nicht ein Wort heraus. Nur schwer kann
ich ihm verheimlichen, wie sehr ich mich von ihm angezogen
fühle. Obwohl ich mich eigentlich dagegen wehren sollte.

»Paul, ich küsse dich nicht ...«

Er weicht etwas zurück und mustert mich.

Ich verdrehe die Augen, da ich sehe, wie er erneut am liebsten das Weite suchen will. »Lass mich zu Ende sprechen und
übe dich einmal in Geduld, bevor du schon wieder wutentbrannt abziehst.«

»In deiner Nähe ist das nicht leicht!«, antwortet er leise, den
Blick auf meine Lippen gerichtet.

»Was ich sagen wollte ...« Die Worte kommen stockend

heraus. Keine leichte Aufgabe, in Anbetracht meines Alkoholspiegels. »Erstens bin ich … bin ich vergeben, falls dir das noch nicht aufgefallen ist. Ich habe einen Freund, will ich damit sagen. Zweitens werde ich dich nicht küssen … nicht, dass ich es nicht will oder so …«

Sein Daumen streicht erneut über meine Lippen und bringt mich komplett aus dem Konzept. »Ahhhh, hör auf, so kann ich mich nicht konzentrieren.« Bei jeder Berührung spüre ich ein verräterisches Ziehen zwischen meinen Beinen.

»Das ist doch gut so«, meint er verschmitzt. Jedes einzelne feine Haar stellt sich auf meiner Haut auf. Die Nervenenden sind bis zum Maximum angespannt.

»Also … also, wo war ich?« Mein Atem wird immer schneller. Ich kann ihm mein Desinteresse nicht mehr vorspielen, denn mein Körper verrät mich.

»Du hast einen Freund?«

»Genau … genau, ich habe einen Freund«, hauche ich und blicke fasziniert auf das kleine Grübchen neben seinem Mund. »Selbst wenn ich keinen hätte, würde ich dich nicht küssen, weil …«

Er streicht mir eine Haarsträhne aus dem Gesicht.

»Warum denn nicht, Leni Steinberg?«

»Weil …«

Seine Fingerspitzen ziehen eine Spur über meine Wange zu meinen Lippen, wandern hinunter zu meinem Hals und verweilen bei meinem Schlüsselbein. *Verdammt, ist er gut. Er weiß, wie man ein Mädchen um den Finger wickelt.*

»Du bist wunderschön.«

Mein Herz spielt bei seinen Worten verrückt.

»Paul! Du kannst so etwas nicht zu mir sagen!«, stoße ich empört hervor.

»Warum nicht?«

Ich atme tief durch und senke den Kopf. »Weil ich einen

Freund habe.«

»Ich habe trotzdem Augen im Kopf und sehe, wie wunderschön du bist.«

»Wir kommen vom Thema ab …« Ich versuche, in meinen noch funktionstüchtigen Gehirnzellen den Grund zu finden, warum ich ihn nicht küssen sollte.

»Du küsst mich nicht …«, hilft er mir weiter.

»Ja genau! Selbst wenn – also rein hypothetisch gesehen – selbst wenn ich keinen Freund hätte, würde ich dich nicht küssen!«

»Warum denn nicht, *Leni?*«

Warum muss er meinen Namen bei jeder Frage anhängen? Und dann noch in diesem Tonfall. Er spricht ihn nicht normal aus, sondern raunt ihn, als wäre es ein Aphrodisiakum, mit dem er mich verzaubern will. Er scheint gar nicht auf meine Worte zu achten. Ohne auf meine Erklärung zu warten, neigt er den Kopf zu mir herunter und legt seine Lippen auf meinen Hals. Mein Herzschlag verdoppelt sich automatisch.

»Wenn, müsstest *du* mich küssen. Da bin ich altmodisch!«, japse ich erregt. Ich spüre, wie er kurz innehält und an meinem Hals zu lächeln beginnt. Ich nehme wahr, wie er immer weiter hinaufwandert, bis er bei meinem Ohr ankommt. Ich erschaudere spürbar, als ich seinen Atem daran spüre. Es kitzelt mich.

»Ahhh Paul, hör auf damit.«

»Soll ich das wirklich …?« Keuchend schnappe ich nach Luft. »Bitte zwing mich nicht dazu. Ich habe ein Geheimnis, das ich mit dir teilen will«, haucht er.

»Ach so?«, piepse ich nervös.

»Jede Nacht, die ich neben dir schlafen durfte, habe ich mich ein Stück mehr in dich verliebt! Du machst mich verrückt mit deiner vorlauten, zuckersüßen, frechen und dieser zugleich zurückhaltenden Art.«

Seine Worte lösen einen Schmetterlingstanz in meinem

Bauch aus.

»Ich bin nicht vorlaut!«, erwidere ich kleinlaut.

»Doch, das bist du, Leni Steinberg, und ich habe mich gerade noch mehr in dich verliebt!«

»Noch mehr?« Ich schnappe nach Luft. Vorsichtig löst er sich von mir. Seine Lippen umspielt ein Lächeln, bevor er sich quälend langsam zu mir hinunterbeugt. Mein Puls hämmert bis in meine Schläfen, als seine weichen Lippen sich auf meine legen. Augenblicklich halte ich die Luft an. Ich habe oft fantasiert, wie es sich wohl anfühlt, ihn zu küssen. Nicht nur einmal. Doch nichts kommt nur annähernd an das heran, was ich gerade empfinde.

Selbst Paul scheint es zu genießen, denn er stöhnt begeistert auf, legt seine Hände sanft um meine Taille, intensiviert den Druck, schiebt meine Beine sanft auseinander, um näher an mich heranzutreten, und neckt meine Lippen so lange mit seiner Zunge, bis ich sie ihm widerstandslos öffne. Seine Hände wandern meinen Körper hinauf, meinen Hals entlang, bis er mein Gesicht hält.

Ich nehme seine Berührungen nur noch vage wahr, da ich von seinen sagenhaft leidenschaftlichen Küssen komplett überwältigt bin. Um mich dreht sich die Welt. Mein Wunsch, Paul zu berühren, löst ungeahnten Mut aus. Begierig ziehe ich ihn an seiner Krawatte noch näher an mich und beginne, meine Hände in seinem Haar zu vergraben. Er erwidert es mit einem wohlgefälligen Stöhnen.

Ihn zu küssen, löst ein bisher unterdrücktes Feuerwerk an Gefühlen aus.

Ich will mehr. Jetzt sofort. Ich will ihn mit Haut und Haaren.

»Lena?« Diesmal klingt mein Name vorwurfsvoll. *Scheiße!* Abrupt lösen wir uns voneinander. Ich wische die verräterischen Spuren von meinen Lippen. Paul senkt den Kopf und dreht sich zu Maggy, die uns argwöhnisch beobachtet. Schon wieder ist es Maggy, die einen Kuss unterbricht. Doch diesmal zu Recht.

»Ich habe dich gesucht, und wo finde ich dich? In Paul Frankes Armen. Ist das dein Ernst?«, faucht sie mich wütend an. Im gleichen Atemzug wendet sie sich Paul zu.

»Was tust du hier, Paul? Leni ist betrunken. Die Situation auszunutzen, ist gemein. Außerdem hat sie einen Freund.« Sie stützt bekräftigend ihre Hände in die Hüften.

Auch wenn sie recht hat und mir der Alkohol etwas zu Kopf gestiegen ist, bin ich noch immer in der Lage, selbst über meine Handlungen zu entscheiden. Paul hierfür einen Vorwurf zu machen, ist unangebracht. Mein schlechtes Gewissen nagt fürchterlich an mir. Ich komme nicht dazu, meine Gedanken auszusprechen.

»Es tut mir leid, Leni. Sie hat recht. Ich hätte deine Situation nicht ausnutzen dürfen!«

Meine Mundwinkel wandern entsetzt hinunter.

Wie bitte? Meine schlimmsten Befürchtungen bewahrheiten sich. Er hat mich immer nur als Zeitvertreib gesehen?

»Ausnutzen? Hast du das etwa? Hast du deine Chance gesehen, mich ins Bett zu bekommen, wenn ich angetrunken bin?«

Maggy dreht sich kopfschüttelnd um und stürzt sich wieder ins Ballgeschehen. Eine unangenehme Aussprache steht uns bevor.

»Nein, natürlich nicht! Ich wollte es nicht ausnutzen.«

Wütend klettere ich von der kleinen Mauer. Beinahe plumpse ich hinunter. Er will mir zu Hilfe kommen, doch ich fauche ihm wutentbrannt zu: »Fass mich nicht an!«

Sofort tritt er einen Schritt zurück.

»Machst du das mit allen Mädchen so?«

Er lacht, legt seinen Kopf in den Nacken und schiebt die Hände in seine Hosentaschen. »Nein, Leni, das habe ich nicht nötig!«

»Ach ja, ich vergaß, die Mädchen schmeißen sich dir ja reihenweise an den Hals.«

»Nein, so meinte ich das nicht! Was ich damit meine, ist, dass ich keine Mädchen abfülle, nur um sie willig zu machen!«

»Du bist so ein Großkotz! Was ist denn dann deine Tour? Du erklärst ihnen, wie verliebt du in sie bist, machst ihnen schöne Augen. Danach würden sie alles für dich tun, um später wie eine heiße Kartoffel wieder fallen gelassen zu werden, stimmt's?«

»Ich habe noch keinem Mädchen gesagt, dass ich mich verliebt habe!«, entgegnet er.

»Paul, was wird das hier eigentlich? Was willst du von mir? Ich habe dir schon öfters gesagt, dass ich nicht eines deiner Betthäschen werde. Ich bin nicht so ein Mädchen.«

»Ich kann dir nichts versprechen, aber ich glaube, ich möchte mit dir zusammen sein.«

»*Du* möchtest?«, betone ich streng.

»Ja!«, meint er schulterzuckend. Er erinnert mich in diesem Moment an einen kleinen Jungen, der im Geschäft auf ein Spielzeug zeigt und zu seiner Mutter sagt: »Das will ich haben.«

»Was ist mit dem, was *ich* will? Paul, du musst aufhören, uns Mädchen als Spielball anzusehen, der springt, wenn du rufst. Das geht so nicht! Du kannst dir nicht einfach alles nehmen, was du willst, ohne dabei auf die Gefühle der anderen zu achten. Ich habe kein Bedürfnis, eine von vielen zu sein, die du abschießt, sobald du dich langweilst. Ich glaube an die Liebe. Ich wünsche mir einen Freund, der mir sein Herz öffnet und dem ich meines öffnen kann, ohne Angst zu haben, im nächsten Moment verletzt zu werden. Das Verliebtsein verblasst schnell, doch die Liebe bleibt. Erst wenn du weißt, was es heißt, einen Menschen zu achten und alles für ihn zu geben, dann weißt du, was Liebe ist.«

Er lacht spöttisch auf. »Und du liebst Toby, oder wie?«

»Ich denke, Liebe entwickelt sich. Sie wächst mit jedem Moment, den man miteinander verbringt, mit jeder liebevollen Geste und dem Wissen, einander vertrauen zu können.«

Er schüttelt genervt den Kopf. »Ich möchte deinen Worten

Glauben schenken. Aber mal ehrlich, Leni, die große, einzige Liebe? Du träumst, so etwas gibt es nicht!«

Ich stampfe zornig auf.

»Warum denkst du das? Hast du es ausprobiert? Hast du jemals das Gegenteil erfahren?«

»Ich weiß es einfach!«, faucht er zornig.

»Nein, du kannst es nicht wissen. Aber nur, weil du es dir selbst nicht zutraust. Zu lieben, bedeutet, sich fallen zu lassen und in den Armen des anderen aufgefangen zu werden …« Er antwortet nicht. »Und das ist auch genau der Grund, warum das mit uns beiden nichts wird. Ich fühle mich unglaublich zu dir hingezogen und suche deine Nähe. Ich bin fasziniert von deinem Lächeln und deinen sanften und liebevollen Berührungen, wenn du glaubst, dass ich schlafe. Du machst es mir echt schwer, mich nicht in dich zu verlieben, doch ich stelle hohe Ansprüche an die Liebe, die du nicht mal ansatzweise bereit bist zu erfüllen.«

»Wie kannst du nur so davon überzeugt sein? Was ist, wenn ich dich enttäusche? Wenn es die Liebe einfach nicht gibt?«

»Was, wenn es sie gibt und du nie erfährst, wie es sich anfühlt, nur, weil du zu viel Angst davor hast? Du wirst nie wissen, was passiert, wenn du es nicht versuchst!«

Ich hebe meine Hand und lege sie auf seine Brust. »Dein Herz ist voller Liebe, wenn du beginnst, es zu öffnen. Wenn du nicht so verbittert versuchen würdest, dieses Gefühl zu unterdrücken, würde es dir selbst auffallen.«

»Leni …« Er ergreift meine Hände und verteilt sanft Küsse in die Innenflächen. Ich sehe ihm an, welcher Kampf in ihm tobt. »Gehst du wieder zu Toby?«

Ich lächle, löse meine Hand von ihm und trete einen Schritt zurück. »Gute Nacht, Paul.«

DREIZEHN

Lächelnd streiche ich über die verknitterten Seiten meines alten Tagebuchs. Damals war alles einfacher. Mein verloren gegangener Glaube an die große Liebe – die alles bewältigt – bringt mich zum Nachdenken. *War es schlichtweg kindliche Naivität oder war es das Urvertrauen in etwas Besonderes?* Ich animierte Paul, sein Herz zu öffnen, während ich meines mit den Jahren immer mehr verschloss. Ich bin nicht mehr das optimistische Mädchen von damals. Hierzu brauche ich mir selbst nichts vorzumachen. Wie Elli schon richtig gesagt hat, heute bin ich älter und reifer. Es ist nicht entscheidend, sich an das Bild von damals zu klammern. Vielmehr darf ich mich glücklich schätzen, die Tiefen und Höhen ergründet zu haben. Ich durfte Erfahrungen, Gefühle und Lektionen auf meinem Weg sammeln, die mich geprägt und geformt haben und mich erkennen ließen, welchen Kurs ich nun einschlagen sollte, und was noch viel wichtiger ist, welchen ich nicht einschlagen werde. Der Weg bergauf ist oft beschwerlich, doch der bevorstehende Ausblick von oben entschädigt für alles. Ich versuche, die Dinge, die mir passiert sind, nicht mehr als Ballast wahrzunehmen, sondern als einen Rucksack mit Erlebnissen, die mich davor bewahren, dieselben Fehler erneut zu begehen.

Erfahrungen, die mich weiser und stärker gemacht haben und die einfach zu mir gehören.

Ich entscheide selbst, ob ich mit ihnen untergehe oder ob ich sie auf meinen Schultern mittrage und von Schritt zu Schritt bemerke, wie ich mich an das Gewicht gewöhne und es mich stärker macht.

Der erste Schritt ist, meine Schwangerschaft anzunehmen. Dankbar zu sein. Und meinen persönlichen Wink des Schicksals zu erkennen.

Ich schwanke ins Bad. Seit ein paar Tagen verspüre ich einen morgendlichen Schwindel. Ich stütze mich mit den Ellenbogen an das Waschbecken und lasse das kalte Wasser an meinen Handgelenken hinunterlaufen. Immer wieder tauchen Blitze vor meinen Augen auf. Ich forme meine Hand zu einer kleinen Mulde und trinke einen Schluck Wasser. Ich atme tief ein und aus. Es beruhigt mich. Dennoch fühlen sich meine Glieder müde und schwer an.

Wahrscheinlich bekomme ich nun die Antwort meines zuvor geschundenen Körpers.

Mir graut davor, wenn ich daran denke, was ich in den nächsten Wochen leisten soll. Am liebsten würde ich mich für einige Wochen in meinem Bett verkriechen und nur noch schlafen. Ich lasse mich auf der Toilette nieder, gähne und strecke meine Glieder aus.

Der Weihnachtsabend ist harmonisch verlaufen und ich fühle die verloren geglaubte Einheit unserer Familie seit langer Zeit wieder. Diesmal weinte meine Mutter nicht aus Kummer. Nein, ihre Augen glänzten aus purer Freude, wie sie uns wissen ließ. Ich lächle sanft. Dankbar nehme ich diese Situation an und schätze es, wie leicht es mir meine Familie macht. Glücklich blicke ich nun auf diesen Abend zurück. Behutsam und vorsichtig tasten wir uns einander an.

Als ich von der Toilette aufstehe, merke ich, wie etwas meine Beine entlang rinnt. Erschrocken greife ich zwischen meine Schenkel.

Mein Herz setzt aus, als ich das Blut auf meinen Fingerspitzen erkenne. Mir ist plötzlich furchtbar übel. Ich wage nicht, zu atmen. Alle längst vergrabenen Gefühle kommen wieder hoch. Die Blutungen, die mich nach meiner Abtreibung tagelang daran erinnerten, was ich getan hatte. Kraftlos gleite ich zu Boden.

Jegliche guten Vorsätze sind dahin. *Ich werde dieses Kind verlieren. Ich habe es nicht anders verdient.* Wie ein Häufchen Elend kauere ich auf den kalten Fliesen und beginne, haltlos zu weinen, das Gesicht in meine Hände vergraben.

Ich möchte schreien, toben, doch stattdessen weine ich nun stumm, da sich keine Luft mehr in meinen Lungen sammelt. *Gott, das kann nicht schon wieder passieren!* Wimmernd ziehe ich die Knie fest an meine Brust und wiege mich wie ein kleines Kind vor und zurück.

Im Augenwinkel sehe ich, wie sich die Türe des Badezimmers öffnet und meine Mutter neben mich tritt. Sie kniet sich zu mir und streicht mir über mein Haar. Ich ertrage ihre Nähe gerade nicht, stoße sie von mir.

»Leni, was ist los?«, fragt sie mich vorsichtig.

Eingesperrt in einem Raum voller Vorwürfe und Ängste schaffe ich es nicht, ihr zu antworten.

»Leni, bitte sag mir, was passiert ist!«

Die Tränen laufen und laufen.

»Ich … ich kann nicht …«, stottere ich, kaum hörbar.

Sie setzt sich dicht neben mich und fährt über meinen Rücken. »Du kannst mir alles sagen.«

Meine Hände ballen sich zu Fäusten. Der Schmerz der Fingernägel, die sich in meine Haut bohren, soll mich von dem grauenhaften Brennen in der Brust ablenken. Doch nichts lenkt mich in diesem Moment ab.

»Das konnte ich, bis du mich eines Besseren belehrt hast.«
Alle längst vergessenen Gefühle schlagen mit voller Wucht
auf mich und sie ein. *Wie konnte ich nur annehmen, dass ich
mich ändern kann?*

»Leni, ich weiß, ich war damals nicht für dich da, doch
gib mir eine Chance. Bitte sprich mit mir«, redet sie versöhnlich auf mich ein.

Ich zittere am ganzen Körper. *Was habe ich für eine Alter-
native?*

Ich brauche Hilfe, und zwar schnell.

»Ich ... ich blute«, krächze ich kaum verständlich. Hilflos. Machtlos. Wie ein kleines Kind. Der Kloß steckt mir so
fest im Hals, dass ich mich wiederholen muss.

»Ich blute ... ich bin schwanger. Oder ich war es.«

Für einen Moment ist es still. Keiner wagt zu atmen.

Sie starrt entgeistert an mir vorbei, zwinkert ein paarmal,
bevor sie mich ängstlich mustert. Aus dem Nichts umarmt
sie mich und zieht mich an ihren Körper. Sie weint mit mir.
Fühlt mit mir. Streichelt mir sacht übers Haar.

»Wir schaffen das schon. Ich bin für dich da, wenn du
mich brauchst. Ich verspreche es dir.«

Bitterlich schluchze ich, vergrabe mein Gesicht in ihrer
Schulter und nutze sie, um mich festzuhalten, bevor mich
die Flut mitreißt. Wie sehr hätte ich mir diese Worte damals
gewünscht. Jeder Atemzug, jede Faser meines Körpers
schmerzt.

»Komm, ich bringe dich jetzt in ein Krankenhaus«,
haucht sie leise.

Ich schüttle inbrünstig den Kopf. »Nein, sie werden mir
sagen, dass ich nicht schwanger bin oder dass ich es verloren
habe.«

Ich sterbe lieber, als zu wissen, dass ich erneut ein Kind

verliere. Bestimmt nimmt sie mein Gesicht in ihre Hände, zwingt mich, sie anzuschauen, und redet in einem strengen Tonfall auf mich ein.

»Leni, du musst dich untersuchen lassen. In welcher Woche bist du?«

Ich löse mich von ihr und schüttle resigniert den Kopf, der sich zu schwer anfühlt, um ihn aufrecht zu halten. Er sackt kraftlos zwischen meinen Schultern herab.

»Ich weiß es nicht. Ich war noch nicht beim Arzt.«

»Du weißt es erst seit Kurzem?«

Schniefend streife ich mit dem Handrücken über meine Nase. »Nein, eigentlich nicht, doch ich habe mich nicht getraut. Ich verdiene es nicht, dieses Kind zu bekommen. Das ist nun die Rache. Ich werde es verlieren.«

Sie zieht mich an meinen Schultern hoch, nimmt mein Gesicht erneut in ihre Hände und blickt tief in meine Augen.

»Leni, hör mir jetzt gut zu. Du musst dich untersuchen lassen. Wenn dir jemand helfen kann, dann ist es ein Arzt. Bitte sei nicht so stur. Hör auf mich. Ich will für dich und dein Kind nur das Beste.« Diese Worte berühren mich endlich und lassen mich ihr wortlos folgen.

Ich nehme den dicken Mantel, den sie mir über meine Schultern legt, die kalte Luft, die durch mein Haar bläst, wahr, als ich das Haus mit ihr verlasse, und ich spüre die kalte Scheibe des Autos an meiner Stirn, als ich meinen Kopf daran lege. Ich bin in einer Schockstarre.

Paul! Meine Sehnsucht war niemals größer als jetzt gerade. Soll ich ihn anrufen? Ihn um Hilfe bitten? Was, wenn er sich erneut gegen das Kind entscheidet?

Alles erinnert mich an damals. Zitternd liege ich auf der Untersuchungsliege. Höre kaum noch die Stimme der Ärztin, die unentwegt auf mich einredet, da ich mich zwinge, mit den Gedanken an einen anderen Ort zu fliehen. Doch der Ort, an dem ich mich wiederfinde, fühlt sich noch dunkler an als der, von dem ich flüchte.

»Dann beginnen wir mal. Ich verabreiche Ihnen nun ein Betäubungsmittel. Sie werden nichts mitbekommen.« Ich spüre ein Stechen in meiner Armbeuge. *»Wenn Sie wieder aufwachen, ist alles vorbei.«*

»Öffnen Sie Ihre Beine und versuchen Sie sich zu entspannen.« Der Arzt erinnert mehr an einen Metzger. Er klopft auffordernd auf meinen Schenkel. Ich fühle mich wie gefesselt, unfähig zu fliehen, spüre, wie sich meine Augenlider schließen und ich wegdrifte. *»Wir haben alles entfernt«*, sind die ersten Worte, die ich wahrnehme, nachdem das grelle Licht über mir schmerzhaft in meinen Augen brennt. Besser könnte ich meine Gefühle nicht beschreiben.* Unweigerlich laufen die Tränen an meinem Gesicht hinab.

»Frau Ames, hören Sie mich?« Die Ärztin beugt sich über mich, greift nach meinem Handgelenk, presst ihre Finger darauf und blickt auf ihre Uhr. »Ihr Kreislauf ist ziemlich schwach. Hören Sie mich, Frau Ames?«, fragt sie erneut. Diesmal lauter. Obwohl hier alles auf eine absurde Art und Weise meinen Erinnerungen gleicht, ist es jetzt anders. Meine Mutter ist hier. Sie greift nach meiner Hand. Redet sanft auf mich ein. Streichelt mich. Gibt mir Halt.

Ich zwinge mich, wieder im Hier und Jetzt anzukommen. Gedankenverloren beantworte ich alle Fragen der Ärztin. Ich teile ihr den Tag meiner letzten Regel mit, sie fragt mich nach Beschwerden und nach Krankheiten in der Familie. Irgendwann höre ich die Stimme meiner Mutter, die das Sprechen für mich übernommen hat. Meine Kehle fühlt sich trocken an. Ich sehne mich nach Schlaf. Die Ärztin schreibt alles akribisch genau mit.

»Ich werde Sie jetzt untersuchen. So können wir besser festtellen, in welcher Schwangerschaftswoche Sie schon sind«, spricht sie erklärend.

Mein Puls rast und die Verspannung nimmt meinen ganzen Körper ein. Während sie den Sensor in mich einführt, wage ich nicht zu atmen, halte verzweifelt die Luft an, lege die Hände auf meinen Bauch und warte auf die erlösenden Worte. Ich bedecke die Augen mit meinem Unterarm, um mich vor der Wahrheit zu schützen. Die Sekunden vergehen wie Stunden. *Warum dauert das so lange?*

»Hier, sehen Sie selbst …« Ich wage es nicht, meine Hand wegzunehmen. Plötzlich höre ich ein dumpfes, wiederkehrendes, schnelles Geräusch.

»Das ist der Herzschlag Ihres Kindes. Frau Ames, sehen Sie …« Sofort blicke ich auf.

»Ich bin wirklich schwanger?«, stottere ich, aus meiner Schockstarre erwacht.

»Hier, schauen Sie.« Sie dreht den Monitor zu mir. Ich blicke auf den schwarzen Bildschirm, sehe ein winzig kleines Baby mit Füßen und Händen und einem kleinen hellen Punkt, der kräftig schlägt. Immer wieder drückt sich das kleine Wesen gegen die Blase, die es umgibt. Stumm starre ich darauf und nehme die Spuren der Tränen, die über meine Wange laufen, wahr, schmecke, wie sie meine Lippen erreichen, und fühle das Lächeln, das sich darauf bildet.

»Sie werden es bald zu spüren beginnen. Es ist sehr lebhaft«, lächelt sie zufrieden den Bildschirm an.

Meine Mutter streift über meine Hand, die ich zu einer Faust geballt habe. Ich beginne heftig zu zittern. Die Ärztin beendet die Untersuchung und druckt mir ein kleines Bild aus.

»Frau Ames, so wie es den Anschein hat, haben Sie diese Schwangerschaft nicht geplant?«

»Nein, ich … ich …« Ich weiß nicht, was ich darauf antworten soll. Jahrelang versuchte ich, schwanger zu werden – mit Christian. Nun trage ich Pauls Kind unter dem Herzen.

»Es ist völlig in Ordnung. Lassen Sie die Eindrücke auf sich wirken. Die Blutung kommt von einem Hämatom auf der Plazenta. Das passiert manchmal. Ich geben Ihnen eine Progesteronspritze. Das ist ein Hormon, das für die Schwangerschaft sehr wichtig ist. Sie sollten eine Woche totale Ruhe einplanen. Danach werde ich Sie nochmals untersuchen.«

»Besteht durch das Hämatom die Gefahr, dass meine Tochter das Kind verliert, oder hat es sonstige Auswirkungen?« Ich bin dankbar, dass meine Mutter die Fragen stellt, die ich stellen sollte. Trotzdem wendet sie sich mir zu und antwortet auf die Frage meiner Mutter.

»Ich will offen mit Ihnen sprechen. Es kann zu einer Fehlgeburt kommen, doch es kann auch alles gut gehen. Wir werden es beobachten und der Natur ihren Lauf lassen. Es ist aber wichtig, dass Sie Vitamine nehmen und sich ausruhen. Gönnen Sie Ihrem Körper Ruhe …«

Ich nicke folgsam.

»Über Ihr Gewicht mache ich mir etwas Sorgen. Sie müssen zunehmen. Falsche Ernährung schwächt Sie und das Kind. Hatten Sie große Übelkeit? Mussten Sie sich oft übergeben?«

Sie trifft einen wunden Punkt, der mir mehr als unangenehm ist. Jedes Mal habe ich meine Krankheit verleugnet, da ich sie selbst nicht erkennen wollte.

»Ich habe etwas Probleme mit meinem Gewicht«, flüstere ich leise und senke beschämt den Kopf.

»Das dachte ich mir schon. Brauchen Sie Hilfe? Denn es ist unglaublich wichtig, dass Sie sich gerade jetzt gesund ernähren.«

Ich verneine energisch. »Ich habe genug von Therapeuten.«

»Ich werde darauf achten«, meldet sich meine Mutter zu Wort. Die Ärztin tauscht mit ihr vielsagende Blicke aus.

»Dann schreibe ich Ihnen noch ein Rezept für Vitamine auf. Brauchen Sie eine Freistellung für Ihre Arbeit?«

»Ich habe gerade Urlaub.«

»Was arbeiten Sie?«

»Ich habe in Paris einen Job als Chefredakteurin einer Modezeitschrift.«

»Nun, ich nehme einmal an, dass Ihre Arbeit mit viel Stress verbunden ist?«

»Ja, des Öfteren.«

»Ich kann Ihnen nur raten, entweder den Job aufzugeben oder die Belastung deutlich zu minimieren. Die Schwangerschaft erschöpft Ihren Körper merklich. Sie sind schwach. Sie müssen dem Kind zuliebe zu Kräften kommen.«

Ihre Worte hallen lange in meinem Kopf nach. Stumm sitze ich neben meiner Mutter im Auto und betrachte den »Mutter-Kind-Pass«, der nun Auskunft über mich und mein Kind geben soll. Im Umschlag steckt das Ultraschallbild. Ich ziehe es heraus und betrachte es, ohne glauben zu können, dass sich dieses kleine Wesen in meinem Bauch befindet. Es fühlt sich so unwirklich an.

»Ich kann es noch nicht wirklich glauben.«

Meine Mutter nickt und greift nach meiner Hand. »Seit wann weißt du, dass du schwanger bist?«

»Seit dem Tag, als ich nach Paris geflogen bin und alle Zelte hier abgebrochen habe, habe ich es geahnt.«

»Weiß der Vater des Kindes davon?«

»Er will mich nicht mehr sehen.« Sie lenkt das Auto an den Straßenrand, stellt den Motor ab und atmet einmal tief durch. Ihre Hände greifen nach meinen, während sie mich eingehend musterte.

189

»Leni, ich freue mich für dich. Und ich bin für dich da, wenn du es zulässt. Ich versuche nicht, gutzumachen, was einfach nicht mehr gutzumachen ist. Ich will aus meinen Fehlern lernen. Ich werde dich unterstützen. Ich werde dir helfen. Doch lass dir bitte eines von mir sagen. Du musst dem Vater des Kindes Bescheid geben.«

Ich nicke und spüre, wie sich erneut die Tränen in meinen Augen bilden. *Paul wird mich hassen.*

»Ich weiß. Ich weiß.« Nervös beiße ich auf meine Unterlippe. »Aber ich habe solche Angst davor.«

»Warum? Es ändert doch nichts an deiner Entscheidung, dieses Kind zu behalten. Selbst wenn du nicht auf die Unterstützung des Kindsvaters zählen kannst. Du hast deine Familie, die dieses Kind als Geschenk annimmt. So wie es eigentlich immer sein sollte. Es ist ein Geschenk.«

»Ich weiß. Doch was, wenn ich mit diesem kleinen Leben in mir seines zerstöre? Er wird mich dafür hassen.«

»Das einzig Wichtige ist nun, dass *du* mit deinem ganzen Herzen hinter diesem Kind stehst und dem Vater die Chance gibst, selbst zu entscheiden, was er will. Doch seine Entscheidung wird nichts an deiner ändern.« Sie hebt meinen Kopf, als sie ihre Hand unter mein Kinn legt und mich zwingt, sie anzusehen. »Leni, du hast Ja zu diesem Kind gesagt! Nun sage auch Ja zu dir und beginne, auf dich zu achten, damit wir in ein paar Monaten dieses Kind in unseren Händen halten können.« Die Tränen rinnen unentwegt über meine Wangen. Nickend falle ich ihr um den Hals. Sie streicht mütterlich über mein Haar und meinen Rücken hinab. »Du schaffst das. Da bin ich mir sicher. Beginne, dein Herz zu öffnen, und du wirst sehen, welch wunderbare Dinge passieren, wenn du es zulässt.«

Ihre Worte kommen mir bekannt vor, jetzt gewinnen sie wieder an Bedeutung. Tief in mir fühlt sich das, was sie sagt, richtig an. Nun liegt es an mir.

Ich stimme ihr zu und wische die Tränen aus meinem Gesicht. Mein Kopf glüht und zerplatzt beinahe, als die Anspannung nachlässt. Meine Augen müssen verquollen und rot unterlaufen sein.

»Lass uns nach Hause fahren. Dann wirst du dich hinlegen und dich von Mami verwöhnen lassen. So wie früher.«

Ich lächle sie dankbar an.

»Ich habe solche Angst, dieses Kind zu verlieren.«

»Du hast doch gehört, was die Ärztin gesagt hat. Nun musst du dir viel Ruhe gönnen und deinen Körper gut behandeln. Du bist nun nicht mehr nur für dich selbst verantwortlich. Wenn du hungerst, strafst du damit dein Kind, das in dir heranwächst.«

»Ich weiß …« Seitdem ich schwanger bin, scheinen meine Augen immer wieder neu gefüllt zu sein, denn die Tränen wollen nicht versiegen. »Ich habe immer das Gefühl, es nicht verdient zu haben, ein Kind zu bekommen.«

»Leni, warum sagst du so etwas?«

»Weil ich schon einmal ein Kind getötet habe.« Ich schlucke den dicken Kloß, der sich in meinem Hals gebildet hat, hinunter. »Ich werde keine gute Mutter sein … vielleicht werde ich jetzt für meine Sünden bestraft.«

»Ach mein Schatz, komm her.« Sie zieht mich an sich. »Ich weiß, dass meine Worte jetzt nur ein schlechter Trost sind, aber ich werde sie dennoch aussprechen. Wenn du dieses Kind bekommen sollst, wird es kämpfen, genauso wie du. Du kämpfst ab heute für dein Glück und das deines Kindes. Hörst du mich? Gib dein Bestes. Wenn es dir wirklich nicht bestimmt ist, dieses Kind zu bekommen, wird es seinen Grund haben.«

Schniefend wische ich meine nasse Nase in meinen Ärmel. »Ich will es nicht verlieren. Ich könnte es nicht noch einmal ertragen.«

»Es wird nicht passieren.«

»Wie kannst du dir da nur so sicher sein?«

»Weil dich dieses Kind auf einen Weg geführt hat, der richtig ist. Ich habe bei deiner ersten Rückkehr gemerkt, dass du auflebst und dein Herz zu öffnen beginnst. Ich dachte mir, was auch immer dich zurückgeführt hat, es ist deine Rettung.«

Ich lächle zögerlich. Aufmunternd zwinkert sie mir zu.

»Lass uns nach Hause fahren. Du musst dich ausruhen!«

VIERZEHN

Elf Jahre zuvor – Paul

Die Sonne knallt gleißend heiß vom Himmel und bringt den Asphalt zum Flirren. Das Thermometer sprengt beinahe die 40-Grad-Marke. Selbst der kleine See hinter dem Birkenwäldchen verschafft nur wenig Abkühlung. Dennoch tummeln sich Hunderte Menschen im Wasser. In einer Gruppe von zehn Leuten genießen wir den Beginn des Sommers. Leni hat sich in den vergangenen Wochen komplett zurückgezogen. Sie paukte für die Prüfungen und bestand jede einzelne. Ich bin stolz auf sie. Nun kichert sie ausgelassen mit den anderen Mädchen, die knappe Bikinis tragen und versuchen, damit zu punkten. Obwohl Leni mit ihrem Schwimmoutfit sicherlich mehr Haut zeigen könnte, starre ich nur sie unentwegt an. Sie schließen Wetten ab, wer von ihnen als Erste ins Wasser springt.

Tim und ich ziehen genüsslich an unseren Zigaretten, nippen am Bier und lassen uns dieses Schauspiel nicht entgehen. Sie posieren, grinsen in die Kamera und finden mächtig viel Spaß daran, einander immer wieder zu fotografieren. Ich weiß nicht, was zwischen Leni und mir läuft, doch seit dem Kuss vor einigen Wochen am Schulball hat sich etwas verändert. So viel ich mitbekommen habe, hat sie sich nur ein paar Tage später von Toby getrennt. Zu meiner großen Freude. Jeder Blickkontakt, jedes Wort von ihr bringt meinen Körper in Wallung. Wenn sie gerade nicht aufpasst, lehne ich mich unbemerkt zu ihr und versuche, ihren Duft einzuatmen.

Meistens entgeht ihr diese plumpe Anmache nicht und ich kassiere dafür ein vorwurfsvolles Augenrollen.

»Unser kleines Mauerblümchen scheint dir nicht mehr aus dem Kopf zu gehen …« Tim zieht genüsslich am Glimmstängel, als er von mir einen Stoß gegen seine Brust kassiert. »Was? Stimmt doch! Du schaust keine anderen Hasen mehr an.«

Ich hasse es, wenn er sie »Mauerblümchen« nennt.

»Halt die Klappe, Tim.« *Warum fällt allen anderen auf, was ich nicht sehen will?*

Leni Steinberg hat mir den Kopf verdreht. Und zwar ordentlich. Jede Nacht überlege ich mir Ausreden, um wieder bei ihr schlafen zu können. Die Angst, sie zu verletzen, hält mich zurück und scheint stärker zu sein, als der Wunsch, neben ihr aufzuwachen. Was, wenn ich irgendwann resigniert feststellen muss, dass ich einfach nicht für die Liebe geschaffen bin?

»Es geht das Gerücht um, dass sie sich wieder mit Toby trifft.«

Wie bitte? Das kann nicht wahr sein!

Ich schnippe die Zigarette beiseite, springe wütend auf, kralle mir die Wasserpistole, die Tim mit eiskaltem Wasser gefüllt hat, um damit die Mädchen aus der Reserve zu locken, und nutze sie selbst, um Lenis Aufmerksamkeit zu erregen. Sie grinsen gerade alle frech in die Kamera, als sie der kalte Strahl erwischt. Wütend kreischend jagen sie mir nach. Ich flüchte ins Wasser. Hierher kommen sie mir nicht nach.

Doch wie immer unterschätze ich ein Mädchen. Mein Mädchen. Mit einem nicht gerade eleganten Kopfsprung hechtet sie mir nach. Ich kraule bis zur Mitte des Sees. Mein Plan scheint

perfekt aufzugehen. Ich bemühe mich, im gleichen Schneckentempo wie sie zu schwimmen, um ihr die Chance zu geben,
mich einzuholen. Grinsend spritzt sie mir Wasser ins Gesicht.

»Na warte, du Schuft!« Mit ihrem Fliegengewicht versucht
sie, mich wirklich unter Wasser zu drücken. Den Spieß umzudrehen, wäre ein Kinderspiel, doch um ihre Nähe zu spüren,
entdecke ich meine schauspielerische Seite.

Ich lache und lasse mich ein paarmal untertauchen, bevor
ich sie an der Taille zu fassen bekomme und sie an mich ziehe.
Ich sehne mich nach ihrer Nähe. Körperlich, aber vielmehr
emotional.

Ich vermisse unsere Gespräche, ihr Lächeln und ihren Duft.
Jeden Abend wünsche ich mir, an ihrer Seite zu liegen, um ihre
tiefen und gleichmäßigen Atemzüge zu beobachten. Ich liebe
es, wenn sie sich zu einer kleinen Schnecke zusammenrollt
und dabei ihre herzförmigen Lippen leicht öffnet. Ihr Anblick
ist anbetungswürdig. Langsam wandern meine Hände ihren
Rücken hinauf. Ich kann förmlich ihre Gänsehaut spüren.

Ungeduldig ziehe ich sie noch etwas enger an mich. Unsere
schwer atmenden Brustkörbe heben sich synchron auf und ab.

Wahrscheinlich hat ihr die sportliche Betätigung während
der Verfolgungsjagd zugesetzt. Aber der Gedanke, sie wäre meinetwegen kurzatmig, gefällt mir besser. Körper an Körper, Haut
an Haut, blicken wir einander tief in die Augen. Ich möchte sie
so gerne küssen. Sie bemerkt, dass ich ihre Lippen anvisiere. Im
Augenwinkel sehe ich, wie sich unsere Freunde am Ufer versam-
meln und uns beobachten.

Ich möchte Leni vor ihren Blicken schützen und ziehe sie
mit mir unter Wasser. Sie versucht, sich zu wehren, und paddelt
kräftig mit den Füßen. Ich nutze die Gelegenheit und greife
an ihren Nacken, um sie an meine Lippen zu schieben. Sofort
stoppen ihre Versuche, sich zu wehren, und ich werte das als
stumme Zustimmung. Ich spüre, wie sich ihre verkrampfte Hal-

tung löst. Das Wasser dringt in meinen Mund, als ich beginne, mit meiner Zunge an ihren Lippen entlangzustreichen. Zögerlich, aber doch, erwidert sie meinen Kuss.

In eine andere Welt abgetaucht, fühle ich mich das erste Mal in meinem Leben mit einem Menschen verbunden. Unsere Körper berühren sich. Keiner sieht uns. Wir sind alleine. Völlig schwerelos driften unsere Körper unter dem Wasser. Leni und Paul. Wäre nicht der allmählich weniger werdende Sauerstoff ein Hindernis, könnte ich hier ewig verweilen.

Beim Auftauchen schnappen wir beide keuchend nach Luft.

Unsere Beine stoßen ein paarmal durch unsere schnellen Paddelbewegungen aneinander. Die Wasserperlen laufen ihr über die Lippen. Mein Blick bleibt daran haften. Sie atmet schnell und greift zu ihrem Mund, als fände sie dort eine Veränderung vor. Ihre Augen weiten sich ungläubig.

Unsere heiße Atemluft vermischt sich. Nur ein paar Zentimeter trennen uns. Ich bin fasziniert von diesem Mädchen. Sie hat keine Ahnung, was sie mit mir macht. Schon lange habe ich mich nicht mehr so gelöst gefühlt. Es ist, als bringe sie Ruhe in mein innerliches Chaos. Dennoch gibt es so viel Unausgesprochenes, das uns noch immer trennt.

»Was war das?«, fragt sie abgehackt.

Ich bringe nur ein Keuchen heraus.

»Leni …«, erklingt ihr Name schreiend vom Ufer. Sie winken uns zu.

Leni wendet kurz ihren Kopf von mir ab.

»Ich denke, wir sollten wieder zurückschwimmen.« Was gäbe ich für einen weiteren Kuss, aber diesmal über Wasser. So gerne ich diesen Moment wiederholen möchte, er ist vorbei.

»Schwimm schon mal voraus«, grinse ich schelmisch – in weiser Voraussicht.

»Was ist mit dir?«, fragt sie unschuldig.

»Ich drehe noch ein paar Runden. Der Kuss gerade war …
wie soll ich sagen, sehr erregend.« Sie senkt grinsend den Kopf
und ist sich meiner Anspielung bewusst. Etwas Wasser schwappt
in ihr Gesicht. Sie blinzelt es von ihren Wimpern. Ihre Wangen
färben sich rot. Ich liebe dieses Lächeln.

»Triffst du dich wieder mit Toby?« Schon während ich die
Worte ausspreche, könnte ich mich selbst dafür ohrfeigen. Sie
runzelt die Stirn und ihre blauen Kulleraugen verfinstern sich
und verlieren jegliche Strahlkraft. Ich erkenne ihren Unmut.

»Hast du mich deshalb geküsst?« Ihre Stimme ist mehr ein
Hauchen. Die gerade noch wunderschöne Stimmung ist dahin.
Mist!

»Nein, natürlich nicht«, versuche ich, sie zu beschwichti-
gen.

Ich greife nach ihrer Hand, die sie mir sofort entzieht.

»Weshalb dann? Warum küsst du mich?«

»Leni, ich fühle mich sehr zu dir hingezogen.«

Pikiert presst sie ihre Lippen zusammen, bevor sie weiterspricht. »Ich habe dir aber schon gesagt, dass ich kein Mädchen
für eine Nacht bin.«

»Das will ich doch auch gar nicht.«

Sie rollt ihre Augen. Sie vom Gegenteil zu überzeugen, wird
schwerer, als ich dachte. Bis jetzt habe ich auch alles getan, um
meinem Ruf gerecht zu werden. Seit ich Leni kenne, zweifle ich
an meinen Wertvorstellungen.

»Ich schwimme jetzt zurück«, meint sie kurz. Frustriert
starte ich die Kraulzüge im See und hoffe, dabei meinen Kopf
freizubekommen.

Als die Sonne hinter den Birken verschwindet, beginnen wir,
unsere Sachen einzusammeln. Außer den paar Blicken, die wir
austauschten, haben wir es vermieden, miteinander zu sprechen. Die Anspielungen der anderen reichen ohnehin.

In der Gruppe marschieren wir los. Die Stimmung ist gelöst und ich versuche, wieder zu meinem alten Ich zu finden.

Ich liefere mir mit Tim ein paar abgedroschene Sprüche, um von meiner Unsicherheit abzulenken.

Mein Elternhaus ist das erste am Weg und so kann ich es nicht vermeiden, dass alle mitbekommen, wie mein Vater meine Mutter lautstark mitten auf der Straße beschimpft. Ich möchte im Erdboden versinken. Schaulustig bleiben alle stehen und gaffen abwechselnd meine Eltern und mich an.

»Habt ihr genug gesehen?«, fauche ich wütend. Meine Eltern bekommen unterdessen nichts von uns mit. Selbst Leni schaut mitleidsvoll.

Doch dann drückt sie sich an den anderen vorbei, kommt auf mich zu und greift nach meiner Hand. Verwundert schaue ich sie an. Ich will kein Mitleid, doch ohne zu fragen, zieht sie mich mit sich. Die anderen folgen uns, während ich fassungslos auf die zierliche Hand in meiner blicke. Unbeschwert plaudert sie drauflos und geht mit keinem Wort auf die Szene, die sich meine Eltern gerade geliefert haben, ein.

Keiner wagt es, mich darauf anzusprechen, denn alle beäugen nun Leni, die wie selbstverständlich mit mir Händchen hält. Ich kann ihre Überraschung verstehen, denn Lenis plötzlicher Impuls kam aus dem Nichts.

Mit der Zeit verläuft sich die Gruppe, bis nur noch Leni und ich einander gegenüberstehen. Erst jetzt löse ich meine Hand aus ihrer.

»Danke!«

»Wofür?«

»Na ja, du hast alle perfekt abgelenkt. So kamen sie nicht auf die Idee, mir Fragen zu stellen.«

»Kein Problem …« Ihre Haare hat sie zu einem unordentlichen Knoten hochgesteckt. Unzählige Strähnen fallen heraus und umschmeicheln ihre feinen Züge.

Ich versuche, den Wunsch, meine Hand auszustrecken, um die Haare beiseite zu streichen, zu unterdrücken. Die Sonne hinterließ Spuren auf ihrer Haut. Auf ihrer Nase zeichnen sich niedliche Sommersprossen ab. Sie trägt nicht den Hauch eines Make-ups, sie verzaubert mit ihrer Natürlichkeit. Ich möchte sie am liebsten gleich wieder küssen, doch entscheide mich für den sicheren Weg.

»Ich sollte jetzt gehen.« Ich trete einen Schritt zurück, in der Hoffnung, etwas Abstand zu schaffen. Sie klimpert ein paarmal mit den Augen.

Ich sehe, wie ihr etwas auf der Zunge brennt, doch sie sich nicht traut, es auszusprechen. Als sich unsere Blicke treffen, zucke ich zusammen, so stark ist die Spannung.

»Leni, hör auf, mich so anzuschauen. Ich werde noch verrückt.« Der plötzliche Adrenalinschub lässt meine Handflächen kribbeln. Das Blut rauscht durch meine Ohren. Ich lege stöhnend den Kopf in den Nacken und fahre mir durchs Haar. *Wohin sollen diese Gefühle nur führen?* Als ich wieder aufschaue, lächelt sie verlegen und sieht zu Boden.

»Willst du heute bei mir schlafen?«, fragt sie mich völlig überraschend.

Ja. Ja. JA!, will ich herausschreien, stattdessen versuche ich, nüchtern und so lässig wie möglich zu wirken.

»Ich weiß nicht, ob das eine gute Idee ist.« *Gott, was ist nur mit mir los?*

»Warum nicht? Es wäre doch nicht das erste Mal …« Ihr sonnengerötetes Gesicht legt noch eine Nuance zu. »Ich meine, dass du bei mir schläfst«, ergänzt sie, während sie mit der Spitze des Schuhs einen Stein wegkickt.

Ich kann mich nicht entscheiden, welche der beiden Seiten mir an ihr besser gefällt: Einerseits verzaubert sie mich mit ihrem bestimmten, konsequenten Verhalten und andererseits treibt sie mich mit diesem schüchternen, unschuldigen Auftreten beinahe in den Wahnsinn. Sie greift zum zweiten Mal heute nach meiner Hand und zieht mich einfach mit sich.

Nachdem ich mich wie ein Dieb in ihr Zimmer geschlichen und wir ein paar Sandwiches gegessen haben, versuchen wir, uns so normal wie möglich zu unterhalten. Ich genieße ihre Gesellschaft und lausche ihren Worten über ihre Romanhelden. Voller Begeisterung erzählt sie mir von den vielen Geschichten aus ihren Büchern.

Ich denke, sie versucht, meine Wertvorstellungen über die Liebe zu beeinflussen. Ich muss ehrlich zugeben, dass ich weniger ihrem Gesprochenen als ihren Gesten folge. Doch die Leidenschaft, mit der sie erzählt, und das Glitzern in ihren Augen stecken an. Immer wieder streicht sie die blonden Strähnen aus ihrem Gesicht. Ihre Lippen verziehen sich, wenn sie lustig sein will, und sie rollt mit den Augen, wenn ich sie ab und zu aufziehe. Ich könnte ihr stundenlang zuhören, um sie dabei beobachten zu können. Unbeschwert lachen wir.

Erst als sie frisch geduscht den Raum betritt, werde ich nervös. Leicht bekleidet mit einem engen Höschen und einem viel zu großen T-Shirt, das ihre Schultern freilegt, trippelt sie herein. Kleine Brüste zeichnen sich darunter ab. Sofort nehme ich eine Regung zwischen meinen Beinen wahr. Neben ihr zu liegen, die Hände bei mir zu halten und sie nicht zu berühren, wird die reinste Folter werden. Ich schlucke heftig und hoffe, mein hungriger Blick verrät mich nicht.

Kaum ist der Raum dunkel, kriecht sie unter die Decke. Ein Schwall ihres Dufts tritt in meine Nase. Verdammt, wie kann man nur alleine durch den Duft eines Menschen erregt sein? Mein Herzschlag verdoppelt sich. Ich höre sie neben mir leise atmen. Vorsichtig lege ich mich auf den Rücken, die Hände hinter meinem Kopf verschränkt.

Sie ist nicht das erste Mädchen, mit dem ich ein Bett teile, doch sie ist es, die neben mir erfahren und kühn wirkt. Wie macht sie das nur? Ich seufze hörbar auf.

»Alles okay?«, fragt sie vorsichtig nach.

Ich atme angespannt aus und starre auf die dunkle Zimmerdecke.

»Ich weiß nicht.«

»Was ist los? Ärgerst du dich über deine Eltern?«

»Nein, das ist es nicht. Die sollen machen, was sie wollen. Es kotzt mich an, dass sie mich immer wieder in ihre Streitereien miteinbeziehen.«

»Das verstehe ich. Doch das ist nicht alles, oder?« Diese kleine Hexe hat mich mal wieder durchschaut.

»Ich bin etwas verwirrt!«, gebe ich ehrlich zu.

»Vielleicht kann ich dir helfen?«

Ich seufze erneut tief auf. »Was ist das? Ich meine, was ist das zwischen uns?«, platzt es aus mir heraus.

Sie räuspert sich und ich spüre, wie sie mit den Schultern zuckt. »Ich denke, ich weiß es, doch es ist wichtig, dass du es auch weißt«, antwortet sie flüsternd.

Ich kann mir vorstellen, worauf sie anspielt.

»Leni, ich kann dir nicht das geben, was du verlangst. Ich bin nicht so ein Gefühlsmensch, wie du es von mir erwartest.«

Sie dreht sich zu mir und stützt ihren Kopf auf ihrer Hand ab. Ich spüre ihren leichten Atem in meinem Gesicht. So kann ich mich nicht mehr konzentrieren.

»Was bist du denn für ein Mensch?«, hinterfragt sie meine Antwort mit ihrer weichen Stimme.

»Ich bin Realist. Ich sehe die Dinge so nüchtern wie möglich«, erwidere ich distanziert.

»Warum?«

Ich stöhne genervt auf. »Warum? Du siehst doch, was die Liebe mit allen macht. Schau meine Eltern an. Auf so etwas verzichte ich lieber.«

Sie antwortet mir nicht sofort. Wir liegen nebeneinander, ohne ein Wort zu sagen. Ich wünschte, ich könnte mich zu ihr drehen und sie behandeln wie jedes andere Mädchen.

In ihrer Nähe fühle ich mich verletzlich und offen wie ein Buch.

»Nur, weil deine Eltern irgendwann verlernt haben, die Grenzen und Gefühle des anderen zu respektieren, bedeutet das doch nicht, dass es dir genauso passieren wird.«

Sie spricht über etwas, von dem sie keine Ahnung hat. Und das macht mich wütend.

»Du kannst leicht reden. Du bist behütet aufgewachsen. Ich habe es nicht anders gelernt.«

»Paul, zu lieben erlernt man nicht. Die Liebe steckt in jedem Menschen. Du musst es nur zulassen. Wenn du es nicht versuchst, wirst du es nie wissen.«

»Nein, lieber nicht!«

»Wovor fürchtest du dich?«

Ich überlege lange, bevor ich ihr antworte. »Meine Eltern fügen sich gegenseitig ständig Verletzungen zu, das will ich einfach nicht.«

»Das hängt nur von dir ab. Du entscheidest, wie du wirst. Nicht sie. Es ist ihre Geschichte, nicht deine.«

Ich drehe mich zu ihr.

Wir blicken einander in die Augen, obwohl uns die Dunkelheit umgibt. Ich erkenne durch das Mondlicht ihr leichtes Lächeln. Ich würde alles für sie tun. Vorsichtig lege ich meine Hand zu ihrem Gesicht und hebe ihr Kinn an, während ich mit meinem Daumen über ihre herzförmigen Lippen streiche. Wenn ich mein Herz öffne, wäre sie der Mensch, dem ich es anvertraue.

»Irgendwas in mir sagt mir, dass unsere Geschichte gerade beginnt ...«, flüstere ich.

»Wer weiß?«, haucht sie in meine Finger. Für einen Moment spüre ich die Zungenspitze an meinem Daumen.

Ich schlucke hörbar, spüre, wie es heftig kribbelt, und werde mir auf ein Neues bewusst, wie sehr mich dieses Mädchen verzaubert.

»Ich weiß es ...« Mit dem Zeigefinger streiche ich über ihre Stirn und wische eine kleine Strähne zur Seite.

»Das habe ich vermisst«, haucht sie, bevor sie friedlich seufzt. Mein Herz springt mir vor Freude beinahe aus der Brust. Ich beginne zu schmunzeln.

Und ich erst, möchte ich sagen.

Diesmal gehe ich auf Nummer sicher und warte, bis sie unter meinen leichten Berührungen in ihrem Gesicht einschläft. Ich lege meine Hand über ihre Taille und ziehe sie so eng wie möglich an mich. Ich rieche ihren herrlichen Vanille-Honig-Duft mit einem Hauch von Jasmin.

Sanft küsse ich sie auf die Stirn. Leni Steinberg. Noch vor einiger Zeit habe ich beschlossen, diese Worte niemals laut auszusprechen, doch nun ergibt alles einen Sinn.

»Ich liebe dich, Leni Steinberg«, hauche ich in ihr Gesicht und berühre vorsichtig ihre weichen Lippen. Trotz rasendem Herzschlag schlafe ich irgendwann neben meinem Mädchen ein.

FÜNFZEHN

Seit knapp einer Woche liege ich in meinem alten Bett und starre die weiße, kahle und völlig strukturlose Decke in meinem Kinderzimmer an. Die Welt um mich scheint stillzustehen, während sie sich draußen weiterdreht. In den letzten Jahren schlief ich kein einziges Wochenende aus, gönnte mir nur selten eine Verschnaufpause und selbst bei einer Krankheit hütete ich nicht das Bett, sondern arbeitete unerbittlich weiter. Ich quälte meinen Körper, schenkte ihm keine Möglichkeiten, sich zu regenerieren, und genoss sogar diesen ungesunden Zustand. Je mehr ich mich selbst auslaugte, desto weniger dachte ich über mein Leben und über meine Gefühle nach.

Vor ein paar Tagen habe ich begonnen, mein Tagebuch, in dem ich zuletzt als Siebzehnjährige schrieb, weiterzuführen. Die aufwühlenden Gedanken zu Papier zu bringen, fühlt sich richtig an und ich bemerke, wie selbst das zur Heilung beiträgt. All die Dinge, die ich mir vor langer Zeit verboten habe, füllen nun meinen Tagesablauf aus: Ich lese viele meiner alten Bücher, höre Musik und führe mit meinen Eltern die Gespräche, die schon seit langer Zeit überfällig sind. Meinen Chef habe ich über meine Schwangerschaft aufgeklärt und wir besprachen die nächsten notwenigen Schritte. Für zwei Wochen schrieb mich die Ärztin krank. Was danach passiert, lasse ich auf mich zukommen. Es ist ein völlig ungewohntes Gefühl, die Dinge nicht zu planen.

Neu – aber schön.

Die Ruhe tut meinem Körper gut und ich spüre mit jedem Tag, wie ich wieder zu Kräften komme. Unweigerlich bleibt auch viel Zeit zum Nachdenken. Meistens schätze ich diese besinnlichen Momente, die mir viel Klarheit über manch nebelige Abschnitte meines Lebens verschaffen. Doch manchmal verfluche ich sie. Paul zu vergessen, ist unmöglich. Selbst wenn ich es wollte, erinnert mich mein wachsender Bauch tagtäglich an ihn.

Meinen Beschluss, ihm von der Schwangerschaft zu erzählen, traf ich schon auf dem Heimweg vom Krankenhaus. Derzeit scheitert es an der Umsetzung, denn all meine Anrufe prallen unbeantwortet an ihm ab. Nicht nur einmal habe ich ihm eine Nachricht hinterlassen und ihm mitgeteilt, dass er sich melden soll. Noch immer warte ich auf seinen Rückruf. Bis jetzt wollte ich ihm nicht über das Tonband von der Schwangerschaft berichten, doch schön langsam bleibt mir nichts anderes mehr übrig. *»Ach ja, was ich dir noch sagen wollte, ich bin schwanger von dir.«* Vielleicht ruft er dann zurück? In dieser Hinsicht ist mein Stolz zu groß, und so warte ich noch immer auf eine Reaktion von ihm. Sein Verhalten schmerzt, keine Frage.

Aus der Schachtel mit seinen Briefen entnahm ich keinen einzigen mehr. Seine Worte erinnern an das ungreifbar weit Entfernte, das uns einmal verband.

So sehr ich um unser Glück kämpfen möchte, so sehr suchen mich auch die Zweifel heim. Ich möchte seine Beziehung mit Marlene nicht zerstören. Er hat sich für sie entschieden. Diese schmerzvolle Tatsache muss ich akzeptieren. Sein nächtlicher Besuch war einmalig und darf sich nicht mehr wiederholen, obwohl ich mir nichts sehnlicher wünsche, als ihn an meiner Seite zu wissen.

Innig streiche ich über meinen Bauch, den ich mit jedem Tag bewusster wahrnehme und genieße. Das war nicht immer so. Anfangs fühlte er sich taub an, als gehöre er nicht zu mir. Ich bekam Angst, wenn meine Hand die leichte Rundung entlangstrich. Nachdem die Ärztin meine Schwangerschaft bestätigt hat, lasse ich auch die kleine Wölbung, die sich nun langsam abzeichnet, zu. Bis dahin hatte ich versucht, meinen Bauch so gut wie möglich einzuziehen oder ihn mit enger Kleidung einzuschnüren. Jetzt entwickle ich langsam mütterliche Gefühle und gebe auf das ungeborene Kind acht, indem ich auf mich selbst achtgebe. Der Gedanke an das kleine hüpfende Wesen in meinem Bauch zaubert mir jedes Mal ein Lächeln auf die Lippen.

Neuerdings treten auch die ersten Schwangerschaftssymptome auf. Gelüste, die ich bis jetzt nicht kannte, kommen zum Vorschein. Der Erdnussvorrat meiner Mutter musste als Erstes dran glauben. Ich weiß nicht, ob es der Geschmack war, der mich süchtig gemacht hat, oder einfach die lange Abstinenz von Dingen, die ich einmal liebte. Ich gebe den Heißhungerattacken nach und genieße sie sogar.

Als es an der Tür klopft, bin ich gerade dabei, die E-Mails aus meinem Büro zu checken. Meine Mutter öffnet die Tür und blickt herein.

»Du hast Besuch«, lächelt sie. Ich richte mich hastig auf. Sofort erhöht sich mein Pulsschlag. Ich gebe die Hoffnung noch nicht auf, dass Paul mich besuchen kommt.

Sie schiebt die Türe etwas weiter auf. Hinter ihr erscheint Davids Gesicht.

Mit seinem gewinnenden Lächeln betritt er den Raum.

»David, ich habe erst später mit dir gerechnet.« Die Uhr zeigt erst elf. Vergangene Woche besuchte er mich fast jeden Tag – immer abends – wenn er es nicht mehr als notwendig empfand, für seine Prüfung zu lernen. Die Stunden, die er an meinem Bett saß und mit mir über Gott und die Welt redete, brachten uns einander näher.

David erzählte mir vom Tod seines besten Freundes, der nach einer Feier betrunken nach Hause gefahren war und die Fahrt nicht überlebte. Die beiden hatten einen bösen Streit. David ärgerte sich über seine Unvernunft, in betrunkenem Zustand mit dem Auto zu fahren, aber er hinderte ihn nicht daran. Seitdem quälen ihn schwere Vorwürfe. In seinem Gesicht war zu lesen, dass er damit noch immer nicht abschließen konnte. Umso mehr bewundere ich seine positive Einstellung zum Leben. Im Gespräch kamen mir plötzlich wieder die Worte in den Sinn, die er bei unserem letzten Treffen zu mir gesagt hatte. Ich umarmte ihn und flüsterte sie ihm zur Erinnerung ins Ohr.

»Manchmal braucht man einfach einen Menschen, der einen hält und einem sagt, dass die Sonne bald wieder scheinen wird.« Er bestätigte meine Worte mit einem leichten Kopfnicken.

»Mein Vater half mir damals sehr. Diese Worte stammen von ihm«, war seine melancholische Antwort. Seit diesem Gespräch verbindet uns eine ganz besondere Freundschaft.

Als er zu mir kommt, verzieht er sein Gesicht zu einer lustigen Grimasse.

»Wie geht es dir heute?« Er zwickt mich liebevoll in den Oberarm. Ich strecke mich wieder auf dem Bett aus, verknote die Hände hinter meinem Kopf und seufze. Er gesellt sich zu mir und legt seine Hände ebenso hinter sein Haar. Zusammen starren wir an die weiße Decke meines Zimmers. »Manchmal sehe ich nicht die weiße Wand, sondern eine schwarze …«

»Wie das?«, fragt er.

»Na ja, dann habe ich die Augen geschlossen und schlafe …«
Er lacht gelöst.

»So spannend?«

Ich stöhne gespielt.

»Du hast keine Ahnung!«

»Glaube mir, anstatt Lernstoff auswendig lernen zu müssen, würde ich liebend gerne mit dir tauschen.«

»Ich weiß, aber das Nichtstun ist gewöhnungsbedürftig. Obwohl ich nicht sagen kann, dass ich es nicht genieße. Ich bin so etwas einfach nicht gewohnt.«

»Die Ruhe tut euch beiden sicher gut.« Ich seufze theatralisch, denn ich weiß, dass er recht hat.

»Ich versuche wirklich, zu entspannen, doch sobald ich wach bin, schießt das Adrenalin durch meinen Körper und ich überlege, was ich alles tun muss, bis ich der Tatsache ins Auge blicke, dass ich hier ans Bett gefesselt bin.«

»Heute ist doch dein Arzttermin, oder?«

»Ja, meine Mutter und ich müssen bald los.« Ich atme angespannt aus und werde sofort unruhig. Er weiß, dass ich mich davor fürchte. Mitfühlend streicht er über meine Handfläche.

»Deinem Baby geht es gut. Da bin ich mir sicher«, meint er aufmunternd. Ich lege den Handrücken über meine Augen.

»Ich habe so Angst davor«, antworte ich ehrlich.

»Leni, seitdem ich dich kenne, erzählst du mir immer, wie viel Angst du vor allem hast. Weißt du, wie sehr dich das in deinem Leben einschränkt? Schau, wie weit du damit gekommen bist. Du nimmst diesen Termin wahr und wirst sehen, dass alles in Ordnung ist.«

Wieder einmal erwische ich mich dabei, wie ich meine Lippen wund beiße. Eine nervöse Angewohnheit.

»Ich werde versuchen, mir nicht so viele Sorgen zu machen. Wenn du an meiner Seite bist, komme ich gar nicht dazu, mir so viele Gedanken darüber zu machen. Du redest ja mit Engelszungen auf mich störrischen Esel ein.«

Er grinst verschmitzt.

»Ich werde so lange auf dich einreden, bist du es verstanden hast.« *Wie kann man nur so positiv sein?* »Willst du, dass ich dich begleite?«, meint er plötzlich.

Ich antworte ihm nicht sofort, starre an die Decke, da ich mir nicht sicher bin, ob es richtig wäre, ihn mitzunehmen. Gedanklich wäge ich alle Für und Wider ab. Irgendwann drehe ich mich auf die Seite, um ihm in die Augen zu schauen. Wir grinsen einander an.

»Ich meine es ernst«, ergänzt er bestimmt.

Ich zögere zu antworten, auf der Suche nach den richtigen Worten.

»David, das ist sehr intim. Die Untersuchung meine ich …«, antworte ich zögerlich.

»Ich würde ja nicht mit dir ins Untersuchungszimmer gehen, aber ich könnte dich ins Krankenhaus begleiten.«

Ein paar Sekunden überlege ich.

»Willst du das denn? Meine Mutter kommt doch sowieso mit. Ich wäre also nicht alleine.«

»Wenn es dir dann besser geht und ich dir etwas von deiner Angst nehmen kann …«

»Okay«, flüstere ich.

»Okay?« Er runzelt die Stirn und mustert mich abwartend, ob ich meine Meinung vielleicht noch ändere.

Kurze Zeit später sitzen wir zu dritt im Wartebereich. Unser Dreiergespann wirkt skurril und so fühle ich mich auch dabei. Dr. Willensberg bittet uns freundlich lächelnd zu sich herein. Davids Hand liegt auf meiner Stuhllehne.

Er berührt mich nicht, aber seine Nähe erscheint mir hier trotzdem nicht passend. Es erweckt einen völlig falschen Eindruck, wie ich schnell erkennen muss.

»Der Vater kann ruhig mitkommen«, meint die Ärztin und bedeutet David, uns zu folgen, als meine Mutter und ich in den Untersuchungsraum eintreten. Ich schüttle vehement den Kopf und laufe knallrot an.

»Das ist nicht der Vater … ich meine, wir sind kein Paar«, verhaspte ich mich.

»Ach so.« Sie räuspert sich verlegen.

Ich tausche schnelle Blicke mit meiner Mutter, David und der Ärztin aus. Peinlich berührt betrete ich mit meiner Mutter den Untersuchungsraum.

Die gleiche Prozedur wie vor einer Woche beginnt. Die Ärztin fragt mich nach meinem Wohlbefinden. Sie nimmt mir Blut ab und erkundigt sich nach meinem Gewicht. Meine Mutter sitzt neben mir und beobachtet alles genau. Immer wieder ertappe ich sie dabei, wie sie aufmerksam Dr. Willensbergs Worten folgt. Ich beginne innerlich zu schmunzeln und freue mich. Sie bittet mich, mich auf das Untersuchungsbett zu legen und mein T-Shirt etwas hochzuziehen. Nun wird es spannend und mein Herzschlag passt sich meiner Nervosität an. Diesmal drückt sie ein kaltes Gel auf meinen Bauch. Reflexartig ziehe ich ihn sofort ein.

»Tut mir leid, das ist etwas unangenehm«, entschuldigt sie sich, als sie meine Reaktion bemerkt.

»Schon gut«, meine ich, blicke ungeduldig auf den Monitor und möchte endlich Gewissheit haben.

Die Ärztin beginnt, mit dem Ultraschallkopf ein paarmal über meinen Bauch zu streichen, um das Gel zu verteilen. Zuerst sehe ich nur einen schwarzen Bildschirm und ab und zu ein paar hellere Stellen. Suchend fährt sie mit dem Sensor weiter über meinen Bauch.

Plötzlich sehe ich eine große hellgraue Blase und das kleine Wesen auf dem Bildschirm. Diesmal liegt es völlig ruhig da. Sofort bekomme ich Angst, dass etwas passiert sein könnte. Sie drückt ein paar Knöpfe auf ihrem Computer und friert das Bild ein. Dann betätigt sie eine Taste und ich höre das monotone Klopfen. Ich wage nicht, zu atmen, und halte die Luft an.

»Hören Sie das? Der Herzschlag ist nun nicht so schnell wie beim letzten Mal.«

»Warum?«, bringe ich gepresst über die Lippen, während ich meine Augen weit aufreiße und mich auf das Schlimmste vorbereite.

»Ihr Baby schläft«, meint sie beruhigend.

Steine purzeln von meinem Herzen und ich atme hörbar erleichtert aus. Schon wieder fällt es mir schwer, meine Rührung zu verstecken. Hilfe suchend blicke ich zu meiner Mutter, die meine Hand ergreift. Im gleichen Moment beginnen die Tränen zu laufen.

Dr. Willensberg misst den Kopfumfang und den Bauchumfang des Babys ab. »Es schaut alles sehr gut aus«, meint sie abschließend. »Das Kind ist etwas klein, aber das führe ich auf Ihre Gewichtsprobleme zurück.«

Betretenes Schweigen, das nur durch den monotonen Herzschlag des Babys durchbrochen wird.

»Wollen Sie das Geschlecht Ihres Kindes wissen?«, fährt die Ärztin fort.

»Kann man das schon sehen?«, frage ich erstaunt.

»Sie sind in der fünfzehnten Schwangerschaftswoche, da kann man es mit den sensiblen Geräten von heute manchmal schon sehen. Aber ich kann Ihnen nichts versprechen.«

»O… ok-ay«, stottere ich.

Sie fährt noch einmal über meinen Bauch. Ich ziehe mein Shirt wieder etwas höher. Dann stoppt sie, zieht den Bildschirm zu sich und vergrößert die fixierte Stelle.

»Oh ja, hier kann man es schon sehr gut sehen …« Sie tippt auf den Bildschirm. »Hier, das ist eindeutig ein kleiner Junge.«

Ein Junge? Ein Junge! Mein Herz stoppt für einen Moment.

Ich halte die Luft an. In meinen Träumen habe ich so oft ein Mädchen gesehen, dass mich diese Neuigkeit nun etwas überrascht. Die Hand schnellt an meinen Mund, um den Ton zu unterdrücken, der aus meiner Kehle hervorschnellt. Ich kann mich nicht mehr zusammenreißen. Wie aus einem sprudelnden Bach fließen die Tränen aus meinen Augen und finden kein Ende. Durch meinen zitternden Körper beginnt das Bild meines Kindes auf dem Monitor zu hüpfen. Dr. Willensberg reicht mir ein Tuch, damit ich meinen Bauch von der geleeartigen Flüssigkeit reinigen kann.

»Ich lasse Sie für einen Augenblick alleine. Ich bin sofort wieder bei Ihnen.«

Als die Tür ins Schloss fällt, setzt sich meine Mutter an die Liege.

Ich richte mein Oberteil zurecht. Mein Weinkrampf lässt mich nicht los und mein Gesicht glüht, während ich meine kühlenden Hände darauf lege und versuche, meine Tränen herunterzuspielen. Ich zittere und atme abgehackt. Ich lache und weine gleichzeitig.

»Es tut mir leid, dass du mich so sehen musst.« Ich versuche, meinen Kummer zu verstecken, um ihr meinen erbärmlichen Anblick zu ersparen.

»Darf ich dich umarmen?«, fragt sie mich.

Ich lächle gezwungen und wische mir die Nässe aus dem Gesicht. Eine Antwort fällt mir schwer. Die Nachricht, dass mit meinem Baby alles in Ordnung ist, löst die monatelange Anspannung und bricht alle Dämme. Ich wimmere, von den Krämpfen beherrscht, und lasse mich widerstandslos in ihre Arme fallen. Wie lange ich an ihrer Schulter liege, weiß ich nicht, da ich jedes Zeitgefühl verloren habe.

»Ist schon gut, Leni, alles wird gut. Ist schon gut«, wiederholt sie ihre Worte. Sie bringen mich erneut zum Schluchzen. Ich wünschte, Paul wäre an meiner Seite. Ich sehne mich gerade noch mehr nach ihm. Auch wenn sich meine Mutter als unglaubliche Stütze erweist, sollte dieser Moment Paul und mir gehören.

Sie umarmt mich so lange, bis wir wieder die Stimme von Dr. Willensberg hinter uns hören.

»Frau Ames, die Gefühle und Stimmungsschwankungen sind völlig normal. Die Hormone in Ihrem Körper spielen gerade verrückt. Aber ich kann Ihre Bettruhe nun aufheben. Mit der Schwangerschaft ist alles in Ordnung. Versuchen Sie sich aber bitte dennoch weiterhin etwas zu schonen und minimieren Sie Ihre Arbeit. Hier ist eine Bestätigung für Ihren Arbeitgeber.« Sie reicht mir das kleine Ultraschallbild und ein paar andere Zettel.

Ich nehme sie dankend an mich und wir verabschieden uns. Zögernd lächle ich meine Mutter an, als wir das Untersuchungszimmer verlassen. Sofort springt David auf, als er uns sieht. Verwirrt kommt er auf mich zu und mustert mich erschrocken. Ich gebe anscheinend ein schrecklich verheultes Bild ab.

»Alles gut!«, kläre ich ihn schnell auf, damit er keine falschen Schlüsse zieht.

»Das ist schön.« Stürmisch umarmt er mich.

Ich lache erleichtert, als er mich vom Boden hochhebt und mich fest an sich drückt.

»Lena?« Sofort drücke ich David von mir und löse die Umarmung, als ich die bekannte Stimme höre. Ich wage es nicht, mich umzudrehen, doch wie fremdbestimmt tue ich es doch.

»Felix?«, kommt sein Name leise gesprochen über meine Lippen.

Er mustert mich, danach David, dann meine Mutter. Seine Augen verengen sich für einen kurzen Moment, bevor er zu lächeln beginnt, uns entgegenkommt und mich kurz umarmt.

»Du schaust gut aus«, meint er, als er mich von oben bis unten mustert und mich mit seinem ärztlichen Blick unter die

Lupe nimmt. Ich denke sofort an unser letztes Treffen. Die Erinnerungen daran schmerzen, denn Felix war es, der mich verarztete, als mich mein »Noch- Ehemann« krankenhausreif schlug. Außerdem sind Felix und Paul befreundet. Wenn er ihm von unserem Zusammentreffen berichtet, gerate ich in Erklärungsnot.

»Danke ... du auch. Was machst du hier?«

»Ich brauche selbst mal einen Arzt.« Die Verwunderung scheint mir ins Gesicht geschrieben zu sein. »Ich hatte vor ein paar Monaten eine Operation an meiner Schilddrüse. Der Kollege, der mich damals operiert hat, arbeitet hier. Ich komme gerade zu meiner Nachkontrolle. Ich dachte, du bist in Paris.«

Ich versuche erst gar nicht, auf seine Fragen einzugehen. Je weniger ich von mir erzähle, desto weniger werde ich mich verplappern. »Geht es dir also wieder gut? Ich meine, nach der Operation.«

»Alles ist gut«, meint er mit einem gewinnenden Lächeln. »Du hast dich verändert. Beinahe hätte ich Lena Ames, die toughe Geschäftsfrau, nicht erkannt. Was ist passiert?«

»Ich habe Urlaub«, erwidere ich wie selbstverständlich, doch genauso lächerlich, wie es für mich klingt, muss es auch auf ihn wirken.

David räuspert sich hinter mir.

»Entschuldige, wie unhöflich von mir. Das sind meine Mutter und David – ein Freund von mir.«

Er reicht ihnen die Hand und lächelt beide freundlich an.

»Was treibst du hier?«, will er nun wissen.

Ich habe mit der Frage gerechnet.

»Ich musste zu einer Untersuchung«, antworte ich und trete ungeduldig von einem Fuß auf den anderen. Er nickt und mustert David und mich abwechselnd. Die Fragezeichen in seinem Gesicht werden immer deutlicher.

»Na dann, ich muss langsam los.« Felix streicht mir kurz über den Oberarm. »Es war schön, dich wiederzusehen«, meint er, bevor er sich von uns verabschiedet und weitergeht.

Das war wirklich knapp. Beinahe wäre ich aufgeflogen.

Erleichtert atme ich tief durch, als sich die Glasschiebetüren hinter mir schließen und die kalte Luft meine Gedanken etwas klärt.

Sechzehn

Elf Jahre zuvor – Leni

»Meine süße HoneyBee, ich wünsche dir alles Gute zu deinem siebzehnten Geburtstag!« Ich trotte etwas müde zu meinem Platz, gähne dabei und werde von zwei kräftigen Armen umarmt. Paul küsst mich auf die Stirn, wandert mit tausend kleinen Küssen, die er auf meinem Nacken, meinem Hals und meinem Gesicht lautstark verteilt, über meine Haut. Es kitzelt und ich beginne zu kichern.

»Ist schon gut, du musst sie doch nicht gleich auffressen«, amüsiert sich Tim.

»Du hast ja keine Ahnung, Tim«, knurrt Paul und grinst schelmisch.

»Leni, alles Gute!« Emma zieht mich von Paul weg und umarmt mich heftig. Sie wurde, seitdem ich diese Klasse besuche, zu einer richtig guten Freundin.

»Und was hast du für heute Abend geplant?« Sie hebt fragend die Augenbrauen.

»Nichts Besonderes.« Desinteressiert zucke ich mit den Schultern. Innerlich schmunzle ich, denn schon längst spinne ich in meinem Kopf Pläne für heute Abend.

Ich nehme auf Pauls Schoß Platz. Seine Hände wandern unschlüssig meinen Rücken hinauf.

»Kommst du mich heute Abend besuchen?«, flüstere ich ihm ins Ohr, bevor ich ihm zuzwinkere. Dabei verstelle ich meine Stimme neckisch. Ich spüre, wie er sich sofort verspannt und Abstand nimmt. Frau Waldmann betritt den Klassenraum und ermahnt alle Schüler, sich hinzusetzen.

Er beginnt, verlegen an seiner Kappe zu spielen, legt die geballte Faust an den Mund und hüstelt. »HoneyBee, du weißt, dass deine Eltern es nicht gutheißen ...«

Ich habe mit dieser Ausrede gerechnet. Vor ein paar Wochen ist es zu einem Streit gekommen, als mein Vater Paul in meinem Zimmer mit nacktem Oberkörper begegnete. Mein Vater wies mich zurecht und beschränkte die Nächtigungen meines Freundes auf das Wochenende. Seitdem meidet Paul mein Elternhaus gänzlich. Unsere Treffen fanden in den Sommerferien im Beisein unserer Freunde oder im Kino statt. Paul scheute jede Gelegenheit, mit mir alleine zu sein.

»Leni und Paul. Schluss damit«, belehrt uns Frau Waldmann. »Jeder setzt sich auf seinen eigenen Platz.«

Seufzend erhebe ich mich.

»Meine Eltern fahren über das Wochenende fort. Außerdem ist es mein Geburtstagswunsch«, flüstere ich lächelnd und ziehe meinen Stuhl etwas von ihm weg, um seine Reaktion besser zu deuten.

Kurz verdunkeln sich seine Augen. »Mal sehen«, meint er, bevor er sich von mir abwendet und mit Tim zu sprechen beginnt. Was war denn das? Gefrustet beginne ich der nervtötenden Stimme unserer Lehrerin zu folgen. Immer wieder werfe ich ihm sehnsüchtige Blicke zu, die völlig an ihm abprallen.

Seine Zurückhaltung treibt mich noch in den Wahnsinn. Seitdem wir ein Paar sind, verhält er sich wie ein Gentleman. Kein einziges Mal versuchte er, mich zu etwas zu überreden.

Nein, vielmehr zog er sich immer genau in den spannendsten Momenten mit fadenscheinigen Ausreden zurück. Ich schätze, er will mir damit zeigen, wie viel ich ihm bedeute, doch so langsam löst er damit das Gegenteil aus und ich werde wirklich ungeduldig. Heute ist mein Geburtstag, also steht mir ein Wunsch frei.

Anders als gedacht, besucht mich am Abend nicht nur Paul, sondern er taucht mit einer Gruppe von Freunden bei mir auf. Seit unserem Gespräch heute Morgen ist er noch distanzierter. So bekomme ich bei der Begrüßung einen flüchtigen Kuss auf die Wange.

Er geht jeglicher Berührung aus dem Weg. *Wenn mich da mein lieber Paul nicht unterschätzt.*

Je mehr er sich zurückzieht, desto mehr beginne ich ihn herauszufordern. Es ist ein Spiel. Elli hat mich mit unzähligen Tipps versorgt, was das Verführen eines Mannes betrifft. Sie teilte ihre Erfahrungen mit mir bis ins kleinste Detail. Aufmerksam hörte ich ihr zu, denn ich habe keine Lust, unerfahren zu wirken. Mein erstes Mal soll besonders sein und nicht an meiner Ahnungslosigkeit scheitern. Jedoch sehe ich mit jeder Stunde, die vergeht, meinen Wunsch nach einem innigen Zusammensein mit Paul immer mehr schwinden.

Ich schrecke hoch, als ich aus der Musikanlage meiner Eltern den neuen Hit von Pink höre. Tim zuckt unschuldig mit den Schultern, während ein paar Leute zu tanzen beginnen. Ich nippe an meiner Cola, bis mich Emma an den Händen fasst und übermütig zu den anderen zieht. Ich verschütte beinahe das dunkelbraune Getränk auf dem Teppich meiner Eltern. Paul steht mit ein paar anderen Jungs auf der Terrasse und raucht. Unter Beobachtung der Jungs lassen wir unsere Hüften beschwingt zu den Takten von »Lady Marmalade« kreisen. Die Stimmung ist ausgelassen. Tim redet auf Paul ein, während wir einander immer wieder verstohlene Blicke zuwerfen und er mir gnädigerweise zulächelt. Verrucht zieht er dabei an seinem Glimmstängel und zieht seine Kappe weit in sein Gesicht. In seiner Surferhose, den Flip-Flops und einem ausgewaschenen T-Shirt, unter dem sich sein muskulöser Körper abzeichnet, sauge ich seinen Anblick auf. Ich mag so sehr, was ich sehe.

»Paul, wieso versteckst du dich? Tanz doch mit deinem Geburtstagskind!«, schreit Emma in seine Richtung. Er beugt sich zu Tim, sie tauschen einige Worte aus, bevor er seine Zigarette ausdrückt und zu mir kommt. Mein Herz hüpft und mir wird heiß und kalt zugleich. Ich fühle mich wie eine Prinzessin, die von ihrem Prinzen nun endlich gesehen und zum Tanzen aufgefordert wird. Die Schmetterlinge beginnen wild in meinem Bauch zu tanzen. Meine Wangen glühen vor Aufregung. Er lächelt. Liebevoll und vertraut. Ich erkenne das Glitzern in seinen Augen. Endlich habe ich wieder meinen Paul.

»Darf ich mit dir tanzen, mein Engel?«

Immer, wenn ich seine tiefe Stimme höre, stellt sich jedes noch so kleine Haar auf meinem Körper auf.

»Ich dachte, du fragst …«

Meine Worte werden von seinem Kuss erstickt. Seine Lippen drücken sich an meine und fordern widerstandslosen Gehorsam. Ich seufze leise. Er quittiert es mit einem gefälligen Lächeln. Auch er seufzt und zieht mich an meinen Hüften ein Stück näher zu ihm. Rundherum erklingen anerkennende Pfiffe und ein lautes Gegröle. Jeder Muskel in meinem Körper spannt sich vor Erregung an, als er mir hauchzart ins Ohr flüstert: »Wir werden beobachtet.« Ein zufriedenes Lächeln umspielt seinen Mund. Ich blicke mich um, grinse und verstecke mich an seiner Brust. Langsam schaukelnd, ineinander verschlungen, tanzen wir zum Coldplay-Song »Yellow«. Ich hebe meinen Kopf und blicke zu ihm auf. Er lächelt mich charmant an.

»Es ist schön, mit dir zu tanzen«, formen meine Lippen. Ich streichle über die Schultern seinen Rücken hinab und ertaste seinen wunderschönen Körper. Seine Nasenspitze liegt an meinem Nacken. Er atmet hörbar tief ein und aus.

»Paul, meine Gefühle machen mir Angst. So stark habe ich bisher noch nie für jemanden empfunden. Ich denke, ich habe mich in dich verliebt«, flüstere ich in sein Ohr.

Keiner außer ihm konnte meine Worte hören. Dennoch antwortet er mir nicht, sondern legt seine Hände auf meine Oberarme und drückt mich bestimmt weg, so, als müsse er Distanz zwischen uns schaffen. Ich sehe ihm an, wie unangenehm ihm die Situation ist, und wie er versucht, diese Worte geflissentlich zu überhören. Was ist los? Ungläubig reiße ich die Augen auf und starre ihn fassungslos an, als er Abstand von mir nimmt. Ich verstehe sein Benehmen nicht. Enttäuscht schaffe ich noch mehr Raum zwischen uns, beende unseren Tanz und wende mich ab. Ich bin es leid, mich anzubiedern. Wütend stampfe ich in mein Zimmer und knalle die Tür hinter mir zu. Heulend werfe ich mich auf mein Bett. Bin ich ihm nicht gut genug? Was ist los mit ihm? Warum stößt er mich immer wieder von sich, sobald es ernst wird? Kurze Zeit später verstummt die Musik. Die Stimmen werden immer leiser, bis ich niemanden mehr höre.

Erschrocken blicke ich auf, als jemand zaghaft an meine Türe klopft, sie öffnet und hereintritt. Mit verquollenen Augen erkenne ich Paul. Genervt wende ich mich von ihm ab.

»Ich habe alle weggeschickt, HoneyBee.« Er greift nach mir, will mich umarmen, doch ich wehre mich und schlage wütend auf seine Brust. Ich bin gefangen in meinem Zorn, der Enttäuschung über meine unerwiderten Gefühle und der Angst, Paul durch mein Geständnis zu verlieren.

»Lass mich los«, fauche ich verletzt.

»Leni, was zum Teufel ist los mit dir? Scheiße, hör auf, mich zu schlagen.«

Er umfasst meine Handgelenke. Selbst wenn ich versuchen

220

würde, ihn abzuwehren, wäre ich gegen seine Kraft machtlos. Resignierend gebe ich klein bei, seufze enttäuscht und lasse mich von ihm auf seinen Schoß ziehen. Ich würdige ihn keines Blickes und will ihm zeigen, wie es sich anfühlt, ignoriert zu werden. Er legt seine Hände an mein Gesicht und zwingt mich, ihn anzuschauen. Eine ganze Weile spricht keiner ein Wort. In seinen Augen liegt ein gequälter Ausdruck. Über seiner rechten Braue bildet sich eine Sorgenfalte. Ich strenge mich an, die spürbaren aufkommenden Tränen hinunterzuschlucken. Diese Genugtuung schenke ich ihm nicht.

»Warum willst du mich verletzen? Ich gestehe dir meine Liebe und du ignorierst meine Worte. Wie, denkst du, fühlt sich das an?« Meine Stimme kippt, meine Lippen zittern und ich klinge wie ein kleines Mädchen.

»Ich wollte dich nicht verletzen.«

Ich lache höhnisch auf.

»Wie, denkst du, fühle ich mich denn jetzt?«

»Leni, ich liebe dich. Hast du das noch immer nicht gemerkt?«

Das Lächeln verstärkt sein Grübchen an der Wange. Wir taxieren uns. Ich versuche, aus ihm schlau zu werden. Er zieht mich an sich, umarmt mich liebevoll, sodass ich beginne, meine Zweifel an seiner Liebe fallen zu lassen. Er riecht mal wieder verdammt gut und ich verstecke meine Nase in seinem Haar. Meine Lippen fühlen sich ausgehungert an. Seufzend suche ich seinen Mund und necke ihn mit meiner Zunge. Ich merke, wie sein Atem schwerer wird, und schlinge meine Beine um seine Hüften. Unser Kuss wird inniger. *Verdammt, küsst er gut!*

Seine Hände legen sich an mein Gesäß und ziehen mich noch enger an ihn. Ich spüre seine Lust unter der Jeans.

Selbstsicher ziehe ich seine Kappe von seinem Kopf, streife durch sein blondes Haar und beginne mit meinen Händen meine Erkundungen unter seinem T-Shirt. Seine grünblauen

Augen blitzen mir verführerisch zu, während er mich beobachtet. Viel zu kurz lässt er sich auf mein Spiel ein, bevor sein Körper sich verkrampft und er unsere intensiven Küsse beendet. Er räuspert sich, fasst meine Handgelenke und stoppt mich. Das kann nun nicht sein Ernst sein. Fassungslos schaue ich ihn an.

»Leni, bitte hör auf.«

Ich bin zutiefst verletzt und will mich endgültig zurückziehen. Er hält mich fest.

»Bitte lass mich los.« Ich könnte heulen. *Was ist nur mit ihm los?*

»Nein!«

»Warum? Du hast mir nun mehr als nur einmal klargemacht, dass du mich nicht willst. Mach es also nicht noch schlimmer, als es sowieso schon ist.«

Er runzelt verwirrt seine Stirn. »Ist es das, was du glaubst?«

»Es ist doch nicht normal, dass der Freund nie mit seiner Freundin schlafen will. Bei den anderen Mädchen zierst du dich nicht so. Warum also bei mir?«

»Verstehst du nicht? Das ist genau das Problem. Du bist nicht wie die anderen Mädchen.«

Er wischt mit seinen Daumen die Tränen, die sich still und leise den Weg über meine Wangen bahnen, weg. Ich versuche, mich wegzudrehen, doch er lässt mich nicht, nimmt mein Gesicht erneut in seine Hände und zwingt mich, ihm in die Augen zu schauen. Unter einem Tränenschleier erkenne ich ein weiches Lächeln. »Leni, mein Engel. Jedes Gefühl mit dir ist auch neu für mich und ich möchte nicht riskieren, dass ich damit alles zerstöre.« Kaum hörbar vernehme ich seine ruhige Stimme, die mein Herz erwärmt. »Für mich war es bisher nie etwas Besonderes, mit einem Mädchen zu schlafen. Ich meine, mit all diesen Gefühlen, verstehst du?«

Schniefend schüttle ich meinen Kopf. Seine Zurückweisungen lassen mich an allem zweifeln. »Du begehrst mich nicht. Das ist es doch.«

»Rede doch nicht so einen Unsinn. Du hast keine Ahnung, welche Selbstbeherrschung ich aufbringen muss. Ich habe noch nie in meinem Leben ein Mädchen so begehrt wie dich.«

Seine Worte entfachen das Feuer in mir neu.

»Ich bin bereit. Ich will mit dir schlafen.«

Er stöhnt gequält auf und lässt sich auf mein Bett fallen.

»Oh mein Gott, Leni, du darfst nicht so etwas zu mir sagen!«

»Warum nicht?« Ich stütze meine Hände neben ihm auf und beuge mich zu ihm herab.

»Was, wenn du dich in mir täuschst und ich nicht der Mensch bin, den du dir wünscht?«

Ich verdrehe die Augen und stöhne genervt. »Ich dachte, du hättest das hinter dir gelassen.« Meine Handflächen liegen auf seiner Brust, während ich mein Kinn darauf aufstütze und ihn betrachte. Stille. Ich lege mein Ohr an seine Brust und folge seinem Herzschlag. Es beruhigt mich. Ich schließe die Augen und genieße seine zärtlichen Berührungen auf meinem Rücken.

»Willst du das wirklich?«, fragt er gefühlte Minuten später.

»Ich will nichts in meinem Leben so sehr wie dich.« Zögernd richte ich mich auf.

Ein Blick in seine Augen und ich weiß, dass es ihm nicht anders geht. Impulsiv ziehe ich mein T-Shirt über den Kopf. Er seufzt und legt eine Hand über seine Augen.

»Ist es so schlimm?« Ich lehne mich wieder zu ihm herab und hauche in sein Ohr.

»Du verstehst das alles völlig falsch.« Mit einer Leichtigkeit hebt er mich hoch, schiebt mich unter sich und zieht sein Shirt aus. Er stützt sich mit seinen Händen rechts und links neben meinem Kopf ab. »Leni Steinberg, ich liebe dich und ich könnte mir auch nichts Schöneres vorstellen. Doch ich habe Angst, dir wehzutun.«

»Das wirst du nicht. Ich bin das Geburtstagskind …«, falle ich ihm ins Wort »also habe ich einen Wunsch frei. Oder wie siehst du das?« Ich zeichne die Muskeln auf seinem Körper nach. Er ist so wunderschön.

»Leni, das wünsche ich mir auch.«

»Dann tue es endlich! Liebe mich, Paul.«

Mehr Worte braucht er nicht. Er beginnt, seine heißen Küsse auf meiner Brust zu verteilen. Automatisch wölbe ich sie ihm entgegen. Begierig streiche ich über seine gebräunte Haut, wandere abwärts und beginne, hektisch seine Hose aufzuknöpfen.

»Warte …« Er neigt seinen Kopf schief und grinst jungenhaft.

»Warum?«, frage ich argwöhnisch und male mir schon aus, was nun für Ausreden kommen.

»Nicht so schnell. Wir haben keine Eile.« Zärtlich streicht er über mein Haar und meine Wange zu meinem Mund hinab. Ich öffne ihn erregt und atme schnell und abgehackt. »Leni, du bist so wunderschön. Ich liebe dich, hörst du?« Ich zapple ungeduldig unter ihm. Er grinst und merkt, wie nervös ich bin. »Versuche, deinen hübschen Kopf abzuschalten.« *Wenn das so leicht wäre.*

Quälend langsam öffnet er meinen Rock an der Seite und streicht mit seinen Fingerspitzen über meine Haut. Gänsehaut überzieht meinen Körper. Ein Prickeln fegt von meiner Kopfhaut über meinen Bauch bis zwischen meine Beine. Ängstlich presse ich sie zusammen.

»Du bist so schön.« Bewundernd, mit sichtbarem Genuss, zieht er jedes Kleidungsstück langsam von meinem Körper. »Leg deine Hand hierher …« Er zieht sie an seine Brust. Ich spüre seinen rasenden Herzschlag gegen seine Brust hämmern. »Hast du nun eine Ahnung, was du mit mir anstellst, Leni Steinberg?«

Während ein sanftes Lächeln seine Lippen umspielt, geben mir seine Worte das Selbstvertrauen, das ich in diesem Moment brauche, um mich völlig auf ihn einzulassen und seine Berührungen zu genießen. Ich nicke und ziehe seine Hand im Gegenzug an meine Brust, die noch vom BH verdeckt wird. Er grinst schief und kneift dabei die Augen zusammen.

»Mir geht es nicht anders. Ich kann mir nichts Schöneres vorstellen, als mein erstes Mal mit dir zu erleben.«

»Ich will dir nicht wehtun«, wiederholt er erneut seine Gedanken.

»Schhhh …«

Wir blicken einander lange in die Augen, streicheln uns, geben uns immer wieder unseren Küssen hin. Doch was mich nun erwartet, ist völliges Neuland. Zum ersten Mal taste ich mich seinen Körper entlang. Ich möchte ihm nicht zeigen, wie verlegen mich diese Situation macht.

Er reagiert auf meine Berührungen mit einem genussvollen Stöhnen, verschließt seine Augen und versteift sich merklich. Plötzlich schnellt seine Hand zu meiner und unterbricht mich. Unsicher stoppe ich.

»Leni, nicht!«

»Es tut mir leid. Ich wollte … ich …« Stotternd finde ich nicht die richtigen Worte.

Sofort erkennt er, wie eingeschüchtert ich reagiere. Beruhigend lächelt er mir zu.

»Alles okay. Es ist nur so, dass das, was du tust, sehr erregend ist, und du bereitest uns damit ein schnelles Ende.« Ich beginne mich zu winden, als seine Küsse den Ansatz meiner Brust entlangwandern. Seine Hand sucht den Verschluss meines BHs und löst ihn gekonnt. Langsam zieht er die Träger über meine Schultern. Noch nie hat mich ein Junge nackt gesehen. Verschämt ziehe ich die Decke an mich und versuche, mich dahinter zu verstecken.

»Nein, nicht …« Energisch zieht er die Decke von mir. »Verbirg deinen Körper nicht vor mir.« Paul beugt sich über mich, wandert mit seinen Küssen meinen Hals hinauf und neckt mich mit seiner Zunge an meinem Ohr. Er streift sich jedes Kleidungsstück zügig ab. Obwohl ich vollkommen nackt und verletzlich vor ihm liege, hüllt mich sein Körper in Vertrauen und Liebe ein. Ein Wechselbad der Gefühle überschwemmt mich. Ich beginne zu zittern und fürchte mich, als er meinen Körper hinabstreicht und ich seine Hand an meiner Mitte spüre. Zugleich drücke ich mich ihm entgegen, um ihn besser zu spüren. Ich bin überwältigt von der Lust, die in mir brennt. Meine Brust hebt sich hastig auf und ab. Ich wimmere, bevor er mich wieder leidenschaftlich küsst. Für einen Moment stoppt er, greift nach seiner Hose, zieht seine Brieftasche hervor und fischt ein Kondom heraus. Er wirkt routiniert, als er die Verpackung öffnet. Ich beobachte ihn und bekomme es langsam mit der Angst zu tun. *Reiß dich zusammen, es ist das, was du wolltest.* Paul streichelt mit seinen Fingerspitzen meinen Körper entlang. Anscheinend entgeht ihm nicht, wie verkrampft ich bin.

»Alles okay? Willst du das wirklich …?« Ich nicke und spreche mir gedanklich selbst Mut zu. »Wenn du Schmerzen hast, sag es mir bitte. Ich möchte dir nicht wehtun. Versuch, dich zu entspannen.« Ich nicke erneut und ziehe ihn zu mir. Langsam und vorsichtig dringt er in mich ein, den Blick immer auf mein Gesicht gerichtet, um jede Regung darin zu erkennen. Meine Augen schließen sich. Es schmerzt höllisch und ich glaube zu zerreißen. Ich verkrampfe mich zunehmend und dennoch bin ich glücklich.

Ohne mein Zutun laufen mir die Tränen an den Schläfen hinab. Paul hält in der Bewegung inne.

»Leni, alles okay? Soll ich aufhören?«

»Nein!«

»Du weinst!«

»Doch nur, weil ich mir das so sehr herbeigesehnt habe«, schluchze ich auf. Die aufgestaute Energie löst alle Schleusen.

Er beugt sich zu mir herab und küsst mich mit einer Intensität, die mich den ganzen Schmerz vergessen lässt. Wir lieben uns einfühlsam und langsam.

»Ich liebe dich, Leni. Ich werde dich mein ganzes Leben lang lieben.«

Die schönsten Liebesballaden und Gedichte können nicht beschreiben, wie sehr ich Paul Franke liebe.

SIEBZEHN

Es ist bereits nach zehn Uhr abends. Ich liege frisch geduscht, bekleidet mit meinem Pyjama, im Bett und vertiefe mich in ein Buch aus meiner alten Schulliteratur.

Hermann Hesses Worte faszinieren mich heute noch mehr als vor vielen Jahren. Ich lese aus dem Buch »Narziß und Goldmund« eine Passage, die erst heute einen Sinn ergibt.

»*Aber heute weiß ich nicht mehr, was ich eigentlich will und wünsche. Früher war alles einfach, so einfach wie die Buchstaben in einem Lesebuch. Jetzt ist nichts mehr einfach, nicht einmal mehr die Buchstaben. Alles hat viele Bedeutungen und Gesichter bekommen. Ich weiß nicht, was aus mir werden soll. Ich kann jetzt nicht an solche Sachen denken.*«

Als junges Mädchen hatte ich Träume und Wünsche, die ich heute nur noch belächeln kann. So einfach es sich früher anfühlte, aus dem Buch meine Zukunft zu lesen, so schwer lassen sich nun die Buchstaben der Gegenwart entziffern. Wenn jetzt Erinnerungen aus meiner Vergangenheit auftauchen, lasse ich sie zu, denn sie gehören nun mal zu meinem Leben. Ich wage es immer öfter, hinabzutauchen, das Wrack zu sichten und die verborgenen Schätze, die ich in der Tiefe meines Herzens zu finden hoffe, zu entdecken. In meiner selbst gewählten Schwermut verlor ich den Blick für das Schöne in meinem Leben. Ich genoss es, das Opfer zu sein, und suhlte mich in einer Melancholie.

Es ist so viel einfacher, der Routine nachzugeben, als den Perspektivenwechsel zuzulassen.

Ich merke, wie ich mich entspanne, wie meine Augen langsam zufallen, als es plötzlich an meiner Zimmertür klopft. Blinzelnd öffne ich die Augen, halb schlafend, halb wach. Die Nachttischlampe ist das einzige Licht im Raum und wirft große Schatten an die Wände. Langsam öffnet sich die Türe und meine Mutter schaut herein. Ich blinzle müde und reibe den Schlaf aus meinen Augen.

»Leni, schläfst du schon?«

»Nein, ich lese noch.« Sie schlüpft ins Zimmer und schließt geheimnisvoll die Tür hinter sich. Ich schaue sie verwundert an und runzle die Stirn über ihr seltsames Verhalten.

»Du hast noch Besuch, aber ich denke, es ist besser, wenn er morgen wiederkommt«, flüstert sie geheimnisvoll.

»Wer ist es?«, antworte ich, automatisch in der gleichen Lautstärke.

»Paul!«

»Paul ist hier?« Sofort richte ich mich auf und bin hellwach. »Was will er?«

»Er wollte vorbeikommen, um zu sehen, wie es dir geht, nachdem ihm sein Freund Felix erzählt hat, er hätte dich im Krankenhaus gesehen. Was soll ich ihm jetzt sagen?« Meine Mutter reißt dabei die Augen auf und ich möchte im Erdboden versinken.

Es war klar, dass Felix seinen Mund nicht halten kann.

»Okay, er soll einen Moment warten. Ich ziehe mir nur schnell etwas anderes an.« Im Pyjama kann ich ihm nicht unter die Augen treten.

»Bist du dir sicher? Soll ich ihn nicht lieber wegschicken?«

»Was habe ich für eine Wahl? Du kennst doch Paul, er wird nicht verschwinden.«

»Ich kann ihm sagen, dass du schläfst!«

Ich lache erheitert auf. »Ja klar, und deshalb flüstern wir hier. Paul ist nicht dumm.« Sie beobachtet mich, wie ich in meinem Schrank wühle.

»Also gut, dann sage ich ihm, dass du dich noch umziehst?«

»Nein! Auf keinen Fall. Sag ihm, ich bin gleich bei ihm.«

Ich höre, wie meine Mutter das Zimmer verlässt. Einen Augenblick später nehme ich ihre Stimmen wahr.

Mein Herz rast, hüpft und tanzt zugleich, alleine bei dem Klang seiner tiefen Stimme.

In Windeseile schlüpfe ich aus meinem Pyjama, ziehe eines meiner Kleider an und stelle mit Schrecken fest, dass ich den Zipp nicht mehr zubekomme. Ungeduldig zupfe und ziehe ich an dem Teil, bis es reißt. *Na toll!* Kurz komme ich in Versuchung, mich meinen Emotionen hinzugeben, doch ich ermahne mich, jetzt nicht die Nerven zu verlieren. *Wie kann mir nur innerhalb von ein paar Tagen alles zu klein werden?* Ich ziehe eine Bluse an und streife eine Leggings über. Meine Haare verknote ich schnell zu einem strengen Zopf. Einen finsteren Blick in den Spiegel gerichtet und ich erkenne Frau Ames wieder. Ich straffe meine Schultern. Doch ich ziehe sie sofort wieder nach vorne, als ich sehe, dass meine Oberweite beinahe meine Bluse sprengt. Meine Augen verdunkeln sich, um den Rest von Frau Ames aus mir hervorzukitzeln. Ich schließe sie kurz, halte inne und versuche, wieder zu der Person zu werden, die Paul gegenübertreten muss. *Stark sein. Tough. Ich bin tough. Ich kann das. Nicht weinen! Keine Schwäche zeigen. Ganz so, wie es sich Paul gewünscht hat.* Der Anblick meines eigenen Spiegelbildes lässt mich erschaudern. *Das bin nicht mehr ich. Das will ich nicht mehr sein! Wem versuche ich etwas vorzumachen? Werde ich es schaffen, ihn weiterhin anzu-*

lügen, wenn ich die Maske dieser Frau selbst nicht mehr ertrage?
Die Tage, in denen ich jedem in meinem Leben etwas vorgespielt
habe, liegen hinter mir.

Entschlossen reiße ich die Tür auf. Paul lehnt an der Kommode, die vor meinem Zimmer steht. Er hebt den Kopf seitlich und blickt mich prüfend an. Das schwache Licht zeichnet die Konturen seines Gesichts leicht nach. Er trägt seinen Bart etwas länger. Die schwarze Lederjacke und die ausgeblichenen weiten Jeans lassen ihn verrucht und dunkel wirken. Dieses verdammte Kribbeln beginnt beim Haaransatz und fegt über meinen Körper hinweg – alleine bei seinem Anblick. All meine Vorsätze, ihm fernzubleiben, werfe ich augenblicklich über Bord.

»Hast du kurz Zeit?«, meint er kühl, mit rauchiger Stimme.

Ich nicke und trete etwas beiseite, um ihm den Weg in mein Zimmer freizugeben. Er schüttelt den Kopf.

»Hier ist nicht der richtige Ort.«

Ich runzle die Stirn.

Erst als ich seinen Blick zu meinem Bett wahrnehme, merke ich, dass ihm sein nächtlicher Besuch im Kopf herumschwirrt. Ich versuche, die Röte in meinem Gesicht wegzulächeln, doch ich bekomme keine Reaktion und er bleibt mir gegenüber ungewöhnlich kalt.

»Lass uns spazieren gehen«, meint er auffordernd und streng. Wenn ich es nicht besser wüsste, würde ich annehmen, einen fremden Mann vor mir zu haben. Völlig unnahbar.

»Dafür bin ich nicht anzogen.«

Er lächelt sarkastisch und schnauft kurz auf.

»Dann streif dir einen Pullover über und komm …« Ich bin mir nicht sicher, ob es gut ist, bei dieser Kälte noch hinauszugehen. Er merkt, wie ich zögere, und verdeutlicht seine Worte. »Zieh dir einfach etwas an!«, spricht er im Befehlston, sodass ich mich umdrehe und mal wieder meinen Kleiderschrank durchforste. Die kurzen und knappen Jäckchen, passend zu meinen Kleidern, erscheinen mir lächerlich, doch mangels anderer Auswahlmöglichkeiten ziehe ich kurzerhand eins davon an. Ich gebe einen komplett lächerlichen Anblick ab. Das ist kein Zustand. Ich muss schnellstmöglich meine Garderobe aufrüsten.

Im Augenwinkel merke ich, wie er langsam mein altes Kinderzimmer betritt. Paul steht regungslos in meinem Zimmer und starrt auf mein Bett. Zögerlich trete ich neben ihn.

»Das, was letztens hier passiert ist ...«

»Paul ...«, unterbreche ich ihn, »lass uns gehen. Du hast recht, hier ist nicht der richtige Ort.« Ich will nach seinem Arm greifen, doch ich halte in der Bewegung inne. Er reagiert nicht auf meine Worte, sondern fixiert meinen Nachtkasten, auf dem die Schachtel mit seinen Briefen steht, und zieht, ohne zu fragen, einen heraus. Das Papier raschelt, als er ihn öffnet. Die Angst schnürt meine Kehle zu und in meinem Mund bemerke ich einen schalen Geschmack. Obwohl es meine Briefe sind, fühlt es sich an, als hätte er mich bei etwas Verbotenem ertappt. Minutenlang bleibt sein Blick auf dem Stück Papier haften, bevor er ihn zu seinem Mund führt, um ihn danach zähneknirschend zu zerknüllen.

»Was tust du da? Du hast kein Recht dazu.« Wütend entreiße ich ihm den Brief.

Ungeachtet meines Wutausbruchs entnimmt Paul die restlichen Kuverts aus der Kiste, lässt sie schnell durch seine Hände gleiten und begutachtet jeden einzelnen ungeöffneten Brief. Dabei fallen einige zu Boden.

»Und du hast das Recht, sie zu lesen, vor langer Zeit verloren. Sie gehören dir genauso wenig«, knurrt er böse. Der Gedanke, dass er sie mir wegnehmen will, treibt mich zur Weißglut.

Zornig reiße ich sie an mich. Er lässt nicht davon ab. Wie

kleine Kinder, die sich um etwas streiten, ziehen wir beide daran. Ich gehe als Siegerin hervor und schnaufe erbost. »Sie ... sie gehören mir«, stammle ich, völlig durch den Wind.

»Ich habe dir gesagt, dass du sie entsorgen sollst. Nun finde ich sie neben deinem Bett? Was soll das?« Er hebt das Buch, in dem ich gerade gelesen habe, auf. »Was willst du damit bezwecken?« Ich weiß, worauf er anspielt. »Narziß und Goldmund, ist das dein Ernst, Leni?«

»Das ist ein Zufall! Ich hatte Zeit«, zische ich ihn an. »Es war hier in meinem Bücherregal!«

»Klar!« Er beginnt höhnisch zu lachen, wird aber sofort wieder ernst und fixiert mich eindringlich. »Was versuchst du hier abzuziehen? Zuerst probierst du, deine Kleidung zu ändern, dann willst du mich mit diesem Typen eifersüchtig machen, behältst die Briefe, obwohl ich dich gebeten habe, sie zu beseitigen, und nun liest du in diesem Buch?« Er schüttelt missbilligend den Kopf. »Du wirst verrückt!«, fügt er noch abfällig hinzu.

Das geht zu weit!

»Ich bin verrückt?«, kreische ich. »Du schleichst dich mitten in der Nacht in mein Bett und nennst mich verrückt?« Ich beiße mir auf die Lippen, um ihm nicht zu zeigen, wie sie vor Wut beben. Sie fühlen sich staubtrocken an.

»Ich war betrunken.« *Als wäre das eine Ausrede!* »Ich hätte nicht zu dir kommen dürfen«, antwortet er belanglos. Seine Aussage schmerzt fürchterlich. »Verbrenne die Briefe. Sie haben keine Bedeutung mehr«, schießt er in einem gleichgültigen Tonfall nach.

»Gut, dann verbrenne ich sie. Bist du zufrieden? Ich will sie sowieso nicht lesen.« Wir verhalten uns wie Kinder.

»Dann ist es gut.«

»Ja, das ist es«, erwidere ich schnippisch. Er macht ein paar Schritte auf die alte Bilderwand zu.

233

Wo früher unzählige Fotos von Paul und mir hingen, zieren nur noch ein paar Aufnahmen von mir und meinen Freundinnen die Wand. Er greift nach dem Rahmen, den ich vor ein paar Monaten selbst betrachtet habe. Emma, Elli, Maggy und ich stehen am See, warten mit einem Lächeln auf den Auslöser, während Paul mit einer Wasserspritzpistole auf uns zielt und damit das Bild – oder besser gesagt unser gespieltes Lächeln – zerstört. Ich war damals stinksauer und er wurde zur Strafe von uns Mädchen in den See gehetzt. Ich bin ihm bis in die Mitte des Sees gefolgt. Er zog mich in das tiefe Wasser und wir küssten einander. Wenn ich einen Ort bestimmen müsste, an dem unsere Geschichte begann, wäre es dieser. Ich merke, wie er ebenfalls an diesen Moment denkt, und ein kurzes Lächeln über seine Lippen huscht. Nur kurz währt seine Erinnerung, bevor seine Miene sich wieder verfinstert.

»Unsere Bilder zu entsorgen, ist dir anscheinend auch nicht schwergefallen, also sollte es dir mit den Briefen ähnlich gehen, oder?«

»Ich habe sie nicht entfernt.«

Er nickt und hängt das Bild wieder an seinen Platz.

»Geht es dir gut?! Warum warst du im Krankenhaus?«

Nun wird es heikel.

»Mir geht es gut. Ich musste zu einer Untersuchung.«

Er blickt mir nicht in die Augen und senkt den Kopf. Ich sehe, wie er sich mit meiner Antwort zwar zufriedengibt, sich jedoch dessen bewusst ist, dass ich nur die halbe Wahrheit sage.

»Wer war der Typ, mit dem dich Felix im Krankenhaus gesehen hat?«

Ich verdrehe genervt die Augen und stöhne auf. »David, du kennst ihn. Er hat mich damals nach Hause begleitet. Was interessiert es dich?«

»Ha! Du hast ja wirklich nicht lange gebraucht, um Ersatz zu finden.«

Ich zische sarkastisch und schüttle verständnislos den Kopf. Er befindet sich nicht in der Position, mir Vorwürfe machen zu können.

»Wenn du hier bist, um mich zu beleidigen, dann verschwinde lieber. Ich habe dafür keine Nerven«, antworte ich kraftlos und wende mich für einen Augenblick ab. *Ich bin es leid, mit ihm zu diskutieren.*

»Schläfst du mit ihm?« Erschrocken drehe ich mich ihm zu. Ich glaube, mich verhört zu haben. Er fixiert mich mit seinem starren Blick. Empört reiße ich die Augen auf.

»Das geht dich nichts an«, fauche ich ihn an.

»Du hast recht. Es geht mich nichts an, mit wem du wie oft in die Kiste hüpfst.« Er klingt verbittert; sein Gesicht ist verzerrt vor Wut.

»Eben«, füge ich noch hinzu und verschränke die Arme gereizt vor meiner Brust. Als sich unsere Blicke erneut treffen, spüre ich sofort diese starke Verbindung, die selbst im größten Streit und Ärger undurchtrennbar erscheint. Seine finsteren Züge erweichen augenblicklich. Ein trostspendendes Lächeln huscht über seine Lippen. Es fällt kläglich aus, doch stimmt mich sofort versöhnlicher. Oberflächlich wirkt er plötzlich fröhlich. Jedem anderen würde ich dieses Schauspiel abnehmen. Doch seine Augen verraten ihn. Sie sind trüb, ohne Glanz und Freude. Ich will meine Hand nach ihm ausstrecken, ihn berühren. Noch immer besitzt er eine starke Anziehungskraft auf mich.

Dieser innige Moment verfliegt so schnell, wie er gekommen ist. Niedergeschlagen lässt er sich auf meinem Bett nieder, stützt seine Ellbogen auf den Knien ab, legt die Hände auf sein Gesicht und seufzt tief.

Ich trete einen Schritt näher. Seitdem er mein Zimmer

betreten hat, umhüllt der Duft seines Parfüms den Raum. Zusätzlich nehme ich auch den Geruch von Zigaretten wahr. Anscheinend hat er wieder mit dem Rauchen begonnen.

»Warum bist du hier, Paul?«, frage ich leise.

Er stöhnt gequält auf und schüttelt verzweifelt den Kopf, sein Gesicht weiterhin in seinen Händen versteckt.

»Ich weiß es nicht«, antwortet er leise, »ich weiß es nicht.«

»Weiß Marlene, dass du hier bist?«

»Wie kommst du darauf?«, erwidert er verärgert und fährt sich durchs Haar. Er trägt sie neuerdings wieder etwas länger. Ich möchte meine Hände darin vergraben.

Vorsichtig, als würde mich ein Stromstoß erwarten, berühre ich ihn an seiner Schulter. Wortlos nimmt er meine Berührung wahr, greift nach meiner Weste und zieht mich an sich.

Bedrückt lehnt er seine Stirn an meinen Bauch und legt seine Hände an meine Taille, während er tief atmet. Ich spüre seinen warmen Atem an meinem Bauch, ziehe ihn erschrocken ein und halte die Luft an. Regungslos verharren wir in dieser Position. Dann beginne ich, über sein Haar zu streichen. Zögerlich, selbst für mich kaum wahrnehmbar.

»Leni, ich schaffe das einfach nicht. Ich zerstöre mich selbst und meine Beziehung zu Marlene. Der Gedanke, dir nicht nahe sein zu können und dass du deine Zeit mit einem anderen verbringst, macht mich verrückt.« Seine Worte werden immer leiser und seine Stimme bricht dabei etwas weg.

»Paul …« Sein Name ist nur noch ein leises Flüstern.

Er hebt den Kopf und schaut verzweifelt zu mir auf. Seine Augen sind rot unterlaufen und glänzen verdächtig. Noch immer hält er sich wie ein kleines Kind an meiner Weste fest. Der Anblick versetzt mir einen Stich ins Herz. Nichts ist mehr von dem sonst so wunderschönen Grünblau zu sehen. Ich bin erschüttert. Heiße Tränen fließen automatisch über meine Wangen. Mit dem Handrücken wische ich sie weg. Ich knie mich

236

zu ihm, nehme seine Hände in meine und fühle den Schmerz, der uns verbindet. Er fixiert meine Lippen, an denen die Tränen abperlen. Wie paralysiert starrt er darauf. Ich versuche, ihn genauso aufmunternd anzulächeln, wie er es vorher probiert hat. Wie ihm, missglückt es auch mir.

»Ich komme so nicht von dir los.« Dabei legt er seinen Kopf leicht seitlich und streicht mir eine Haarsträhne, die sich aus meinem festen Zopf löst, zurück. Ich ertrage es kaum, den traurigen, schmerzverzerrten Ausdruck in seinem Gesicht zu sehen. »Ich weiß, ich habe kein Recht, eifersüchtig zu sein, aber der Gedanke an diesen neuen Mann in deinem Leben treibt mich in den Wahnsinn. Es ist so schwer für mich, dich hier zu sehen. Bitte geh wieder zurück nach Paris.«

Ich schweige und blicke traurig zu Boden.

»Ich kann jetzt nicht gehen«, antworte ich nach einer Weile und vermeide es, aufzuschauen.

Verständnislos sucht er in meinem Gesicht nach Antworten. »Warum? Was hält dich hier?«

Vielleicht sollte ich ehrlich sein? Er hält mich hier. Die Geborgenheit in meinem Elternhaus. Unser ungeborenes Kind.

»Ich muss einiges in meinem Leben ändern. Meine Familie hilft mir dabei. Aber keine Angst, ich werde, nachdem ich alles geregelt habe, wieder nach Paris gehen.«

»Also hast du vor, wieder wegzugehen?« Nun klingt er, als wäre er enttäuscht.

»Ich werde nicht hierbleiben. Du hast recht, hier hält mich nichts mehr.« Ich hasse mich für meine Lügen. Ich hasse mich dafür, dass wieder genau in diesem Moment die Tränen meine Wangen hinunterlaufen und meine Gefühle so offen liegen und mich beim Lügen entlarven. Er nickt einsichtig, jedoch von Trauer erfüllt.

»Leni, bitte verzeih mir. Es ist reiner Selbstschutz. Du siehst selbst, dass ich mich nicht von dir fernhalten kann. Es tut mir schrecklich leid, dass ich dich in der Nacht überfallen und auf keinen deiner Anrufe reagiert habe. Ich versuche, Abstand zu bekommen, denn ich schaffe es keinen Tag, nicht an dich zu denken. Deine Anwesenheit raubt mir beinahe den Verstand. Ich kann so nicht weiterleben.«

»Ich weiß, Paul. Das muss aufhören. Das, was hier erneut zwischen uns passiert ist, darf sich nicht wiederholen. Unseretwillen, aber auch wegen der Menschen, denen wir damit Kummer zufügen.«

Mit einem kurzen Nicken bestätigt er meine Worte.

Ich greife nach seiner Wange und wische sie trocken. »Darf ich dich etwas fragen?«

Wieder antwortet er mit einem stummen Nicken.

»Emma meinte, du wärst krank?« Ich stoße ein Gebet aus, dass sie sich täuscht.

Er beginnt, mit dem Ärmel seiner Jacke zu spielen, und antwortet mir vorerst nicht. Je länger er seine Antwort hinauszögert, desto unruhiger werde ich.

»Mir fehlt nichts«, meint er achselzuckend, lapidar. Meine Augen verengen sich und ich mustere ihn argwöhnisch. Ich traue ihm nicht.

»Warum macht sich Emma Sorgen, wenn dir nichts fehlt?«

»Mir – fehlt – nichts«, betont er jedes Wort deutlich, mit Unterbrechungen.

»Wenn du krank bist, musst du mir das sagen!«, lasse ich nicht locker.

»Ich bin nicht krank. Emma sollte sich um ihre Angelegenheiten kümmern«, knurrt er und löst meine Berührung. Langsam erhebe ich mich, schaffe etwas Raum zwischen uns und blicke zu ihm herab.

Ich sehe ihm an, dass er mir nicht die Wahrheit sagt, denn er vermeidet es, mir in die Augen zu schauen.

»Schau mich an.«

»Nein.«

»Paul!«

»Was?« Wütend springt er auf. Ich weiche reflexartig zwei Schritte zurück und spüre die harte Wand in meinem Rücken. Ohne zu zögern, verringert er die Distanz zwischen uns. Kommt immer näher. Automatisch lege ich meine Hände an die Mauer. Sein Atem streift mein Haar. Nur ein paar Zentimeter trennen sein Gesicht von meinem. Ich rieche seinen Duft, aber auch Alkohol. »Was willst du hören? Dass du mich in den Wahnsinn treibst, weißt du. Ich bin krank vor Liebe. Ist es das, was du hören willst?« Seine Hand findet mein Gesicht, streicht meine Wange entlang und fährt der Spur meiner Gänsehaut den Hals hinab. Ohne es zu wollen, bin ich erregt. Meine Brust hebt sich schnell auf und ab. Seine Fingerspitzen erreichen meine Lippen und ziehen sie vorsichtig nach. Sie öffnen sich, wie üblich bei dieser Geste. Wir atmen schnell. Ich erzittere bei seinen Berührungen. Das Blut rauscht durch die Venen. Das Herz pumpt unerbittlich schnell in der Brust. Mein Nervenkostüm spielt verrückt. Unermüdlich fixieren wir uns mit den Augen. Seine Pupillen weiten sich. Keiner möchte als Verlierer aus diesem Blickduell hervorgehen.

»Gott, schau mich nicht so an, Leni«, beendet er unseren intimen Moment, stöhnt verzweifelt und will sich gerade wieder von mir lösen, als ich ihn festhalte. Er blickt zu meinen Händen, die sich um seine Unterarme gelegt haben. *Bitte geh nicht. Bitte bleib hier,* möchte ich ihm sagen. Dennoch löst er sich, greift nach meinen Wangen und blickt mir tief in die Augen.

»Warum bist du wirklich hier, HoneyBee? Sag mir die Wahrheit.«

Meine Augenlider beginnen just in diesem Moment zu flattern. Schnell schließe ich sie, um nicht beim Lügen aufzufliegen.

Er kennt mich so gut wie kein anderer. Selbst meine Körpersprache durchschaut er gewöhnlich bis ins kleinste Detail.

»Siehst du, du hast deine Geheimnisse, ich habe meine Geheimnisse, und wir verbergen sie voreinander, um uns zu schützen.«

»Ich muss wissen, wenn es dir nicht gut geht.« Er lächelt sanft und das kleine Grübchen erscheint schwach. »Ich muss dein Geheimnis auch kennen.«

»Es würde viel zerstören.« Die Worte kommen mehr wie ein leises Hauchen über meine Lippen.

»Meines auch.« Er kommt meinem Mund wieder beängstigend nahe. Nur ein paar Zentimeter trennen uns davor, einander wieder zu küssen. Ich möchte ihm die Wahrheit sagen. Ich will ihn nicht mehr anlügen.

»Paul, ich bin ...«

Gerade als ich die richtigen Worte suche, schüttelt er den Kopf und wendet sich von mir ab. Ich sacke förmlich zusammen, als er mich nicht mehr hält.

»Ich kann das nicht schon wieder tun. Es tut mir leid.« Schnell atmend und in einem Gefühlschaos gefangen, lässt er von mir ab. Die Wand in meinem Rücken verschafft mir als Einziges noch Halt. »Dieser Zwiespalt bringt mich irgendwann um.«

Um seine Situation nicht zu verschlimmern und um ihn nicht vor die Wahl zu stellen, schweige ich, auch wenn es mir das Herz in tausend Stücke reißt. Ich liebe ihn zu sehr, um ihn festzuhalten.

»Bist du okay?«, will er wissen.

»Ich versuche es. Ich versuche es wirklich ...«, wiederhole ich. Meine Stimme zittert.

Liebevoll greift er ein letztes Mal nach meinem Kinn, hebt meinen Kopf, bis ich in seine Augen schaue. Ich lächle gezwungen. Er erwidert es kurz, doch ein trauriger Ausdruck in seinen

Augen verrät, wie es wirklich in ihm aussieht.

»Ohne dich fühlt es sich nicht richtig an ...«, flüstere ich, selbst überrascht von meinen aufrichtigen Worten.

»Ich weiß, wie du fühlst«, antwortet er hoffnungslos. »Mach's gut, meine Honigbiene.«

Unschlüssig tritt er zurück. Wartend auf eine Antwort, die ich ihm nicht geben kann. Dann geht er zur Tür.

Beim Knacken des Türschlosses schrecke ich hoch.

ACHTZEHN

Das neue Jahr hat ruhig begonnen. Ohne Party, Musik und Alkohol. Normalerweise verbrachte ich den Silvesterabend immer mit Christian im Kreise seiner Kunden. Ich zählte den Countdown schon ab dem Zeitpunkt, an dem wir zur Party kamen. Oft feierten wir in mondänen, stylishen Penthouse-Wohnungen mit Blick über Wien. Champagner floss in rauen Mengen und wir stießen auf Geld, Macht und Erfolg an. Wohl fühlte ich mich nie. Glücklich war ich selten. Die Gespräche langweilten mich. Alle spielten perfekt ihre Rollen, funktionierten, präsentierten ihre heile Welt, stellten oberflächliche Fragen und gaben nichtssagende Antworten. Ich passte mich kommentarlos an. Es fiel mir nicht einmal schwer, eine von ihnen zu sein. Ich wusste über den Finanzmarkt, die Börsenkurse, die neuesten Modetrends und die schönsten Hotels Bescheid. Mehr wollte man von mir nicht wissen und mehr bot mir diese Gesellschaft nicht an. Hauptsächlich jedoch, weil ich es nicht einforderte. Küsschen links, Küsschen rechts. – Wie geht es im Job voran? Welche neue Immobilie wurde angeschafft? Wer ließ sich scheiden? Fragen über das Leben *nach* dem Job oder ehrliche Gefühle wurden vermieden oder einfach nicht ausgesprochen. Damals schätzte ich diese Oberflächlichkeiten. Sie definierten die vier Wände, innerhalb derer ich mich versteckte, um niemandem mein Inneres zu offenbaren. Meinem Umfeld erschien es nicht wichtig, die Person, die hinter der toughen Geschäftsfrau steckte, kennenzulernen.

Vor gar nicht langer Zeit war dies für mich die einzige Möglichkeit, zu überleben. Heute sehe ich vieles anders.

Das erste Mal seit über zehn Jahren feierte ich den Beginn des neuen Jahres im Kreise meiner Familie. Wir sprachen über alte Zeiten, über die Wünsche und Träume für unsere Zukunft. Ich erzählte meinem Vater und meinem Bruder von meiner Schwangerschaft. Wir weinten. Wir lachten. Mein Bruder spielte auf der Gitarre und wir stimmten alte Lieder an. Um Mitternacht reichte mir mein Vater die Hand und tanzte mit mir. So wie er es immer tat, als ich ein kleines Mädchen war. Damals stand ich auf seinen Füßen, folgte seinen Tanzschritten und quietschte fröhlich, als er mich hochhob und so lange im Kreis drehte, bis ich lauthals vor Freude jauchzte. Diesmal verkroch ich mich in seinen Armen und genoss die vertraute Nähe.

»Ich bin stolz auf dich und froh, dass du deinem Herzen folgst«, flüsterte er mir ins Ohr.

Zu weinen und die Gewissheit zu haben, dass dich jemand hält und dir so lange wortlos über den Rücken streicht, bis die letzte Träne versiegt ist, fühlt sich unglaublich befreiend an. Ich habe in den letzten Tagen viel und intensiv geweint. Doch es macht den Anschein, als würde ich mich dadurch jedes Mal ein Stückchen mehr reinigen. Die unterdrückten Emotionen der letzten zehn Jahre brechen mit jedem Tag etwas mehr aus mir heraus. Im Kreise liebender Menschen bin ich endlich am richtigen Ort angekommen. Nach einer langen, einsamen Reise fühle ich mich wieder dazugehörig und glücklich.

Rückblickend sehe ich, wie ich mir nur selbst im Weg gestanden bin. Im Loslassen und im Verzeihen befreie ich mich von den selbst auferlegten Ketten, die nur noch lose an meinen Handgelenken hängen. Es wird noch etwas Zeit in Anspruch nehmen, sie endgültig abzustreifen, doch ich blicke zuversichtlich in meine Zukunft, öffne mein Herz von Tag zu Tag etwas mehr und nehme mir vor, keine Fragen zu stellen, deren Antworten ich nicht kenne.

So verbrachten wir Silvester: ohne Prunk, Glamour und Luxus. Dafür mit viel Liebe, Wertschätzung und Dankbarkeit. An der Seite meiner Familie finde ich nicht nur Platz für das Glück, sondern auch für die Traurigkeit.

Ich lerne, Gefühle zuzulassen. Schöne und auch schmerzliche. Hier darf ich weinen, fluchen, lachen und vor Freude tanzen, solange ich mir selbst treu bleibe.

Ich gebe nicht nur auf meine Gefühle acht, sondern auch auf meinen Körper. Zwar fällt das nach jahrelangem Hungern schwer, doch meine Mutter kocht unermüdlich jedes erdenkliche Gericht und achtet akribisch darauf, wie viel ich zu mir nehme. Selbst meine Ärztin scheint zufrieden zu sein. Sie hat mir die Angst genommen, dass ich dieses Kind verlieren könnte, und mir Mut zugesprochen, mein Leben so normal wie möglich zu leben. Die Zeit der Schonung scheint vorüber. Vorgestern habe ich mich mit kaschierender Kleidung eingedeckt. Man mag es kaum glauben, wie befreiend es war, die engen Kleider und die hohen Schuhe endgültig wegzupacken. So banal das klingen mag, es hat gedanklich wieder neuen Raum geschaffen und mich auf meinem Weg um einige Schritte weitergebracht.

Nächste Woche geht mein Flug nach Paris und ich bin schon gespannt, wie meine Kollegen und mein Chef mit der neuen Lena klarkommen werden. Zweifelsohne werde ich meinen Job nicht mehr so ausüben können, wie ich das vor meinem Urlaub getan habe, von den vergangenen Jahren ganz zu schweigen. Mein Chef wird vermutlich mein Arbeitsverhältnis früher oder später beenden, denn Lena Ames, die für diesen Job gelebt hat, gibt es nicht mehr. Je früher wir mit offenen Karten spielen, desto besser, denn ich strebe eine zukunftsnahe Beendigung meines Arbeitsverhältnisses an. Noch vor der Geburt meines Jungen möchte ich wieder nach Wien ziehen. Außerdem plane ich schon jetzt ein Wiedersehen mit meinen Eltern und Freunden. Wie es scheint, werde ich ohnehin schon bald wieder nach Wien zurückkommen, denn vor ein paar Tagen erreichte mich ein Brief von Christians Kanzlei mit der Information, dass unser Scheidungstermin verschoben wurde.

Des Weiteren bat mich Christian in dem förmlichen Schreiben um ein Gespräch.

Das Treffen findet heute im Beisein unserer Anwälte in seiner Kanzlei statt und bereitet mir jetzt schon Kopfzerbrechen.

Ich leiste seinem Wunsch Folge, denn ich schulde Christian ein klärendes Gespräch. Nachdem ich bereits eine geschlagene Stunde mit Tim im Konferenzraum der Kanzlei Landmann & Partner sitze und auf Christians Erscheinen warte, ärgere ich mich, diesem Treffen zugestimmt zu haben. Wie man sieht, scheint es Christian nicht in seinen Terminkalender zu passen. Gerade als ich wütend die Unterlagen zusammenpacke, öffnet sich die Türe und Christian tritt mit einem jungen Schlipsträger und einer freizügig bekleideten jungen Dame ein. Sein falsches, aufgesetztes Lächeln wird einzig und allein durch seine blendend weiße Zahnreihe erhellt.

»Lena, wie schön.« Er kommt auf mich zu, breitet seine Arme aus und umarmt mich. Ehe ich mich versehe, klebt mein Gesicht an seiner Anzugjacke und seine Hand liegt klopfend auf meiner Schulter. Gezwungenermaßen inhaliere ich sein herbes, maskulines Rasierwasser. Mit seinem Kuss auf meine Wange heftet sich sein Duft gänzlich an mich, ergreift selbst von meiner Nase Besitz. Lustigerweise nehme ich, seitdem ich schwanger bin, Gerüche ganz anders wahr und seiner gehört eindeutig zu jenen, die ich nicht mag. Ich räuspere mich und wir setzen uns einander gegenüber. Seine Gehilfen nehmen neben ihm Platz.

Tim beginnt sein vorgefertigtes Dokument vorzulesen und die Vermögenswerte aufzuzählen. Anfangs schenke ich ihm Gehör, doch nach einem kurzen Blick zu meinem Nochehemann gerate ich völlig aus dem Konzept. Er lehnt gönnerhaft in seinem Sessel und mustert mich eindringlich. Seine dunklen Augen verengen sich. Schon immer wirkte Christian auf viele Frauen sehr anziehend. Er lehnt sich zu seiner jungen Assistentin, ohne die Augen von mir zu nehmen, flüstert ihr etwas ins Ohr und streicht ihr beiläufig – jedoch gezielt, sodass ich es sehe – über die Innenseite ihres Oberarms.

Sie errötet und ich könnte einiges verwetten, dass sie Christians Abende versüßt. Der Versuch, mich eifersüchtig zu machen, prallt vollkommen an mir ab. Er ist sich seines Aussehens bewusst und spielt damit. Seine selbstsichere Art, die tiefe und dominante Stimme, seine markanten Gesichtszüge, die wie aus Stein gemeißelt wirken, und der akkurat sitzende teure Anzug erfüllen das Bild eines erfolgreichen, schönen Mannes. Im klassischen Sinn.

Ich ließ mich ebenso blenden wie so viele andere Frauen. Heute weiß ich, dass es hinter seiner Fassade ganz anders aussieht.

»Du hast zugenommen. Passt du nicht mehr in deine Kleider?«, merkt er sarkastisch, ungeachtet dessen, was Tim spricht, an. Dieser hält inne und wartet auf meine Reaktion. Hätte seine Frage nicht diesen gewissen süffisanten Unterton, könnte ich sie sogar als freundlich empfinden. *Doch nicht so!* Seine Praktikanten blicken uns abwechselnd neugierig an.

»Wie geht es deiner Mutter?«, antworte ich ihm – ungeachtet seiner Frage –, begebe mich auf sein Niveau und ziehe ihn mit dem krankhaften Verhältnis zu ihr auf. Seine Lippen verhärten sich, während seine Fingerspitzen auf der teuren Mahagonitischplatte tanzen. An Geld wurde bei der Einrichtung in dieser Kanzlei nicht gespart. Dunkle schwere Vorhänge, riesige Lüster und kunstvoll gestaltete Holzverbauten schaffen die nötige Atmosphäre, um den Klienten die Seriosität der Kanzlei zu vermitteln. Für mich war es nicht sonderlich verwunderlich, wie Christian nach der Partnerschaft gierte. Hier geben sich die Reichsten der Reichen die Türklinke in die Hand – der richtige Ort für Christian, um sich wohlzufühlen.

»Ich möchte alleine mit meiner Ehefrau sprechen.« Seine Assistenten springen augenblicklich auf, während Tim mit einem fragenden Blick auf meine Zustimmung wartet. Ich nicke. Innerlich stellte ich mich schon auf diese Bedingung ein. Christian schätzte es immer, seine Feindseligkeiten unter vier Augen anzubringen. Nach außen mimte er stets den liebenden Ehemann.

Tim steht auf, beugt sich zu mir herab und flüstert mir ins Ohr: »Ich bin vor der Tür, wenn du mich brauchst.« Dann verlässt er den Raum.

Ich halte seinem finsteren Blick, mit dem er mich zu vernichten versucht, nicht lange stand. Erst als die Tür ins Schloss fällt, erhebt sich Christian und nimmt Tims Platz ein. Wie ein Tier auf der Hut beobachte ich jede seiner Bewegungen mit Vorsicht.

»Strafe mich nicht mit deinem ablehnenden Blick, Liebling.« Genauso wie bei dem jungen Mädchen eben, streicht er mit seinem Zeigefinger über die Innenseite meines Oberarms. Ich erschaudere und rücke angewidert beiseite.

»Was willst du, Christian?«

»Wie geht es dir in Paris? Das Essen scheint dir zu munden.«

»Ja, das tut es. Mir geht es gut, danke.«

»Siehst du deinen Gespielen noch?« Ich bin nicht stolz

darauf, wie mein Ehemann von meiner Affäre mit Paul erfahren hat, doch das konnte seine gewaltvolle Reaktion darauf zu keiner Sekunde rechtfertigen.

»Er heiratet bald eine andere Frau und wird Vater.«

»Siehst du, mich wegen ihm zu verlassen, war ein Fehler. Das habe ich dir gleich gesagt. Eine Frau wie du will mehr vom Leben, als ihr so ein Typ geben kann. Es war nur eine Frage der Zeit, bis du dich langweilst.«

»Da hast du verdammt recht, Christian. Ich habe dich nicht wegen Paul verlassen, sondern weil ich mehr vom Leben wollte. Mehr, als du mir jemals hättest geben können. Du hast mich gebogen und geformt, wie es dir recht war.«

Er lacht verhöhnend auf. »Liebling, stell mich nicht als Chauvinisten dar.«

»Stimmt, dir die ganze Schuld zu geben, wäre unfair, denn schließlich braucht es in diesem Spiel immer einen Menschen, der mitspielt. Damals fühlte ich mich dabei wohl, wenn mir das Denken abgenommen wurde. Du hast mich in einer Phase meines Lebens getroffen, in der ich um Führung bettelte. Doch mit den Jahren spürte ich, dass ich alles, was mich einmal ausmachte, verleugnete. Paul erinnerte mich daran und ich begann, zu dem Menschen zurückzufinden, der ich einmal war. Sobald ich anfing, die Dinge zu hinterfragen, sobald ich meinen Mund aufmachte und mich nicht mehr in die von dir vorgegebene Richtung schubsen ließ, bekam ich die Kraft deiner Rechten zu spüren.«

»Manchmal ist es wichtig, einer Frau ihre Grenzen aufzuzeigen.«

Ich stoße einen empörten Ton aus. »Sagt wer? Deine Mutter?« Seine Fäuste ballen sich und ich erahne, auf welch dünnem Eis ich mich wieder bewege, wenn ich ihn provoziere. »Weißt du, Christian, eigentlich tust du mir leid, denn diese Grenzen sind nur in deinem Kopf vorhanden und beschränken dich. Ein Mann, der seine Frau liebt, grenzt sie nicht ein, sondern lässt sie fliegen und hilft ihr, all ihre Stärken zu entfalten. Frei von jeder Grenze. Denn nur so funktioniert eine Partnerschaft. Der Partner sollte ein Freund sein, der sich nicht über einen stellt, sondern ein Ohr für die Probleme und Ängste hat, ohne sich am Scheitern des anderen zu ergötzen, und mit einer helfenden Hand zur Seite steht. Du hast mich geliebt, solange ich geschwiegen habe und nach deinen Wünschen formbar war.«

»Du willst mir doch nicht erzählen, dass du diesen Psychoquatsch deines Psychologen geschluckt hast.«

»Ich bin auf dem Weg, zu mir selbst zurückzufinden, das ist alles.«

»Zur Hölle, Lena, so eine gute Schauspielerin bist du nicht. Du liebst den Prunk, das Geld und den Glamour, erzähl diesen Schwachsinn jemandem, der dich nicht so gut kennt wie ich.«

»Du hast recht, als mein Leben ein hüllenloses Dasein war, legte ich vielleicht Wert auf diese Dinge. Ich hoffte, das Materielle würde mich ablenken. Schlussendlich machte es mich nur unglücklicher.«

»Dann hast du also nichts dagegen, wenn unser Vermögen an mich überschrieben wird?«

»Ich möchte nur das haben, was ich mir selbst erarbeitet habe, der Rest gehört dir.«

»Ich dachte, du legst keinen Wert mehr auf Materielles?«

»Der Großteil kam sowieso von dir. Was ich will, ist mein Anteil, den ich in die Ehe eingebracht und in unser Haus gesteckt habe.«

»Du meinst diesen lächerlich kleinen Betrag?«

»Genau den!« Er verzieht seine Mundwinkel spöttisch und schüttelt geringschätzig seinen Kopf.

Er schweigt und überlegt.

»Wie wäre es, wenn du wieder zu mir zurückkommen würdest und wir diese ganze Scheidung als einen großen Fehler ansehen? Wir könnten ein Kind adoptieren und zu der kleinen perfekten Familie werden, die wir uns gewünscht haben. Ich werde dir auch keine Vorwürfe mehr machen und verzeihe dir deinen Fehltritt.« Seine Stimme klingt plötzlich versöhnlich und weich.

»Christian, ich kann nicht zu dir zurückkommen und so tun, als wäre nie etwas passiert. Du hast mich geschlagen, und das nicht nur einmal.«

»Ich war wütend. Es wird nicht wieder vorkommen.«

»Diese Lüge nahm ich dir einmal ab. So dumm bin ich nicht noch einmal.«

Jetzt zeigt er wieder sein wahres Gesicht und herrscht mich an: »Aber dumm genug, um alles, was wir uns aufgebaut haben, wegzuschmeißen?«

»Christian, unsere Ehe war immer nur ein Schein, der, solange ich mitspielte, nach außen hin glänzte. Ich stelle nun andere Forderungen an das Leben.«

»Du bist vollkommen verrückt. Ich hätte dich lieber in eine Klinik einweisen sollen, als dich zu einem Psychologen zu schicken, der dir Flausen in den Kopf setzt.«

»Mit meinen Flausen lebt es sich tausend Mal besser als ohne.«

»Nun gut, ich habe dir die Chance gegeben, zur Vernunft zu kommen. Du willst es nicht anders. Von mir kannst du nichts erwarten. Bei unserem Scheidungstermin lege ich dem Richter die Beweise vor, die deinen Ehebruch belegen. Ich kann dir garantieren, dass du nichts von mir bekommen wirst.«

»Selbst wenn ich bei null beginnen muss, ist mir das lieber, als weiterhin unglücklich an deiner Seite zu leben.« Ich unterschätze die Geschwindigkeit, mit der er nach mir fasst und mich an meinem Haar hochzieht. Erschrocken greife ich zu seiner Hand und versuche, sie zu lösen. Ich schreie angsterfüllt auf.

»Ich dachte, ich hätte dir schon öfters gezeigt, wie du mit mir zu reden hast.« Der Schmerz auf meiner Kopfhaut verstärkt sich durch seinen Zug. Einen Wimpernschlag später stürzen ein paar Männer auf ihn und ziehen ihn von mir.

Sie stemmen ihn an seinen Oberarmen von mir weg. Wutschnaubend stößt er sie von sich, doch sie bauen sich wie eine schützende Wand vor mir auf und reden beruhigend auf ihn ein.

»Das wird Folgen für Sie haben, Herr Ames. Hier sind einige Zeugen anwesend, die diesen erneuten Übergriff bestätigen können.« Verteidigend stellt sich Tim vor mich. Ich zittere am ganzen Körper. Mir ist schlecht und ich übergebe mich in den nächstbesten Papierkübel.

»Ach, lass mich in Ruhe. Du denkst doch nicht wirklich, dass du eine Chance gegen mich hast. Du bist ein kleiner Aktenschlichter, sonst nichts«, speit er Tim entgegen.

»Das werden wir sehen.«

Zornig stürmt Christian aus dem Raum und knallt die Türe hinter sich zu. Damit endet unser Gespräch.

Ich überlege lange, ob ich zu Ellis Geburtstagsfeier heute Abend gehen soll, denn das Treffen mit Christian hat mich aufgewühlt. Schlussendlich entscheide ich, das Thema abzuhaken und Christian nicht schon wieder diesen Einfluss in meinem Leben zu gewähren. Außerdem rechnet Elli mit meinem Kommen.

Ganz anders als gedacht, lenkt mich der Abend ab. Ich genieße es, ehemalige Schulkollegen zu treffen, unterhalte mich und denke kein einziges Mal mehr an den Vorfall von heute Vormittag.

Als jemand hinter mich tritt und die Arme um meine Schultern legt, schrecke ich hoch. Ich greife auf die Hände, die mich umfassen, und erkenne sofort an der Hautfarbe, dass es sich um David handelt. Nach dem heutigen Streit mit Christian ist mir nicht nach Nähe zumute und ich versuche, mich unauffällig aus seinen Armen zu befreien.

»Überraschung!« Seine blauen Augen wirken müde, trotzdem strahlt er mich an.

Ich bin verwirrt, ihn hier anzutreffen. »David, was machst du denn hier?«

»Elli hat mich eingeladen. Ich wollte ihr nicht zusagen, da ich nicht wusste, wie lange die Prüfung heute dauert. Aber hier bin ich!« Er öffnet seine Arme einladend und umarmt mich kurz.

Elli lernte David letzte Woche kennen, als die beiden mich zufällig zur gleichen Zeit besucht haben. Sie verstanden sich auf Anhieb. Ausgesprochen gut sogar, wie ich nun erfreut feststelle.

»Wie geht es euch zwei Hübschen?«

Unauffällig streiche ich über meine kleine Wölbung. Um nicht ständig meinen Bauch einziehen zu müssen, entschied ich mich für schwarze Leggings und einen großen, grauen, dünnen Pullover, der nichts von meinen Rundungen preisgibt. Dazu trage ich flache Stiefel – ein Segen für meine Füße.

»Ganz okay. Wie war deine Prüfung?«

»Ich denke, ich habe das Studium hinter mich gebracht«, seufzt er auf.

Ich lächle, denn ich kann seine Erleichterung nachempfinden. »Ich gratuliere dir«, sage ich und umarme ihn. »Darauf müssen wir anstoßen.«

»Nicht zu früh. Warten wir mal die Note ab, bevor wir feiern.« Er zwinkert frech. »Wie war heute das Treffen mit deinem Exmann?«

Ich befürchtete, dass er mich darauf ansprechen wird. Ich erzählte ihm erst gestern von dem anstehenden Treffen mit Christian.

Ich atme genervt aus und rolle die Augen. »*Noch* ist er leider mein Mann. Ich kann dir nicht sagen, wie froh ich bin, wenn ich diese Scheidung hinter mich gebracht habe.«

»War es so schlimm?«

Ich schüttle den Kopf. »Lass uns ein anderes Mal darüber

reden. Heute ist Ellis Geburtstag. Es ist weder der richtige Ort noch die richtige Zeit für negative Gedanken.«

»Frau Steinberg, woher kommen diese positiven Worte?«, zieht er mich auf.

Ich verpasse ihm einen leichten Stoß mit dem Ellbogen. »Seit du den Raum betreten hast, zappelt Elli schon ganz aufgeregt herum.« Ich deute mit meinem Kopf in ihre Richtung. Sie winkt David entgegen. »Geh sie begrüßen.«

Man könnte fast eine leichte Rötung unter seiner dunklen Haut erahnen. »Elli ist toll.«

»Ich weiß! Also, worauf wartest du?«

Er zieht einen Schmollmund und tippt mir mit seinem Finger an die Nase. »Ich möchte dich nicht alleine stehen lassen.«

»Schon gut. Bevor du hier warst, unterhielt ich mich auch ganz gut.«

Er küsst mich freundschaftlich auf die Stirn und bahnt sich einen Weg durch die Menge. Ich beobachte die beiden, wie sie sich begrüßen, Elli dabei errötet und David sich unsicher über sein Haar streicht. Nur schwer lässt sich das Grinsen auf meinen Lippen verbergen. Ich nippe an meinem Wasser. Kurze Zeit später kommt Elli freudestrahlend auf mich zu.

Ihr Gesicht glüht vor Aufregung und sie wirbelt durch das Lokal, bevor sie mich stürmisch umarmt.

Ich lache, während sie in mein Ohr flüstert: »Dein David ist der Knaller.« Als sie zappelnd von einem Bein auf das andere steigt und einen Quietscher loslässt, muss ich grinsen. »Es ist nicht *mein* David.«

Sie zieht mich etwas zur Seite, damit wir nicht belauscht werden.

»Was ist das zwischen dir und David?«

Ich greife nach ihren Händen und hoffe, ihr mit meinen Worten die Unsicherheit zu nehmen. »Wir sind Freunde. David ist mir wichtig. Sehr sogar. Er hilft mir, genauso wie du und

Emma. Ihr seid wundervolle Menschen und ich kann euch gar nicht genug danken. Doch du weißt, dass ich nicht für mehr bereit bin.«

Sie seufzt. »Man merkt, wie nahe ihr euch steht. Ich freue mich sehr, dass du beginnst, dich zu öffnen.«

»Ich kann mich glücklich schätzen, euch an meiner Seite zu haben.«

Elli dreht sich um und blickt in Richtung Bar, wo Paul, Marlene, Emma und Tim stehen. Natürlich sind sie auch gekommen, denn sie gehören genauso zu Ellis Freundeskreis. Tim hat mich vorgewarnt, dass sie kommen. Mir stand es also frei, zu entscheiden, ob ich schon bereit bin, ihn wieder zu sehen, oder noch abwarte. Wenn möglich, hätte ich ein schnelles Wiedersehen gerne vermieden, doch Elli feiert Geburtstag und somit kam eine Absage nicht infrage.

»Wie geht es dir, wenn Paul hier ist?«

Ich werfe einen kurzen Blick zu ihnen und sehe, wie er mal wieder mit Marlene diskutiert. Sie scheinen sich zu streiten.

Emma versucht wie immer, zu schlichten, was ihr offensichtlich nicht gelingt.

»Es ist komisch, das gebe ich zu, doch ich muss lernen, mich damit zu arrangieren«, antworte ich – wie auswendig gelernt.

»Die beiden streiten pausenlos. Mit ihnen etwas zu unternehmen, ist die reinste Folter, das kannst du mir glauben«, meint sie trocken. Ich denke, sie will mich damit aufmuntern.

»Sie ist schwanger, da ist man reizbarer«, verteidige ich Marlene, um bei mir nicht unnötige Hoffnungen aufkeimen zu lassen. Sie presst mir einen Kuss auf die Wange und lächelt frech.

»Ich habe dich vermisst, Leni Steinberg.«

»Und ich dich erst.«

Wir umarmen uns innig – so wie wir es schon als junge Mädchen getan haben.

»Ich komme gleich wieder. Ich begrüße noch ein paar

Leute. Wenn du etwas brauchst, gibst du mir Bescheid, okay?«, flüstert sie mir ins Ohr.

»Danke.« Wir lösen uns voneinander und ich streiche über ihre Oberarme. Dann verschwindet sie in der Menge.

Irgendwann taucht David wieder neben mir auf. Er grinst verschmitzt.

»Na?«

»Na?«, wiederholt er im selben fragenden Tonfall.

»Wie war's?«, versuche ich erneut, ihm etwas zu entlocken.

»Wir haben uns sehr nett unterhalten.«

»Und? Das ist doch nichts Neues.«

»Mal sehen …«, erwidert er. Ich schüttle den Kopf und zische genervt. Er quittiert es mit einem jungenhaften Grinsen. Er stößt mit seinem Ellbogen an meinen, während seine Hände in den Hosentaschen verschwinden. »Willst du tanzen? Deine Schonfrist ist doch schon vorbei.«

»Ich weiß nicht.« Unsicher betrachte ich die tanzenden Leute und beiße nervös auf meinen Lippen herum.

»Komm. Es wird Zeit, dein Leben zu genießen. Du hast Nachholbedarf.« David streckt mir seine Hand entgegen, wartet, bis ich sie ergreife, und zieht mich auf die Tanzfläche.

Aus den Boxen ertönt »Feel again« von One Republic. Mit David zu tanzen, lässt selbst meine Bewegungen geübt wirken. Neben ihm bewegen sich meine zwei linken Füße plötzlich problemlos. Anders als Christian, der haargenau die Abfolge jedes klassischen Tanzes abspulte, dreht und führt mich David je nach dem Rhythmus des Lieds mal schneller und mal langsamer über die Fläche. Die Lichter um mich blinken in rasendem Tempo, mein Herz schlägt wild in meiner Brust. Ich beginne, durch die vielen Leute um uns und durch die schnellen Bewegungen zu schwitzen. Doch das ist völlig egal, denn es bereitet mir großes Vergnügen.

Abrupt wird die ausgelassene Stimmung durch lautes

Geschrei unterbrochen. So wie wir, stoppen die Leute um uns und blicken sich verwirrt um. Die Musik verstummt plötzlich. Ich finde mich hinter ein paar Männerrücken wieder, die mir die Sicht versperren. Wie ich sehe, macht sich David ein Bild vom Geschehen. Er greift nach meiner Hand und möchte mich wegziehen. Nachdem der Geräuschpegel immer größer wird, löse ich mein Handgelenk aus seinem Griff.

»Wir sollten gehen«, meint er ernst und drängt mich weiter weg.

»Warum?« Ich schaue ihn mit aufgerissenen Augen an. »Was ist denn los?«

Er fasst mich fest an meinen Oberarmen und zwingt mich, ihn anzuschauen.

»Ich denke, Paul hat etwas über seinen Durst getrunken und macht nun Ärger.«

»Paul? Was ist mit ihm?« Ich winde mich aus Davids Griff, stelle mich auf die Zehenspitzen, in der Hoffnung, etwas zu erkennen.

»Leni, lass uns gehen. Bitte lass ihn das selbst regeln«, redet er mit einem strengen Tonfall auf mich ein.

»Nein!« Ich reiße mich von ihm los und steuere direkt auf das Gedränge zu. Ich spüre einen Ellbogen, werde geschubst und wieder zurückgestoßen, ehe ich zu ihnen vordringe.

»Verpiss dich, Tim!«, höre ich Paul laut schreien. Als ich endlich eine bessere Sicht bekomme, bleibe ich wie angewurzelt stehen. In einer Ecke steht Emma, die auf Paul einredet.

Er ignoriert sie vollkommen, blickt über sie hinweg und tobt vor Wut. Er wird von ein paar Männern an seiner Brust zurückgehalten.

Jähzornig versucht er, sich zu befreien. *Was ist hier los?* In der anderen Ecke steht Tim, der genauso vor Wut schäumt. Marlene befindet sich in der Mitte und schreit tränenüberströmt in Pauls Richtung. »Beruhige dich. Wir können über alles reden«, wiederholt sie immer wieder. Wie alle anderen kann ich nur fassungslos mitansehen, wie sie sich anbrüllen.

»Das ist alles nur ihre Schuld!« Marlene deutet hasserfüllt in meine Richtung. Dutzende Augenpaare beäugen mich. Automatisch fängt mich Pauls Blick ein. Ohne es zu wollen, nehme ich eine Rolle in diesem Streit ein. Sekunden später funkelt er Marlene wütend an.

»Lass sie aus dem Spiel. Du bist es doch, die Dreck am Stecken hat«, brüllt er so stark, dass seine Stimme versagt. Emma kommt zu Marlene und versucht, sie zu beruhigen. Ich nutze die Gelegenheit und laufe zu Paul. Die Männer versperren mir den Weg zu ihm. Aufgestaute Kräfte entladen sich, als ich mich zwischen ihnen durchpresse.

»Paul …« Ich greife nach seinem hochroten Gesicht und versuche, seine Aufmerksamkeit auf mich zu lenken. »Beruhige dich«, rede ich sanft auf ihn ein.

Unentwegt halten ihn die Leute fest, da es noch immer den Anschein hat, als warte er nur auf den Moment, um wieder auf Tim losgehen zu können. Nur schwer erkämpfe ich mir seine Aufmerksamkeit.

»Paul, schau mich an!«

Seine Augen zucken zornig. »Verpiss dich«, zischt er mich an.

Ich verpasse ihm eine Ohrfeige, die auf meiner Handfläche schmerzt. »Krieg dich wieder ein. Was ist los mit dir?«, schreie ich ihn an, in der Hoffnung, ihn von seinem Trip zu holen. Um uns verstummt alles.

»Du wolltest doch sowieso immer nur Leni, was ist nun dein Problem?«, schreit Tim in unsere Richtung.

»Du bist mein Problem! Was für ein Freund bist du?«

»Einer, der dir einen großen Gefallen getan hat.«

»Du selbstgefälliges …« Wild versucht sich Paul wieder aus den Griffen der anderen zu befreien. David stellt sich sofort neben mich.

»Leni, was machst du?«, fragt er mich besorgt.

»David, bitte lass mich. Ich möchte von Paul wissen, warum er sich hier so aufführt. Was ist in dich gefahren?«, richte ich meine Worte wieder an ihn.

»Lass uns endlich in Frieden.« Marlene zieht an meinem Oberarm, um mich von Paul loszureißen. Emma versucht die explosionsartige Stimmung zu schlichten, flattert aufgeregt von Marlene zu mir.

»Lena, bitte geh nach Hause. Das ist gerade der schlechteste Zeitpunkt«, mischt sie sich ein.

Wofür? Was verdammt ist hier los? Die Männer durchbohren einander mit hasserfüllten Blicken.

»Marlene, lass ihn doch endlich ziehen. Er wollte dich sowieso nie. Ich hingegen liebe dich«, brüllt Tim aus sicherer Distanz.

Marlene und Tim? So langsam dämmert es mir.

»Halt doch deinen Mund, Tim. Du siehst doch, was du damit angerichtet hast«, schreit Marlene hysterisch und schüttelt ihren Kopf.

»Ist doch wahr«, giftet Tim weiter. »Einer musste ihm doch die Wahrheit sagen.«

Nun versucht sich Paul wieder zu befreien. Es gelingt ihm und er schnellt mit einer unglaublichen Geschwindigkeit auf Tim zu.

Sofort reißt er ihn zu Boden und sie beginnen handgreiflich zu werden. Ich laufe zu Paul, höre David hinter mir schreien, bekomme mit, wie Hände nach mir greifen, doch ich löse mich von ihnen, um zu Paul zu gelangen. Ich blende alles um mich aus, denn ich sehe nur noch Paul, dem ich helfen möchte. Ich fokussiere mich einzig und alleine auf ihn. Ich versuche, ihn wegzuziehen, damit sie sich nicht verletzen. Schreie immer wieder hysterisch seinen Namen. Im Eifer des Gefechts spüre ich einen heftigen Stoß, der mich zu Boden bringt. Ich knalle mit dem Hinterkopf gegen etwas Hartes und sehe für einen kurzen Moment nur noch Sternchen aufblitzen. *Verdammt, das tat weh!*

Dann ist es still. Die Schreie verstummen. Für einen Augenblick verdunkelt sich alles.

Erst als ich ein monotones Klopfen auf meiner Wange wahrnehme, reiße ich reflexartig die Augen auf. Ich höre dumpfe Schreie, als hätte ich Stöpsel in den Ohren. Jemand klatscht mir unentwegt in mein Gesicht. Ich bemühe mich, das Bild vor meinen Augen scharf zu stellen. Langsam erkenne ich David über mir. *Was ist passiert? Warum liege ich hier am Boden?* Sofort schnellt meine Hand an meinen Bauch. Ich blinzle, hole ein paarmal Luft und werde von stützenden Händen aufgerichtet. Paul ist unterdessen so sehr damit beschäftigt, auf Tim loszugehen, dass er nicht einmal bemerkte, wie er mich zu Boden gestoßen hat.

David kniet neben mir und streicht mir verängstigt übers Haar. »Leni, um Gottes willen, ist alles in Ordnung mit dir? Du warst für einen Moment vollkommen weggetreten.«

Die beiden Streithähne werden erneut auseinandergezogen. Erst jetzt sieht Paul mich am Boden sitzen. Seine Wut scheint verflogen zu sein, denn einen Augenblick später kniet er neben mir.

»Was ist passiert?« Seine wütende Stimme weicht einer besorgten.

»Mann, du bist passiert, du Idiot!«, schreit ihn David an und stößt ihn von mir weg.

»Schon gut, David …« Ich lege meine Hand auf die schmerzende Stelle an meinem Hinterkopf. Außer einer empfindlichen Beule scheint nichts passiert zu sein.

»Du hast dir wehgetan«, stellt Paul fest.

»Du bist ja vielleicht ein Schlaumeier. Das ist alles nur deine Schuld. Du hast sie in deinem Zorn niedergestoßen«, brüllt ihn David an.

Paul blickt mich fassungslos an und greift nach meinen Händen.

»Lass mich sehen. Es tut mir leid, ich wollte dir nicht wehtun.« Er tastet meinen Hinterkopf ab. Ich rieche mal wieder Alkohol. Er scheint tatsächlich wieder zu tief ins Glas geschaut zu haben. Ich löse seine Hände von mir.

»David, kannst du mich bitte nach Hause bringen?«, spreche ich leise, da alle anderen Stimmen um uns verstummt sind.

»Ich bringe dich ins Krankenhaus!«

»Nein, ist schon gut, es ist alles in Ordnung!«, wiederhole ich mich. Ich möchte hier so schnell wie möglich weg.

Paul schüttelt den Kopf. »Bitte lass mich noch einmal schauen, ob du dich verletzt hast. Ich kann dir helfen.« Obwohl er versucht, seine Stimme unter Kontrolle zu bringen, merkt man ihm seinen betrunkenen Zustand an.

»Du hast schon genug getan. Lass sie nun los.« David richtet mich auf. »Geht es dir und dem Baby gut?«, fragt er indiskret laut.

Ich hatte gehofft, dass ich nicht auf meine Schwangerschaft angesprochen werde, doch im Eifer des Gefechts scheint mein großes Geheimnis gelüftet zu werden. Der Zeitpunkt könnte nicht schlechter sein. Pauls Augen verengen sich und er starrt mich entgeistert an. Ich sehe, wie sein Blick zu meinem Bauch hinabgleitet. Tausend Fragen stehen ihm ins Gesicht geschrieben.

»Leni ...«, haucht er meinen Namen so leise, dass ich mir nicht sicher bin, ob er ihn wirklich ausspricht.

»Ich wollte nicht, dass du es so erfährst«, antworte ich beschämt. Ich kann ihm nicht in die Augen schauen.

»Und das ist genau das Problem. Alles dreht sich immer nur um Lena.« Marlene hat von unserer Konversation nichts mitbekommen, stellt sich mit verschränkten Armen demonstrativ neben uns und schnauft zornig auf. Ich sehe zum ersten Mal, dass sich unter ihrer Brust ein kleiner Babybauch abzeichnet.

David stützt mich. Langsam lässt der Schock nach und die Tränen laufen wie von selbst über meine Wangen. Meine Kehle ist zugeschnürt.

Ich möchte Paul noch so viel sagen, doch er steht regungslos vor mir und starrt ins Leere, während Marlene weiterhin auf ihn einredet. Er scheint sie nicht mehr wahrzunehmen.

»Ich bringe dich zu einem Arzt«, redet David beruhigend auf mich ein. Elli streift die Jacke über meine Schulter. Im Hintergrund höre ich Emma auf Paul einreden.

»Paul, schau, dass du nach Hause kommst und deinen Rausch ausschläfst und den nüchternen Zustand für die nächsten Tage aufrechterhältst. Du brauchst einen klaren Kopf. Du schadest Leni jetzt mehr, als du ihr hilfst. Wir kümmern uns um sie«, mahnt ihn Emma, bevor sie mit uns das Lokal verlässt.

David stützt mich und wir gehen vor die Tür. Wirre Gedanken kreisen in meinem Kopf. Ich atme tief durch, als wir draußen ankommen.

Neunzehn

Auf das Drängen von Elli, Emma und David hin habe ich mich überreden lassen, einen Arzt aufzusuchen. Ich versuche, gute Miene zum bösen Spiel zu machen, und füge mich ihrer Anweisung, um keine Diskussion heraufzubeschwören. Als wir im Krankenhaus ankommen, begegnen wir einem einzigen Krankenpfleger. Hier herrscht gespenstische Ruhe. In Anbetracht der Uhrzeit nicht wirklich verwunderlich. Durch die Müdigkeit fühlen sich meine Füße bleiern an. Ich möchte nur noch nach Hause, um diesen nervenaufreibenden Tag hinter mir zu lassen.

Zwischen uns herrscht eine gedrückte Stimmung. Das Schweigen zerrt an meinem Nervenkostüm. Keiner wagt die vielen im Raum stehenden Fragen auszusprechen. Mal wieder spiele ich Gelassenheit vor, obwohl das heftige Erdbeben in mir meine Welt auf ein Neues durcheinanderrüttelt. Wenn Elli und Emma nach dem Streit vorhin nun vielleicht erahnen, was mit mir los ist, bekommen sie, nachdem ich in die Gynäkologie zur Ultraschalluntersuchung aufgerufen werde, Gewissheit. Mit meinem kleinen Jungen scheint alles in Ordnung zu sein. Ich kann die damit verbundene Erleichterung nicht in Worte fassen.

Da ich für kurze Zeit bewusstlos war, rät mir der Arzt, eine

Nacht stationär im Krankenhaus zu verbringen. Ich entscheide mich gegen seinen Rat, denn ich möchte so schnell wie möglich in mein vertrautes Umfeld zurück.

Hier werde ich keine Ruhe finden. Die kühlen Räume, der sterile Geruch und die düster-ruhige Stimmung wirken sich nicht sonderlich positiv auf meinen sowieso schon angespannten Gemütszustand aus.

Als ich das Untersuchungszimmer verlasse, umarmt mich Emma und ich sehe, wie sie mit den Tränen kämpft.

»Ich freue mich für dich, bitte versteh mich nicht falsch. Es ist nur gerade alles etwas sehr verwirrend«, versucht sie, ihre Emotionen zu rechtfertigen. Ich lächle sanft und drücke ihre Hände, denn ich kann ihre Gefühle nachempfinden.

»Alles okay mit euch?«, fragt sie und schnäuzt sich lautstark in ein Taschentuch.

»Uns geht es gut.«

Endlich zu Hause angekommen, rückt der Schlaf in greifbare Nähe. Meine Eltern scheinen schon zu schlafen. Leise stehle ich mich in mein Zimmer, schließe die Türe, lehne mich mit dem Rücken daran und lasse mich mit einem tiefen Seufzen zu Boden sinken.

Hier ist es dunkel. Hier ist es ruhig. Hier kann ich endlich loslassen. Hier kann ich weinen, ohne mich zu schämen und mich dafür rechtfertigen zu müssen. Die Anspannung fällt von mir ab und ein Zittern erfasst wellenartig meinen Körper. Ich lege schützend meine Hände über mein Gesicht und lasse den Emotionen freien Lauf. Schluchzend, wie ein kleines Kind, sitze ich auf dem Fußboden meines alten Kinderzimmers.

Ein Knacken lässt mich innehalten. *Vielleicht war es nur Einbildung?* Trotzdem verstummt mein Weinen und ich lausche, ob sich das Geräusch wiederholt. Und wirklich. Es knackt erneut. Danach höre ich ein Rascheln auf meinem Bett. Ein dumpfer Stoß gegen einen Gegenstand und das darauffolgende Fluchen enttarnen ihn.

»Paul?« Ich wische die Tränen auf meinen Wangen mit dem Handrücken ab und räuspere mich. Seine Bewegungen wirken alles andere als koordiniert, denn er kollidiert mit ein paar Gegenständen in meinem Zimmer, nicht nur einmal. Mit einem lauten Geräusch lässt er sich neben mich sacken.

»Paul, was machst du hier?«

»Auf dich warten, was denkst du?«, brummt er mit heiserer Stimme.

Die Kälte, die ich eben noch fühlte und mich frösteln ließ, schwindet in seiner Gegenwart durch eine wohlige Wärme und die Hoffnung auf eine gemeinsame Zukunft.

Schulter an Schulter sitzen wir nebeneinander und starren schweigend in das schwach erhellte Zimmer, das so viele gemeinsame Geschichten von uns erzählt. Paul winkelt seine Beine an und stützt seine Ellbogen auf den Knien ab. An der Stelle, wo unsere Körper sich berühren, spüre ich, wie er immer wieder seufzend ein- und ausatmet. Zögerlich lege ich meinen Kopf an seine Schulter und warte ab, wie er reagiert. Seine Atembewegungen stoppen. Es kann nicht mehr lange dauern, bis er auf Abstand geht.

Nichts dergleichen passiert. Für den Moment. Irgendwann lehnt er seine Wange an meinen Kopf und schenkt mir einen kurzen, flüchtigen Kuss auf mein Haar. Dabei höre ich ihn einatmen.

»Geht es euch gut?«

In Sekundenschnelle tropft eine Träne aus meinem Auge und landet auf meinem Schoß. Ich nicke stumm und halte die Hand vor meinen Mund, um mein Schluchzen zu unterdrücken.

»Wann wolltest du es mir sagen?« Seine Erschöpfung hallt in jedem einzelnen Wort. Er wirkt in seiner Aussprache undeutlich, so, als wäre er betrunken.

»Warum verschweigst du mir so etwas?« Bedrückt blicke ich zu Boden. Ich bleibe ihm die Antwort schuldig, bis er weiterspricht. Er stöhnt kehlig auf und fährt ungestüm durch sein Haar. »Warum, Leni? Vertraust du mir so wenig?«

Meine eingetrocknete Kehle versagt mir das Sprechen.

»Ist es von mir?«, versucht er mir erneut eine Antwort zu entlocken.

Mein Herz pocht wie wild. Schützend greife ich an meine Brust, um mich zu beruhigen.

»Paul!«, meine Stimme nimmt einen mitleidsvollen Ton an.

»Lena, ich bitte dich einfach, mit Ja oder Nein zu antworten. Ist das denn so schwer?«

»Es ist deines …«, flüstere ich. »Es ist dein Baby … damals in Paris … wir haben nicht verhütet. Ich habe dir doch gesagt, dass ich nicht mehr mit Christian …«, sind die Wortbrocken, die ich stotternd herausbekomme.

»Wie konntest du mir nichts davon erzählen?« Enttäuscht lässt er den Kopf zwischen seinen Schultern herabhängen. Ich kann es nicht sehen, aber ich kann hören, wie er leise weint.

Ich greife zaghaft nach seiner Hand, die er mir aber sofort entzieht. Er erhebt sich stöhnend, wankt zu meinem Bett und greift nach etwas, das auf meinem Nachtkasten steht. Ich höre, wie er ein paar Schlucke aus einer Flasche nimmt. Sofort richte ich mich auf und betätige den Lichtschalter. Die Helligkeit lässt uns beide blinzeln. Nach ein paar Sekunden gewöhnen sich die Augen daran und ich blicke wieder in seine Richtung. Meine Vermutungen bewahrheiten sich und ich sehe, wie er Alkohol konsumiert. Paul presst noch immer seine Lider zusammen und zieht zwischenzeitlich an seiner Flasche. Sein bereits betrunkener Zustand ist unübersehbar.

»Warum tust du mir das an? Weißt du, wie ich mich, verdammt noch mal, fühle?« Pauls Stimme bricht bei seinen Worten immer mehr weg. Er blickt in meine Richtung und ich erkenne seine Verzweiflung.

»Paul, es tut mir leid. Ich hatte Angst. Ich wollte dich nicht vor eine Entscheidung stellen«, versuche ich, ihm meine Gründe zu erklären.

»Ha! Als hätte es die jemals gegeben. Du bist die selbstgefälligste Person, die ich kenne. Immer nur auf *dein* Wohl bedacht. Dein Kummer, deine Ängste, dein Selbsthass. Und nun dein Kind. Wann wolltest du mir davon erzählen? Nie?«, schreit er mich wütend an. »Hast du dich auf deinem Egotrip auch einmal gefragt, wie es mir dabei geht?« Inbrünstig klopft er an seine Brust. »Mir, verdammt noch mal?«

»Ich … ich …« Die Wand in meinem Rücken bietet mir als Einziges den Halt, um nicht umzukippen.

Er lacht kopfschüttelnd. »Du hast ganz recht, ›ich‹ ist das einzige Wort, das pausenlos aus deinem Mund kommt«, unterbricht er mich. »Erst machst du mich als Siebzehnjähriger verrückt, stellst meine Welt auf den Kopf und verlässt mich dann von heute auf morgen, weil ich nicht sofort hellauf begeistert war, Vater zu werden. Nach zehn Jahren …«, er deutet mit seiner Flasche auf mich, »nach zehn Jahren kotzt du dich bei mir darüber aus, wie es *dir* dabei ging, machst mir Vorwürfe, verführst mich wieder mit deinem verhexten Lächeln, stellst meine Welt erneut auf den Kopf und zwingst mich im gleichen Atemzug, zu Marlene zu gehen. Ich liebe dich so verrückt, dass ich dir selbst diesen Wunsch erfülle. Auch wenn ich daran zugrunde gehe. Wie verrückt ist das eigentlich?«

»Paul!«

»Nein, jetzt bin ich mal dran, mich auszukotzen. Weißt du, wie ich mich dabei gefühlt habe?« Er runzelt fragend die Stirn und wartet auf eine Antwort. Ich blicke zu Boden. »Erst verschwindest du, reißt mir mein Herz bei lebendigem Leibe heraus und lässt mich blutend liegen. Ich habe damals begonnen, viel zu viel Alkohol zu trinken, und hätte mich am liebsten in diesem jämmerlichen Dasein umgebracht«, schreit er mich voller Schmerz an. Dann kehrt Stille ein.

Ich gehe auf ihn zu und versuche erneut, ihn zu berühren. Er lässt es nicht zu.

»Nicht!« Er schüttelt den Kopf. Seine Arme hängen trostlos, schwach zu Boden. »Ich war irgendwann über dich hinweg. Jedenfalls habe ich mir das eingeredet. Ich brachte mein Leben in geregelte Bahnen. Doch nachdem ich dich auf diesem Klassentreffen wiedersah, war jeder darauffolgende Tag ohne dich die reinste Hölle. Ich habe mit den Jahren gelernt, dich aus meinen Gedanken zu verbannen, so wie du es getan hast. Doch nach diesem Treffen war es unmöglich, so weiterzuleben. Ich konnte mich selbst nicht mehr belügen.«

»Paul, das …«

»Schhh …« Er bedeutet mir, still zu sein, indem er den Finger auf seine Lippen legt. »In all den Jahren versuchte ich mich damit zu arrangieren, um wieder lieben zu können, wenn auch nie auf dieselbe Weise. Doch auf dem Klassentreffen wurde mir zum ersten Mal bewusst, zu was für einem Affen ich mich die ganze Zeit gemacht habe, indem ich glaubte, dich vergessen zu können. *Mir* hat es beinahe den Boden unter den Füßen weggezogen, als ich dich wiedersah. Seit diesem Tag habe ich mir alles Mögliche ausgedacht, um in deiner Nähe sein zu können. Ich sah diese labile, verletzliche Frau vor mir … diesen kalten Menschen, zu dem du geworden bist. Das tat so verdammt weh …« Er stoppt einen Moment und schluckt heftig, bevor er weiterredet. »Denn ich hatte noch immer in Erinnerung, wie du die Starke von uns beiden warst und wie verrückt ich nach deinem Lächeln war. Verrückt nach diesem Mädchen, das so positiv und lebenslustig in mein Leben getreten ist und meine Welt auf den Kopf gestellt hat. Doch dein Lächeln war gestorben. Ich wusste, dass wir nicht mehr die gleichen Personen sind, die wir einmal waren, und dennoch fing mein Herz wieder an, für dich zu schlagen.« Paul starrt an mir vorbei und redet monoton. »Wenn ich ehrlich bin, hat es nie aufgehört, für dich zu schlagen. Dich jetzt, nach so langer Zeit, wieder von Herzen strahlen zu sehen, macht mich glücklich. An der Seite dieses neuen Mannes kannst du das wieder.«

»Paul, David ist …«

»Ist schon gut. Er tut dir gut. Ich kann das gerade nicht von mir behaupten«, unterbricht er mich. »Er erweckt etwas Wunderschönes in dir. Ich habe euch beobachtet. Du lachst wieder vergnügt.«

»*Du* alleine bist der Grund dafür, warum mein Herz wieder fühlt. David ist ein Freund.«

Er nimmt wieder einen kräftigen Schluck aus seiner Flasche. Wütend entreiße ich sie ihm.

»Lass den Mist!«, schreie ich ihn an. »Was willst du damit bezwecken?«

»Süße, nur, weil du mir die Flasche wegnimmst, bedeutet das nicht, dass ich mir nicht bei der nächsten Tankstelle eine kaufen werde. So lange, bis der Schmerz aufhört. Irgendwann fühlt man nichts mehr. Du weißt doch genau, wovon ich rede!«

»Hör auf, so einen Blödsinn von dir zu geben. Ich erkenne dich gar nicht wieder.«

Er breitet die Arme aus. »Süße, du siehst den Paul, den du eine lange Zeit verpasst hast. Und? Gefalle ich dir so nicht mehr?«, antwortet er verhöhnend.

»Vielleicht sollten wir uns weiter unterhalten, wenn du nüchtern bist.«

»Warum sollte ich mit jemandem reden, der mein Herz herausgerissen hat, es aufgespießt hat und zum Schluss nochmal darauftrampelt … als wäre es nichts wert.«

»Das ist nicht wahr!«

»Süße, wenn es in deinen Augen nicht wahr ist, so lass dir

von mir sagen …« Er greift sich an seine Brust. »Es fühlt sich verdammt wahr an.« Sein vor Verachtung triefender Tonfall schnürt mein Herz schmerzhaft zusammen.

»Ich wollte dich schützen!«

Ich sehe ihm an, dass meine Worte keine Erklärung für ihn darstellen.

»Wovor?«

»Dich erneut vor eine Entscheidung zu stellen. Ich hatte solche Angst, dass du dich gegen uns entscheiden würdest.«

»Findest du nicht, dass ich die Wahrheit verdient habe? Nach alldem, was uns passiert ist?«

»Ich habe versucht, dir davon zu erzählen. Nicht nur einmal. Ich hinterließ dir Nachrichten auf deiner Mailbox und bat dich um ein Gespräch. Nachdem du auf keine einzige reagiert hast, wollte ich zu dir fahren, um mit dir zu reden. Doch meine unbeantworteten Anrufe ließen mich zweifeln, ob es wirklich richtig ist, dich vor eine Entscheidung zu stellen.«

»Es liegt nicht in deinem Ermessen, das zu entscheiden.«

Ich bewege mich auf ihn zu. Vorsichtig strecke ich die Hand nach ihm aus und lege sie auf seine Schulter. Schon wieder weicht er zurück.

»Nicht«, flüstert er mit gebrochener Stimme.

»Worum ging es wirklich in dem Streit vorhin?«, frage ich ihn sanft.

Er schüttelt gekränkt den Kopf. »Das Kind ist nicht von mir. Marlene hat mich belogen. Genauso wie du.« Ich schnappe erschrocken nach Luft. »Ich habe es anscheinend nicht anders verdient.«

»Es tut mir leid, Paul!«

Er zuckt gelangweilt mit den Schultern und zischt spöttisch auf.

»Mir tut auch vieles leid, doch wohin bringt uns das?« Seine Haare stehen ihm wild vom Kopf ab und seine Augen sind glasig und rot unterlaufen. Zögerlich hebt er seine Hand und streicht mir über die Wange. Ich schließe automatisch die Augen. Der Geruch von Alkohol und Zigaretten übertüncht seinen herrlichen Duft.

»Paul ... es tut mir so leid«, spreche ich mit zitternder Stimme.

»HoneyBee«, er seufzt gequält. »Ich muss gehen. Wer, wenn nicht du, wird mich verstehen ...« Er löst seine Hände von mir.

»Warum?« Ich reiße erschrocken die Augen auf.

»Weil ich dir schade.«

»Wie kommst du auf so einen Blödsinn?«

»Ich schade mir gerade nur selbst. Ich bin rückfällig geworden, Leni. In diesem Zustand bin ich niemandem eine Hilfe. Es tut mir leid, wenn ich dich enttäusche.«

»Ich helfe dir. Bitte bleib hier. Ich brauche dich. Wir brauchen dich«, flehe ich ihn an, greife nach seiner Hand und ziehe sie zu meiner kleinen Wölbung. Er zieht scharf die Luft ein. Ich spüre, wie seine Hand unter meiner zittert, und er schluckt heftig. Ich suche in seinen Augen nach einer Chance für unsere Liebe und sehe, wie eine Träne seine Wange hinunterläuft.

»Ich könnte mir nie verzeihen, wenn ich diesem Kind der gleiche Vater werde, wie es meiner war. Der Alkohol macht mich zu einem anderen Menschen. Bitte versteh mich doch.«

»Das wirst du nicht. Solange wir füreinander da sind, schaffen wir jede Hürde. Wir sind Leni und Paul.« Behutsam beginnt er, mit seinen Fingern meinem kleinen Bauch nachzuspüren. Bei seiner innigen Geste lächle ich zuversichtlich. Erleichtert atme ich aus und dämpfe meine Stimme. »Gemeinsam schaffen wir das, Paul.«

Plötzlich entfernt er seine Hand von meinem Bauch. Meine Worte prallen vollkommen an ihm ab und er antwortet mit verhärteter Miene.

»Womit hat dieses Kind nur mich als Vater verdient?«, fragt

er und raubt mir den letzten Funken Hoffnung.

»Sag so etwas nicht.«

Er dreht sich wortlos um.

Ich greife nach seinem Ellbogen und halte ihn zurück. Der schnelle Herzschlag hämmert bis in meine Schläfen. »Wohin willst du? Du kannst mich jetzt nicht alleine lassen. Nicht schon wieder.«

Stürmisch dreht er sich um und zieht mich verzweifelt an sich. Angespannt entweicht mir ein Ton. Ich verstecke meine Nase in seinem Hemd und beginne bitterlich zu weinen. Seine flüsternden Worte nehme ich nur noch der Ohnmacht nahe wahr.

»Ich will, dass du gut auf unser Baby aufpasst. Beschütze es mit deinem Leben, hörst du mich? Gib gut acht auf dich.«

Ich antworte nicht.

»Hörst du mich?«, fragt er streng nach.

»Bitte verlass mich nicht.«

»HoneyBee. Bitte lass mich gehen. Ich schade euch.«

»Lass uns morgen darüber reden, wenn du klar bei Verstand bist.«

»Ich kann nicht.«

»Paul, was hast du vor? Ich brauche dich. Wir brauchen dich. Ich komme mit dir. Ich will bei dir sein.«

Er nimmt mein Gesicht fest in seine kalten Hände und wischt die immer wiederkehrenden Tränen beiseite.

»HoneyBee, du bist auf dem richtigen Weg. Schau dich an. Du bist das blühende Leben. Du hast dich so verändert, seitdem ich dich das letzte Mal, bevor du nach Paris gegangen bist, gesehen habe. Du kannst wieder lächeln. Weißt du, wie glücklich mich das macht? Du wirst auf unser Baby aufpassen, wenn ich nicht hier bin.«

»Nein, Paul. Ich brauche dich. Ich schaffe das nicht alleine. Wo willst du, verflucht noch mal, jetzt hin?«

»Ich muss etwas Abstand von der ganzen Sache bekommen.«

»NEIN! Tu mir das nicht an«, jammere ich, während das Wasser in meinen Augen seine Konturen verschwimmen lässt.

»HoneyBee, schau mich an …« Ich versuche es, doch er verschwindet immer mehr hinter meinem nicht enden wollenden Wasserfall. Ich schluchze und japse wie ein kleines Kind nach Luft.

»Egal was passiert, ich will, dass du weißt, wie sehr ich dich und dieses Kind unter deinem Herzen liebe. Du bist stark. Stärker, als du dir selbst eingestehst. Wir können so nicht weitermachen. Wir schaden uns gerade mehr, als wir uns guttun.«

Ich schüttle den Kopf, um ihn vom Gegenteil zu überzeugen. Doch es ist sinnlos, denn seine Entscheidung, mich hier alleine zurückzulassen, scheint schon längst getroffen zu sein.

»Warum, Paul?«, brülle ich ihn aus Leibeskräften an. »Warum tust du mir das schon wieder an?«

»Lena, bis vor Kurzem wolltest du mir nicht einmal von diesem Kind erzählen. Ich werde dich nicht alleine lassen, doch ich brauche nun etwas Zeit, um gesund zu werden. So wie ich jetzt bin, werde ich dir nicht helfen. Ich habe Probleme und ich kann nicht verantworten, dich damit zu belasten.«

Verständnislos schüttle ich den Kopf.

»Jeder hat doch Probleme. Unserem Glück steht nichts mehr im Weg. Ich liebe dich. Du wirst erkennen, dass unsere Liebe jede Wunde heilt. Wir werden einander helfen.«

Die Traurigkeit in seinen Augen bestätigt den Ernst seiner Worte und meine schlimmsten Befürchtungen.

»So einfach ist das nicht. Ich kann nicht hierbleiben, Leni.«

Mir fehlen die Worte, dann werde ich furchtbar wütend. Paul traf seine Entscheidung ohne mich.

»Du lässt mich alleine zurück und erwartest, dass ich dich dann wieder mit offenen Armen empfangen werde? Wie kannst du das nur tun?«

»Ich erwarte mir gar nichts«, antwortet er traurig. »Ich hoffe nur bei meiner Rückkehr auf dein offenes Herz.«

»Ich hasse dich!«

Er zieht meine Lippen verzweifelt an seine und küsst mich ein letztes Mal, bevor er abrupt loslässt.

»Und ich liebe dich. Ich liebe euch. Vergiss das nie.« Ich spüre sein sanftes Lächeln an meinen Lippen, bevor er mir kurz über die Wange streicht und mich loslässt. Ohne ein weiteres Wort verlässt er den Raum. Ich stehe unter Schock, denn ich schaffe es nicht, mich auch nur einen Zentimeter zu bewegen.

»Wie kannst du das nur tun?«, flüstere ich in mich gekehrt. Die Luft, die ich einatme, füllt meine Lungen nicht mehr und ich beginne zu hyperventilieren. *Was passiert hier gerade?*

ZWANZIG

Fünf Monate später

Durch die glühende Hitze flimmert die Luft auf den Motorhauben. Ich bewege mich nicht mehr, ich rolle vielmehr von einem Ort zum anderen. Meine Füße passen nur noch in die flachen Sommertreter und meine Kondition gleicht der einer alten Frau. Der Schweiß steht mir nicht nur auf der Stirn, sondern bildet einen unangenehmen großen Fleck zwischen meinen Brüsten. Der hochsommerlichen Temperatur angepasst, trage ich ein kurzes Kleid. Je höher die Sonne steigt, desto mehr klebt es an meinem Körper. Keuchend, wie ein Schwertransporter, bringe ich die letzte Kiste die Stufen zu meiner neuen Wohnung hinauf. Ich ahne schon, was mich erwartet, wenn sie mitbekommen, dass ich es wage, etwas zu schleppen. Ich schaffe es nicht einmal bis zum zweiten Stock, da kommt mir schon eine schimpfende Männerstimme, gefolgt von einer hysterischen Frauenstimme, entgegen.

»Lass alles sofort stehen und liegen.« David läuft zu mir und weist mich zurecht. Elli hat nichts Besseres zu tun, als ihm beizustimmen. Ich gebe auf, setze mich, alles andere als damenhaft, auf die kalten Fliesen des Stiegenhauses und schnaufe ein paarmal tief durch. Die dicken Wände des Altbaus, in dem ich von nun an wohnen werde, kühlen das Stiegenhaus auf eine angenehme Temperatur.

»Du bist die sturste Frau, die ich kenne! Warum kannst du nicht ein Mal warten?«, ärgert sich David, während er sich den Karton greift und fluchend die Treppen hinaufsaust.

»Ich wollte nur helfen … Außerdem steht das Auto im Parkverbot!«, schreie ich ihm entschuldigend nach.

»Alles in Ordnung, Leni?« Elli setzt sich neben mich und ich lege erleichtert meinen Kopf an ihre Schulter.

»Ich platze bald!«

»Jetzt kann dein kleiner Junge kommen! Die Wohnung ist so gut wie fertig.« Sie tritt einen Schritt zurück, um den kugelrunden Babybauch in voller Pracht zu betrachten, und streicht liebevoll darüber.

»Schau meine Hände und meine Füße an!« Ich strecke demonstrativ meine Gliedmaßen von mir. Seit ein paar Wochen schwellen sie von Tag zu Tag etwas mehr an.

»Genieße noch die letzten Tage. Eine Schwangerschaft ist so kurz im Verhältnis zu einem ganzen Leben.«

»Ich weiß. Die Zeit ist schon bald vorüber und dann darf ich mein eigenes Kind in den Händen halten. Du kannst dir gar nicht vorstellen, wie glücklich mich der Gedanke daran macht.« Unweigerlich denke ich in diesem Moment an Paul.

Die Eingangstür im Treppenhaus öffnet sich. Lautes Kindergeschrei ertönt. Ich höre, wie Emma ihre Buben ermahnt, leise zu sein.

Sie kommt fluchend näher und ich beginne zu grinsen, da ihre Jungs sie ignorieren und grölend an uns vorbeilaufen. In einer Hand trägt Emma ihre kleine Tochter und in der anderen einen Teller mit einer riesigen Schokoladentorte.

»Ich beneide dich nicht um die vielen Stufen zu deiner Wohnung«, meint sie genervt, als sie uns erblickt. Ihre

Bewegungen gleichen einer gymnastischen Übung. Gekonnt balanciert sie das Kind in der einen und die Torte in der anderen Hand. »Was treibt ihr zwei denn hier?«, schnauft sie.

»Emma, warte, ich helfe dir!« Elli springt auf und läuft ihr ein paar Stufen entgegen. Ich hieve mich unterdessen wieder hoch und halte mir meinen Rücken, der schon wieder fürchterlich zieht. Elli schwankt mit der duftenden Torte an uns vorbei. Emma zieht mich zur Begrüßung an sich.

»Können wir euch beide noch umarmen?« Sie drückt mich kurz und schaut dann auf meinen Bauch, während sie bewundernd darüberstreicht.

»Schau mal, da ist ein kleines Baby drinnen«, bedeutet sie ihrer Tochter in einem kindlichen Tonfall.

Die Kleine grinst und dreht sich verschämt weg. Ich streiche Clara über ihren blonden Haarschopf, kitzle sie am Hals, als sie auf meinen Bauch zeigt, langgezogen »Babyyyy« ruft und mir ein paarmal auf den Bauch tippt.

»Also, ich war niemals so rund«, versucht Emma mich zu ärgern und stupst mich mit ihrem Ellbogen an.

Ich rolle mit den Augen.

»Danke, Emma!«

»Na ja, jedenfalls kann ich mich nicht mehr daran erinnern. Aber das ist ja das Gute am Mamasein. Du wirst dich weder an die Schmerzen bei der Geburt noch an die vielen schlaflosen Nächte erinnern!«

Wir gehen die restlichen Treppen zu meiner neuen Wohnung hinauf und Emma berichtet detailliert über die Erfahrungen und die Geburten ihrer Kinder. Aus reinem Selbstschutz versuche ich, ihr kein Gehör zu schenken, da sie damit immer ein mulmiges Gefühl bei mir auslöst. Im Vorbeigehen streife ich über das Namensschild, das David gestern montiert hat. »Leni Steinberg« steht dort in geschwungener Schrift. Zwei Namen, die sich stimmiger nicht anfühlen könnten und die ich in mein neues Leben wieder miteinziehen lasse. Ich habe Christians Nachnamen abgelegt und mich von allem gelöst, was mich an meine Vergangenheit mit ihm erinnerte. Christian bestand bei der Scheidung auf sämtliche Vermögenswerte. Sogar nach seinem erneuten Übergriff vor ein paar Monaten. Schließlich einigten wir uns und ich bekam meinen Anteil. Nach all den Jahren fühlte ich mich nach der Verhandlung das erste Mal so richtig frei.

Kurz nach meiner Rückkehr nach Paris kündigte ich meinem Chef an, nicht mehr in dem Maße für ihn arbeiten zu können und meine Arbeitsstunden minimieren zu wollen. Natürlich erfreute ihn diese Nachricht nicht, doch es blieb ihm nichts anderes übrig, als nach einem Ersatz zu suchen. Mein Chef versuchte mich zu überreden, weiterhin für Ela zu arbeiten, doch ich gab ihm unmissverständlich zu verstehen, dass die Zeit in der Modebranche nun hinter mir liegt.

Die intensiven Wochen, in denen ich die neue Redakteurin einschulen musste, gingen nicht spurlos an mir vorbei, und der Entschluss, diese Branche zu verlassen, fühlte sich richtig an.

Je weiter die Schwangerschaft voranschritt, desto intensiver wurden das Heimweh und der Wunsch, im Kreise meiner Familie und aller Freunde zu sein. Ich sehnte mich nach einem Platz für mein Baby und mich, an dem wir uns geborgen fühlen. Vor ein paar Tagen bin ich endgültig von Paris in meinen Heimatort zurückgekommen und beziehe nun voller Stolz meine eigene Wohnung.

»Vorsicht, stolpere nicht über die vielen Kisten«, ruft mir Elli aus der Küche entgegen, als ich mir meinen Weg durch das Chaos bahne. Unzählige Kartons stapeln sich hier. David packt einen nach dem anderen und verfrachtet sie in die passenden Zimmer. Ich höre, wie er mit Elli zu philosophieren beginnt, welcher Platz der richtige für die Kaffeemaschine sei. Emma holt unterdessen klimpernd das Geschirr aus den Kisten und weist die beiden Jungs an, nicht in der Wohnung Fangen zu spielen.

Ich wage es, mich nützlich zu machen, und beginne, die Kisten im Wohnzimmer auszuräumen, doch werde nach ein paar Handgriffen auf mein Sofa, zwischen Stapeln von Babykleidung, Bilderrahmen und Zeitungspapier, verfrachtet. Ich kann mich glücklich schätzen, dass ich so viele Menschen um mich habe, die mir helfen, doch langsam übertreiben sie es. Däumchen drehend beobachte ich das Treiben um mich und fühle mich nutzlos.

Sanft streiche ich über meine große Kugel und nehme Kontakt zu meinem Baby auf. Der kleine Mann in meinem Bauch hält mich ganz schön auf Trab. Sobald ich mich ausruhe, beginnt er wild zu strampeln. Solange ich mich bewege, schläft er seelenruhig. Ich kann es kaum erwarten, diesen unruhigen Geist in meinen Händen zu halten.

»Hey, Darling, kann ich dir etwas Gutes tun?« David schiebt die vielen Zeitungen beiseite und setzt sich neben mich. Ich rutsche ein Stück zu ihm, seufze und lege meinen Kopf an seine Schulter. Er küsst mich sanft auf mein Haar.

»Wie geht es euch beiden?«, fragt er mich und streicht über meinen riesigen Bauch.

»Ich bin fix und fertig …« stöhne ich kraftlos. »Obwohl ich so gut wie nichts getan habe.«

»Dein Vater kommt gleich. Dann werden wir dein Bett zusammen aufbauen, damit du dich heute Nacht richtig ausruhen kannst.«

Dankend blicke ich zu ihm hoch, während er meine Haare zur Seite streift. David war in den letzten Monaten eine große Stütze. Er war für mich da. Er half mir bei der Wohnungssuche und freute sich mit mir über die ersten Kindsbewegungen. Ich schätze ihn als Freund. Vor ein paar Monaten nahm er einen Job bei einer Medienagentur in Wien an, aber im Sommer wird er nach Amerika zurückkehren und dort in der Agentur eines Freundes beginnen. Ich bot ihm an, zur Überbrückung bei mir einzuziehen, da er seine Studentenwohnung aufgeben musste. Wir verbringen sowieso schon jede freie Minute zusammen.

David küsst mich freundschaftlich auf die Stirn. »Sorry, Darling, die Arbeit ruft wieder.« Ich nutze die Gelegenheit, um den arbeitseifrigen Damen in der Küche Gesellschaft zu leisten.

»Da ist ja unser Kugelfisch.« Ich gebe Emma einen Klaps auf ihr Hinterteil. Sie quietscht kurz auf. Clara scheint mit einem Stück Brot am Boden beschäftigt zu sein, während sich die Jungs den Kuchen schmecken lassen.

»Und, gefällt es dir hier?«, will Emma wissen.

»Ich denke, wir werden uns hier sehr wohlfühlen«, antworte ich und lasse meinen Blick durch die Küche schweifen. Ich setze mich auf die gemütliche Sitzecke aus weißem, gebeiztem Holz. Die hohen Räume, der alte Parkettboden und die dicken massiven Türen in meiner neuen Wohnung haben maßgeblich zu meiner Entscheidung beigetragen, diese Wohnung zu nehmen. Sie sollte nichts Neues, Steriles, Kaltes an sich haben. Sie sollte anders sein als die Wohnung, in der ich die letzten Jahre an Christians Seite wohnte. Ein Zuhause mit vielen Ecken und Kanten.

Vor einem guten Jahr verkroch ich mich hinter den schweren Vorhängen meines Lebens und scheute jede gemütserheiternde Aktivität.

Heute öffne ich die Fenster, freue mich über die Sonnenstrahlen, die durch die großen Fenster hereinscheinen.

Jedes Stück in meiner jetzigen Wohnung erzählt eine Geschichte. Ich schleppte Elli von einem Flohmarkt zum anderen, bis ich die perfekte Sitzbank für meine Küche fand. Der Tischler verschaffte ihr noch den nötigen Schliff und einen neuen Anstrich.

Ein paar Möbelstücke ließ ich aus Paris liefern, viele ersteigerte ich in kleinen Antiquitätengeschäften und nur ein paar kaufte ich neu. Lächelnd streiche ich über das Holz meiner Küchenbank und freue mich wie ein kleines Kind über dieses Schmuckstück.

»Bist du sicher, dass es eine gute Idee war, David das freie Zimmer anzubieten?«, reißt mich Emma aus meinen Gedanken.

»Warum nicht? Ich brauche es noch nicht. Bis der kleine Mann in meinem Bauch in sein eigenes Zimmer übersiedelt, steht es leer. Außerdem handelt es sich doch nur um ein paar Wochen, bis David wieder nach Amerika geht. Wir sind Freunde, was ist daran verkehrt?«

»Klar! Freunde«, meint sie süffisant.

»Was?«

Sie schüttelt missbilligend ihren Kopf. »David empfindet etwas für dich. Kein anderer Mann würde sich sonst so sehr aufopfern.«

Ich lache kurz auf, um ihr die Lächerlichkeit ihrer Worte klarzumachen. »Er schwärmt für Elli!«

»Das sagt er dir vielleicht.«

»Nein, es stimmt. Wenn sie nicht so eine Zicke wäre, wären die beiden schon ein Paar.« Ich deute auf Elli, die an der Küchenzeile lehnt und an ihrem Kaffeebecher nippt.

»Leni, ich stehe genau neben euch. Wenn du lästerst, warte wenigstens, bis ich den Raum verlassen habe«, meint Elli und versucht dabei, ernst zu bleiben.

»Süße, rede dir ein, was du willst. Ich will nur nicht, dass hier jemand leidet. Wenn Paul …«

Sie kommt nicht weiter, da ich ihr bei seinem Namen wütend ins Wort fahre.

»Er ist nicht hier. Er hat sich nicht einmal erkundigt, wie es uns geht, geschweige denn ein Wort gesagt, wo er sich aufhält. Er soll zur Hölle fahren«, erwidere ich gekränkt.

»Leni, hör auf. So etwas darfst du nicht sagen!«, verteidigt Emma sofort wieder Paul. Die Wut lässt die Hitze in meine

Wangen schießen.

»Wenn es die Wahrheit ist?«

Emma beginnt nervös, die Kuchenbrösel vom Küchentisch wegzuputzen. Ich warte auf eine Antwort, doch sie scheint sich zu zieren.

»Da ist etwas, was ich dir sagen muss«, spricht sie endlich Klartext.

Ich wusste, dass sie etwas verheimlicht. Mein Magen beginnt nervös zu flattern.

»Und zwar?«

Emma und Elli tauschen verschwörerische Blicke aus. Was ist hier los? Ich blicke sie abwechselnd an und frage mich, wer als Erster mit der Wahrheit herausrückt.

»Sag es ihr einfach«, fordert Elli Emma auf.

»Na ja, was ich dir sagen wollte …« Sie beginnt nun, auch die Brösel vom Boden aufzuheben, um beschäftigt zu wirken.

»Emma, lass das! Was willst du mir sagen?«, pflaume ich sie etwas gereizt an.

»Es ist nicht so, wie du glaubst. Seit seinem Abschied meldet er sich jede Woche bei mir und will wissen, wie es dir geht.« Sie atmet erleichtert aus und man sieht ihr an, wie ein paar Tonnen von ihrem Herzen fallen, die nun unweigerlich von mir aufgefangen werden.

Paul erkundigt sich bei Emma nach mir?

Ich kneife die Augen zusammen, lasse die Neuigkeit auf mich wirken und spüre, wie der Zorn in mir aufwallt. »Warum erzählst du mir das erst jetzt?«

»Weil Paul mich gebeten hat, dir nichts davon zu erzählen. Vor einigen Wochen ist er aus der Entzugsklinik entlassen worden.« Entzugsklinik und Entlassung sind die einzigen Worte, die in meinem Gehirn ankommen. Er hat sich seitdem nicht einmal gemeldet.

»Und warum erfahre ich das erst jetzt?«

»Leni, ich weiß, Pauls plötzliches Verschwinden hat dir sehr wehgetan, doch bitte versuche, auch ihn zu verstehen. Er hatte furchtbare Angst, dich mit seiner Sucht zu belasten und euch damit zu schaden.«

Meine Miene verändert sich nicht. Ich spüre, wie ich mal wieder abstumpfe. Jedes Mal, wenn ich mich der Ohnmacht und der Hilflosigkeit nahe fühle, drifte ich in meine alten Muster ab.

»Wenn er geheilt ist, wo ist er dann?«, frage ich sachlich, emotionslos, und starre ins Leere.

Ich spüre den innerlichen Kampf zwischen meinem alten Ich und der Leni, die ich heute sein will. Die Selbstdisziplin steigt gegen die Emotion in den Ring. Diesmal gewinnt Letztere.

Die beiden Frauen bekommen nicht mit, welcher Kampf in mir stattfindet. Ich lege meinen Kopf an die Wand hinter mir, schließe die Augen, atme ein paarmal tief durch und spüre die Tränen meine Wangen hinablaufen.

»Wie geht es Paul?«, krächze ich nach ein paar Minuten.

»Es geht ihm besser. Er hat den Entzug hinter sich gebracht. Jetzt gerade arbeitet er im Krankenhaus, in dem auch dein Bruder arbeitet«, erwidert Emma leise.

Überrascht öffne ich die Augen und blicke auf. »Er ist in Afrika?«

Diese Information ist zu viel. Die Schleusen brechen. Er ist bei Lukas?

»Nur für ein paar Wochen, denke ich«, seufzt sie tief.

»Wann ... wann kommt er zurück?«, stottere ich und spüre, wie ich immer abgehackter atme.

»Das hat er mir nicht gesagt.«

Das unterdrückte Schluchzen aus meiner Kehle entweicht mir ganz plötzlich. Paul scheint gesund zu sein. *Trotzdem ist er nicht hier. Was hat das zu bedeuten?* Die Luft entweicht aus meinen Lungen. Am liebsten möchte ich fliehen. Weglaufen. Mich hinter der Mauer verstecken, die mir sonst immer Schutz gegeben hat. Ängstlich blicke ich Elli an. Nur eine Sekunde später spüre ich sie neben mir. Sie nimmt meine Hände und deutet meinen stummen Hilferuf richtig.

»Leni, hör mir zu.« Ich versuche, sie anzusehen. »Erinnerst du dich noch an den Tag, an dem wir uns in Paris am Flughafen getroffen haben?«

Ich nicke stumm.

»Erinnerst du dich auch noch an das, was wir gesprochen haben?«

Ich verneine. Ich will mich nicht erinnern, da es mich nur noch mehr aufwühlen würde.

»Du erzähltest mir, dass du Angst vor dieser Hilflosigkeit hast.«

Ich blinzle mit den Augen und gebe ihr recht.

»Du fühlst dich gerade hilflos, stimmt's?« Wieder nur ein Nicken, gefolgt von einigen Tränen. Emma reicht mir ein Taschentuch.

»Das ist völlig in Ordnung, sich manchmal hilflos zu fühlen. Diese Gefühle ziehen dir vielleicht gerade den Boden unter den Füßen weg. Du kannst an der Situation nichts ändern, Paul ist nicht hier. Was du ändern kannst, ist dein Umgang damit.«

»Ich bin so wütend. Warum kommt er nicht zu mir zurück, wenn er doch entlassen wurde und es ihm besser geht? Ich brauche ihn hier«, schluchze ich.

Sie streicht beruhigend über meine Hände.

»Sei wütend, schrei, tobe. Doch niemand kann dir die Antworten geben, die du gerade hören willst. Wichtig ist aber für dich, dass du aufhörst, auf etwas zu warten. Du bist so weit gekommen. Lass den Dingen ihren Lauf. Du bist so eine starke Frau, mit so viel Herz. Ich denke, für euch beide ist es wichtig, dass jeder für sich auf seinen eigenen Beinen steht, ohne die

Hilfe des anderen.«

»Ich stehe auf meinen eigenen Beinen«, antworte ich trotzig.

»In den letzten Monaten hast du das gelernt. Selbst als Paul nicht an deiner Seite war. Du kannst wirklich stolz auf dich sein. Du hast an dir gearbeitet. Vielleicht braucht Paul noch etwas Zeit, damit er das auch für sich sagen kann.«

»Ich möchte ihm doch die Zeit geben, doch er verpasst gerade so viele Dinge, das kann er nie wieder nachholen.«

»Das stimmt sicherlich, aber vielleicht lernt er gerade, seine Probleme in den Griff zu bekommen.«

»Die Geburt unseres Kindes steht unmittelbar bevor und er findet es nicht der Mühe wert, sich hier blicken zu lassen?«, wimmere ich verzweifelt.

»Darling, komm, schau dir dein Bett an, durch die Hilfe der Jungs bin ich schon fast fer…«, ruft uns David zu, bevor er in die Küche tritt. Er bleibt plötzlich stehen und schaut verdutzt in die Runde. Stumm starren wir ihn an.

»Was ist los?«

Ich versuche, ihn anzulächeln, und wische mir die Tränen aus dem Gesicht. »Die Hormone. Du weißt doch. Ich bin sofort bei dir.«

So ganz nimmt er mir meine Worte nicht ab, doch er verlässt die Küche, ohne einen Ton von sich zu geben.

»Ich gehe mir jetzt mein Bett ansehen.« Schniefend wische ich mit dem Handrücken über meine Nase und löse mich von meinen Freundinnen.

Meine Eltern kommen etwas später, helfen mir, ein paar Kartons auszupacken, essen mit uns zu Abend und verlassen uns, nachdem wir auf die neue Wohnung angestoßen haben. Ich bin komplett erledigt und möchte nur noch schlafen.

Die erste Dusche in meinem neuen Bad fühlt sich unglaublich gut an. Großzügig creme ich danach meine große Kugel ein. Die Haut spannt und juckt an jeder Stelle. Immer wieder spüre ich leichte Tritte. Ich blicke an mir herab und fühle grenzenlose Liebe. Mein Körper hat sich verändert. Mein Gewicht pendelte sich langsam, aber stetig ein.

Vor gar nicht langer Zeit hat mir im Spiegel noch ein Knochengerüst mit eingefallenen Wangen und einem fahlen Teint entgegengeblickt. Jetzt sehe ich eine andere Frau, mit auffallend roten, gut genährten Backen und einer großen Oberweite. Sie lächelt mir zu. Sie ist glücklich. Die Creme an meinem Bauch trocknet schnell ein und ich streife ein Nachthemd über. Bevor ich in mein eigenes Bett schlüpfe, lehne ich mich noch an den Türrahmen zu Davids Zimmer. Er schläft bereits. Die Türe steht weit offen, damit ich ihn rufen kann, sobald ich Schmerzen bekomme. Es könnte jeden Tag so weit sein. Er liegt bäuchlings auf dem Bett und trägt eine Boxershorts und ein ärmelloses T-Shirt. So wichtig es war, in Paris mein Leben alleine auf die Reihe zu bekommen, so froh und dankbar bin ich nun, David hier zu haben.

Ich lege mich seitlich ins Bett und streiche beruhigend über meinen Bauch, denn mein kleiner Junge beginnt schon wieder heftig gegen die Abendruhe zu protestieren. Sobald ich meine Augen schließe, sehe ich Pauls Gesicht vor mir. Ich will verständnisvoll sein und ihm die gleiche Chance geben, seinen Weg zu finden. Doch nach dem Gespräch mit Emma heute schwindet jede Hoffnung auf eine gemeinsame Zukunft. Langsam werden die kleinen Tritte in meinem Bauch leichter. Ich lasse den Blick durch mein neues Schlafzimmer schweifen. Die Vorhänge, die meine Mutter auf die Stange gehängt hat, wehen im warmen Luftzug, der durchs Fenster streicht.

Neben meinem Bett türmen sich die Umzugskisten mit Gewand und Hunderten High Heels, die ich morgen in die hinterste Ecke meines Schranks räumen werde. So schnell bringt mich keiner mehr in diese Dinger, ganz zu schweigen davon, dass ich mit meinen Füßen sowieso nicht mehr in diese Minnie-Maus-Schuhe passe. Genauso wie meine Designerklamotten gehören sie zu einer anderen Zeit. Durch das offene Fenster und die sich sanft bewegenden Vorhänge scheint der Mond in mein Zimmer.

Ich entdecke die kleine Holzkiste, die mir meine Mutter damals nach Paris geschickt hat, auf meinem Nachtkasten. Wer hat sie dort hingestellt? Ich kann mich nicht daran erinnern, sie von meinem Elternhaus mitgenommen zu haben. Zögerlich greife ich danach. Beinahe alle von Pauls Briefen öffnete ich kurz nach seinem Abschied.

Der Trennungsschmerz wurde dadurch nicht weniger und so legte ich sie beiseite. Bis jetzt. Ich lasse sie durch meine Hände gleiten.

Erst als David neben mir steht, merke ich, wie ich eng umschlungen mit der Schachtel und vielen Briefen in meinen Händen wimmere. David kniet sich neben mein Bett, sodass er mir in die Augen schauen kann.

»David, es tut mir leid, habe ich dich geweckt?« Sofort wische ich die Tränen aus meinem Gesicht, um zu verheimlichen, was sowieso schon offensichtlich ist.

»Leni, quäle dich doch nicht immer selbst mit diesen Briefen.« Vorsichtig zieht er jeden einzelnen aus meinen Händen. Kurz widerstrebt es mir, sie ihm auszuhändigen, doch ich gebe nach. Er hat recht.

»Vielleicht solltest du sie ihm irgendwann zurückgeben …« Ich nicke. »Ich habe da etwas für dich! Ich wollte es dir heute beim Einzug geben, aber ich fand nie den richtigen Zeitpunkt.« Er zieht eine kleine Schatulle hinter seinem Rücken hervor.

Ich blicke ihn erstaunt an, richte mich etwas auf und öffne sie. Vorsichtig nehme ich einen silbernen Armreif heraus und drehe ihn in meiner Hand. Ich lese die eingravierten Worte.

»Im Loslassen liegen die Flügeln zur Freiheit.«

»Danke«, antworte ich mit einem sanften, dankbaren Lächeln und beginne die Worte auf mich wirken zu lassen.

Nach ein paar Minuten meine ich energisch: »Ich denke, du hast recht. Es ist an der Zeit, Paul gehen zu lassen. Für mich war es schwer, zu akzeptieren, dass er uns so leicht hinter sich lassen konnte. Ohne einen Anruf, ohne ein Wort, ging er nach Afrika.«

»Vielleicht hat er seine Gründe.« Er nimmt Pauls Verhalten in Schutz, was mich wütend macht. Schließlich kennt er Paul überhaupt nicht.

»Selbst wenn, ich muss aufhören, mein Glück von einem Menschen und dessen Rückkehr abhängig zu machen. Diese Warterei macht mich verrückt. Ich kann das nicht mehr.« David nickt geistesabwesend, doch bleibt stumm.

»Morgen bringe ich seine Briefe zurück. Nachdem ich ihn nicht erreichen kann, werde ich ihm einen Brief schreiben, um ihn von seinen Pflichten zu befreien.«

»Ihr solltet ein klärendes Gespräch führen. Ihr habt eine Verantwortung zu tragen.«

»Paul weiß, wo ich bin. Er weiß, wann das Baby auf die Welt kommt. Er flieht ans andere Ende der Welt und entzieht sich jeglicher Verantwortung.«, antworte ich wie ein trotziges Kind und packe die Briefe wieder in die Schachtel zurück. Mein Entschluss steht fest. Ich werde einen Schlussstrich ziehen.

Als ich am nächsten Tag vor Pauls Elternhaus stehe, blicke ich an mir herab, berühre meinen Bauch und erinnere mich an die vielen Stunden, die wir hier gemeinsam verbrachten. Meistens dann, wenn sein Vater einen Kongress oder ein Seminar besuchte. Lisa, Pauls Mutter, ist in dieser Zeit aufgeblüht. Genauso wie Paul, der plötzlich unbeschwert die Ruhe in seinem Elternhaus genoss. In meinen Händen halte ich die

Schachtel mit Pauls Briefen. Ich drücke sie noch ein letztes Mal fest an meine Brust, bevor ich an die Eingangstür klopfe. Fest umwickelt mit einigen Bändern, so wie ich die Schachtel vor Monaten von meiner Mutter bekommen habe, gebe ich sie nun zurück. Diesmal steckt nicht ein Brief meiner Mutter zwischen den vielen Schnüren, sondern einer von mir. Ein Abschiedsbrief.

Kurze Zeit später öffnet mir ein Mann die Tür, den ich zum ersten Mal sehe.

Er lächelt mich an, blickt auf meinen Babybauch und legt den Kopf etwas schief. Vielleicht wohnt Pauls Mutter nicht mehr hier?

»Tut mir leid, ich wollte zu Lisa Franke.«

»Lisa ist gerade nicht da. Du musst Lena sein, oder?«, strahlt er mich mit einem gewinnenden Lächeln an.

»Ja, ich bin Lena. – Lena Steinberg«, ergänze ich noch unnötigerweise.

Er reicht mir seine Hand. »Ich bin Lisas Mann, kann ich dir auch helfen?«

»Ich wollte das eigentlich nur abgeben. Es ist für Paul.« Ich reiche ihm die Schachtel, als wäre sie brennheiß, und bin froh, als er sie an sich nimmt.

»Ich werde sie ihm geben, wenn er wieder hier ist.« *Wenn er wieder hier ist*, wiederhole ich gedanklich.

»Okay.« *Hat er vor, wiederzukommen? Wann kommt er wieder?*, will ich anfügen, doch wage es nicht.

Ich kann meine feuchten Augen nicht vor ihm verstecken, obwohl ich immer wieder zu Boden blicke.

»Geht es euch beiden gut? Lisa hat versucht, dich zu erreichen. Sie wird sicherlich enttäuscht sein, dich verpasst zu haben. Willst du denn nicht kurz hereinkommen und auf sie warten?«

Ich habe bis jetzt jeglichen Kontakt mit seinen Eltern vermieden, denn ich wusste nicht, wie sie auf meine Schwangerschaft reagieren würden.

»Okay«, antworte ich, ohne nachzudenken. Er bedeutet mir, hereinzukommen, und ich wage einen Schritt in einen Ort voller Erinnerungen, die auf mich einprasseln, als ich das Haus betrete. Unwillkürlich blicke ich die Treppen zu Pauls altem Zimmer hinauf. Eine unglaubliche Macht zieht mich ohne mein Zutun in das obere Stockwerk. Erst als ich in der Mitte der Treppe ankomme, merke ich, was ich gerade vorhabe, und stoppe abrupt. Aufmunternd lächelt mir Lisas Mann zu und fordert mich auf, weiterzugehen.

»Nur zu. Wenn Lisa nach Hause kommt, werde ich ihr sagen, wo sie dich findet.« Ich nicke und gehe die Treppen ferngesteuert weiter. An der Türklinke halte ich inne. *Was mache ich hier?* Dennoch öffne ich zögernd die Tür zu seinem alten Zimmer.

Hier hat sich wenig verändert. Unzählige Pokale stehen noch immer in den Regalen. Feinsäuberlich liegen stapelweise Lernunterlagen aus Pauls Medizinstudium auf seinem Tisch. Daneben sehe ich einen kleinen Bilderrahmen. Auf dem Bild sitzen Paul und ich direkt vor dem kleinen See hinter dem Birkenwäldchen und betrachten den Sonnenuntergang. Seine Hand liegt auf meiner Schulter, während er einen Kuss auf meine Stirn haucht. Ich liebte diese Aufnahme. Elli fotografierte uns in diesem unbeobachteten Moment. Auch in meinem Zimmer zierte dieses Bild die Wand, bis meine Mutter alle Fotos von Paul und mir entfernte. Um mir den Schmerz beim Anblick zu ersparen, wie sie mir später erzählte. Wehmütig ziehe ich das Bild an meine Brust und setze mich auf Pauls Bett. Ich schließe die Augen und höre seine Stimme.

»Wohin wollen wir nach unserer Abschlussprüfung reisen?«, fragt er mich, während ich mit ihm auf dem Bett liege und er zärtlich über meinen Rücken streicht.

»Ich denke, unser erstes Ziel sollte Paris sein. Der Eiffelturm.

Danach Florenz, Venedig ...«

*»Nicht so schnell. Lass uns erst einmal mit Paris beginnen«,
unterbricht er mich, lacht und küsst mich auf die Schläfe. »Ein
Land nach dem anderen.«*

*»Was möchtest du sehen?« Ich blicke in seine Augen und sehe,
wie sie zu leuchten beginnen.*

*»Jeden erdenklichen Ort. Hauptsache, mit dir an meiner
Seite.«*

»Das sind aber viele.«

»Wir haben doch Zeit.«

»Lena?« Pauls Mutter betritt den Raum. Ich lächle ihr zu
und lege den Bilderrahmen auf die Bettdecke. Sie kommt zu
mir, hebt ihn auf und betrachtet das Bild.

»Das ist lange her«, meint sie und streicht liebevoll über
das Foto.

»So lange, dass es sich wie ein anderes Leben anfühlt«,
ergänze ich melancholisch.

»Darf ich?« Sie deutet auf das Bett. Ich nicke und rutsche
etwas beiseite. »Schön, dass du gekommen bist.«

»Ich wollte Pauls Briefe zurückbringen«, erkläre ich meinen
Besuch.

»Ich habe ein paarmal versucht, dich zu erreichen.«

»Ich weiß, es tut mir leid, doch ich fühlte mich für ein
Treffen noch nicht bereit.«

»Das verstehe ich.« Sie blickt neugierig auf meinen Bauch,
der sich durch mein weißes TShirt deutlich hervorwölbt. »Wie
geht es euch beiden?«

Ich lächle und blicke an mir herab.

»Gut. Es wird ein Junge.« Ich sehe ihr an, wie sie diese
Nachricht berührt. »Er ist sehr aktiv.«

Ihre Augen leuchten. »Genauso wie Paul. Er hat mir viele
schlaflose Nächte bereitet.« Ein sanftes Lächeln umspielt unsere
Münder.

Ich streiche über meinen Babybauch. »Das dürfte er wohl von seinem Vater haben. Willst du einmal fühlen?« Ich ergreife, ohne auf die Antwort zu warten, ihre Hand und ziehe sie auf meinen Bauch. Meine Offenheit überrascht mich selbst, doch Lisa habe ich schon damals sofort in mein Herz geschlossen. Wenn ich ehrlich bin, schäme ich mich, dass ich jeglichen Kontakt zu ihr mied. Schließlich kann sie nichts für meine Differenzen mit Paul.

Seitdem ich auf seinem Bett sitze, betreibt der kleine Kerl in meinem Bauch seine Turnübungen, und Lisa wird Zeuge dieses kleinen Wunders in mir.

»Es tut mir sehr leid für Paul, dass er das nicht miterlebt«, meint sie vorsichtig.

Sofort verkrampfe ich mich und die unbeschwerte Stimmung schwindet. Lisa nimmt die Hand wieder von meinem Bauch.

»Es ist sein Wunsch«, erwidere ich achselzuckend.

»Ich kann verstehen, wie du über die ganze Sache denken musst.«

Ich antworte ihr nicht und blicke stur geradeaus.

»Was Paul und dir vor einigen Jahren passiert ist, war für keinen Beteiligten schön. Schon gar nicht für euch beide. Eure junge Liebe wurde auf eine harte Probe gestellt.«

»Und wir sind gescheitert …«

»Ich denke, es wäre fast allen so ergangen.« Sie knetet nervös ihre Hände. »Deine Mutter hat mir immer wieder erzählt, wie es dir ergangen ist. Gleichzeitig mitanzusehen, wie Paul darunter litt, hat mein Herz zerrissen. Es hat mich so sehr erschreckt, wie er von Tag zu Tag mehr Ähnlichkeiten mit seinem Vater zeigte, dass ich ihn in die Klinik einweisen ließ.«

»Ich dachte, sein Vater …«

»Natürlich war es sein Vater. Er hatte die Möglichkeiten, doch ich war es, die den Anstoß gab. Ich konnte nicht mitansehen, wie er sich zugrunde richtet.« Mein Puls erhöht sich kontinuierlich bei ihren Worten. »Ich verstehe, wenn du wütend auf ihn bist, denn sein Verschwinden erinnert dich wahrscheinlich an eure erste Trennung. Aber glaube mir, es war das einzig Richtige, was er machen konnte. Er hätte euch so nur geschadet. Ich bin froh, dass er nach seinem Rückfall so vernünftig war, einen Entzug zu machen.«

Ich nicke und halte die Hände vor mein Gesicht, denn die aufgestauten Emotionen überkommen mich. Ihre warme Hand auf meiner Schulter soll mir etwas Halt geben, doch sie bewirkt das Gegenteil. Ich zittere und beginne, heftig zu schluchzen. Ich vermisse ihn so sehr.

»Ich ermutigte Paul, in die Klinik zu gehen und erst wieder zurückzukommen, wenn er das Gefühl hat, euch nicht zu schaden. Ich wünsche dir nicht das Gleiche, was ich mit seinem Vater erlebt habe. Er muss zuerst sein Leben in die richtige Bahn bringen. Wenn du böse auf jemanden sein willst, dann sei es auf mich. Doch ich konnte es nicht verantworten, dass er diesem Kind der gleiche Vater wird, wie er selbst ihn hatte.« Sanft fährt sie meinen Rücken auf- und abwärts. »Leni, bitte verzeih mir, ich hoffe, du verstehst meine Beweggründe.«

»Ich verstehe dich, doch nun ist Paul geheilt. Er ist dennoch nicht hier bei mir. Bitte verstehe auch mich, wenn ich mich irgendwann loslösen muss. Diese Ungewissheit tut mir nicht gut.« Sie schweigt, denn ihr fehlt die richtige Antwort. »Ich vermisse ihn und es schmerzt verdammt, dass er nach seinem Entzug nicht sofort den Weg zu uns nach Hause findet. Warum reist er an das andere Ende der Welt?« Ich schüttle verständnislos den Kopf und blicke in ihre Augen, die selbst mit Tränen überlaufen sind. »Ich kann nicht darauf warten, bis er seine Meinung ändert und sich entscheidet, zu uns zurückzukommen. Ich habe mir selbst versprochen, ihm die Zeit zu geben und zu warten, doch nun ändert sein Verhalten meine Einstellung. Es ist an der Zeit, ihn loszulassen. Bitte gib ihm den Brief von mir. Darin steht alles, was ich ihm zum Abschied sagen möchte.« Ich springe vom Bett auf und gehe zur Tür.

»Es tut mir leid, Leni.«

»Es ist nicht deine Schuld, Lisa. Vielleicht war es uns nie bestimmt …«

Ohne ein weiteres Wort verlasse ich das Zimmer.

Einundzwanzig

Paul

»Dr. Paul! Dr. Paul!« Mein Name hallt aus einer größeren Entfernung. Das kleine Mädchen in meinem Arm sieht mich mit ihren großen, dunklen, von Schmutz verklebten Augen erwartungsvoll an. Ich überreiche der Mutter, die mich voll Dankbarkeit anstrahlt, das kleine Bündel. Sanft streiche ich über den kleinen Kopf des Kindes mit den vielen schwarzen, gekräuselten Haaren. Mein Stethoskop und die Impfutensilien verstaue ich in meiner Tasche und höre den Jungen, wie er kontinuierlich meinen Namen ruft. Ich winke ihm zu. Komplett außer Atem erreicht er uns und übergibt mir einen vergilbten Umschlag. Die Hitze lässt den Schweiß unerbittlich von meiner Stirn rinnen.

»Dr. Paul …« Er springt lachend vor mir auf und ab, keucht, doch seine unbändige Lebensfreude steckt an und ich zwinkere ihm fröhlich zu. »Dr. Paul … a letter for you … a letter for you!«, wiederholt er aufgeregt.

Ich drehe den Brief in meinen Händen und erkenne die Handschrift meiner Mutter. Schnell fische ich einen Luftballon aus meiner Hosentasche, blase ihn auf und male mit einem Stift ein Gesicht darauf. Der Junge kichert und beginnt damit zu spielen. Ich knicke den Brief, stecke ihn achtlos in meine Hose, greife meine Tasche und verabschiede mich von der Mutter des kleinen Mädchens. Immer wieder wirbelt ein heißer Wind den trockenen Sand vom Boden auf und trocknet die Augen aus.

Schützend lege ich den Unterarm über meine Stirn und versuche, damit die feinen Sandkörner abzuwehren. Eine Gruppe von Kindern läuft zu mir und begleitet mich auf meinem Weg zurück in das kleine Krankenhaus. Die Kinder tasten neugierig meine Haut ab, die für europäische Verhältnisse schon gebräunt wirkt, doch noch immer im puren Kontrast zu ihrer wunderschönen, dunklen Hautfarbe steht. Nach einem kleinen Fußmarsch von zwanzig Minuten erreichen wir ein altes, heruntergekommenes Gebäude. Das Krankenhaus. Es umfasst zehn Betten, einen Operationssaal und eine kleine Ordination. Was hier als Luxus gilt, wäre bei uns abrissreif. Lukas, Lenis Bruder, spielt mit den Kindern Fußball. Versunken in einer riesigen Staubwolke kreischen und lachen die Kinder, während er sie gekonnt austrickst, um ein Tor zu schießen. Er winkt mir zu, als ich näher komme. Der Schweiß läuft ihm die Schläfen hinab. Ihm ins Gesicht zu schauen, versetzt mir einen Stich ins Herz, denn die Ähnlichkeit mit seiner kleinen Schwester, meiner Leni, war schon immer frappant. Die Farbe seiner Augen und das Lächeln sind beinahe identisch.

»Na, wie geht es dir?«, ruft er mir zu, während uns Dutzende von Kindern umkreisen und dabei lachen, quietschen und fröhlich herumspringen.

»Die Hitze macht mir heute schwer zu schaffen.« Vor einigen Wochen bin ich mit meinem Rucksack, einer Arzttasche und einem großen Berg an Aufgaben, die ich mir für meine Zukunft gestellt habe, nach Ghana gereist, in ein kleines Spital, für das ich mit Lukas Spendengelder gesammelt habe. Die Entscheidung, hierherzukommen, war keine leichte. Nach meinem zweiten Entzug und der Entlassung schwor ich mir, keinen einzigen Tropfen Alkohol mehr anzurühren, um nie wieder an diesem dunklen Ort, an dem ich mich in der Sucht befand, zu landen. Ich fühlte mich zwar körperlich gesund, doch ich spürte den Boden unter den Füßen nicht mehr. In meinem Selbstmitleid und meinen Sorgen gefangen, konnte ich mich nicht auf die wichtigen Dinge fokussieren. Diese Reise zu machen, war wichtig. Afrika erdet mich und zeigt mir jeden Tag aufs Neue, wie meine Probleme meinen Geist vergiften und mir das Leben schwermachen.

Hier in Afrika empfangen mich die Menschen mit einem Lächeln – das Schönste, das sie mir schenken können, und, wie ich nun erkenne, auch das Wertvollste.

»Du hast Post bekommen, oder?«, sagt Lukas atemlos und stemmt dabei seine Hände in die Hüfte.

»Ja.« Ich ziehe den zerknitterten Umschlag aus meiner Hosentasche. »Von meiner Mutter.«

Er betrachtet ihn kurz, lächelt und klopft mir auf die Schulter, bevor er den Ball wieder in die Menge schmeißt und die grölende Horde hinter sich lässt. Unschlüssig drehe ich das Papier in meinen Händen, atme angespannt aus und stecke es wieder weg.

An Arbeit mangelt es hier nicht, doch an helfenden Händen umso mehr. Die Zeit verrinnt wie der orangefarbene Sand in meinen Händen und lenkt mich von so manchen Gedanken ab. Trotz der Ablenkung spüre ich förmlich das Gewicht des Briefes in meiner Hosentasche, der nur darauf wartet, geöffnet zu werden. Die Sonne geht langsam unter und erleuchtet die Landschaft in den intensivsten Tönen. Erst sehr spät neigt sich mein Tag dem Ende zu. Ich möchte die Patienten ungern auf einen anderen Tag vertrösten, wenn sie selbst tagelange Fußmärsche auf sich genommen haben, um Hilfe zu bekommen. Mit zunehmender Dunkelheit beherrschen die Tiere mit ihren Lauten das Geschehen. Ein Sternenmeer, wie ich es noch nie erlebte, bedeckt jede Nacht den Himmel und löst diese sentimentale Stimmung bei mir aus. Ich teile mir mit Lukas für die kurze Zeit, die ich hier zu bleiben plane, ein kleines Zimmer. Es verfügt über zwei Betten und einen kleinen Tisch mit zwei Stühlen. Mehr brauchen wir nicht. Das große Gemeinschaftsbad teilen sich alle dreizehn Mitarbeiter.

Als ich spätabends ins Zimmer komme, liegt Lukas in seinem Bett und liest ein Buch. Ich ziehe mein Shirt aus, streife meine verschmutzten Schuhe ab und setze mich müde auf das Bett. Er legt sein Buch auf die Brust und betrachtet mich.

»Und, wie war dein Tag?«

»Anstrengend, aber schön.« Ich reibe meine müden Augen, die von der trockenen Luft und dem vielen Sand schmerzen.

»Das ist gut. Hast du den Brief schon geöffnet?« Sofort drehe ich mich zur Seite und greife in meine Hosentasche.

Mit jedem weiteren Patienten schwand der Gedanke an den Brief, bis ich ihn schließlich komplett vergessen habe.

Kurz erhöht sich mein Puls bei dem Gedanken, er könnte verloren gegangen sein.

Ich atme erleichtert auf, als ich ihn ertaste, werfe mich rücklings aufs Bett und lege stützend eine Hand unter den Kopf. Von jeder Seite begutachte ich ihn und male mir aus, was mich erwartet.

»Öffne ihn endlich«, höre ich Lukas genervte Stimme. Ich antworte ihm mit einem Brummen.

In der Entzugsklinik erkundigte ich mich regelmäßig bei Emma, wie es Leni geht. In den Gesprächstherapien rieten mir die Ärzte, erst wieder Kontakt zu Leni aufzubauen, sobald ich das Gefühl habe, nicht mehr rückfällig zu werden, und keine

Gefahr für sie mehr darstelle. Es war ein harter, einsamer Weg, nicht einmal mit ihr zu sprechen, um sie zu fragen, wie es ihr geht. Umso mehr machte es mich glücklich, wenn Emma mir von Lenis Entwicklung und der Schwangerschaft erzählte. Es war wichtig für mich, nochmals auf meine eigenen Probleme zu sehen. Nichtsdestotrotz verfolgen mich seit meinem Abschied vor ein paar Monaten Lenis Vorwürfe, sie alleingelassen zu haben. Ihre Stimme begleitet mich immerzu. Ihre Bitte, bei ihr zu bleiben, kreuzt durchgehend meine Gedanken. Ich war damals nicht fähig, ihr zu helfen, da ich mir nicht einmal selbst helfen konnte. Könnte ich meinen Fehler, den Alkohol als Lösung anzusehen, rückgängig machen, würde ich es sofort tun. Schnaufend erhebe ich mich und öffne den Umschlag, der bei näherer Betrachtung aus zweien besteht. Ich lese die Zeilen meiner Mutter und muss nur einen Blick auf den anderen Umschlag werfen, um zu wissen, zu wem die Handschrift gehört. Der Stich geht direkt ins Herz. Meine Aufregung wächst ins Unermessliche.

Lieber Paul,

du warst derjenige, der mein Leben von heute auf morgen verändert hat. Schon als ich dich das erste Mal sah, wusste ich, dass du der Junge bist, den ich für den Rest meines Lebens lieben werde. Doch so frei und geliebt ich mich fühlte, so tief und schmerzvoll war der Fall, als das Schicksal uns eines Besseren belehrte.

Ich wollte nach der Abtreibung unseres Kindes nur noch weglaufen. Vor dem Schmerz, der Entscheidung und dem

Kummer. Ich flüchtete vor mir, vor dir und vor der ganzen Welt. Der einzige Weg für mich war, meine Gefühle abzustellen, was anfangs auch gut funktionierte. Ich mutierte zu dieser seelenlosen Person, bis ich dich nach zehn Jahren wiedersah. Erst dann merkte ich, in welcher Scheinwelt ich lebte. Wie lächerlich mein Wunsch war, dich aus meinem Herzen auszuschließen, wurde mir erst nach diesem Treffen bewusst. Doch gefangen in meiner Welt, die mir Schutz versprach, fürchtete ich mich davor, die Liebe zuzulassen, die die alten Wunden heilen kann. Schon damals war mir klar, dass ich die Liebe zu dir nicht lange aus meinem Leben verbannen kann, denn sie kämpfte sich mit jedem Herzschlag zurück.

Deine Zuversicht und deine grenzenlose Zuneigung beflügelten mich erneut und zeigten mir, wie es sich anfühlt, zu fliegen. So habe ich, anfangs zögerlich, aber doch, meine Flügel ausgebreitet, einen Fuß vor den anderen gesetzt, bin gesprungen, im Glauben, nicht mehr so tief zu fallen, und wenn doch, von dir aufgefangen zu werden. Vom Flug berauscht, bemerkte ich nicht, wie du zu stürzen begannst. Erst als du am Boden lagst, wurde mir bewusst, dass ich nicht die Einzige bin, die unter unserer Vergangenheit leidet. Mein Herz wird schwer bei dem Gedanken, jetzt nicht für dich da sein zu können, so wie du für mich davor.

Auch wenn ich deine Gründe, mich zu verlassen, anfangs nicht verstand und tobte, erkannte ich schnell, dass es der einzig richtige Weg für uns beide war.

Ein guter Freund hat mir ein Armband geschenkt, in das ein brasilianisches Sprichwort eingraviert ist: »Im Loslassen liegen die Flügel zur Freiheit.«

Nun lasse ich dich los.

Ich denke, das ist auch der Grund, warum du noch nicht wieder zurück bist.

Wir möchten keine Bürde sein, die dich schlussendlich nicht glücklich macht. Ich entbinde dich von jeglichen Verpflichtungen.

Ich bin dir dankbar für die wunderschönen Momente, die wir miteinander hatten.

Mit dem kleinen Schmetterling in meinem Herzen, dich in meinen Gedanken und unserem kleinen Sohn, den ich hoffentlich bald in meinen Armen halten werde, genieße ich mein Leben. Auch wenn wir manchmal vor Herausforderungen gestellt wurden, möchte ich keine davon missen, denn sie haben uns zusammengeführt und mir das größte aller Geschenke bereitet – unser Kind.

Deine Leni

»Er ist von Leni«, spreche ich gedankenverloren aus, in dem Bewusstsein, dass Lukas mich hört.

»Was steht darin?«

»Dass ich ein Idiot bin.«

Lukas lacht auf, doch was bei ihm als Scherz ankommt, ist mein purer Ernst.

»Was, wenn sie das Kind schon bekommen hat oder ich zu spät komme?«, denke ich laut nach.

»Davon wüsste ich.«

Vorsichtig, als wäre es das Wertvollste der Welt, streiche ich die vier Buchstaben ihres Namens nach. Ich stütze die Ellbogen auf meine Knie und lege mein Gesicht in meine Hände. Ihr Brief liegt zwischen meinen Beinen. Ich öffne immer wieder meine Augen, um zu sehen, ob er noch dort liegt oder ob ich mir die Tatsache, dass Leni geschrieben hat, einfach nur einbilde. In den Handflächen spüre ich den schnellen Herzschlag in meinen Schläfen.

»Scheiße!«, fluche ich laut. »Verdammte Scheiße!«

Schnell reiße ich den Brief hoch und lese ihre Zeilen immer und immer wieder. Mit jedem Wort verschwimmt ihre Handschrift mehr und mir wird bewusst, wie viel Zeit ich schon verstreichen lassen habe. Ich springe auf und laufe hektisch durch den Raum, denke nach, versuche, mich selbst zu beruhigen, und möchte mich am liebsten für mein schändliches Verhalten bestrafen. *Was habe ich nur getan?* Die Sehnsucht nach ihr macht mich in diesem Moment beinahe verrückt. Ich wünschte, ich wäre bei ihr. Bei den beiden. Meine Zeit hier ist vorbei.

Was, wenn sie unseren Sohn schon bekommen hat? Ich bekomme einen kleinen Jungen! Ich bin der größte Vollidiot. Leni, bitte verzeih mir.

»Ich muss zu … ich muss zu Leni«, spreche ich stotternd und blicke mich orientierungslos im Zimmer um.

»Na endlich!«, stöhnt Lukas auf. »Lange hätte ich nicht mehr gewartet, um dich wachzurütteln.«

Ich blicke ihn erstaunt an. »Warum hast du kein Wort gesagt?«

»Weil die Entscheidung immer eine bessere ist, wenn sie von einem selbst kommt. Doch ein paar Wochen nach deiner Ankunft hier habe ich wirklich begonnen, mir Sorgen zu machen, wann du endlich in die Gänge kommst.« Ich kann das Chaos in mir nicht verstecken. Lukas kommt ein paar Schritte auf mich zu. Er umarmt mich kurz und klopft bestätigend auf meine Schulter. »Schau, dass du nach Hause kommst und dich gut um meine kleine Schwester und meinen Neffen kümmerst, sonst bekommst du ein Problem mit mir. Verstanden?« Er tippt mit dem Zeigefinger auf meine Brust, versucht, ernst zu wirken, doch grinst dabei schelmisch.

»Wenn es nicht zu spät ist«, erwidere ich versunken, im Geiste schon bei all den Vorbereitungen, die ich schnellstmöglich treffen muss.

»So wie ich meine Schwester kenne, musst du sie doch nur mit deinem Charme und deinem Augenaufschlag überzeugen.«

Ich ringe mir ein gepresstes Lächeln ab. Ich hoffe, er behält recht.

Zwanzig Stunden später sitze ich in einem kleinen Café in der Ortschaft, in der ich aufgewachsen bin. Ich bin nervös. Aufgeregt. Mein Herz pocht heftig gegen meinen Brustkorb und ich reibe mir die feuchten Hände im Minutentakt an meiner Hose trocken. Auf der Sitzbank neben mir liegt die wunderschön mit Malereien verzierte Holzschachtel, in der Leni meine Briefe aufbewahrt hat. Meine Mutter überreichte sie mir nach meiner Ankunft. Heftig schluckend nahm ich sie an mich, denn tief in mir wusste ich, was mir Leni damit sagen wollte. Sie hat abgeschlossen und strebt ein Leben ohne mich an. Nun heißt es, sie zurückzugewinnen – sie vom Gegenteil zu überzeugen.

Ihr klarzumachen, dass wir zusammengehören, ganz egal, wie viele Hindernisse wir noch zu bewältigen haben. Beinahe jeder Brief lag geöffnet und feinsäuberlich geordnet darin. All die Vorwürfe, Gemeinheiten und Gefühle, die ich vor vielen Jahren niederschrieb, sind nun nicht mehr mein Geheimnis.

Der schnelle Entschluss, meine Zelte in Afrika abzubrechen, und der lange Flug waren kräfteraubend. Ebenso die Diskussionen mit Emma, als ich sie bat, Leni in das Café zu locken. Doch ich darf keinen weiteren Tag verlieren. Emma musste mir versichern, nichts von meiner Rückkehr zu erzählen, denn meine Angst, dass Leni mich nicht mehr sehen will, ist zu groß.

Jedes Mal, wenn die Tür aufgeht, blicke ich hoch. Keine Spur von Leni und Emma. Nervös beobachte ich den Sekundenzeiger an der Uhr auf meinem Handgelenk.

Mit den Fingerkuppen tippe ich unruhig auf die Tischplatte. Die Kellnerin kommt und fragt mich, ob sie mir noch etwas bringen kann. Sie versperrt mir die Sicht auf die Tür. Nachdem ich ihr abwinke und sie beiseitetritt, sehe ich sie. Zusammen mit Emma nähert sie sich dem Lokal. Der schnelle Herzschlag verlangsamt sich, bis ich nur noch ein leises Pochen wahrnehme. Plötzlich ist es komplett still. Als würde es bei ihrem Anblick aussetzen. Ein paar Sekunden später ziehe ich die fehlende Luft in meine Lungen.

Sanft wehen ihre schulterlangen Haare offen im Wind. In meinem Magen beginnt es heftig zu kribbeln. Eingehängt bei

303

Emma lacht sie fröhlich und legt ihren Kopf in den Nacken. Wenn ich nicht schon Hals über Kopf in diese Frau verliebt wäre, wäre ich es spätestens ab diesem Moment. Sie sieht wundervoll aus – es ist nicht in Worte zu fassen, wie wunderschön sie ist. Meine Leni. Meine HoneyBee. Ich fixiere ihren süßen Bauch, den sie beschützend auf- und abstreicht. Plötzlich fühle ich einen elektrischen Stoß, der mich aus dieser Lethargie befreit, und einen Schauer, der über meine Haut hinwegfegt. Leni bekommt ein Kind – von mir. Als ich sie verlassen habe, konnte man mit viel Fantasie ein kleines Bäuchlein erahnen. Sie so zu sehen, erhellt meine Sinne und Gedanken auf einen Schlag.

Sie gleitet wie eine kleine Fee ins Kaffeehaus und kichert mädchenhaft. Nichts erinnert an die kalte und emotionslose Karrierefrau, der ich noch vor ein paar Monaten gegenüberstand. Nun betritt die Frau meiner Träume, die Liebe meines Lebens, mit einem strahlenden Lächeln und meinem Kind unter dem Herzen das Kaffeehaus. Ich kann mein Glück kaum fassen. Wie sehr ich sie vermisst habe, wird mir jetzt noch mehr bewusst. Bedingt durch die Schwangerschaft zeichnen sich in ihrem Gesicht und an ihrem Körper Rundungen ab, die ich jetzt schon liebe. Die gesunde Farbe ihrer Wangen fällt mir sofort ins Auge. Noch nie war sie schöner. Wie paralysiert beobachte ich jede ihrer Bewegungen, bis sie zusammen eintreten. Emma erblickt mich zuerst. Ich stehe auf und warte darauf, dass mich Leni entdeckt. Mein Herz tobt in meiner Brust. Ich schlucke heftig. Das Einzige, woran ich denke, ist die Angst, sie schon längst verloren zu haben. Warum sollte sie mich zurückwollen, wenn sie auch ohne mich glücklich ist?

Leni wischt sich eine kleine Träne des Lachens aus ihrem Augenwinkel, bevor Emma abrupt stoppt. Verwirrt schaut sie Emma an, die mich fixiert. Als wäre die Zeit stehen geblieben, dreht sie ihren Kopf zu mir. Jegliche vergnügte Mimik weicht aus ihrem Gesicht und die eben noch so entspannten Gesichtszüge verschwinden. Mit einem lauten Knall fliegt die Einkaufstasche zu Boden und ihre Hand schnellt vor ihren Mund. Ich beuge mich sofort und hebe die Tasche auf, um sie ihr zu reichen. Sie blickt mich an, als sehe sie einen Geist. Einen Fremden. Einen Feind. Nur schwer lässt sich ihre Verwirrung verstecken. Die Tränen, die ihre Augen fluten und an ihren Wimpern abperlen, laufen wie ein Sturzbach ihre Wangen hinunter. Ich möchte sie umarmen, um ihr zu sagen, wie sehr ich sie vermisst habe, doch ich stehe genauso perplex vor ihr und bringe kein Wort hervor. *Sag doch etwas. Mach doch endlich den Mund auf.* Vielleicht hätte ich mich doch vorher bei ihr melden sollen? Was war das für eine dumme Idee, einfach hier aufzutauchen. Emma hat mich gewarnt, doch ich Idiot wollte nicht auf sie hören.

Ich schlucke den riesigen Kloß, der mein Sprechen verhindert, hinunter. »Ha – hallo Leni …«, durchbreche ich die unangenehme, angespannte Stille.

Sie antwortet mir nicht. Ihre Hand liegt noch immer auf ihrem Mund. Ich mache mir Sorgen, denn sie scheint auch nicht mehr zu atmen.

»Hallo, Paul«, antwortet Emma für sie. Leni beginnt, Emma und mich abwechselnd zu fixieren. Zeitlupenhaft löst sie die Hand von ihren Lippen. Finger für Finger. Sie wirkt blass. Der Ohnmacht nahe. Ihre noch unbeschwerte Fröhlichkeit scheint wie ausgelöscht zu sein. Jeder Zentimeter ihres Körpers hält inne.

»Wu- wusstest du, dass er hier ist?«, flüstert sie leise stotternd.

Emma nickt.

Mit glasigen, tränenüberfüllten Augen blinzelt Leni ein paarmal, um zu prüfen, ob ich wirklich vor ihr stehe. Mein aufmunterndes Lächeln prallt vollkommen von ihr ab. Ich meine, ertrinken zu müssen, so schwer fällt mir meine Atmung. In diesem Moment dreht sich Leni um und flüchtet aus dem Kaffeehaus. Perplex schaue ich ihr kurz nach, bevor ich meine Sachen schnappe und ihr hinterherhetzen will.

Emma greift nach meinem Ellbogen und hält mich zurück. »Gib ihr Zeit.«

Ohne darauf zu antworten, laufe ich ihr nach. Aufgebracht blicke ich in beide Richtungen und sehe, wie sie etwas weiter entfernt in ein Taxi steigt. *Verdammt!*

Emma taucht wieder neben mir auf. »Hier!« Sie kritzelt eine Adresse auf einen Zettel und steckt ihn mir zu.

Dankend nehme ich sie in den Arm.

»Ich mache das nicht für dich, verstehst du mich?«, knurrt sie mich böse an und zieht ihre Augenbrauen zusammen.

»Danke trotzdem.« Ich küsse sie flüchtig auf die Wange.

»Schau, dass du alles wieder in Ordnung bringst. Nochmals werde ich dir nicht helfen.« Nickend steige ich auf meine Vespa, streife meinen Helm über und düse los. Ein paar Kilometer weiter biege ich in eine kleine Seitenstraße ein. Schnell finde ich ihre Hausnummer und parke ein. Kontrollierend fahre ich durch mein Haar. Unschlüssig gehe ich ein paarmal auf und ab und versuche, mir die Worte im Kopf zurechtzulegen. Mein rasender Puls scheint sich nicht normalisieren zu wollen. Ich folge meinem Instinkt und meinem Herzen. Ich muss zu ihr. Komme, was wolle.

Ich betätige die Klingel, doch es öffnet mir niemand. Beim zweiten Mal höre ich das Knacken in der Leitung, gefolgt von einer Männerstimme.

»Ja, bitte …«, meldet sich jemand mit einem leicht amerikanischen Akzent. Meine schlimmsten Befürchtungen werden wahr. Der Typ damals in der Bar klang genauso. Mein Herz friert in der Sekunde ein. Sind sie womöglich ein Paar?

»Ich … ich wollte zu Leni!«, presse ich angespannt hervor.

»Wer ist da?«

»Paul!« *Wer sonst? Verdammt noch mal!*

»Ich werde ihr sagen, dass du hier bist. Ich weiß nicht, ob sie dich sehen will. Sie ist gerade ziemlich aufgelöst nach Hause gekommen!«

Die Gedanken in meinem Kopf spielen verrückt. Ich lehne meine Stirn an die Wand und seufze hörbar auf. Scheiße!

»David? So war doch dein Name, oder?«

»Ja!«, kommt es aus der Gegensprechanlage.

»Ich bitte dich, ihr zu sagen, dass ich ganz dringend mit ihr reden muss und hier auf sie warte, bis sie bereit dazu ist.« Pause. *Ist er überhaupt noch da?* »David?«

»Ich werde es ihr ausrichten, aber ich kann dir nichts versprechen«, meint er zögerlich.

»Richte ihr das bitte einfach aus!«

»Klar!« Ich höre wieder ein Knacken in der Leitung, danach eine Zeit lang nichts.

Sie ist nach Hause gekommen? In sein Zuhause? In ihr gemeinsames Zuhause? Ich atme tief durch und setze mich an den Randstein. Um mich abzulenken, greife ich einen Kieselstein und beginne damit in meinen Händen zu spielen. Es ist zu spät. Ich habe es verbockt.

So wie ich meinen kleinen Sturkopf kenne, kann ich mich nun auf ein langes Warten gefasst machen. Doch ich würde es an ihrer Stelle nicht anders machen. Ich habe es verdient. Sie so lange alleine zu lassen, war nicht mein Plan. Der Impuls, nach Afrika zu gehen, kam ganz plötzlich. Im Nachhinein gesehen, war es auch wichtig, denn Afrika erlöste mich von diesen allgegenwärtigen Ängsten, die sich wie Ketten um mich legten.

Natürlich rieten mir die Ärzte, erst mein eigenes Leben unter Kontrolle zu bekommen, bevor ich zu Leni zurückgehe, doch sie erwähnten mit keinem Wort, dass ich ihr von meinem

Trip nach Afrika nichts erzählen darf. Fakt ist, ich war einfach zu feige, um sie anzurufen und sie wieder zu enttäuschen. Sie ohne eine Erklärung hängen zu lassen und sie nicht über die Reise zu informieren, ist unverzeihlich, und ich verstehe sie, wenn sie nun wütend auf mich ist.

Nicht einmal eine halbe Stunde später höre ich Schritte im Stiegenhaus. Jemand öffnet die Türe. Erwartungsvoll springe ich auf. Doch es ist nicht Leni. All meine Hoffnungen lösen sich in Luft auf. Es handelt sich um David, den Typen, mit dem sie schon vor meiner Abreise befreundet war. Der sie zum Lachen gebracht und aus ihr wieder dieses fröhliche Mädchen gemacht hat. Der schmerzende Stich in meinem Magen wandert zur Brust hoch. Mein ganzer Körper versteift sich. Er scheint afro-amerikanische Wurzeln zu haben, denn er ist verhältnismäßig dunkler als ein Europäer.

»Hey«, er reicht mir die Hand, »ich bin David!«

»Paul«, antworte ich kurz. Wir mustern einander skeptisch und distanziert. »Wir kennen uns, oder?«

»Ja«, antwortet er kurz angebunden. »Sie will dich nicht sehen. Heute zumindest nicht«, sagt er, ohne lange abzuschweifen. Der verbale Fauststoß in die Magengrube saß. »Die letzten Monate waren nicht einfach für sie«, setzt er noch nach. Diesmal geht der Schlag direkt ins Herz.

Es kotzt mich an, dass mir jemand anders sagen muss, wie es meiner Leni gegangen ist. Doch daran bin ich selbst schuld.

»Wie geht es ihr jetzt gerade?«, murmle ich verbittert und presse meine Lippen zusammen.

»Jetzt gerade liegt sie im Bett und will niemanden sehen. Nicht einmal mich. Sie schreit und schimpft, wie ich es nicht von ihr kenne.« Dann kennst du sie nicht besonders gut. Ich möchte zu ihr, sie in den Arm nehmen und sie halten. Es macht mich wahnsinnig, dass ein anderer darüber bestimmen kann, ob ich zu ihr darf.

»Wie geht es dem Kind?« Auch wenn es nur schwer über meine Lippen kommt und ich mich zwingen muss, bei einem anderen Mann Erkundigungen über mein eigenes Kind einzuholen, siegt die Neugier. Der bittere Geschmack in meinem Mund kommt von der Selbsterkenntnis, mich selbst in diese Situation gebracht zu haben.

»Gut. Die Ärztin meinte, er wird bald zur Welt kommen. Er ist gesund und zeigt seiner Mami jetzt schon, wer das Sagen hat, wenn er sie nicht schlafen lässt.« Er redet, als würde er von seinem Kind sprechen. Das flaue Gefühl intensiviert sich.

»Was ist – ich meine, ist da was – ist da was zwischen euch?«

Die nächsten Sekunden entscheiden über meine Zukunft. Niemals hat sich Zeit länger angefühlt als gerade eben. Ich will seine Antwort eigentlich nicht hören, denn ich kann es mir denken.

»Ich glaube, das solltest du mit Leni besprechen. Ich habe sowieso schon zu viel gesagt!« Ich streife mir verzweifelt durch die Haare und wende mich von ihm ab. Ich rechnete mit ihrer Abweisung, mit ihrem Ärger, ihrer Zurückweisung, doch nicht mit einem neuen Mann in ihrem Leben.

Anscheinend gebe ich einen fürchterlichen, mitleiderweckenden Anblick ab, denn David klopft mir aufmunternd auf die Schulter, obwohl ich seine Ablehnung spüren kann. »Hey, ich denke, sie wird sich nach dem ersten Schock freuen, dich wiederzusehen!«

Ich nicke und greife nach der Schachtel in meiner Tasche.

»Kannst du ihr die hier geben? Sie gehört ihr!«

David blickt auf die Holzschachtel, als wäre sie verwunschen. *Was ist sein Problem?* Kurz zögert er, doch dann nickt er und nimmt sie an sich.

»Ich werde sie ihr geben.«

»Danke.«

»Mach's gut«, verabschiedet er sich, bevor die Tür hinter ihm ins Schloss fällt. Der Gedanke an David, der nun meinem Mädchen zur Seite steht, sie in den Arm nimmt und sie so lange hält, bis ihre Tränen trocknen, manifestiert sich in meinen Kopf. Ich bin wie betäubt.

ZWEIUNDZWANZIG

Paul

Meine Gedanken machen mich verrückt. Ich habe von Leni seit
unserer Begegnung im Lokal nichts mehr gehört. Sie ignoriert
meine Anrufe und meine Textnachrichten. Ich zwinge mich,
ruhig zu bleiben, und hoffe auf eine Antwort von ihr. Wie schon
früher, wenn ich nicht mehr abschalten konnte, entscheide ich
mich, Sport zu treiben. Nach einer Stunde, in der ich meinen
Körper an seine Grenzen bringe und durch die Straßen meines
Heimatorts jage, wird mir bewusst, dass die Zeit gekommen ist,
um etwas ganz anderes – das ich bis jetzt hinausgeschoben habe
–, aufzuklären. Vor ein paar Monaten packte ich meine Sachen,
verließ Marlene und die gemeinsame Wohnung, ohne ein klärendes Gespräch zu suchen. In meinem verletzten Stolz konnte
mich niemand halten, die Flucht war der einzige Ausweg. Früher oder später werde ich Marlene und ihrem Kind über den
Weg laufen. Ich denke, ich bin es uns schuldig, nochmals über
alles offen mit ihr zu reden.

Am späten Nachmittag stehe ich vor der Wohnungstür und
drücke zum ersten Mal die Klingel meines alten Zuhauses. Ein

seltsames Gefühl, doch den Schlüssel zu benutzen, wäre in diesem Moment nicht richtig. Ich höre jemanden näherkommen, bevor die Türe aufgeht und Marlene mich überrascht anblickt.

Sie hält ein weinendes Neugeborenes in den Händen und starrt mich an. Ihre Augen sind glasig, ohne die geringste Gefühlsregung.

Ich möchte sie in den Arm nehmen, wie es bei Freunden üblich ist. Doch eine hohe Mauer schafft eine unangenehme Distanz, die uns wie Fremde erscheinen lässt. Wir waren uns einmal sehr nahe. Das schmerzt. Um ehrlich zu sein, wühlt mich ihr Anblick auf. Ich schlucke, atme tief durch und versuche, das Chaos in mir wegzulächeln, um das Beste aus dieser heiklen Situation zu machen. Natürlich war mir klar, dass ich sie mit dem Kind antreffen würde. Jetzt, nachdem die beiden vor mir stehen, bin ich trotzdem wie versteinert. Sie wirkt angespannt und fährt sich prüfend durch ihr Haar, das nach allen Seiten wegsteht. Der lockere Jogginganzug erweckt den Eindruck, dass sie gerade aufgestanden ist. Unschlüssig dreht sie das Baby in ihren Händen, wechselt die Position und legt es auf ihre Schulter. Kurz beruhigt sich der Junge. Nur einige Atemzüge später beginnt er wieder zu weinen.

»Paul. Was machst du hier?« Der Vorwurf ist unschwer zu erkennen.

»Hallo, Marlene. Ich komme, um meine Sachen zu holen und mich kurz mit dir zu unterhalten – nur, wenn du Zeit hast.«

Noch immer mustert sie mich argwöhnisch und versucht, das Kind in ihren Händen mit stetigen Auf- und Abwärtsbewegungen zu beruhigen. Gestresst schaut sie sich im Eingangsbereich um, wirkt unschlüssig.

»Ja okay, komm herein.« Dann öffnet sie die Türe. Ich lächle ihr zu, wenngleich ich mich vor dem Gespräch am liebsten drücken würde. Ich denke, ihr geht es nicht anders.

Zögerlich betrete ich die Wohnung. Die Erinnerungen an unsere gemeinsame Zeit rasen wie ein Film vor meinen Augen ab. Wir verbrachten hier viele glückliche Momente. Ich habe Marlene einmal geliebt. Doch an meine Gefühle für Leni kam bisher keine Frau heran. Lange Zeit leugnete ich diese Empfindungen sogar mir selbst gegenüber. Irgendwann aber konnte ich mich selbst und mein Umfeld nicht mehr belügen. Das blieb auch Marlene nicht verborgen. Wehmütig schaue ich mich in der Wohnung um.

Jetzt schleiche ich wie ein Eindringling durch die Räume, die einst mein Zuhause waren.

Die vielen Bilder, die noch vor Kurzem die Wand zierten, sind durch andere ausgetauscht worden, meine Jacken hängen nicht mehr an der Garderobe und all meine Bücher stapeln sich in Kisten neben dem Regal.

»Möchtest du etwas trinken?«, fragt sie höflich distanziert und durchbricht die unangenehme Stille. Ich lächle, nicke erleichtert und folge ihr in die kleine Küche. »Kaffee – wie immer?«

»Ja, gerne.« Sie wirkt etwas hilflos mit dem weinenden Kind in ihren Armen. »Kann ich dir irgendwie helfen? Ich meine, ich weiß ja, wo alles steht.«

Sie seufzt und hält sich mit der freien Hand an der Küchenzeile fest. Ich rechne mit einem Gefühlsausbruch, doch sie atmet bloß ein paarmal durch, bevor sie sich mir zuwendet.

»Wenn du so lieb wärst – bitte nimm mir diesen Schreihals für einen Moment ab.«

Etwas sträubt sich in mir, doch plötzlich liegt er in meinen Händen, hält inne und blickt mich mit großen, dunklen Kulleraugen an. Eine seiner kleinen Hände umfasst reflexartig meinen Zeigefinger, mit der anderen, die zu einer kleinen Faust geballt ist, fährt er suchend an seinem Mund herum. Seine pechschwarzen Haare kleben, durch die Aufregung bedingt, verschwitzt an seinem Kopf. Ich kann gar nicht anders, als ihn zu mögen. Schließlich kann er doch nichts für den ganzen Schlamassel.

»Na du? Hältst du deine Mama auf Trab?«, frage ich den kleinen Knirps in meinen Händen.

Vorsichtig schwenke ich ihn, spreche ein paar sanfte Worte, während Marlene die Kaffeemaschine zum Brummen bringt und kurz darauf der herrliche Duft gemahlener Bohnen in meine Nase steigt. Ich amüsiere mich darüber, wie seine Augenlider langsam immer schwerer werden und er einschläft. Der kleine Junge in meinen Armen ähnelt seinem Vater, und obwohl ich längst Frieden damit geschlossen habe, fühlt es sich seltsam an.

Ob mir eine Ähnlichkeit auch aufgefallen wäre, wenn Marlene mir verschwiegen hätte, dass ich nicht der Vater dieses Kindes bin? Erst ein leichtes Wimmern reißt mich aus meinen Gedanken. Ich blicke auf.

Marlene lehnt an der Küchenzeile und beobachtet uns, während ihr dicke Tränen über die Wangen kullern. Sofort bekomme ich ein schlechtes Gewissen.

»Willst du ihn wiederhaben?«, frage ich verunsichert.

Sie schüttelt den Kopf, greift nach einer Küchenrolle und schnieft lautstark in das Papier. »Ich heule die ganze Zeit, keine Sorge.«

Ich fühle mich gerade jetzt nicht in der Position, ihr Tipps zu geben, deshalb schweige ich und blicke wieder auf das schlafende Kind in meinen Händen.

»Der Anblick schmerzt, wenn du verstehst.« Natürlich verstehe ich sie, denn schließlich könnte es auch mein Kind sein. »Es tut mir so leid, dass ich dich angelogen habe«, schluchzt sie und versteckt ihr Gesicht unter ihren Handflächen, um ihre Trauer zu verstecken. Sie beginnt zu zittern, gefangen in ihrem Weinkrampf.

»Ich habe auch ein paar Sachen getan, auf die ich nicht stolz bin«, versuche ich, ihr die Schuldgefühle zu nehmen.

»Ich wollte dich nicht verlieren. Ich hatte Angst, dir die Wahrheit zu sagen«, setzt sie fort, ohne mich anzuschauen.

Ich betrachte wieder das schlafende Baby in meinen Armen und lächle. Wir sollten diese Geschichte hinter uns lassen. Anfangs kochte ich vor Wut, fühlte mich betrogen und belogen, doch mittlerweile habe ich Abstand gewonnen und weiß, wie viel auch ich zu diesem Fiasko beigetragen habe.

»Wie heißt der kleine Mann?«

»Philipp«, sagt sie leise und lächelt das erste Mal, während sie ihren Sohn verliebt betrachtet.

Ich streiche Philipp über seine Stirn. Seine Haut fühlt sich unglaublich weich an.

»Paul?«, erklingt ihre Stimme zitternd.

»Hmm?« Versunken wiege ich ihn in meinen Händen. Der Wunsch, mein eigenes Kind zu halten, wird immer größer.

»Hast du mich je geliebt?«

Ich schaue auf und wir blicken einander seit langer Zeit wieder bewusst an. Ich möchte sie am liebsten in den Arm nehmen und ihr zeigen, wie ich mir wünsche, wir könnten Freunde bleiben.

»Ich habe dich geliebt. Ich bin dir sehr dankbar für all das Schöne, was wir zusammen erlebt haben. Du hast mir in einer sehr schwierigen Zeit meines Lebens geholfen.«

»Doch ich war nur eine Lückenbüßerin, oder? Du warst doch erleichtert, als du erfahren hast, dass es nicht dein Kind ist?«

Die richtigen Worte auf ihre Frage zu finden, ist nicht einfach, und ich lasse mir Zeit.

»Du warst keine Lückenbüßerin. Was wir hatten, war echt. Aber wir waren irgendwann nicht mehr ehrlich zueinander. Als ich erfahren habe, dass ich nicht der Vater dieses Kindes bin, fühlte ich mich gedemütigt. Doch meine Untreue war für dich genauso demütigend.«

Sie beißt nervös auf ihrer Lippe herum. »Seid ihr ein Paar?«, will sie wissen und ich sehe ihr an, wie sehr sie mit sich ringen musste, um diese Frage zu stellen.

»Leni und ich?«

Sie nickt und versucht, die Tränen in ihren Augen zurückzuhalten. Ihre Unterlippe beginnt zu beben.

Ich möchte sie nicht verletzen, doch noch weniger anlügen. »Nein, jetzt gerade nicht. Aber ich hoffe, das ändert sich bald«, erwidere ich ehrlich.

Sie stellt die Kaffeetasse auf unseren ehemals gemeinsamen Küchentisch. »Vielleicht können wir irgendwann Freude werden?«, fragt sie vorsichtig.

Ihre versöhnlichen Worte überraschen mich. »Das fände ich schön.«

»Du wirst ein guter Vater sein.« Sie japst nach Luft und lächelt gequält, während sie mich unentwegt beobachtet.

Ich hoffe, ich bekomme die Chance dazu.

»Wie geht es dir?«, frage ich vorsichtig nach. Sie antwortet mit einer abwertenden Handbewegung und rollt mit den Augen, bevor die Tränen wieder zu fließen beginnen.

»Uns geht es ganz gut. Abgesehen davon, dass ich mich wie ein Zombie fühle.« Sie grinst und rümpft ihre Nase. Es ist gar nicht so lange her, da fand ich diese Geste entzückend. Auch wenn mein Herz im Grunde immer Leni gehörte, schmerzt der Gedanke, eine vertraute Person zu verlieren. Eine Freundin. Einen besonderen Menschen.

»Ich bin mit Tim zusammen. Vielleicht hast du das schon gehört?«

Ich verneine und lege das schlafende Baby in die Wiege.

»Es freut mich, wenn du glücklich bist.« Ich komme langsam auf sie zu und bleibe, ohne ein Wort zu sagen, vor ihr stehen. Die sonst blau schimmernden Augen blicken mich unter dem Tränenschleier wehmütig an.

Dann ziehe ich sie sanft zu mir und umarme sie vorsichtig. Sie lässt sich sofort in meine Arme fallen, legt ihre Wange an meine Brust und beginnt, bitterlich zu weinen. Ich halte sie, streiche über ihren Rücken, bis sie sich beruhigt und sich ihre Atemzüge normalisieren. Sie riecht nach Baby und Marlene. Ich küsse sie auf ihr Haar und löse mich vorsichtig. Ihre Augen sind verquollen und rot unterlaufen.

»Ich bin glücklich. Wirklich. Auch wenn das vielleicht gerade anders aussieht. Du fehlst mir einfach. Das ist alles.«

Das Geräusch der zufallenden Tür lässt uns sofort zusammenzucken. Tim betritt den Raum. Seine Miene verfinstert sich, als er sieht, wie nahe wir beieinanderstehen. Ich verstehe ihn, denn es erweckt vielleicht falsche Eindrücke. Sofort weiche ich einen Schritt zurück und nicke ihm zu.

»Hallo, Tim.«

Seine Augen funkeln mich zornig an.

»Du bist zurück?«, fragt er wütend und knallt seine Tasche auf den Küchentisch.

»Ich hole noch meine restlichen Sachen«, antworte ich ruhig.

»Ist das alles?«, will er wissen, ohne mich eines Blickes zu würdigen. Besitzergreifend wendet er sich Marlene zu und drückt ihr einen Kuss auf die Lippen.

Ich senke den Kopf und stecke die Hände in die Hosentasche. »Das ist alles.«

»Dann ist es gut. Deine Sachen stehen neben der Eingangstür. Die Bücher bringe ich dir vorbei, wenn du mir sagst, wohin.«

Die unausgesprochene Aufforderung, zu gehen, kommt bei mir an. Ich nicke ein paarmal gedankenverloren, lächle Marlene zu und verlasse die Küche. Als ich an Tim vorbeigehe, hält er mich auf, indem er seine Hand gegen meine Brust drückt. Sein maßregelndes Verhalten macht mich zornig. Ich versteife mich merklich.

»Wie geht es jetzt weiter?«

»Ich wünsche euch als Familie alles Gute. Genieße deine kleine Familie«, erwidere ich distanziert, mein Blick haftet an seinen Augen. Er nickt, senkt reumütig den Kopf und ich sehe ihm an, wie ihn meine Worte erleichtern.

»Was ist mit uns? Wir waren einmal Freunde.« Er klingt versöhnlicher.

»Nicht jetzt, Tim. Lass etwas Zeit vergehen.« Er nickt erneut und hilft mir, meine Habseligkeiten im Auto meiner Mutter zu verstauen. Ein kurzer Handschlag zur Verabschiedung, dann trennen sich unsere Wege.

Ich gebe es zu. Wenn man in meinem Alter wieder in sein Elternhaus zieht, erweckt es einen seltsamen Eindruck. Man bekommt sofort das Gefühl, um Jahre jünger zu sein, in einer anderen Zeit zu verweilen. Meine Mutter hat mein Zimmer beinahe unverändert belassen. Ich greife nach dem Bilderrahmen, der auf meinem Schreibtisch steht und Leni und mich am See sitzend zeigt. Wie sehr ich mir so einen Moment wieder herbeisehne.

Es klopft an der Tür. Meine Mutter betritt lächelnd den Raum, schließt geräuschlos die Tür und stellt sich neben mich. Ich spüre ihre Hand auf meiner Schulter. »Genau das gleiche Foto hat Lena vor Kurzem in der Hand gehalten.«

»Sie war hier? In meinem alten Zimmer?«, frage ich erstaunt.

»Ja, als sie mir die Schachtel für dich vorbeigebracht hat. Ich fand sie hier auf deinem Bett sitzend mit genau diesem Bild in den Händen. Sie war damals ziemlich durch den Wind.«

»Das kann ich verstehen.« Ich blicke auf das Bild. Wehmütig streiche ich darüber. »Es ist lange her«, seufze ich.

»Trotzdem hat sich nichts verändert.«

»Wie meinst du das?«

»Ihr gehört zusammen. Jeder außer euch beiden ist sich dessen bewusst. Ich hoffe, ihr erkennt das auch bald.«

»Ich wünsche mir nichts mehr, als ein Leben mit ihr und meinem Kind, doch ich weiß nicht, ob sie dazu noch bereit ist. Ich war lange fort.«

»Dann sag ihr, dass du dir dein Leben nicht ohne die beiden vorstellen kannst.«

Angespannt presse ich die Worte hervor: »Ich hoffe, sie denkt ähnlich.«

»Das tut sie«, klopft sie wissend und voller Zuversicht auf meine Schulter.

Da bin ich mir nicht mehr so sicher. »Woher weißt du das?«, frage ich deshalb. Vielleicht weiß sie mehr als ich.

»Weil sie dich liebt.« Ihre Augen funkeln verschwörerisch.

Hoffnung erhellt meine Gedanken. »Hat sie das gesagt?«, frage ich zweifelnd.

»Manchmal reicht es, jemanden nur zu beobachten, um zu wissen, wie er fühlt.« Sie streicht über meine Schulter und küsst mich auf die Wange. Leise flüstert sie in mein Ohr: »Hol dir dein Mädchen zurück und lass sie nie wieder los.«

Niemals haben sich drei Tage, zehn Stunden und vierundzwanzig Minuten so lange angefühlt. Ich habe versucht, mich abzulenken, habe mich mit Emma getroffen, meine Neffen besucht, bin bei meinem Arbeitgeber im Krankenhaus zu Kreuze gekrochen und habe versucht, meine alte Stelle wiederzubekommen. Doch pausenlos kreisen meine Gedanken um Leni. Ich hoffte, ihr zufällig auf der Straße zu begegnen, denn seit unserer Begegnung ignoriert sie jeden meiner Anrufe und jede meiner Nachrichten. So dauerte es gefühlte Jahre, bis endlich eine Nachricht eintraf, und nur eine Zehntelsekunde, bis das blinkende Handy sofort meine Aufmerksamkeit auf sich zog. Ihre Worte haben meinen Körper in eine Ausnahmesituation versetzt.

Mit zitternden Händen, Angstschweiß auf der Stirn und elektrisierten Nervenenden, die eine gigantische Welle über meinen Körper ausbreiteten, lese ich nun immer und immer wieder ihre Mitteilung. Ich laufe aufgeregt wie ein kleines Kind durch mein Elternhaus und wiederhole ihre Worte im Geiste: »Ich bin um sechs Uhr am See.«

Ich spreche mir selbst Mut zu. Sie will sich dort treffen, wo wir so viele gemeinsame Stunden verbracht haben. Wo alles begann. Das ist gut! Ich beginne zu zweifeln und zu grübeln, ob sie sich mit mir treffen will, weil sie an unsere Liebe glaubt, oder ob sie einfach einen Schlussstrich ziehen möchte.

Mit unbändiger Vorfreude, meine HoneyBee gleich wieder zu treffen, doch mit der Ungewissheit, wie sie auf mich reagieren wird, bereite ich mich auf das Treffen vor. Der Griff an meine Halsschlagader verdeutlicht, wie unruhig mein Herz schlägt. Ich freue mich auf das Treffen. Zugleich habe ich Angst.

Ich bin bereit, für unser Glück zu kämpfen. Fieberhaft versuche ich, die Worte, all meine Gedanken und Wünsche, im Kopf vorzubereiten. Ich gehe jeden Punkt, den ich mit ihr besprechen will, durch und mache mir geistig Notizen. Die eiskalte Dusche, die ich nehme, soll etwas Entspannung bringen, doch die Wirkung setzt nicht ein. Nachdem meine Klamotten noch unausgepackt in meiner Kiste liegen, fische ich eine alte schlammfarbene Hose und Lenis Lieblings-T-Shirt aus meinem Schrank hervor.

Es ist ein breites, völlig unscheinbares einfarbiges Shirt, ohne jeglichen Aufdruck. Leni hat ihre Nase immer darin vergraben und mir vorgeschwärmt, wie sie diesen weichen Stoff und meinen Duft liebt. Dabei ist es doch sie, die unverwechselbar gut riecht. Um mein äußeres Erscheinungsbild zu vervollständigen, schlüpfe ich in meine schwarzen Chucks. Vielleicht hilft es mir, sie an alte, glückliche Zeiten zu erinnern. Selbst meine Haare erinnern an meine damalige Frisur, denn sie haben lange Zeit keinen Frisör mehr gesehen. Zu guter Letzt fische ich mir noch eine Baseballkappe aus meinem Regal, schlage ein paarmal darauf, um den Staub zu entfernen und setze sie verkehrt auf. Ein kurzer Blick in den Spiegel provoziert ein Grinsen. Was versuche ich hier eigentlich? Vielleicht will sie gar nicht mehr an den alten Paul erinnert werden? Sofort bekomme ich Zweifel und nehme die Kappe wieder ab. Was zu viel ist, ist zu viel. Meine Nervosität nimmt mit jedem Schritt, den ich in Richtung See hetze, zu.

Mein Herz rast, als ich ankomme – was in diesem Fall nicht auf das Tempo, mit dem ich hergelaufen bin, zurückzuführen ist. Ich versuche, meinen Atem unter Kontrolle zu bekommen. Meine Kehle fühlt sich staubtrocken an. Der Blick auf meine Uhr verrät, dass ich viel zu früh hier bin.

Im Wasser spiegelt sich die tief stehende Sonne und reflektiert die leuchtenden Farben des Abendrots. Ich kann mich nicht erinnern, wann ich das letzte Mal hier war. Mit Marlene mied ich diesen Ort. Die Erinnerungen an die Zeit, die ich mit Leni hier verbrachte, kamen mir immer in den Sinn.

Wenn Marlene mit ihren Freundinnen hier war, suchte ich immer Ausreden, und so schaffte ich es wirklich, sie kein einziges Mal hierher zu begleiten. Die kleine Turmglocke der nahe stehenden Kirche läutet sechsmal. Nun kann es nicht mehr so lange dauern. Meine jetzige Nervosität scheint alles bisher Erlebte zu übertreffen. Ich stütze mich auf den Knien ab und lasse den Kopf zwischen meine Arme sinken. Lange und tiefe Atemzüge sollen mich beruhigen, doch ich merke, wie die Wirkung ausbleibt. Ich schließe die Augen und versuche, Ablenkung und Ruhe zu finden. *Was, wenn sie endgültig nichts mehr von mir wissen will? Was, wenn sie mich nicht mehr liebt?*
Ein zarter Luftzug löst Gänsehaut auf meinem gesamten

Körper aus. Plötzlich spüre ich ihre Anwesenheit. Einen Atemzug später nehme ich ihren wunderbaren Duft wahr. Mein Kopf schnellt in die Höhe und ich erstarre. *Endlich! Sie ist hier. Meine Leni.*

Sie trägt ein geblümtes Kleid, das sich um ihren Bauch spannt, darunter eine schwarze Leggings und ihre alten ausgetretenen Chucks. Oh mein Gott. Ich weiß nicht, wohin ich zuerst schauen soll. Ich blinzle ein paarmal und traue meinen Augen nicht. Vielleicht träume ich, doch vor mir steht das Mädchen, in das ich mich verliebt habe. Die wohlformulierten, vorgefertigten Worte platzen wie eine Seifenblase, und ich starre sie stumm wie ein Fisch an. Ihr Anblick bringt mich völlig aus der Fassung. Ich schlucke heftig.

Ihr Blick erreicht mich nicht, denn sie starrt vehement auf den See und setzt sich neben mich. Es sieht umständlich aus, wie sie sich langsam zu Boden sinken lässt. Ich möchte ihr helfen, doch ihre distanzierte Art verbietet es mir. Sie stützt sich auf ihre Hände und streckt ihre Beine aus. Erleichtert atmet sie auf. Leise, aber ich höre es. Wie gebannt fixiere ich ihren Babybauch. Unglaublich, aber wahr. Sie trägt unser Kind unter dem Herzen.

Unentwegt blickt sie auf das Wasser. Was gäbe ich dafür, sie zu berühren, sie an mich zu ziehen und ihr ins Ohr zu flüstern, wie sehr ich sie vermisst habe. Doch ich bleibe, so wie sie, minutenlang sitzen und bin sprachlos.

Sie ist die Erste, die sich fängt, und zieht die Schachtel, die ich ihr vor ein paar Tagen wieder zurückgebracht habe, aus ihrer Tasche.

»Sie gehört nicht mir«, spricht sie emotionslos und streckt sie mir entgegen, wobei sie schnell ihre Hände zurückzieht und darauf achtet, mich nicht zu berühren. Automatisch nehme ich sie an.

»Leni …«, spreche ich leidend ihren Namen aus und blicke

auf die wunderschön verzierte Holzschachtel. »Sie hat immer nur dir gehört. Das weißt du. Egal, was ich noch vor ein paar Monaten zu dir gesagt habe.« Meine Stimme klingt belegt. Ich räuspere mich. Ihre Nähe raubt mir meinen klaren Verstand.

»Vernichte sie oder mach damit, was du willst. Ich will nicht …«, antwortet sie verletzt. »Vor ein paar Monaten sollte ich sie doch zerstören.«

Ihr Kiefer verspannt sich und ich höre, wie sie mit den Zähnen knirscht. Meine schlimmsten Befürchtungen werden wahr.

»Leni, es tut mir leid, aber …«

»Paul, dafür ist es zu spät«, unterbricht sie mich energisch. Ich sehe, wie sie versucht, ihre Emotionen hinunterzuschlucken, wie die Stirn sich kräuselt und sie weiterhin konzentriert den See fixiert, als gäbe er ihr den letzten Halt.

Ich streiche über die Schachtel, bevor ich sie wieder anschaue. »Sag das nicht!«, flüstere ich leise.

Sie wendet sich das erste Mal mir zu. Mein Blick wechselt zwischen ihren herzförmig geschwungenen Lippen, die meine Aufmerksamkeit auf sich ziehen, und ihren Augen, sie sich langsam mit Tränen füllen. Ich möchte nicht, dass sie meinetwegen weinen muss.

Es ist alles gut. Ich bin jetzt hier, will ich sagen. Als wäre das ein Trost. Ich bin ein Dummkopf, ein Egoist.

Ich habe sie alleingelassen. Wie immer versucht sie, ihre Trauer zu verstecken und stark zu sein.

Um mich aus diesem Trancezustand zu befreien, blinzle ich ein paarmal. »Leni, es tut mir so leid, dass ich erst jetzt hier bin. Ich kann es dir erklären.«

»Es ist zu spät … es ist zu spät«, wiederholt sie leise, sodass ich sie kaum verstehe. »Ich schaffe diese Aufs und Abs nicht mehr.«

»Leni, ich bin hier. Ich bin für euch da. Ich verspreche es dir.« An ihrer Stelle würde ich meine Versprechen auch nicht mehr ernst nehmen.

»Für wie lange?« Resignierend schüttelt sie den Kopf, spricht meine Gedanken aus und blickt zu Boden.

»Für immer, wenn du mich lässt.«

Sie zieht ein Taschentuch aus ihrer Tasche, wischt sich die Tränen weg und beginnt, mit dem feinen Stoff zu spielen. Wie immer, wenn sie nervös ist.

»Du löst diese Gefühle in mir aus …« Ihre Stimme zittert. »So starke Gefühle. In deiner Nähe schwebe ich, erlebe die schönsten Momente, nur um irgendwann wieder auf dem harten Boden der Tatsachen aufzuschlagen. Ich kann das einfach nicht mehr. In ein paar Tagen kommt mein Sohn zur Welt. Er hat ein stabiles Umfeld verdient.«

»Leni, ich musste weggehen. Ich hoffe, du verstehst das, denn ich hätte euch in diesem Zustand nur geschadet. Es tut mir leid, denn ich weiß, wie viel ich verpasst habe. Bitte versuch mich zu verstehen. Vor ein paar Monaten wäre ich nicht in der Lage gewesen, dir zu helfen.«

Sie dreht sich weg, um ihren Kummer zu verbergen. Unermüdlich tupft sie mit dem Saum ihres Kleids die Wangen trocken. Nach einer Weile beginnt sie, ihren Handrücken dafür zu verwenden.

»Ich kann das nicht mehr. Ich halte diese Achterbahn der Gefühle nicht mehr aus«, wimmert sie, ohne mich dabei anzuschauen. »Ich kann das nicht mehr. Diese Geschwindigkeit, mit der wir immer in den Himmel hinaufrasen, der schwerelose, wunderschöne Zustand, gefolgt von der Talfahrt, die den Körper mit aller Kraft zurückschlägt und mir die Luft zum Atmen raubt. Ich kann das nicht mehr. Ich brauche endlich Frieden. Wir tun uns nicht gut.« Sie dreht sich zu mir. Ich kann es nicht ertragen, sie so unglücklich zu sehen. »Wir … wir können zusammen die Leichtigkeit des Lebens nicht mehr spüren. Wir sind gefangen in den Gefühlen der Vergangenheit. Du genauso wie ich. Wir schaden einander mehr, als wir uns guttun.«

»Leni.« Ich hauche ihren Namen, denn ihre Worte treffen mich zutiefst. »Ich liebe dich.« Meine Stimme klingt plötzlich sehr rau. *Reiß dich zusammen! Finde endlich die richtigen Worte, bevor du sie verlierst!*

»Ich weiß, Paul … ich weiß. Aber warum bist du nicht zurückgekommen, als du den Entzug hinter dir hattest? Ich hätte dich so gebraucht. Ich habe dir Zeit gegeben. Ich habe deine Gründe, zu gehen, verstanden, wenn sie auch fürchterlich schmerzten. Doch nach Monaten des Wartens habe ich gelernt, ohne deine Liebe zurechtzukommen. Wenn auch schwer, aber ich habe es geschafft. Du hast so viel verpasst, was nicht mehr aufzuholen ist.« Sie streicht sich über ihren Bauch. Ich blicke darauf. Wie gerne würde ich sie berühren. *Habe ich sie nun endgültig verloren?*

Ich schließe meine Augen, um in mich zu gehen. Ohne nachzudenken, breche ich die letzte Barriere und lasse mein Herz sprechen.

»Leni, ich musste nach Afrika gehen, um den Boden wieder unter meinen Füßen zu spüren, um mich zu erden und die Vergangenheit endgültig ruhen zu lassen. Während meines Entzugs riet man mir, erst meine Probleme auf die Reihe zu bekommen, bevor ich wieder Kontakt zu dir aufnehme.«

Ich höre meine abgeklärte Stimme, die von selbst spricht. Meine Worte klingen ruhig und klar.

Sie nickt, doch ich sehe, wie weit sie, trotz ihrer Nähe, von mir entfernt ist. »Was willst du von mir hören?« Sie beißt sich dabei nervös auf ihre Unterlippe. Ich liebe diese kindliche Geste an ihr.

»Ich will noch eine Chance! Für uns.«

Sie schüttelt den Kopf, neigt ihn zu Boden und hält ihre Hände schützend vor ihr Gesicht. Ihr Körper beginnt zu zittern. Automatisch lege ich meine Hände auf ihre Schultern und ziehe sie an mich. Sie wehrt sich anfangs. Doch ich gebe nicht nach.

Ich kenne meinen Sturkopf und weiß, wie sehr sie trotz ihres Widerstands gehalten werden möchte. Nachdem ihre Versuche, sich aus meinem Griff zu befreien, nachlassen, spüre ich ihr nasses Gesicht an meinem Hals. Sie schluchzt und zieht dabei immer wieder abgehackt die Luft ein. Hilflos, wie ein kleines Kind, lässt sie sich fallen und sackt in meinen Armen zusammen. Ich möchte sie für immer halten, um ihr endlich die Sicherheit zu geben, die sie verdient hat. Zärtlich verteile ich meine Küsse auf ihrem Haar.

»Ich werde dir zeigen, wie sehr ich dich liebe, wenn du mich lässt und uns noch eine Chance gibst.«

Sie antwortet nicht, sondern legt ihre Hand auf meine Brust, um mich von ihr wegzuschieben.

Als sie mich mit ihren ängstlichen Augen ansieht, spüre ich, wie ich heftig schlucken muss. In den vielen Monaten meiner Abwesenheit habe ich mir oft ausgemalt, wie der Moment sein würde, in dem ich sie anblicke und in ihren Augen unsere Zukunft sehe. Die Angst, alles verspielt zu haben, ist allgegenwärtig. Doch wie immer überrascht sie mich, als ein Lächeln über ihre Lippen huscht und sie auf ihren Bauch blickt.

Ich versuche, zu erkennen, was ihre Stimmung so schnell verändert, und sehe, wie sie sanft über den Bauch streicht. Als sie den Kopf hebt, erkenne ich die unsagbar große Liebe in ihren Augen.

»Paul, du hast viel verpasst und ich wünschte, du hättest das schon früher spüren können. Aber ich denke, dein Sohn würde dich gerne kennenlernen«, flüstert sie, während sie in ihrer Bewegung innehält.

»Hier …« Sie nimmt meine Hand und legt sie auf ihren Bauch. Ihre Haare fallen ihr ins Gesicht. »Er strampelt wie wild, seitdem ich hergekommen bin.«

Ich weiß nicht, wie ich ausdrücken soll, was ich in diesem Moment fühle.

Überwältigt von den Gefühlen, die sie und dieses kleine

Geschöpf in mir auslösen, spüre ich, wie meine Augen verdächtig zu brennen beginnen und meine Sicht verschwimmen lassen. Ich möchte sie voller Dankbarkeit umarmen, doch wage es nicht. Wie konnte ich sie nur alleine lassen? Was für ein Vater bin ich? Ich will alles wiedergutmachen. Ich werde ihr meine Liebe beweisen. Egal, was kommen mag, ich werde sie nie wieder alleine lassen.

Immer wieder spüre ich einen kleinen Druck gegen meine Hand.

»Danke«, antworte ich fast flüsternd, »danke, dass du mich das spüren lässt.« Sie zuckt mit einer Schulter, als wäre es ganz normal, obwohl es für mich die Welt bedeutet.

»Er scheint ganz nach dir zu geraten … dieser unruhige kleine Geist, meint deine Mutter jedenfalls.« Jede Furcht ist aus ihrer Stimme gewichen. Hoffnung keimt in mir auf. Als wir darüberstreichen, berühren sich unsere Hände. Zögerlich suche ich ihren Blick. Schüchtern schiebt sie sich die Haarsträhne, die ihr Gesicht verdeckt, hinters Ohr. Ein leichtes Lächeln bildet sich um ihren Mund und gibt mir die Bestätigung, die ich brauche.

Erleichtert atme ich aus, schmunzle und merke, wie unsere Vertrautheit wieder zurückkommt.

»Das hier war schon immer ein besonderer Ort …«, sinniert sie und blickt auf den See hinaus.

»Das stimmt«, erwidere ich leise, noch immer voll und ganz darauf konzentriert, meinen Sohn zu spüren, der sich ganz schön stark bemerkbar macht.

»Hier hat alles begonnen.« Ich beobachte von der Seite, wie sich ihre Lippen bewegen. Ich könnte sie stundenlang einfach nur anschauen, ohne mich jemals zu langweilen. »Paul, ich weiß nicht, ob wir beide noch eine Chance bekommen. Ich möchte den Glauben an eine gemeinsame Zukunft nicht verlieren, doch nach alldem, was wir gemeinsam erlebt haben, weiß ich nicht, ob wir dazu fähig sind, alles hinter uns zu lassen. Ich meinte es ernst. Ich will einen Neuanfang. Ich möchte mein Leben auf die Reihe bekommen, doch ich habe einfach so viel Angst davor, dir zu vertrauen … mir zu vertrauen … auf uns als Familie zu vertrauen.«

Ich nicke. »Ich kann dich verstehen. Ich habe auch Angst. Aber wenn wir es nicht versuchen, werden wir niemals wissen, was passiert.«

Sie schüttelt energisch ihren Kopf. »Ich habe keine Kraft mehr für Versuche.«

»Ich will es nicht versuchen. Ich will dich. Ich will euch.« Ich wage es nun doch, greife nach ihrem Gesicht und zwinge sie, mich anzuschauen. »Ich will dich und dieses Kind, mehr als alles andere auf der Welt.« Ich beginne zu schmunzeln und schwelge in Erinnerungen. »Ich will dich, seitdem du neben mich gesetzt wurdest. Ich will dich mit deinem Bienchenpullover genauso wie mit deinen verdammt hohen Schuhen und Designerkleidern. Obwohl ich Ersteres bevorzuge. Egal wie, darunter bist du immer meine Leni. Ich liebe deine verletzliche, weiche Seite genauso wie deine toughe, ehrgeizige Seite. Ich liebe es, wenn du auf deiner Meinung beharrst, obwohl ich doch immer der bin, der recht hat«, grinse ich und lache auf, als ich sehe, wie sie mit den Augen rollt. »Nein im Ernst, ich liebe dein gelöstes Lachen, das in ein Kichern überschlägt, wenn du nicht mehr aufhören kannst. Ich liebe es, wenn du nach all den Jahren noch immer auf der Tanzfläche wie ein Gummiball hüpfst.«

»Das stimmt doch gar nicht«, beschwert sie sich.

Ich versuche, mein Schmunzeln zu unterdrücken, und merke, wie sie beginnt, sich zu entspannen. Meine Hände ergreifen ihre und ich streiche sanft mit meinen Daumen über die Handrücken.

»Ich liebe es, wie zornig und wütend du auf mich sein kannst, um mir in der nächsten Sekunde wieder zu verzeihen.

Ich liebe es, wie du mich provozierst, um die Wahrheit aus mir herauszukitzeln, und mich damit oft in den Wahnsinn treibst. Keiner kennt mich so gut wie du. Andersrum liebe ich es auch, dich herauszufordern. Denn ich kenne dich so gut wie kein anderer. Ich begehre dich seit vielen, vielen Jahren und jeden Tag etwas mehr. Du bist mein Mädchen. Ich möchte mit dir dieses Kind großziehen. Ich will dich glücklich machen und dich zum Lachen bringen. Ich möchte an deiner Seite gehen, wenn du mich brauchst und wenn ich dich brauche. Ich möchte gemeinsam mit dir alt werden. Leni, ich liebe dich. Ich liebe dich seit einer sehr langen Zeit. Du bist die einzige Person, die diese Emotionen in mir weckt. Bitte gib uns eine Chance.«

Sie schnieft, löst sich von mir, wischt sich die Tränen aus ihrem Gesicht und lächelt mir sanft zu.

»Okay«, sagt sie so leise, mit einer Sanftmut in ihrer Stimme, dass ich mir nicht sicher bin, sie richtig verstanden zu haben.

»Okay?«, frage ich nach. Meine Gefühle überrennen mich und ich greife nach ihrem Gesicht, ziehe sie, ohne zu fragen, zu mir und küsse ihre wundervollen weichen Lippen nach so langer Zeit das erste Mal wieder. Sie scheint überrumpelt zu sein, denn ihr Körper verspannt sich. *Verdammt, ich sehne mich so sehr nach ihrer Nähe.* Sie schmeckt genauso süß, wie sie aussieht. Vorsichtig taste ich mich vor. Ich will sie nicht überfordern, doch meine Sehnsucht löst all meine Vorsätze in Luft auf. Langsam beginne ich, mit meiner Zunge ihre Lippen zu erfühlen. Dankbar und hörbar stöhne ich auf, als ich ihre Zustimmung spüre. Alle Barrieren stürzen ein. Mit meinen Lippen öffne ich ihre und beginne sie mit einer Leidenschaft zu küssen, mit der sie nicht gerechnet hätte. Die Luft knistert vor Spannung. Wir küssen uns sanft, lange und intensiv. Sie endlich an meinen Lippen zu spüren, ist unvergleichlich schön. Ich bekomme einfach nicht genug. Am liebsten würde ich sie stundenlang weiterküssen, doch Leni hält mich zurück.

»Paul … warte …« *Worauf? Ich kann nicht mehr warten!*
»Wir sollten es langsam angehen.«

»Worauf willst du warten?« Ich schaffe es nur schwer, meine Ungeduld zu bändigen.

»Du weißt, wie sehr ich dich liebe und immer lieben werde, doch ich möchte diesmal nichts falsch machen.« Wenn ich ihre Worte richtig interpretiere, gibt sie uns noch eine Chance. Innerlich tanze ich vor Freude. Äußerlich nicke ich bekräftigend. Egal, was sie verlangt, ich bin bereit, alles zu tun. Ich ziehe sie wieder an mich, um ihr einen Kuss auf ihren perfekten Mund zu hauchen.

»Ich liebe dich so sehr,« sage ich mit meinen Lippen an ihren.

»Ich habe dich so vermisst, Paul.« Ich spüre den salzigen Geschmack ihrer Tränen auf meiner Zunge. Mein schlechtes Gewissen zerfrisst mich beinahe.

»Wie könnte ich uns keine Chance geben. Du und dieser kleine Kerl in mir … ihr seid alles, was ich will.«

Ich senke erleichtert den Kopf. Nichts könnte diesen Moment perfekter machen als ihre Worte.

»Du weißt nicht, wie glücklich du mich machst«, flüstere ich und schlucke dabei heftig. Sie löst meine Hände von ihren Wangen.

»Ich will es trotzdem langsam angehen. Ich habe Angst«, meint sie zögerlich und beginnt wieder, mit ihren Händen zu spielen. Sie wirkt nervös.

»Angst wovor?«, meine ich bestürzt.

»Dass ich mich wieder auf diese Gefühle einlasse und du es dir vielleicht noch anders überlegst!«

»HoneyBee, ich liebe dich. Ihr beide seid nun meine Familie.«

»Was ist, wenn wir wieder von unserer Vergangenheit eingeholt werden? Wenn du wieder zu trinken beginnst oder ich wieder in alte Muster zurückfalle?«

Ich lege meine Finger auf ihre Lippen und unterbreche sie. »Schhh …« Ich lege meinen Finger an ihren Mund, ersticke ihre Besorgnis und tausche ihn gegen meine Lippen aus. Nur schwer kann ich mich wieder von ihr lösen, als sie mich erneut weggedrückt und erwartungsvoll ansieht. Ich kann diesem Blick einfach nicht widerstehen. »HoneyBee, heute ist der erste Tag unseres restlichen, gemeinsamen Lebens. Egal, was in unserer Vergangenheit passiert ist, es liegt an uns, wie unsere Zukunft aussieht.« Ich greife nach ihrer Hand und streiche den kleinen Schriftzug zwischen ihrem Zeige- und Mittelfinger nach. »Moksah« steht dort noch immer. Erlösung. »Lass uns von nun an nur noch glücklich sein. Alles, was wir erlebt haben, hat uns zu den Menschen gemacht, die wir heute sind. Alles, was vor uns liegt, wird uns zu den Menschen machen, die wir sein wollen, wenn wir es nur zulassen.«

»Ich will es, doch ich habe solche Angst.«

»Ich weiß und ich verspreche dir, ich werde alles Mögliche tun, um dein Vertrauen wiederzugewinnen und dir deine Angst zu nehmen.«

Sie legt eine Hand an mein Gesicht. Ich schließe die Augen und genieße ihre leichte Berührung.

»Ich habe dich so sehr vermisst!«

Plötzlich umarmt sie mich stürmisch. Ich spüre ihren Bauch an meinem und beginne zu lächeln, während ich meine Hände daraufflege und sanft die Wölbung auf- und abstreiche. Ich verstecke meine Nase an ihrem Hals und atme tief ein. Sie riecht göttlich. Vertraut, unbeschreiblich gut. Könnte ich ihren Duft nur verinnerlichen. Als wir uns wieder voneinander lösen, blicke ich auf die süße Rundung, senke den Kopf und verteile voller Dankbarkeit und Demut Küsse auf ihren Bauch.

»Ich liebe euch drei.« Ich erkenne ihre Verwunderung und ergänze erklärend: »Unseren kleinen Schmetterling, dich und meinen Sohn. Danke, dass du mir dieses Kind schenkst …«

Sie nickt, während sich immer wieder Tränen in ihren Augen bilden, die ich mit meinem Daumen wegstreiche.

»Und vielleicht irgendwann noch einige mehr.«

Sie lacht gelöst auf. »Schön langsam, Herr Franke!«

»Ich liebe dich, HoneyBee. Bis zu den Sternen …« Ich verschließe ihren Mund mit meinem Kuss, versuche, meine ganze Liebe darin fließen zu lassen, und schmecke wieder ihre Tränen, die sich mit meinen vermischen.

»… und zurück«, erwidert sie an meinen Lippen. Ihr gelöstes Lächeln steht meinem in nichts nach.

Endlich!

DREIUNDZWANZIG

Paul

Es wird langsam kühler. Leni liegt zwischen meinen Beinen an meine Brust gelehnt. Gemeinsam streicheln wir ihren Bauch. Ich decke sie mit meinem Pullover zu, damit sie in ihrem dünnen Kleid nicht friert. Der Sonnenuntergang färbt den Himmel wie einen bunten Farbkasten. Jedes Mal, wenn ich von meinem Jungen einen kleinen Stoß gegen meine Handfläche wahrnehme, lächle ich zufrieden. Ich sehe, wie sie die Augen schließt und meine Berührungen genießt.

»Tut dir das nicht weh?«, will ich wissen und küsse sie auf ihre Schläfe.

»Manchmal schon. Immer dann, wenn er gegen meine Rippen stößt oder gegen diese Stelle …« Sie ergreift meine Hand und führt sie seitlich an ihren Bauch. »Hier spüre ich immer seinen Fuß … Die Haut fühlt sich schon ganz dünn an.« Ich streiche in sanften Kreisen darüber. Plötzlich nehme ich einen ziemlich kräftigen Stoß wahr. Ich öffne verblüfft die Augen. Sie kichert und zieht mich an meinem Shirt zu sich hinunter. »Siehst du.« Dann vergräbt sie ihr Gesicht in meiner Halsbeuge. »Ich habe dieses T-Shirt geliebt. Wenn ich es nicht besser wüsste, könnte man glauben, dass der Paul von damals vor mir sitzt.«

»Und die Leni von damals. Noch dazu fühlt sich heute alles genauso wie damals an«, füge ich verliebt hinzu.

Ich blicke auf das Ufer, an dem das Wasser wellenförmig an die Kiessteine schlägt. Ich küsse sie auf ihren nackten Hals und atme ihren Duft ein.

»Danke für deine Briefe«, kommt es aus dem Nichts. »Ich habe beinahe alle gelesen – bis auf ein paar.« Ich schweige, da ich nicht weiß, was ich ihr antworten soll. »Erst nach so langer Zeit habe ich gesehen, wie es dir ergangen ist. Es tut mir leid. Wenn ich gewusst hätte, dass es dir so schlecht ging …«

Ich lege meinen Finger an ihre Lippen und unterbreche sie. »Nicht!«

»Was?« Sie setzt sich auf und runzelt ihre Stirn.

Ich senke meinen Kopf und spiele mit dem Gras in meinen Händen.

»Du hättest es wahrscheinlich nicht ändern können. Denn genauso wie du musste ich selbst einen Weg für mich finden, um das Erlebte und die damit verbundenen Vorwürfe hinter mir zu lassen. Wie du weißt, muss man die Entscheidung, etwas zu ändern, selbst treffen. Die anderen können noch so viel auf dich einreden, wenn du selbst nicht gesund werden willst, nützt das alles nichts.« Sie nickt zustimmend. »Ich bin dankbar für diese Lernerfahrungen. Ich bereue zutiefst, dass ich wieder die Sucht als Ausweg gesucht habe. Doch anscheinend war es nötig. Nun weiß ich, was ich will und was ich nie wieder will.«

»Möchtest du mir davon erzählen?«

Ich überlege kurz, ob es sich richtig anfühlt, ihr von dieser Zeit zu berichten. Ich sollte keine Geheimnisse mehr vor ihr haben.

»Wenn du es hören willst, werde ich es dir erzählen.«

»Ich möchte alles wissen, denn nur so kann ich dir helfen, wenn du mich brauchst.« Sie lehnt sich wieder an mich. Wir blicken beide auf den See und ich beginne zu erzählen.

»Nach deinem Abschied vor über zehn Jahren habe ich mich schnell in diese Abhängigkeit geflüchtet, denn es war der einfachere Weg, als darüber zu sprechen und mein Leben in die Hand zu nehmen. Ich habe nach Ausflüchten und Ausreden gesucht, größtenteils meinem Vater die Schuld gegeben. Denn schließlich habe ich ihm nachgeeifert und hatte somit einen Sündenbock, den ich verantwortlich machen konnte. Die Zeit war nicht einfach und ich habe mich mit beinahe jedem zerstritten.

Der erste Entzug wurde mir aufgezwungen und ich weigerte mich vehement, Hilfe anzunehmen, doch irgendwie schaffte ich es und lebte für längere Zeit so, wie man es von mir erwartete. Marlene war die erste Frau, die ich wieder etwas an mich heranließ. Nur langsam habe ich mich wieder geöffnet. Lieber vergrub ich mich in meinen Lehrbüchern und beendete mein Studium in Windeseile – natürlich ganz zur Freude meines Vaters. Ich habe vieles verdrängt, doch vergessen konnte ich nie. Ich kann nicht behaupten, dass ich nicht glücklich war. Es hat mir dennoch immer etwas gefehlt, um vollkommen zufrieden zu sein.«

Sie dreht sich mir zu, sucht kurz meinen Blick, um dann wieder mit ihren Händen zu spielen.

»Ich weiß, was du meinst.«

»Nachdem wir uns am Klassentreffen wiedergesehen haben, wusste ich, dass ich mir die ganze Zeit nur selbst etwas vorgemacht hatte. Das frustrierte mich ungemein. Unsere erneute Trennung riss wieder dieses Loch in meinen Boden und es war so viel einfacher, wieder nachzugeben und in der Sucht zu versinken, als aufzustehen und weiterzumachen. Es tut mir leid, ich wünschte …«

Sie schüttelt den Kopf. Dabei vermeidet sie noch immer aufzublicken. »Nein! Es muss dir nicht leidtun. Mir tut es leid, dass ich dich von mir gestoßen habe. Doch glaube mir, ich dachte, wir verrennen uns, wenn wir uns wieder den intensiven Gefühlen füreinander hingeben. Aus Angst und Zweifel, uns selbst zu vertrauen, bin ich in mein altes Umfeld zurückgekehrt. Nach der Eskalation auf dem Benefizball und dem darauffolgenden Streit mit Christian wusste ich, dass ich ihn verlassen musste. Unsere Zeit war abgelaufen. Es fiel mir wie Schuppen von den Augen. Doch da war es zu spät.«

»Damals bin ich fast verrückt geworden, als ich dich mit ihm wegfahren sah.« Die Erinnerung daran versetzt meinen Körper in Spannung. »Ich hatte solche Angst, er würde dir etwas antun.« Sie lächelt zaghaft. »Lukas hat sich wenige Stunden später bei mir gemeldet und mir erzählt, dass du ihn verlassen hast. Damals saß ich in der Bar und betrank mich das erste Mal seit vielen Jahren wieder.«

»Paul …«

Ich greife nach ihren Händen. »Mach dir deshalb bitte keine Vorwürfe. Es war meine Entscheidung. Heute würde ich vieles anders machen.«

»Wäre ich nie zum Klassentreffen gekommen, hättest du nicht wieder zu trinken begonnen.«

»Und unser Kind wäre nie entstanden.«

Versteckt huscht ihr ein Lächeln über die Lippen. Wieder einmal wird mir bewusst, wie ich es liebe, sie glücklich zu sehen.

»Du hast recht. Im Nachhinein können wir sagen, dass die vielen Berg- und Talfahrten für etwas gut waren.«

»Ich würde sie immer wieder auf mich nehmen, wenn ich wüsste, dass dieses Wunder dabei herauskommt.« Ich streiche über ihren prallen Bauch und verteile meine Küsse ihren Hals aufwärts, bis sich unsere Lippen finden und vereinen. »Erzähl mir von dir. Wie war die Schwangerschaft für dich?«

Sie atmet tief durch. »Bevor ich nach Paris aufgebrochen bin, habe ich von der Schwangerschaft erfahren. In Paris habe ich mich wieder in Arbeit vergraben und meinen Zustand ignoriert. Mein Körper gehorchte mir wie immer und ich bemerkte auch lange Zeit keine Veränderung. Ich vermied es in Paris, zu einem Arzt zu gehen, um mir die Schwangerschaft bestätigen zu lassen.«

»Warum?«

»Weil ich die Befürchtung hatte, vielleicht doch nicht schwanger zu sein oder vor eine Entscheidung gestellt zu werden. Ich habe es so lange hinausgeschoben, bis ich Blutungen bekam und ins Krankenhaus musste.«

»Was für Blutungen?« Ich bin besorgt. Auch davon habe ich nichts gewusst.

»Ich hatte ein Hämatom auf der Plazenta. Aber alles ist wieder gut. Unserem Baby geht es gut.« Sie streicht über meine Hände und ergreift sie.

»Ich wollte dir früher von der Schwangerschaft erzählen. Glaube mir, das Letzte, was ich wollte, war, dass du auf dieser Feier, und auch noch von David, davon erfährst. Doch ich hatte solche Angst davor, dich vor eine Entscheidung zu stellen.«

»Schon gut. Ich kann dich verstehen. So wie ich mich dir gegenüber verhalten habe, war deine Reaktion nur zu verständlich.« Ich hebe ihren Arm und betrachte das silberne Band. Darauf ist ein Spruch eingraviert: »Im Loslassen liegen die Flügel zur Freiheit«. Sofort erkenne ich die Worte aus dem Brief wieder, den ich von Leni in Afrika erhalten habe.

»Das ist von David«, meint sie erklärend. Ich verspanne mich etwas, was ihr nicht entgeht. Doch sie geht nicht weiter darauf ein, sondern hievt sich seitlich auf und reicht mir ihre Hände. »Komm, lass uns gehen. Es wird kühl.«

Ich nicke und wir schlendern Händchen haltend die Straßen entlang. Stillschweigend. Im Gleichschritt. Und ich fühle mich seit Jahren endlich wieder auf dem richtigen Weg. Irgendwann halte ich sie an und ziehe sie zu mir, um mich zu vergewissern, dass ich nicht träume. Ich küsse sie auf ihren Hals, ihre Wangen, ihre Augen, ihre Nase, bis ich schlussendlich beim Mund lande. Sie grinst anfangs etwas verkniffen, kichert dann, bevor sie genießerisch ihre Augen verdreht und nach Luft schnappt. Ich wünsche mir nichts sehnlicher, als mein kaltes Bett gegen ihr warmes einzutauschen. Aber Leni meint es ernst: Sie will es langsam angehen. Es kostet mich viel Überwindung, mich erneut von ihr zu verabschieden, wenn auch nur für eine Nacht, denn ich möchte sie keine Sekunde mehr missen.

Ich stehe schon frühmorgens wieder an ihrer Eingangstür und warte mit frischen Brötchen darauf, dass sie mich einlässt. Diesmal muss ich mich nur ein paar Sekunden gedulden, bevor ich das Summen des Türöffners höre. Ich laufe die Stufen hinauf. Doch ich werde nicht von Leni empfangen, sondern von David. Ich versuche, entspannt zu wirken, doch seine Anwesenheit geht mir gewaltig auf die Nerven. Leni torkelt müde, mit kleinen Augen, an ihm vorbei und drückt mir einen kleinen, flüchtigen Kuss auf die Wange. Moment mal, waren wir da gestern nicht einen Schritt weiter? Ich ziehe sie an mich und will mir einen Begrüßungskuss abholen, der unserem gestrigen Abschiedskuss gleicht, doch sie kichert verstohlen und entgleitet meinen Händen schneller, als mir lieb ist. Verärgert presse ich die Lippen zusammen. Ich reiche David die Hand. Er betrachtet mich argwöhnisch und ich kann es ihm nicht einmal verübeln.

Er war bei Leni und hat sich um sie gekümmert, wie es eigentlich meine Aufgabe gewesen wäre. Ich muss mir meinen

Platz in ihrem Leben erst wieder erkämpfen. Er trägt eine Jogginghose und ein T-Shirt mit einem Schriftzug einer amerikanischen Universität.

Es wirkt durch seinen Dreitagebart und die nackten Füße, als wäre er gerade aus dem Bett aufgestanden. Aus Lenis Bett? Selbst Leni schaut in diesem weißen Leinenkleid so aus, als käme sie gerade aus dem Bett.

»Du bist aber früh dran. David, ich habe Paul zum Frühstücken eingeladen. Es wird Zeit, dass ihr euch endlich kennenlernt! Ich mach mich nur schnell frisch«, meint Leni schlaftrunken, doch mit einem Lächeln im Gesicht.

Ihre Euphorie kann ich nicht teilen. Sein Blick verrät mir Ähnliches.

Kurze Zeit später schwebt sie in ihrem blau-weiß gestreiften Kleidchen, das nur im Nacken zusammengebunden ist und ihre Oberweite noch mehr zur Geltung bringt, durch die Wohnung und zeigt mir ihre neuen vier Wände. Im Vorbeigehen sehe ich im Schlafzimmer Davids Kleidung auf dem Bett liegen. Ich koche innerlich vor Wut, doch dann zeigt sie mir ihr eigenes Zimmer. Sie erzählt mir von der kurzfristigen Wohngemeinschaft. Ich höre zwar zu, doch verberge meinen eigentlichen Gedanken. Wir setzen uns in eine kleine, helle Küche und Leni redet und redet. Wie wunderschön es sei, uns beide hier zu haben, und wie sehr sie sich das immer gewünscht habe. Ich komme mir vor, als wäre ich im falschen Film. David scheint es genauso zu gehen, denn er blickt stur geradeaus und reagiert auf nichts. Nach einer Stunde steht er auf und meint, er müsse nun gehen. Leni schaut ihn verwundert an.

»Wohin willst du?«

»Ich muss weg. Seit wann bin ich dir Rechenschaft darüber schuldig, wohin ich gehe?«, meint er verärgert, bevor er die Hand hebt und sich verabschiedet. Leni geht ihm nach. Ich höre sie diskutieren, doch ich verstehe nichts, selbst wenn ich lausche. Die Türe fällt ins Schloss und ich atme tief aus. Als Leni wieder in die Küche kommt, lächelt sie mir kurz zu und setzt sich wieder neben mich. Sie zieht einen Fuß an sich und stellt ihn auf den Sessel, auf dem sie sitzt. Schlürfend trinkt sie von ihrem Tee.

Ich fixiere sie mit meinem Blick, während ich mich zurücklehne und die Hände vor meiner Brust verschränke.

»Was ist?«, fragt sie unschuldig.

»Hattest du etwas mit ihm?« Schon längst brennt mir die Frage auf der Zunge.

Sie verschluckt sich und beginnt zu husten. *Oh mein Gott. Meine Augen weiten sich. Ich habe recht.*

»Wie bitte?«, antwortet sie lachend, als sie sich von ihrer Hustenattacke erholt.

Ich reagiere nicht auf ihr Grinsen. »Du hast mich schon verstanden. Warst du mit ihm im Bett?«

Sie legt ihren Kopf in den Nacken und lacht sarkastisch. »Das war klar. Sobald du hier bist, machst du mir Vorwürfe!«

»Ich mache dir keine Vorwürfe, doch ich möchte wissen, ob er eine Gefahr für unsere Beziehung darstellt.«

»Welche Beziehung? Du bist heute das erste Mal bei mir und wir haben gesagt, dass wir es langsam angehen. Du warst verdammte fünf Monate nicht hier. David schon. Deine erste Frage, nachdem ihr euch eine Stunde angeschwiegen habt, ist, ob ich mit ihm etwas am Laufen habe. Ist das dein Ernst?«

»Leni, bitte mach es mir nicht schwerer, als es sowieso schon ist. Ich will nur wissen, ob da zwischen euch etwas läuft.«

»Nein!« Sie springt wütend auf und geht zur Spüle. »Bist du jetzt zufrieden? David ist ein Freund für mich geworden, den ich nicht mehr missen will. Er hat mich im Krankenhaus besucht. Er war bei jeder Untersuchung dabei, bei der du gefehlt hast, und hat mir gut zugeredet, wenn ich meine Weinkrämpfe hatte.«

Ich denke, dass ich diese Vorwürfe noch öfters hören werde.

»Er ist in dich verliebt!«, versuche ich meine Eifersucht zu rechtfertigen.

»So ein Blödsinn. David weiß, wie ich darüber denke. Es ist kein einziges Mal etwas vorgefallen. Also hör auf, solche Dummheiten von dir zu geben.« Sie stellt sich versöhnlich vor mich und legt ihre Hände auf meine Schultern. Ich senke meine Stirn an ihren Bauch. »Paul, David ist ein Freund. Er ist mir zur Seite gestanden, als du nicht da warst«, verteidigt sie ihn.

Ich löse mich von ihr. »Ich weiß, verdammt noch mal!«, stöhne ich gequält auf. Es wird nicht besser, wenn sie mir bei jeder Gelegenheit meine Fehler vorhält.

»Dann wirst du akzeptieren müssen, dass er nun mal eine wichtige Rolle in meinem Leben spielt.«

Ich starre aus dem Fenster. Es zerfrisst mich, wenn sie zu einem Mann, der eindeutig in sie verliebt ist, diese, wenn auch freundschaftliche, Beziehung pflegt. *Wie kann sie das nicht sehen?*

»Jetzt bin ich da«, erwidere ich in meinem männlichen Stolz gekränkt.

»Paul, lass dieses Machogehabe.«

»Leni, bitte!« Ich drehe mich zu ihr und küsse sie so, wie ich sie vorher hätte küssen wollen.

Diesmal lässt sie es zu, da David uns nicht dabei beobachtet. Innerlich verdrehe ich die Augen und genieße diesen einmaligen Moment. Ich küsse sie nicht so sanft wie gestern, sondern besitzergreifend, um ihr zu zeigen, dass sie nur mir gehört. Unsere Zungen verschmelzen. Meine Lust auf sie ist nicht mehr zu verbergen und sie kichert zuckersüß.

»Deine Besitzansprüche hast du nun ausreichend demonstriert!«, sagt sie schmunzelnd, während sie sich von mir löst und beginnt, den Tisch abzuräumen. Ich stöhne angespannt auf, da sie mich schon wieder hängen lässt. Sie stellt die Gläser in das Abwaschbecken und beginnt, sie zu spülen. Ich nutze die Gelegenheit, um mich von hinten anzuschleichen. Man würde nicht erkennen, dass sich vor ihr ein Babybauch wölbt. Ich streiche an ihren Hüften zu ihrem Bauch entlang, während ich meine Küsse auf ihrem Nacken verteile. Sie riecht mal wieder so unglaublich gut. Nach Schlaf und ganz viel Leni.

»HoneyBee, ich habe dich so vermisst. Der Gedanke, dich mit einem anderen Mann zu teilen, fühlt sich nicht gut an. Selbst wenn da nie etwas gelaufen ist.«

Sie stöhnt leise und legt den Kopf in den Nacken, als ich ihre Brüste mit meinen Händen streichle. Ihre Oberweite fühlt sich groß an und meine Lust steigt ins Unermessliche.

Ihre Atemzüge sind abgehackt. Ich nutze die Gelegenheit und taste mich den Ausschnitt ihres Kleides entlang. Flink huscht meine Hand darunter. Sie trägt keinen BH.

Ach du meine …! Ich spüre, wie erregt sie ist. Schnell drehe ich sie um, sodass sie mir in die Augen schaut. Ihre Lider öffnen sich langsam. Ich sehe das Glühen in ihren Augen. Mit dem Zeigefinger hebe ich ihr Kinn.

Leidenschaftlich küsse ich sie auf ihre warmen Lippen. Sie erwidert es mit einem lustvollen Stöhnen. Ich bin verrückt nach ihr. Ungeduldig wandern meine Hände an ihrem Körper entlang, während ich sie leicht anhebe und auf die Küchenzeile setze. Sie öffnet ihre Beine, sodass ich näher an sie herankomme. Ihr Atem geht schnell, mit leicht geöffnetem Mund. Mein Herz rast, und der Wunsch, ihr nahe zu sein, wird immer deutlicher sichtbar. Meine Hände wandern an ihren Schenkeln unter ihr Kleid. Ich spüre ihre Gänsehaut, was mich nur noch mehr antreibt. Nach all den Monaten bin ich ihr wieder nahe. Ich sehne mich nach ihr. Ihrer Haut. Ihrem wunderschönen Körper.

In einer anderen Welt gefangen, merke ich kaum, wie sie immer wieder »stopp« flüstert. Erst nachdem sie mich von sich schiebt, weiß ich, dass ich zu weit gegangen bin.

»Paul, das ist nicht langsam!« Ihre Stimme wird laut und sie richtet ihr Kleid zurecht.

Ich wische mit meinem Handrücken über meinen Mund. Meine Brust hebt sich schnell auf und ab. »Es tut mir leid, nur deine Nähe und …«

»Und …?« Sie hebt fragend die Augenbrauen.

»Na ja, du bist so verdammt attraktiv«, erwidere ich kleinlaut.

»Mit dieser Kugel?« Sie schlägt mit dem Geschirrtuch nach mir. »Paul, du bist pervers!«

»Nein, ich meine … ich weiß nicht, dein Körper wirkt so …« Sie lächelt, als ich beginne, rot zu werden. »… so anziehend.«

»Wie war es noch vor ein paar Monaten? Hast du mich da nicht attraktiv gefunden?« Ich seufze und schüttle den Kopf.

»Ich habe dich immer attraktiv gefunden, doch jetzt …« Ich wandere erneut ihre Kurven entlang, da ich nicht von ihr lassen kann. »Diese Kurven. Ich liebe es nicht, Bekanntschaft mit deinen Knochen zu machen.« Sie lacht laut auf.

»Typisch Mann!« Sie rollt gespielt mit den Augen. Plötzlich wird sie wieder ernst und atmet tief durch.

»Paul …« Sie spricht meinen Namen seufzend melancholisch aus. Ich ahne, was kommt. »Ich wünsche mir, dass du David akzeptierst und dich mit ihm verstehst!«

»Wenn er es ab jetzt unterlässt, sich an mein Mädchen ranzumachen, und aufhört, mir den Platz an deiner Seite abspenstig zu machen, werde ich mich mit ihm verstehen.« Sie schnalzt missbilligend mit der Zunge. Ich hebe meine Hand und fahre ihr mit meinem Zeigefinger über die Nase. »Und wenn du willst, können wir gleich mal in deinem Bett Probe liegen, damit du weißt, dass ich die richtige Wahl bin«, füge ich hinzu.

Nun beginnt sie zu kichern. Ich liebe ihr Lachen. Sie hat sich so verändert. Ich kann kaum glauben, dass sie der gleiche Mensch ist, den ich vor ein paar Monaten vor mir hatte.

»Was denkst du gerade?« Sie wischt mir eine Haarsträhne aus dem Gesicht.

»Du hast dich verändert!«

»Das siehst du jetzt erst? Du Schlaumeier, ich bin schwanger. Da ist es klar, dass sich mein Körper verändert!«

»Das meine ich nicht!«

Sie legt ihre Stirn in Falten. Ich beobachte jede ihrer Gesten mit Wohlgefallen. »Du lachst bei jeder Gelegenheit. Deine Augen strahlen mich voller Lebensfreude an und du machst dir nicht über alles, was du von dir gibst, Gedanken!«

Sie lächelt schüchtern und ich merke, wie ihr meine Worte gefallen. »Du hast keine Ahnung, wie verliebt ich in dich bin.« Ich küsse sie auf ihre Nasenspitze. »Und wie sehr ich unseren kleinen Jungen liebe.« Ich streiche ihr über den Bauch und verteile meine Küsse drauf. Sie fährt durch mein viel zu langes Haar, legt ihren Kopf seitlich und mustert mich.

»Du erinnerst mich an den Paul von früher.« Ich streife mir mein Haar zurück. »Damals hattest du eine ähnliche Frisur … und die hier hattest du auch schon.« Sie fährt über die kleine Narbe an meiner Stirn.

»Ich muss dringend zum Friseur!«

Sie schüttelt den Kopf. »Lass sie so. Ich liebe sie so.« Sie wuschelt daran herum.

»Ich liebe es auch, wenn du deine offen trägst«, antworte ich ihr. Sie legt ihre Stirn an meine und atmet tief durch.

»Ich bin sehr froh, dass du endlich hier bist …«

»Und ich erst!«

»Was hat Sie so lange aufgehalten, Dr. Franke?«

Sie grinst mich an. Ich streife mit meiner Nase über ihre

Haut am Hals und beginne zu schmunzeln, als ich bemerke, wie sich eine Gänsehaut an der Stelle bildet.

»Ich hatte Angst, dass es zu spät ist.«

»Zu spät für was?«

»Dass du mich zurücknimmst, Leni Steinberg.«

»Selbst wenn ich es mir vornehme, du zerstörst jeden meiner Vorsätze, wenn du es darauf anlegst«, flüstert sie und rutscht die Küchenzeile hinunter. Ich blicke auf mein Mädchen und fühle grenzenlose Liebe.

Ich zwinkere ein paarmal mit meinen Lidern. »Gut zu wissen. Lukas meinte, du kannst nur schwer meinem Augenaufschlag widerstehen.«

»Wenn er das sagt …«

Verträumt blickt sie auf ihren Bauch und streicht darüber. Ich lege meine Hand zu ihrer.

»Wie geht es meinem Kumpel?«

»Ich denke gut. Heute habe ich einen Kontrolltermin. Der kleine Mann hier macht es sich etwas zu gemütlich in meinem Bauch. Ich habe den Geburtstermin schon überschritten, doch er macht keine Anstalten, herauszukommen.«

»Spürst du ihn regelmäßig?« Sofort beginne ich, mir Gedanken zu machen.

»Ja, Herr Doktor!«, äfft sie mich nach, doch küsst mich gleich versöhnlich auf den Mund.

»Darf ich dich begleiten?«

»Zum Kontrolltermin?« Ihre Augen strahlen voller Begeisterung. »Ich hätte dich gerne dabei!«

Am Nachmittag fahre ich mit Leni zu ihrem Termin. Es fällt ihr schwer, aus dem Auto zu steigen. Auf den Treppen zum Untersuchungszimmer stöhnt sie und hält immer wieder kurz an, um durchzuschnaufen. »Ich fühle mich wie eine Sumoringerin.«

»Du bist wunderschön!«

Sie lächelt sanft.

»Meine Kondition ist so gut wie nicht mehr vorhanden.«

Wir betreten das Untersuchungszimmer der Ärztin, die mich abschätzend betrachtet. Ich nehme ihr den Wind aus den Segeln und stelle mich als der Kindesvater vor. Sie nickt und bittet uns, hereinzukommen.

Leni muss sich dem Routinecheck unterziehen. Dann kommt der spannende Teil. Mir bleibt der Atem stehen, als ich das erste Mal meinen kleinen Sohn auf dem Ultraschallbild sehe. Er scheint zu schlafen und dabei an seinem Daumen zu lutschen. Ich betrachte fasziniert mein Kind. Ich habe schon oft Ultraschalluntersuchungen gesehen. Immer habe ich mich für die werdenden Eltern gefreut, doch noch nie habe ich mich so gefühlt wie jetzt gerade. Ich blicke zu Leni, die nicht das Bild unseres Kindes betrachtet, sondern mich. Ich sehe, wie ihre Augen glänzen.

»Danke«, formt sie mit ihren Lippen.

Ich kann nicht anders und lehne mich zu ihr, nehme ihr Gesicht in meine Hände, betrachte sie und küsse sie sanft.

»Ich danke dir, mein Engel. Du weißt nicht, wie glücklich du mich machst. Danke, dass du mir diese Chance gibst!«

»Wie könnte ich nicht?«

»Ich liebe euch!«

»Und wir lieben dich!«

»Du machst mich zum glücklichsten Mann auf Erden!«

Sie grinst verschämt, als ich ihre Hand halte und sie darauf küsse. Die Ärztin räuspert sich und ich zwinkere meinem Mädchen zu.

»Frau Steinberg, wenn Ihr Sohn nicht bis Sonntag auf der Welt ist, werden wir die Geburt einleiten.«

»Wie viel ist sie schon über dem errechneten Geburtstermin?«

Leni verdreht die Augen, doch ich kann nicht anders. Ich beginne, mit der Ärztin die Geburt zu besprechen.

»Fast eine Woche, aber jetzt liegt alles noch im Normalbereich. Es gibt natürlich geburtsfördernde Maßnahmen …«, erklärt uns die Gynäkologin. Gespannt folge ich ihren Worten. Man lernt nie aus. So erfahre ich, mit welchen Mitteln man eine Geburt einleiten kann. Mit einem breiten Grinsen verlasse ich den Untersuchungsraum.

Leni verabschiedet sich bei ihrer Ärztin und verpasst mir, nachdem ich mein schelmisches Lachen nicht mehr unterdrücken kann, einen leichten Schlag gegen die Schulter.

»Autsch! Was? Ich habe nicht einen Ton gesagt!«

»Selbst wenn du nichts sagst – deine spitzbübischen Gedanken höre ich dennoch«, meint sie empört.

»Was soll ich tun? Sie war diejenige, die meinte, Sex wäre wehenfördernd.«

Leni schüttelt nur den Kopf, doch ich sehe, wie sie ebenso grinsen muss. Ich bekomme davon nicht genug, lege meine Hände über ihre Schultern und verteile hundert feuchte Küsse auf ihrem Nacken. Ich weiß, wie sehr sie es hasst, wenn ich das tue. Sie beginnt zu quietschen und versucht, sich zu befreien. Ich lasse sie natürlich nicht aus und quäle sie noch etwas. Lachend und Händchen haltend verlassen wir das Krankenhaus.

»Leni Steinberg. Ich liebe diesen Namen«, seufze ich.

»Ich fühle mich auch sehr wohl damit.«

»Weißt du, welchen ich noch schöner fände?«

»Hmm?«

»Leni Franke.«

Sie verdreht die Augen und ich sehe ihr an, wie sie sich unter Druck gesetzt fühlt.

»Ich habe gerade eine Scheidung hinter mich gebracht. So schnell heirate ich nicht mehr«, antwortet sie, um einen heiteren Tonfall bemüht, um die Ernsthaftigkeit meiner Worte herunterzuspielen. Ich verstehe sie, doch wenn ich ehrlich bin, kränkt es mich. Sie erkennt sofort an meiner Reaktion, wie enttäuscht ich bin, und fügt noch hinzu: »Vielleicht irgendwann, Paul.« Dabei drückt sie meine Hand und zwinkert mir aufmunternd zu. Ich quittiere es mit einem gezwungenen Lächeln und nicke seufzend.

Jeder scheint in seinen Gedanken gefangen zu sein. So gehen wir einige Minuten schweigend nebeneinander. Immer schwirrt mir eine Frage im Kopf herum. Irgendwann raffe ich mich auf.

»Hast du noch Kontakt zu Christian?« Obwohl ich danach frage, fürchte ich mich vor der Antwort.

»Seit dem Tag unserer Scheidung nicht mehr. Er wollte mich überzeugen, zu ihm zurückzukommen. Nachdem ich ihm die Dinge, die mich all die Jahre in unserer Ehe gestört haben, vorgeworfen habe, wurde er wieder handgreiflich.«

Entsetzt bleibe ich stehen und warte, dass sie weiterspricht.

»Was hat er getan?« Meine Zähne knirschen und ich balle die Hände zu Fäusten.

»Tim ist mir zu Hilfe geeilt. Er kam nicht dazu, mich zu verletzen.« Ich bin gefangen zwischen der Dankbarkeit, die ich für Tims Einsatz empfinde, und dem aufkeimenden Zorn gegenüber Christian. Sollte ich diesem Menschen noch einmal über den Weg laufen, dann …

»Als er bei der Scheidung bemerkt hat, dass ich schwanger bin, wurde er wütend«, erzählt sie weiter. »Ich habe keine Forderungen gestellt. Das hat ihn noch wütender gemacht, denn so hatte er mich nicht mehr in der Hand. Als der Richter verkündete, wir wären geschieden, fiel mir ein Stein vom Herzen. Christian hat mich eingeengt und ich hatte keine Möglichkeit, zu dem Menschen zu werden, der ich heute wieder sein kann. Er hat Lena Ames geliebt und nicht mich.«

Das schlechte Gewissen, ihr nicht in dieser schweren Zeit beigestanden zu sein, schnürt meinen Hals ein. Ich räuspere mich. »Es tut mir leid, dass ich nicht bei dir war.«

Sie zuckt beiläufig mit den Schultern und beißt sich auf die Lippen. Ich stoppe, nehme beide Hände in meine und warte, bis sie ihren Blick vom Boden löst, um mich anzuschauen.

»Lassen wir das hinter uns. In die Zukunft blicken, das waren doch deine Worte, oder?« Ihre nachdenklichen Züge verschwinden, nachdem ich sie an mich ziehe und auf die Stirn küsse.

Ich höre ihr Handy vibrieren. Leni liegt auf dem Sofa und schläft. Nach der Untersuchung hat sie sich für einen Moment auf die Couch gelegt. Ich begann, ihr den Rücken zu streicheln, und konnte dabei beobachten, wie ihr die Augen zufielen. Ich nehme ihr Handy in die Hand, blicke kurz darauf. Seit einer Stunde versucht David unermüdlich, sie zu erreichen. Absichtlich ignoriere ich seine Anrufe. Nachdem es endlich aufhört zu vibrieren, beginnt es nach ein paar Minuten wieder. Genervt greife ich danach und sehe, dass Elli anruft. Diesmal hebe ich ab.

»Leni?«

»Ich bin's!«

»Paul?« *Wer sonst?*

»Ja, Elli, ich bin's, Paul«, wiederhole ich und wirke schon leicht gereizt.

»Ist Leni bei dir? Geht es ihr gut?«

»Leni schläft neben mir auf der Couch. Sie war müde.«

»Oh, da bin ich aber froh. David hat mich völlig fertig angerufen. Er hat den ganzen Nachmittag über versucht, Leni zu erreichen. Normalerweise meldet sie sich immer nach dem Kontrolltermin.«

»Es geht uns gut«, betone ich spitz.

Ich bemerke, wie sie kurz überlegt und innehält. »Also habt ihr euch versöhnt?« Es wundert mich, dass Leni Elli davon noch nichts erzählt hat.

»Das haben wir!«

Sie stöhnt erleichtert auf. »Das wurde ja auch Zeit!« Der Vorwurf in ihren Worten ist schwer überhörbar, wenngleich ich ihr recht geben muss.

»Das stimmt!«

»Pass gut auf sie auf und lass sie nie wieder los, versprich mir das!«

Ich rolle die Augen und möchte das Gespräch beenden, um nicht noch mehr Vorhaltungen zu kassieren.

»Ja, mache ich, Elli. Wir sehen uns«, versuche ich, das Gespräch zu beenden.

Ich weiß selbst, wie gut ich ab jetzt auf sie aufpassen werde. Dazu brauche ich nicht Elli, die mich ermahnt.

»Mach's gut.«

Ich lege auf und merke, wie sich Leni neben mir streckt und aufwacht.

»Komm, HoneyBee, ich bringe dich ins Bett. Hier kannst du nicht schlafen.«

Ein kleines Lächeln huscht ihr übers Gesicht.

»Du willst mich nur ins Bett bekommen, du Schuft …«

Ich kann nicht anders und grinse breit.

»Habe ich recht?«

Ich beginne zu lachen, doch schüttle verneinend den Kopf. »Ich will, dass du schläfst!«

»Ja, ja!«

Vorsichtig hebe ich sie auf. Sie versteckt ihren Kopf an meiner Schulter.

»Bleibst du heute Nacht bei mir?«, säuselt sie mit einer verschlafenen, kindlichen Stimme. Ich beginne innerlich mit einem Freudentanz.

»Wenn du das willst …«

Sie nickt und gähnt.

350

»Kann ich noch schnell duschen gehen?«

Wieder nickt sie und schließt lächelnd ihre Augen, nachdem ich sie auf das Bett lege. Ich setze mich noch zu ihr und streiche ihr ein paarmal über die Haare, bis sich ihre Atemzüge verlangsamen und sie wieder schläft.

»Schlaf gut, meine HoneyBee.« Ich küsse sie auf die Schläfe und blicke sie noch ein paar Minuten bewundernd an.

Bevor ich mich neben sie lege, stelle ich mich unter die Dusche. Als ich aus dem Badezimmer komme, höre ich, wie jemand die Türe aufsperrt. Sofort schnelle ich zum Eingang und schaue, um welchen Eindringling es sich handelt. Ich erblicke David. Natürlich, er wohnt hier, erinnere ich mich wieder. Fragend begaffen wir uns. Ich stehe nur mit einem Handtuch um meine Hüften vor ihm.

»Was machst du hier?«, blafft er mich an.

Was zum Teufel soll das heißen? Jetzt reicht's!

Verärgert kneife ich die Augen zusammen. »Ich war duschen.«

Er schmeißt seine Tasche in die Ecke, würdigt mich keines Blickes und geht in die Küche. Das schreit nach einem klärenden Gespräch. Ich folge ihm und lehne mich mit verschränkten Armen an den Türrahmen. Endlich eine Möglichkeit, um Klartext zu reden. Das wurde schließlich auch Zeit.

Neben Leni habe ich mich bisher zurückgehalten. Er öffnet den Kühlschrank und greift nach einer Bierflasche. Kurz bleibt mein Blick darauf haften. Ich vermute, er hat keinen Schimmer von meiner Sucht.

»Was ist eigentlich dein Problem, David?«, schnauze ich ihn gereizt an.

Er schnalzt missbilligend mit der Zunge und schüttelt empört den Kopf. »Du warst die letzten fünf Monate nicht hier. Du hast keine Ahnung, was du Leni damit angetan hast. Das ist mein Problem.«

Ich fixiere ihn, balle die Fäuste und versuche, mich zu beruhigen.

»Das ist ein Thema zwischen Leni und mir. Ich erwarte mir kein Verständnis von dir, du kennst mich nicht.«

»Woher weiß ich, dass du es dir nicht wieder anders überlegst? Vielleicht bist du morgen schon wieder weg. Wer kümmert sich dann um sie?«

Ein Wort noch und ich garantiere für nichts mehr. Er versucht, mich aus der Reserve zu locken.

»David, ich danke dir für deine Aufopferung und die Stütze, die du Leni warst, doch jetzt bin ich der Mann an ihrer Seite. Ich bin der Vater dieses Kindes. Nicht du. Es tut mir leid, wenn du dir falsche Hoffnungen gemacht hast.« Meine Stimme klingt warnend.

»Ich habe mir überhaupt keine Hoffnung gemacht!« Er wird laut.

Leni ist unser Wortgefecht natürlich nicht entgangen und sie trippelt erschrocken zu uns. Ihre Haare sind völlig verwuschelt. Wäre ich nicht gerade so geladen, müsste ich lachen.

»Was ist hier los?«

»Wir unterhalten uns«, stoße ich gleichgültig hervor und versuche die augenscheinliche Spannung herunterzuspielen. Leni straft uns beide mit einem bösen Blick.

Kurz darauf heftet sich ihre Aufmerksamkeit auf Davids Bierflasche. Sie stößt einen empörten Schrei aus.

»Was machst du, David?« Wütend entreißt sie ihm die Bierflasche, aus der er gerade trinken will, und kippt den Inhalt in den Abfluss. »Ich will, dass jeglicher Alkohol aus dieser Wohnung verschwindet, okay?«

Er nickt missmutig, funkelt mich dabei ablehnend an und zeigt mir, wie sehr ihm meine Gegenwart missfällt.

Sofort, nachdem er sich zu Leni wendet, verschwindet jeder

Ärger aus seinem Gesicht. Seine Züge werden weich, voller Zuneigung. Ich könnte kotzen! Meine Kehle schnürt sich unangenehm zu.

»Darling, du hast nach dem Kontrolltermin nicht angerufen. Ich habe mir Sorgen gemacht!«

Ich koche vor Wut. *Darling? Was passiert hier gerade?*

»Du hast mich angerufen?«, erwidert sie sanft, obwohl sie ihn gerade eben noch gemaßregelt hat.

Verwirrt beobachte ich ihre Unterhaltung und werde Zeuge eines Schauspiels, das mir überhaupt nicht gefällt.

»Das tut mir leid.« Sie umarmt ihn, während er ihren Rücken hinabstreicht.

Ich schnaufe verächtlich, denn ich ertrage diese intime Geste zwischen den beiden nicht und gehe ins Bad. Wütend knalle ich die Tür hinter mir zu und suche meine Klamotten zusammen. Ich habe mich gefreut, mich zu meinem Mädchen zu legen und an ihrer Seite zu schlafen, doch die Freude ist mir nun gründlich vergangen. Schnell streife ich meine Klamotten über, verlasse das Bad und gehe wortlos an den beiden vorbei. Sie haben sich anscheinend gerade über mich unterhalten, denn als ich erscheine, verstummen beide plötzlich.

»Ich gehe«, stoße ich hervor, ohne anzuhalten. »Lasst euch nicht stören. Ich verschwinde schon!« Die Verbitterung schwingt in jedem meiner Worte.

»Paul! Hör auf, so kindisch zu sein!«

Ich bin kindisch? Und wenn schon, ich halte die Zweisamkeit der beiden nicht mehr aus.

»Ich höre auf, mich so zu verhalten, wenn er aufhört, dich wie seine Freundin zu behandeln!« Ich zeige dabei auf David.

Sofort reagiert er auf meinen Vorwurf und knallt mir seine Antwort um die Ohren: »Du warst derjenige, der sich verpisst hat. Strafe Leni nicht für deine Fehler.«

Ich kann nicht anders und schubse ihn weg.

»Paul!«, kreischt Leni meinen Namen. »Hör auf damit!«

»Was soll der Mist? Ich werde mich sicher nicht vor dir rechtfertigen!«, schreie ich ihn an.

»Hört auf!«, ruft sie verzweifelt.

Davids Augen verengen sich und er lacht sarkastisch. *Ich hasse diesen Typen!* Aber ich durchschaue sein Spiel. Er will mich absichtlich vor Leni schlecht darstellen.

»Ich gehe jetzt.«

»Darin hast du ja Übung.«

Wenn nicht Leni neben uns stünde, die an meinem Unterarm zieht, könnte ich für nichts mehr garantieren.

»David, misch dich da bitte nicht ein«, meint sie beschwichtigend.

Ich sollte hier so schnell wie möglich verschwinden.

»Paul, bleib hier, wir müssen das klären«, bittet mich Leni und heftet sich an meine Fersen.

»Da gibt es nichts zu klären.«

Sie ergreift meine Hand und will mich zurückhalten. Ihre traurigen Augen halten mich fest und verhindern meinen Gefühlsausbruch.

»Du kannst uns nicht beide haben. Das ist ganz einfach, mein Engel!«

»Paul, sei doch nicht so stur.«

Ich blicke zu ihr herab. Ihre Augen glänzen und ich weiß, dass es nicht lange dauert, bis sie zu weinen beginnt. Ich ziehe sie an mich und küsse sie. David soll verdammt noch mal sehen, dass Leni *mein* Mädchen ist.

»Paul, bitte, ich …« Ihre Stimme bricht weg. Es schmerzt fürchterlich, nicht zu wissen, ob ich derjenige bin, den sie an ihrer Seite haben will. Resignierend nicke ich.

»Ich werde dir keine Vorwürfe machen. Er war die letzten Monate bei dir. Er hat meine Aufgabe übernommen und war dir ein Freund. Ich liebe dich und das weißt du. Aber ich schaffe es nicht, dich teilen zu müssen.« Schnell löse ich mich von ihr. Die plötzliche Distanz zwischen uns zerreißt alle meine Träume. Die Tür fällt hinter mir lautstark ins Schloss.

VIERUNDZWANZIG

Paul

Unruhig wälze ich mich die ganze Nacht von einer Seite zur anderen. Erst in der morgendlichen Dämmerung fallen meine Augenlider zu. Gefühlte Minuten später erwache ich durch den Lärm der Türklingel. Der schrille Ton fährt mir durch Mark und Bein. Sofort sitze ich hellwach im Bett und mein erster Gedanke geht zu meinem Mädchen und meinem dummen, eifersüchtigen Verhalten.

Seit ich wieder in meinem Elternhaus wohne, klingelt es sowieso nur für meine Mutter an der Tür. Ich mache mir also gar nicht erst die Mühe, nach unten zu gehen, um aufzumachen. Ich streiche ein paarmal über mein Gesicht und versuche, die Müdigkeit zu vertreiben. Ich bereue mein gestriges Platzhirschgehabe. Leni Vorwürfe zu machen, steht mir einfach nicht zu.

Nach einer kalten Dusche gehe ich die Stufen zur Küche hinunter. Bevor ich mich auf den Weg zu Leni mache, um mich für mein Verhalten zu entschuldigen, brauche ich Koffein. Und zwar viel. Ich höre zwei Frauenstimmen, als ich die Küche betrete. Ich spreche nur ein schnelles, verschlafenes

»Guten Morgen« aus, ohne in ihre Richtung zu blicken, und schenke mir eine Tasse Kaffee ein. Hinter mir verstummt es. Ich habe eigentlich keine Lust, die Freundin meiner Mutter zu begrüßen. Schon gar nicht, wenn ich so spärlich bekleidet bin.

Ich bereite mich innerlich auf die Vorwürfe meiner Mutter vor, nippe an meinem dunklen Gebräu und will gerade die Küche verlassen, als sich meine Mutter hörbar räuspert.

»Paul, willst du nicht herkommen?«, meint sie ermahnend. Ohne dass sie es sieht, rolle ich mit den Augen und atme genervt aus.

»Ich muss mir erst etwas anziehen und dann will ich Leni besuchen«, murmle ich verschlafen. Sie kommt aus dem Wohnzimmer und zieht ihre Augenbrauen hoch, als sie mich, nur in meinen Boxershorts, vor ihr stehen sieht. Schulterzuckend blicke ich an mir herab. Sie soll sich nicht beschweren, schließlich wollte ich gerade wieder verschwinden. Hinter ihr taucht ein bildhübsches Mädchen auf, mit geflochtenem Haar, einem luftigen rosafarbenen, trägerlosen Leinenkleid, Sandalen und einem wunderschönen Babybauch. Ein Flackern erhellt ihre Augen und ich erwidere ihr Lächeln. Meine HoneyBee. Mein Herz hüpft vor Freude und ich spüre, wie es an Tempo zulegt. Wenn ich es nicht besser wüsste, könnte man denken, dass wir noch immer Jugendliche sind, ich noch zu Hause wohne und meine Leni mich gerade besucht. Der Gedanke fühlt sich seltsam gut an.

»Hallo, Paul«, meldet sie sich hinter meiner Mutter und blickt verstohlen und amüsiert an ihr vorbei. Ich wische mir ein paarmal über die Augen, um eine klare Sicht zu bekommen. *Träume ich?* Doch als ich wieder aufblicke, sieht sie mich noch genauso verschmitzt an.

»Leni, ich wollte gerade zu dir.« Meine Mundwinkel beginnen vor Glück zu zucken.

»Das habe ich gehört!«, meint sie sanft.

Ich weiß nicht, wohin diese strenge Emanze, die sie noch vor ein paar Monaten war, verschwunden ist. Nun steht eine vertraute und doch so neue Frau vor mir. Fasziniert bewundere ich jedes Lächeln, jedes Blitzen, das ihre Augen erhellt, und jeden feurigen Augenaufschlag. Sie wird von Tag zu Tag schöner.

Es entgeht ihr nicht, wie ich sie anstarre. Sie weiß genau, was sie mit mir anstellt.

»Komm her, mein Engel.« Ich ziehe sie an der Hand an meiner Mutter vorbei, lege meine Hände um ihre Schultern und merke, wie sie sich mit ihrer Wange an meine nackte Brust lehnt und dabei tief einatmet. Ich verstecke ebenso meine Nase in ihrem frisch gewaschenen, herrlich duftenden Haar. Meine Mutter zieht hinter Lenis Rücken mahnend die Augenbrauen in die Höhe. Ich weiß, was dieser Blick zu bedeuten hat. Verbocke es diesmal nicht. Leni räuspert sich und drückt sich von mir weg.

»Kann ich mit dir reden?« Anscheinend schämt sie sich vor meiner Mutter, die unsere intimen Gesten beobachtet.

Ich blicke zu ihr herab und streiche mit meinem Handrücken über ihre zarte Wange. »Klar, ich wollte aus dem gleichen Grund zu dir«, erwidere ich leise.

»Dann komm.« Sie zieht mich auffordernd an meiner Hand aus der Küche. Ich drücke mich an ihren Körper, umarme ihren Bauch und küsse sie auf ihre nackte Schulter.

Meine Mutter lächelt und zwinkert mir zu. »Paul, reiß dich zusammen«, meint sie in einem gespielten, elternhaften Tonfall.

»Was soll denn passieren? Schließlich ist sie schon schwanger – von mir«, füge ich noch hinzu und grinse stolz. Ich sehe, wie Leni die Hand vor ihren Mund hält, um ihr Lachen zu verstecken. Sie zieht mich mit einem verführerischen Funkeln im Blick die Stufen in mein altes Kinderzimmer hinauf.

Bevor wir oben ankommen, dreht sie sich immer wieder zu mir um. Ich versuche, mein Schmunzeln und meine Fantasien darüber, was ich mit ihr gerne dort oben anstellen würde, zu unterdrücken. Als wir mein Zimmer betreten, sieht sie sich neugierig um. Die Bettdecken liegen unordentlich am Boden. Meine Kleidung habe ich gestern lieblos über den Stuhl geworfen. Überall stehen die unausgepackten Umzugskartons. Das Chaos scheint sie nicht zu stören, denn sie lässt sich davon nicht ablenken und geht gedankenverloren an den Regalen mit meinen Pokalen vorbei, mustert die vielen Bücher aus meiner Studienzeit und streicht über die alten, teilweise verstaubten Bilderrahmen. Ich trete an sie heran, umarme meine zwei Lieblinge, lege mein Kinn an ihren Nacken und betrachte mit ihr die Bilder in den Rahmen. Leicht wiege ich sie hin und her.

»Wie geht es euch beiden? Ich habe euch vermisst«, flüstere ich sanft an ihr Ohr. Sofort bildet sich an der Stelle Gänsehaut, was ich mit Wohlgefallen registriere. Ich frage mich, wie lange sie noch die Unnahbare spielt. Früher oder später wird sie sich der Anziehung, die zwischen uns herrscht, nicht mehr entziehen können.

»Uns geht es gut. Du hättest gestern nicht gehen müssen«, meint sie trocken. Abrupt setzt sie der romantischen Stimmung ein Ende.

»Leni … ich …«

»Wir müssen uns unterhalten, Paul,« unterbricht sie mich. Ich atme tief durch und gehe zu meinem Bett.

Sie dreht sich um und lehnt sich an meinen Schreibtisch. Ich lasse mich auf die Laken fallen und lege die Hände über mein Gesicht.

»Ich weiß«, stöhne ich.

Das Bett gibt nach. Ihre Hände finden meinen Körper. Ich lege meine Hand um ihre Schulter und ziehe sie zu mir. Sie kuschelt sich an mich. Gemeinsam starren wir an meine Zimmerdecke.

»Es tut mir leid«, presse ich mit zugepressten Lippen hervor.

Sie antwortet nicht sofort und ich bekomme die Befürchtung, dass sie mir mein Verhalten übel nimmt.

»Ich habe gestern, nachdem du gegangen bist, noch lange mit David gesprochen ...«

Mein Kiefer spannt sich an, doch ich versuche, es vor ihr zu verbergen. Bevor ich schon wieder zu schnell die falschen Schlüsse ziehe, lasse ich sie diesmal aussprechen.

»Er war mir in den letzten Monaten ein wirklich guter Freund. Ich habe begonnen, wieder zu lachen und mich glücklich zu fühlen ...« Ich lausche ihren Worten, auch wenn sie schmerzen. »Deswegen ist es mir sehr wichtig, dass du dich mit ihm verstehst. David wohnt noch einige Wochen bei mir, bevor er wieder nach Amerika geht.«

»Leni, ich will es versuchen, doch bitte verstehe auch mich. Ich bin besorgt und verwirrt.« Ich versuche, möglichst beherrscht zu wirken, doch innerlich beginne ich zu vibrieren.

»Ihr steht in keiner Konkurrenz. David ist mein Freund. Dich liebe ich.« Sie unterstreicht ihre Worte, indem sie mit ihren Fingerspitzen über meine Stirn streicht.

»Ich denke, David ist nicht dieser Meinung. Was ist mit ihm? Ich meine, ich war lange weg. Du warst alleine«, drucke ich herum.

»Und?«, fragt sie, nachdem ich nicht weiterspreche.

»Ihr habt euch nicht einmal geküsst? Keine Annäherung oder so?«

»Und wenn, wäre das für dich ein Problem?« Ich antworte ihr nicht. Der Druck auf meiner Brust verstärkt sich. »Er ist mir sehr ans Herz gewachsen und ich habe seine Anwesenheit gebraucht. Seine positive Einstellung zum Leben tut mir gut. Doch unsere Gefühle sind rein freundschaftlich. Er ist wie ein

Bruder für mich.«

Obwohl ich gefragt habe, will ich eigentlich nicht wissen, was zwischen den beiden vorgefallen ist. Ich antworte ihr nicht und so setzt sie ihre Erklärung fort.

»Gestern hat er zugegeben, dass er eifersüchtig ist, doch nur, weil ich seit deinem plötzlichen Erscheinen so wenig Zeit mit ihm verbringe und weil er dir noch nicht über den Weg traut und sich um mich sorgt.« Sie tippt mit den Fingern an meine Brust. »Ich möchte nicht das Gefühl haben, mich zwischen euch entscheiden zu müssen.«

Ihre tippende kleine Annäherung wechselt zu kreisförmigen Bewegungen auf meiner Brust, die über meinen Bauch hinauf- und wieder hinabwandern. Natürlich reagiere ich darauf. Ich bin ein Mann, der die Frau seiner Träume in den Armen hält und noch dazu verrückt nach ihr ist. Der dünne Stoff meiner Boxershorts stellt sich als unvorteilhaft heraus und verrät schnell meine Reaktion auf ihre Nähe. Sie kichert und küsst mich auf meine mit Gänsehaut überzogene Haut. Ich beginne, schneller zu atmen.

»Alles gut?«, fragt sie abschließend.

Ich nicke und möchte sie im Glauben lassen, dass ich mich mit David arrangieren werde, doch in den nächsten Tagen werde ich nochmals ein Gespräch mit ihm suchen, um die Fronten ein für alle Mal zu klären.

»Dein Zimmer hat sich nicht wirklich verändert«, meint sie, als sie ihren Blick über meine alten Sachen schweifen lässt.

»Das hier ist nur eine Zwischenlösung. Ich bin aus der gemeinsamen Wohnung mit Marlene ausgezogen.«

Sie versteckt ihr Gesicht in meiner Halsbeuge und küsst mich darauf, sodass es mich kitzelt.

»Ein paar Umzugskartons mehr würden in meiner Wohnung nicht stören.«

Ich glaube, nicht richtig zu hören, und stütze mich auf

meine Hand, um sie besser zu sehen. Sie rutscht dabei von meiner Brust und streckt sich seufzend neben mir aus. Der Bauch wölbt sich hervor. Automatisch legt sich meine andere Hand darauf und ich streiche darüber. Ein kleines Lächeln huscht über ihre wunderschönen vollen Lippen. Ich bin fasziniert von ihrer Natürlichkeit, die sie so lange zu verstecken versuchte. Sie ist weder geschminkt noch trägt sie ihr Haar streng zurückfrisiert. Ich habe sie selbst als toughe Geschäftsfrau geliebt und begehrt, doch es ist nicht damit vergleichbar, in welchem Tempo mein Herz gerade jetzt in meiner Brust schlägt. Ich bin mir sicher, dass ich niemals einen Menschen mehr geliebt habe. Sie ist für mich geschaffen. Wir sind eins.

»War das gerade ein Angebot, bei dir einzuziehen?«, frage ich unsicher nach.

Sie grinst schelmisch und zuckt mit den Schultern.

»Das ist nur eigennützig. Ich brauche in der Nacht auch mal etwas Schlaf. Wer weiß, ob unser Kleiner nicht nächtelang durchschreien wird.«

Ich streiche ihr Haar zur Seite und betrachte sie voll Liebe und Zuneigung. Ich bin verliebt. Hals über Kopf. Nein, ich liebe sie. Alles an ihr. Bewundernd ziehe ich ihre Lippen mit meinen Fingern nach und wandere ihren Hals zu ihrem Brustansatz entlang, der sich verführerisch in die Höhe wölbt. Ich weiß, ich bin zügellos, doch wenn man ständig die pure Versuchung vor sich hat, ist es schwer, seine Gedanken unter Kontrolle zu behalten. Ihre großen, blauen Augen blicken mich erwartungsvoll an und ich beginne, sie schief anzulächeln. Sie ist so unglaublich süß.

»Ich kann mir nichts Schöneres vorstellen, als mit dir zusammenzuwohnen.« Sie strahlt mich an, als hätte ich ihr damit einen Wunsch erfüllt, dabei erfüllt sie mir meinen Traum.

Sie rollt sich auf die Seite und greift nach ihrer Tasche. Ihre

Hand verschwindet darin, während es raschelt und klimpert. Dann zieht sie einen Schlüsselbund hervor. Ich beobachte, wie sie einen Schlüssel ablöst und ihn mir in die Hand drückt.

»Hier, der ist für dich. Damit du nicht mehr läuten musst«, zwinkert sie mir frech zu und küsst mich flüchtig auf den Mund.

Ich beäuge das Metallstück in meinen Händen. »Danke.«

»Gerne.«

Ich schiebe meine Hand in ihren Nacken, ziehe sie wieder an mich und umschmeichle ihre Lippen mit meinen. Sie sind verführerisch weich. Ich stöhne, als ich ihre Zunge an meinem Mund spüre und merke, wie sie zu grinsen beginnt. Viel zu schnell löst sie sich wieder von mir.

»Paul Franke, du weißt, ich wollte schon damals nicht von dir in dem Bett verführt werden, in dem du Dutzenden von Mädchen schlaflose Nächte bereitet hast.« Sie stößt mich von sich und rollt sich beschwerlich zur Seite, um aufzustehen.

Stöhnend lasse ich mich auf den Rücken zurückfallen.

»Du bringst mich um …«, antworte ich gequält. »Außerdem war hier seit Jahren keine Frau mehr.«

Sie wirft ein T-Shirt nach mir. Ich fange es lachend auf und ziehe es mir über. Augenblicklich ändert sich ihr Lachen und man sieht ihr an, dass sie etwas bedrückt.

»Was ist los, mein Engel?« Ich stehe auf und greife nach ihren Händen.

Nachdenklich blickt sie zu Boden.

»Hast du mit Marlene alles geklärt? Weißt du, dass sie mit Tim zusammen ist?«

»Ich war bei ihr und ich weiß von ihnen.«

»Wie geht es dir dabei?«

»Um ehrlich zu sein, war es seltsam, sie mit dem Säugling zu sehen. Aber ich bin froh, dass sich alles aufgeklärt hat. Marlene war sehr lange Zeit eine wichtige Person für mich und wird es wahrscheinlich auch immer sein. Genauso wie David für dich. Ich wünsche Tim und ihr alles Gute und hoffe, dass sie glücklich sind.«

»Verzeihst du ihnen?«

»Natürlich hat es mich verletzt, zu sehen, dass man von geliebten Menschen betrogen wird, doch ich befinde mich nicht in der Position, zu werten, denn ich habe selbst viele Dinge getan, mit denen ich andere gekränkt habe. Schlussendlich bin ich froh, dass alles so gekommen ist, wie es ist. Marlene hat jemanden verdient, der sie so liebt, wie ich dich liebe. Ich war nicht der richtige Mann an ihrer Seite.«

Leni nickt bekräftigend und atmet erleichtert auf. »Hoffentlich ist Tim derjenige für sie.«

»Schon vor Jahren habe ich mitbekommen, wie er Marlene immer angeschaut hat. Ich hätte es damals ahnen müssen. Aus einer gewissen Distanz finde ich, dass die beiden gut zusammenpassen.«

Sie lächelt gekünstelt. »Hoffentlich bereust du es nicht irgendwann, dich für mich entschieden zu haben.«

Ich erhebe mich, nehme ihr Gesicht in meine Hände und suche ihren Blick.

»Leni, ich bin dankbar, dass ich nochmals die Chance bekomme, die ich schon vor vielen Jahren hätte nutzen müssen. Diesmal werde ich mein Bestes geben, damit es funktioniert.«

»Wir sind zwei Hitzköpfe. Zwischen uns wird es nicht immer einfach sein.«

»Das weiß ich, doch ich wünsche mir nichts mehr, als mit dir alt zu werden. Wir werden uns sicherlich nicht nur einmal streiten und uns teilweise auf den Mond wünschen. Doch glaube mir, ich würde in jede Rakete steigen, um dich von dort wieder abzuholen.«

Sie grinst verschmitzt, löst sich aus meinem Griff, um ihre Hände um meine Schultern zu legen, und zieht mich an sich. Ihre Kugel drückt sich gegen meinen Bauch.

»Mein kleiner Philosoph … Wenn das unsere Deutschlehrerin, Frau Waldmann, wüsste.« Mit ihrer Nasenspitze tippt sie auf meine und berührt hauchzart meinen Mund mit ihrem.

»Dieser Lehrerin bin ich sehr dankbar, denn sie war es, die dich auf den freien Stuhl neben mir gesetzt hat«, flüstere ich an ihre Lippen.

»Ich auch«, antwortet sie genauso leise.

Obwohl es mir schwerfällt, sie alleine zu lassen, muss ich aufbrechen. Denn mein Chef erwartet mich im Krankenhaus, damit wir meinen Vertrag neu verhandeln können. Am liebsten möchte ich jede Sekunde mit Leni verbringen. Doch ich übernehme ab jetzt die Verantwortung für zwei Menschen. Den Job einfach hinzuschmeißen, um die Welt zu bereisen, funktioniert jetzt nicht mehr.

Ich entschuldige mich bei meinem Chef dafür, dass ich meinen Vertrag vor einigen Monaten abrupt beendet habe, und versichere ihm, dass dies in Zukunft nicht mehr vorkommen wird. Er redet mir eine ganze Stunde lang ins Gewissen. Schlussendlich drückt er ein Auge zu und stellt mich wieder ein. Nächste Woche beginnt mein Dienst.

Bevor ich mich wieder auf den Weg zu Leni mache, besuche ich noch Felix auf der Station. Begeistert umarmt er mich, als er hört, dass wir bald wieder zusammenarbeiten werden. Obwohl Afrika in vielerlei Hinsicht meinen Blickwinkel verändert hat, habe ich meine Kollegen und die Arbeit hier vermisst. Länger als gedacht bleibe ich auf der Station, unterhalte mich und tausche mich mit meinen Kollegen aus. Erst kurz vor acht Uhr abends komme ich bei Lenis Wohnung an. Davor hole ich mir noch frische Kleidung von meinem Elternhaus. Die restlichen Sachen werde ich nach und nach in den nächsten Tagen übersiedeln.

Ich stehe vor der Eingangstür, die ab nun der Zutritt zu meinem neuen Zuhause ist. Leni hätte kein schöneres Heim für uns zaubern können. Geschmackvoll kombiniert sie Alt mit Neu und erzeugt durch die hellen Töne eine Oase, in der man sich nur wohlfühlen kann. Selbst die Lage der Wohnung hat sie gut gewählt. Nur ein paar Straßen weiter beginnt das kleine Birkenwäldchen, in dem wir hoffentlich viele gemeinsame Spaziergänge mit unserem Kind unternehmen können.

Ich drehe den Schlüssel in meiner Hand und überlege kurz, ob ich die Klingel betätige oder ob ich ihn zum ersten Mal benutzen soll. Ich entscheide mich für den Schlüssel, denn ich möchte meine Honigbiene überraschen.

Leise öffne ich die Türe zur Wohnung, lege meine Sachen in der Garderobe ab und schleiche in Richtung ihres Schlafzimmers. Sie scheint schon zu schlafen, denn hier ist es stockdunkel. Auf dem Weg zu ihrem Zimmer stolpere ich über etwas Weiches. Ich hebe es auf und erkenne eine Hose. Ein paar Schritte weiter liegt ein BH. Ich stutze und höre plötzlich eindeutige Geräusche. Ohne zu überlegen, schnelle ich zur Tür und reiße sie auf. Erschrocken über den Krach zieht David die Decke über die beiden verschlungenen Körper in eindeutiger Pose.

»Fuck, Dude, was willst du hier?«, schreit er mich empört an.

Plötzlich erkenne ich Ellis kurzen Haarschopf unter der Decke.

»Paul, schau, dass du hier rauskommst«, quietscht sie mit hoher Stimme.

»Elli?«, frage ich perplex.

»Ja, und jetzt hau ab.« Ein Kopfkissen fliegt in meine Richtung.

Meine Wut platzt wie ein Luftballon und ich beginne, herzhaft und erleichtert zu lachen.

»Sorry, Leute, das kommt nicht wieder vor.«

Schnell trete ich ein paar Schritte zurück und schließe die Tür. Perplex bleibe ich ein paar Sekunden wie angewurzelt stehen. Ich höre, wie die beiden fluchen. Ich vergewissere mich, dass Leni nicht hier ist, bevor ich kopfschüttelnd, mit einem breiten Grinsen in die Küche gehe und mir Kaffee koche. Ich lehne an der Küchenzeile, als David, nur mit einer Boxershorts bekleidet, hereinkommt und sich verlegen am Hinterkopf kratzt.

»Sorry, tut mir echt leid. Ich wollte euch nicht stören«, hebe ich beschwichtigend die Arme und versuche, ihm gleich den Wind aus den Segeln zu nehmen.

Er räuspert sich kurz. »Erzähl es Leni nicht«, erwidert er ruppig und schenkt sich ebenso Kaffee ein.

»Warum?«

»Sie weiß es nicht. Wir wollten es ihr noch nicht sagen.«

»Warum darf sie es nicht wissen?«

»Weil sie bis vor Kurzem noch genug Sorgen hatte und wir ihr nicht unsere Probleme aufhalsen wollten. Das zwischen Elli und mir ist kompliziert. Elli weigert sich noch, das, was zwischen uns ist, als Beziehung anzusehen. Sie hatte keine guten Erfahrungen mit ihren Exfreunden und legt nun alles, was zwischen uns passiert, in die Waagschale.«

Ich zucke mit den Schultern und trinke einen Schluck. »Wie ihr wollt. Doch wenn sie mich darauf anspricht, werde ich sie nicht belügen.« Ich stelle die leere Tasse in das Spülbecken und verschränke die Arme vor meiner Brust. »Ich freue mich über diese Neuigkeit, denn es erspart uns ein unangenehmes Gespräch«, grinse ich.

»Du weißt doch, dass zwischen Leni und mir nichts läuft, also reg dich ab.«

»Die Gewissheit nun so deutlich vor Augen geführt zu bekommen, erleichtert einiges. Das kannst du mir glauben.« Er nippt an seinem Kaffee und stiert ins Leere. »Was ich eigentlich noch sagen will …«, ich räuspere mich kurz, »ist, dass ich dir sehr dankbar bin. Dafür, wie du dich um Leni gekümmert hast. In der Zeit hätte ich ihr nicht gutgetan, doch es hilft zu wissen, dass du für sie da warst. Sie hat dich wirklich gerne.«

»Schon okay. Ich hoffe, du weißt, was du an ihr hast.«

»Das weiß ich.«

Sein anfangs noch angespanntes Lächeln wandelt sich zu einem gelösten, ehrlichen. Er schüttelt den Kopf und kommt auf mich zu. Freundschaftlich streckt er mir seine Hand entgegen. Brüderlich zieht er mich an seine Brust und ich klopfe ihm auf die Schulter.

»Ich ziehe hier ein«, sage ich nebenbei.

»Das habe ich mir schon gedacht. Leni hat heute so etwas angedeutet. Ich wohne hier sowieso nur vorübergehend. Glaube mir, es freut mich, und ich wünsche euch alles Glück der Welt. Leni hat es verdient. Sie ist ein wundervoller Mensch und wenn sie dich liebt, kannst du wahrscheinlich auch nicht so übel sein. Bitte versprich mir, auf sie aufzupassen und sie nicht mehr alleine zu lassen. Sie ist so unglaublich dünnhäutig.«

Ich nicke wissend.

»Danke«, erwidere ich ehrlich.

»Ich habe sie wirklich ins Herz geschlossen.«

Nach dem Anblick von Elli und David im Schlafzimmer kann ich seine Worte ohne Bedenken annehmen.

Ich klopfe ihm nochmals auf die Schulter und verlasse die Küche. Im Türrahmen bleibe ich für einen kurzen Moment stehen.

»Eines wäre da noch, David.« Als ich mich umdrehe, sehe ich, wie sich eine senkrechte Falte auf seiner Stirn bildet. »Zieh dir verdammt noch mal mehr als nur Boxershorts an, wenn du durch die Wohnung schleichst. Schließlich ist nicht jeder von diesem Anblick begeistert.« Ich deute bezeichnend auf seine Boxershorts, während er schallend auflacht.

Ich rufe Leni an, erkundige mich, wo sie sich aufhält, und teile ihr mit, dass ich in der Wohnung auf sie warte. Sie ist gerade bei ihren Eltern zu Besuch und versichert mir, bald nach Hause zu kommen. Der heutige Tag war lang und der gestrige Schlafentzug steckt in meinen Gliedern. Ich lege mich auf Lenis Bett, ziehe ihr Kopfkissen an mich, atme ein paarmal tief ein und aus, nehme ihren Duft, der darauf haftet, wahr und schließe die Augen nur für einen Augenblick. Das Handy halte ich in meiner Hand, um nicht zu verpassen, falls sie mich anruft.

Ich betrete einen dunklen Raum. Am anderen Ende sehe ich eine Tür und aus den Ritzen blitzt etwas Licht hervor. Wie eine Motte, die vom Licht angezogen wird, bewege ich mich wie ferngesteuert darauf zu. Unruhige, murmelnde Stimmen durchbrechen immer wieder die grabähnliche Stimmung. *Was ist hier los?* Vorsichtig öffne ich die Tür und trete in einen hell erleuchteten Raum. Das grelle Licht blendet meine Augen und ich brauche etwas Zeit, um mich daran zu gewöhnen. Unzählige Menschen drängen sich im Zimmer. Ich versuche, mich an ihnen vorbeizuschummeln, um zu sehen, was ihre Aufmerksamkeit so erregt. Im Hintergrund höre ich eine klare Frauenstimme, die engelsgleich singt. Je näher ich komme, desto schneller beginnt mein Herz zu schlagen. Die Leute beginnen mir automatisch Platz zu machen, ohne dass ich meinen Körper vorbeizwängen muss. Sie blicken mich betreten, voll Mitgefühl, an.

Nach ein paar weiteren Schritten bleibe ich stehen und erkenne meine Eltern, Lenis Eltern, Lukas und all unsere Freunde. Sie stehen um ein Bett, in dem ein blondes Mädchen mit leuchtend grünen Augen sitzt.

Ihre Locken wellen sich über ihr weißes Kleid. Ich bin verblüfft über die Ähnlichkeit, die sie mit Leni hat. Das Wimmern eines kleinen Babys erweckt meine Aufmerksamkeit. Nur ein paar Meter weiter erkenne ich Christian, Lenis Exmann, mit einem Neugeborenen in seinen Händen.

»Was ist hier los?«, frage ich in die Runde, doch keiner antwortet mir. Nur das kleine Mädchen steht auf und greift nach meinen Händen. Ihre Hände sind so klein, dass sie in meinen großen Händen verschwinden. Ich habe das Gefühl, Leni nahe zu sein, und sofort beruhigt sich mein Herzschlag. Das Mädchen lächelt mir aufmunternd zu.

»Pass gut auf.« Ich blicke sie verwirrt an.

»Auf wen?«

»Auf meinen kleinen Bruder.« Sie deutet auf das Kind in Christians Händen. Schweißperlen treten hervor, als ich realisiere, dass er meinen Sohn in seinen Händen hält. »Und auf …« Weiter kommt das hübsche Mädchen nicht, denn ich stürme hasserfüllt auf Christian zu, der, je näher ich komme, immer mehr aus meiner Reichweite verschwindet. Ich schreie und tobe, doch bin unfähig, etwas dagegen zu unternehmen. Schwer atmend bleibe ich irgendwann wieder stehen und stütze keuchend die Hände auf meine Knie. Plötzlich legt sich wieder Dunkelheit um mich wie ein schwarzer Wintermantel. Ich höre Lenis Stimme, ich kann sie spüren. »Wo bist du?«, schreie ich verzweifelt.

Schwer atmend reiße ich die Augen auf und sehe Leni über mich gebeugt. Beruhigend streicht sie über meine Stirn. Langsam füllen sich meine Lungen wieder mit Sauerstoff und meine abgehackte Atmung beruhigt sich. Mein Herz hämmert wie ein Presslufthammer in meiner Brust und ich stöhne erleichtert auf.

Der Nebel meines dunklen Traums lichtet sich langsam, bis er irgendwann ganz verschwindet.

»Leni …« Ich ziehe sie überschwänglich an mich und küsse

sie voll Verzweiflung.

Unweigerlich laufen mir die Tränen über die Wangen herab. Ich wüsste nicht, was ich täte, wenn ich einen der beiden verlieren würde.

»Was ist denn los?«, erwidert sie erschrocken über meine Reaktion.

»Ich hatte einen grauenvollen Traum.«

Sie betrachtet mein Gesicht voll Liebe und streicht darüber. »Willst du mir davon erzählen?« Dabei wischt sie mir die nassen Spuren vom Gesicht.

Ich schäme mich für meine Reaktion und wische ein paarmal über meine Augen, um wieder Herr meiner Gefühle zu werden.

»Ich bin froh, dass es bloß ein Traum war.« Sie dreht sich um und kuschelt sich in der Form eines Löffels an meine Brust. Ich lege meine Hand um ihren Bauch. Einfach neben ihr zu liegen und zu wissen, dass es den beiden gut geht, befreit von diesen dunklen Ängsten.

»Wie geht es euch?« Ich vergrabe meine Nase in ihrem Haar und atme tief ein.

»Der kleine Mann in mir tritt mich fleißig. Ich denke, er fühlt sich sehr wohl.«

»Du weißt gar nicht, wie glücklich mich deine Worte machen.«

Sie legt ihre Hand auf meine. Gemeinsam streichen wir über ihren Bauch und verknoten unsere Finger ineinander.

»Ist alles in Ordnung, Paul?«

»Jetzt schon«, antworte ich gelöst. Wenig später spüre ich, wie ihre Atemzüge langsamer werden und sie einschläft. Meine Hand ruht unbeirrt auf ihrem Bauch und ich folge gebannt jedem kleinen Tritt meines Sohnes. Ab und zu streiche ich über ihr Handgelenk und verweile etwas länger darauf, um ihren Puls zu spüren. Ich bin verrückt, ich weiß, doch der Traum vorhin hat mir solche Angst eingejagt, dass an Schlaf nicht mehr zu denken ist. *Was wollte mir das kleine Mädchen damit sagen?* Leni hat mir erzählt, dass sie immer von unserer Tochter geträumt hat, und ich hielt es für eine Einbildung. Ich habe das Mädchen nicht einmal aussprechen lassen, noch teilte ich ihr mit, wie sehr ich meine Entscheidung von damals bereue und dass ich sie so gerne kennengelernt hätte. Mein Ärger über Christians Präsenz ließ alles andere nebensächlich erscheinen.

Ich weiß nicht, wann ich eingeschlafen bin, doch irgendwann weckt mich Leni in der Früh mit ihren sanften Küssen auf meine Schulter. Ich liege bäuchlings auf dem weichen Bett. Die Fenster stehen weit offen und die Sonne scheint durch die weißen Vorhänge.

Ich blinzle verschlafen. Ein kleiner Luftzug hebt und senkt den Stoff rhythmisch auf und ab. Sie legt ihr Bein über mein Gesäß, streicht mein Haar hinters Ohr und kuschelt sich an meine Seite. Das Vogelgezwitscher rundet diesen perfekten Moment ab. Ich schnurre wohlwollend, wie eine Katze. Sie bedeckt meine rechte Gesichtshälfte mit ihren sanften Küssen, dann dreht sie sich schnell um, greift nach dem Kaffeebecher, der auf dem Beistelltisch steht, und nippt daran.

»Gib mir bitte auch einen Schluck, mein Engel, damit ich aufwache.« Meine Stimme klingt rau und unausgeschlafen. Sie lehnt sich erneut zu mir und küsst mich auf die Lippen. Dabei spüre ich, wie sie grinst. Ich rolle mich stöhnend auf den Rücken, setze mich auf und nehme den Becher entgegen. Ich trinke ihn zur Hälfte leer, bis ich den Geschmack im Mund wahrnehme und angeekelt das Gesicht verziehe.

»Was ist denn das?«

Sie kichert vergnügt. »Koffeinfrei, natürlich.«

Ich grinse schief, blinzle, damit ich sehe, wie sie sich über mich amüsiert, und ziehe sie an mich.

»Ich stehe jetzt auf und mache mir ordentlichen Kaffee. Denn deiner verdient es nicht, Kaffee genannt zu werden. Vorher bin ich für nichts zu gebrauchen.«

Sie lehnt sich an das Bettende, verschränkt ihre Hände oberhalb ihres großen Bauchs und kichert vergnügt. »Ich brauche dich noch für vieles, also mach schnell.« Schmunzelnd ziehe ich mir das T-Shirt über den Kopf, schlüpfe in meine Hose und stehe auf.

»Na, wenn das kein leeres Versprechen ist«, necke ich sie und zwinkere ihr zu.

Kurze Zeit später betrete ich mit einer Kaffeetasse und einem Müsli mit frischen Früchten das Zimmer und sehe, wie sie sich ihre feuchten Haare frisiert. Ich hörte, wie sie in meiner Abwesenheit eine Dusche nahm. Nur mit einem Handtuch bekleidet, steht sie mit dem Rücken zu mir mitten im Zimmer und summt ein bekanntes Lied.

Immer wieder streicht sie sich über ihren Bauch. Für sehr lange Zeit habe ich ihre liebliche Singstimme nicht mehr gehört. Es zeigt nur einmal mehr, wie entspannt und gelöst sie sein muss.

»You are my sunshine, my only sunshine. You make me happy, when skies are grey. You never know dear, how much I love you …« Mit einer sanften, schaukelnden Bewegung dreht sie sich um und erblickt mich im Türrahmen lehnend. Für ein paar Sekunden schauen wir einander in die Augen. Die Sonne geht für mich in diesem Moment ein zweites Mal auf. Ein scheues Lächeln huscht über ihre Lippen.

»Ich liebe dich – jeden Tag ein Stückchen mehr.« Kurz erinnere ich mich an meinen Traum und schaue voll Dankbarkeit der Frau in die Augen, die ich liebe. Ich versuche, mir nicht anmerken zu lassen, wie mich die Ängste der Nacht noch immer belasten.

Sie kommt zu mir, stellt sich auf die Zehenspitzen und

küsst meine Nase. »Ich habe es vermisst, dich singen zu hören«, füge ich noch hinzu.

»Oje, ich treffe doch kaum noch einen Ton.« Sie lacht erheitert auf, legt ihren Kopf seitlich und kneift die Augen leicht zusammen.

»Jeder Ton war perfekt.«

»Für deine Ohren vielleicht.«

»Das ist doch das Wichtigste, oder?«

»Das stimmt.«

Sie zieht mich an meiner Hand aufs Bett und greift sich die Schüssel mit Müsli. Ich beobachte, mit welch großem Appetit sie isst. Es freut mich, sie so zu sehen. Denn vor ein paar Monaten musste ich sie immer zum Essen zwingen.

»Wo hast du dich gestern so lange herumgetrieben? Wir hätten gemeinsam meine Eltern besuchen können, aber als du nicht nach Hause gekommen bist, bin ich alleine gegangen«, spricht sie mit vollem Mund.

»Mmmhh. Ich liebe es.«

»Was denn?«

»Die Worte ›nach Hause‹.«

Sie quittiert es mit einem Schmunzeln.

»Wo warst du den ganzen Tag?«

»Im Spital hat es länger gedauert, als ich dachte. Meine Kollegen wollten mich nicht gleich wieder gehen lassen.«

Gemeinsam löffeln wir die Schüssel leer. Ich nehme sie ihr aus der Hand und stelle sie auf den Beistelltisch.

»Ich kann gut verstehen, dass sie dich nicht gehen lassen wollten. Ich möchte dich auch am liebsten rund um die Uhr bei mir haben.«

»Ach so?«

Ich brumme und beginne, mit meiner Hand die Haut unter ihrem Handtuch zu streicheln. Erfreut bemerke ich, wie sich der Knoten langsam löst und ihr nackter Körper zum Vorschein kommt. Gott, ich bin der glücklichste Mann der Welt. Sie rutscht etwas zu mir herunter, sodass wir beide nebeneinander liegen. Ich ziehe Kreise um die herrliche Rundung ihres Bauchs, bis ich bei ihren Brüsten stoppe und sie genießerisch aufstöhnt. Ich necke sie, rutsche noch näher an sie heran und knabbere an ihrem Ohr.

»Ich habe einmal gehört, dass man den Körper einer Schwangeren gut eincremen soll. Ich könnte dich jetzt mit einem guten Öl eincremen, wenn du das willst.« Sie lacht und durchschaut meine Hintergedanken.

»Du bist hartnäckig, Paul Franke.«

»Doktor Franke, bitte!«

»Doktor Franke, Sie sind sehr hartnäckig!«, wiederholt sie.

»Frau Steinberg, darf ich Sie mit meinen Massagetechniken beglücken?«

Kichernd kuschelt sie sich an meine Schulter. Vorsichtig drehe ich sie auf den Rücken und öffne das Handtuch gänzlich. Das erste Mal seit vielen Monaten sehe ich sie wieder komplett nackt, und ich gestehe, dass mir dieser Anblick größtes Vergnügen bereitet. Bewundernd streiche ich über ihre weiche, leicht sonnengebräunte Haut.

»Du bist wunderschön!«

Sie verdreht die Augen und dieses entzückende, beschämte Lächeln huscht über ihre Lippen.

»Du musst mich nicht mehr rumkriegen! Ich bin voll und ganz dein!« Ihre Stimme klingt um ein paar Nuancen tiefer als sonst, so als wolle sie mich herausfordern.

Sie spricht aus, was ein Mann hören will. Ich streife mir schnell das T-Shirt über meinen Kopf.

Schnell lehne ich mich über sie, stütze mich rechts und links neben ihrem Kopf ab und blicke begehrend auf sie herab.

Ich ziehe mit meinen Fingerspitzen die Hügel ihrer Brüste nach, erkunde jede ihrer neu dazugewonnenen Kurven und stelle fasziniert fest, wie sie diese sanften Berührungen bereits erregen und sie unruhig unter mir zu zappeln beginnt. Ich wische die kleine, nasse Haarsträhne, die sich über ihren Mund gelegt hat, zur Seite und ziehe dabei mit meinem Daumen die Konturen ihrer Lippen nach. Sie öffnet sie leicht und sinnlich. Heißer Atem entweicht ihr. Diese kleine Geste wirkt unglaublich erotisch. Fasziniert verfolge ich, wie ihre herzförmigen Lippen meine Finger küssen und ihre Zunge neckend immer wieder hervorblitzt. Irgendwie finden ihre Hände den Weg zu meiner Jeans und öffnen ungeduldig die ersten Knöpfe. Ich beginne schief zu grinsen.

»HoneyBee, wir haben alle Zeit der Welt«, versuche ich, sie zu beruhigen und streiche über ihr Gesicht.

»Du hast keine Ahnung, welche Lust man als Schwangere hat, und glaube mir, ich habe sie lange genug zurückgehalten.«

Plötzlich ist jegliche Neckerei verschwunden und einer lustvollen und glühenden Anziehung gewichen. Wild entschlossen entledige ich mich meiner Hose. Ihre Brust hebt und senkt sich schnell auf und ab. Ihre Augen funkeln mich leidenschaftlich an. Ich liebe sie mit jedem Atemzug mehr. Stürmisch küsse ich sie – voller Leidenschaft, aufgestauter Lust und inniger Liebe. Sie greift in meinen Nacken und zieht mich so fest an sich, dass ich aufpassen muss, mit meinem Gewicht nicht zu stark auf ihren Bauch zu drücken

Immer wieder stoppe ich, blicke schwer atmend auf sie herab und kann mein Glück nicht fassen. Mit meiner Hand streiche ich über ihre Brust, wandere an ihrem Bauch hinab, bis ich ihre Mitte finde. Sie schließt ihre Augen und stöhnt leise und erregt auf, während sich mir ihr Oberkörper entgegenwölbt. Sie zu berühren, ist eine Explosion sämtlicher Gefühle. Langsam küsse ich sie von ihrer Halsbeuge abwärts, bis ich bei ihren Brüsten ankomme. Gespannt und prall.

Sie reagiert noch viel intensiver auf meine Berührungen als sonst.

Das erste Mal seit langer Zeit dürfen wir uns voll Hingabe, ohne Zurückhaltung und ohne schlechtes Gewissen lieben.

Sie nimmt mich mit an einen Ort, an dem ich schon lange nicht mehr war. In inniger Vertrautheit und absoluter Einheit berühren wir einander. Wir sind füreinander geschaffen und endlich an dem Punkt angekommen, unsere Liebe zulassen zu dürfen.

Ehe ich mich versehe, verpasst sie mir einen leichten Stoß und ich lande lachend auf dem Rücken. Etwas schwerfällig, doch trotzdem wunderschön dabei, setzt sie sich auf mich. Ich schlucke heftig und lege meine Hände an ihre Hüften. Ihr nasses Haar fällt in mein Gesicht, als sie sich zu mir beugt, um mich zu küssen. Ich streife es nach hinten und willige erneut in einen feurigen Kuss ein. Automatisch wandern meine Hände auf ihre vollen Brüste. Gerade habe ich sie noch davon zu überzeugen versucht, wie viel Zeit wir haben, doch in diesem Moment gehen meine Gefühle mit mir durch, ich fühle mich ausgehungert und voll Leidenschaft. Die Lust in ihren Augen zu erkennen, macht mich verrückt.

Küssend wandert sie langsam meinen Oberkörper hinunter. Mit ihrem aufreizenden Lächeln und einer beinahe schon provokanten Ruhe stellt sie meine erregten Nerven auf eine harte Probe. Lüstern blickt sie immer wieder zu mir auf.

Ich zucke zusammen, als sie mich in meinem Schritt zu küssen beginnt, wo mein Verlangen unverkennbar am größten ist. Harsch ziehe ich die Luft ein und spüre, wie sich die Muskeln meines gesamten Körpers anspannen. Ich schließe die Augen bei ihren Liebkosungen und versuche, mein immer schneller werdendes Keuchen zu unterdrücken. Sie treibt mich in den Wahnsinn. Bevor sie dem hier ein Ende setzt, ziehe ich sie zu mir hoch und flüstere an ihre geschwollenen Lippen sanft den Liebesschwur meines Herzens: »Du bist die Erfüllung meiner Träume.«

Ich spüre, wie sie aufgeregt zu zittern beginnt. Ich empfinde in diesem Moment reinstes Glück.

Vorsichtig fasse ich sie an ihren Oberarmen und ziehe sie vollständig aufs Bett.

Ich positioniere mich hinter sie und spüre die Weichheit ihres Rückens an meiner Brust, ohne meine liebkosenden Küsse auf ihrem Nacken zu unterbrechen. Obwohl ich meine Lust kaum zügeln kann, dringe ich langsam und vorsichtig in sie ein, immer bemüht, ihr keinen Schmerz zuzufügen. Immer wieder zuckt sie zusammen. Ich spüre, wie sich ihr Bauch verhärtet. Sofort halte ich inne.

»Alles in Ordnung?«, frage ich besorgt. »Ich will dir nicht wehtun.«

»Schon gut. Du tust mir nicht weh.«

»Was ist mit dem Baby?«, frage ich besorgt nach.

»Bitte Paul, hör nicht auf«, wimmert sie. »Du quälst mich, indem du mich warten lässt.«

Ich versuche, meine Bedenken wegzuschieben. Dennoch gehe ich behutsam vor, um keinen der beiden zu verletzen. Es dauert nur einen Augenblick, bevor sich ihre Muskulatur anspannt und ihre schnelle Atmung sich in ein Stöhnen wandelt. Gemeinsam steuern wir der Vollendung dieses perfekten Momentes zu.

Dankbar küsse ich sie auf ihre nackte Schulter, bevor sie sich von mir löst und sich erschöpft auf den Rücken dreht. Ich beginne ihren wunderschönen Bauch zu streicheln.

»Alles okay?«

Sie nickt selig-verträumt und schließt dabei die Augen.

»Wie geht es meinem Kumpel da drinnen?«

»Er scheint zu schlafen.«

Ich grinse verliebt und verteile Küsse auf dem gespannten Bauch.

»Das war schön«, meint sie müde. Mit einem sanften Lächeln in ihrem Gesicht schläft sie ein. Ich beobachte ihre dunklen Wimpern, die wie ein Kranz ihre Augen geschlossen halten, ihre geschwungenen Lippen, die leicht geöffnet sind, und ihre weichen Züge.

Eng an ihren nackten Körper geschlungen, wache ich etwas später auf und spüre, wie sich Leni neben mir unruhig bewegt. Ich greife an ihren Bauch, der mir fester als sonst erscheint. Sofort versuche ich, sie zu wecken, als ich bemerke, dass sie schon wach ist.

»Mein Engel, ist alles in Ordnung?«

Sie verzieht ihre Lippen leicht und ich sehe, dass sie Schmerzen hat.

»Ich habe etwas Schmerzen, aber ich wollte dich nicht wecken. Vielleicht sind es Wehen. Man sagt ja, bei der ersten Geburt kann es Stunden dauern.«

Sofort sitze ich senkrecht im Bett. Hellwach – wie nach zehn Espressi.

»Leni, warum weckst du mich nicht?« Ich wollte nicht so forsch klingen, doch ich merke es erst, als sie zusammenzuckt. Ich springe vom Bett auf und schlüpfe hastig in meine Klamotten. »Lass uns ins Krankenhaus fahren.«

Ich laufe im Zimmer herum und suche wie wild meinen zweiten Schuh. Leni richtet sich auf, hält dabei ihren Bauch und beginnt zu lachen.

»Paul, entspann dich. Das ist doch nicht deine erste Geburt!« Kurz darauf verzieht sich ihr Gesicht. Noch immer versucht sie, ihren Schmerz vor mir zu verstecken, indem sie gezwungen lächelt.

»Das kann man nicht vergleichen. Mein Gehirn kann gerade keinen klaren Gedanken fassen. Alles Rationale ist ausgeschaltet. Ich bringe dich jetzt ins Krankenhaus.« Ich beginne, hektisch zu werden. Leni rutscht langsam zur Bettkante und schlingt das Leintuch um sich.

Das Bett ist noch von unserem Sex zerwühlt. Sofort

bekomme ich Schuldgefühle. Ich hätte mich lieber zurückhalten sollen! Hoffentlich habe ich die beiden nicht verletzt!

Sie scheint zu merken, in welchem Gefühlschaos ich mich
gerade befinde, und wiederholt ein paarmal meinen Namen, bis
ich sie anschaue.

»Paul! Sieh mich an. Bitte bring mir etwas zum Anziehen,
dann hol die Tasche, die ich schon hergerichtet habe, aus
meinem Schrank, ruf meine Eltern an und sag ihnen, dass wir
jetzt ins Krankenhaus fahren.«

Ich nicke und folge dankbar ihren Anweisungen. Ein paar
Minuten später stehe ich vor ihr und helfe ihr beim Anziehen.
Ich streife ihr die Unterwäsche und danach die Jogginghose
über die Beine. Sie hebt die Hände und schlüpft in das T-Shirt.
Immer wieder schließt sie die Augen und atmet tief ein und aus.

So gerne möchte ich ihr die Schmerzen abnehmen, doch
ich kann nur hilflos danebenstehen. Ich knie mich vor sie und
streiche über ihren Bauch.

»Was kann ich tun, mein Engel?«

»Versuch, ruhig zu bleiben. Ich bin doch normalerweise
diejenige, die die Nerven verliert, sobald es ernst wird. Ringe
mir nicht meinen Platz ab.«

»Ist gut. Ich versuche es.«

»Danke.«

Ich erwidere ihr Lächeln.

»Lass uns fahren, Leni.«

Im Auto blicke ich auf die Uhr und bemerke, dass sich der
Abstand ihrer Wehen verkürzt. Jede Bodenwelle verursacht ein
schmerzverzerrtes Gesicht. Ich bin völlig aufgelöst, als wir endlich im Krankenhaus ankommen, doch ich versuche, mir nichts
anmerken zu lassen.

Sie wird nach der üblichen Prozedur aufgenommen. Es
kommt mir ewig lange vor. Ungeduldig laufe ich herum und

fühle mich völlig fehl am Platz.

Die Hebamme untersucht sie, während ich an ihrem Bett sitze und ihre Hand halte. Mir kommt es vor, als hätte ich sämtliche medizinischen Kenntnisse verloren, und bitte die Hebamme unentwegt, mich aufzuklären.

»Du bist blass«, meint Leni. Jedes Mal, sobald sie keine Wehe mehr plagt, beginnt sie, mich zu necken.

»Ich bin völlig durcheinander. Man wird nicht jeden Tag Vater. Warum bist du nur so ruhig?«

Sie zuckt mit den Schultern. »Wahrscheinlich sind das die Hormone. Ich konnte mich aber auch schon neun Monate darauf vorbereiten.«

Dr. Willensberg betritt das Zimmer und begrüßt uns beide.

»Schön, dass es nun doch auf natürlichem Weg geklappt hat. Die Hebamme meinte, es würde nicht mehr lange dauern. Wie geht es Ihnen? Sind die Schmerzen erträglich?«

Leni meint, sie würde es aushalten, doch ich sehe ihr an, wie sehr sie leidet.

»HoneyBee, wenn es dir nicht gut geht und du Schmerzen hast, lass dir etwas geben. Ich will nicht, dass du leiden musst.«

»Ich will es ohne Schmerzmittel schaffen.«

Ich streiche ihr immer wieder über die Haare, küsse sie darauf und massiere ihren Rücken, sobald eine Wehe kommt. Sie atmet tapfer und geduldig ihre Schmerzen weg.

»Erzähl mir etwas, Paul. Lenk mich ab.«

Ich denke kurz nach. Mir fällt eine Geschichte ein, die sie schon damals immer zum Lachen gebracht hat.

»Kannst du dich noch erinnern, als Tim auf dem Schulausflug auf die glorreiche Idee kam, die gesamte Kleidung von Frau Waldmann im Wasser zu versenken, während sie ihre Runden im See schwamm?«

Sofort beginnt Leni bei dem Gedanken daran zu lachen. Sie hält sich den Bauch, der sich auf und ab bewegt.

»Zu blöd nur, dass sie ihn dabei erwischt hat und ihm über das gesamte Seeufer nachjagte«, ergänze ich noch.

»Ich kann mich noch an Tims erschrockenen Gesichtsausdruck erinnern, als sie plötzlich neben ihm stand und ihn auf frischer Tat ertappte.« Leni wischt sich die Tränen aus den Augenwinkeln. Gefühlte Minuten lachen wir und schwelgen in Erinnerungen. Irgendwann atmet sie tief durch und setzt sich auf den Rand des Krankenhausbetts.

»Es wäre schön, wenn ihr wieder Freunde werden könntet ...«, sinniert sie mit schmerzverzerrtem Gesicht. »Tim war dein bester Freund. Euch verbindet viel.«

»Ich weiß. Vielleicht irgendwann.«

»Das fände ich schön, denn weißt du, was ich am meisten an dir liebe?«, presst sie angespannt hervor.

Sie lächelt mich an, steht auf und stellt sich vor mich. Ich sitze auf der Lehne des Stuhls und lege die Hände auf ihr weißes Krankenhausnachthemd, das sich um ihren Bauch spannt.

»Du bist der großzügigste Mensch, den ich kenne. Zwar kannst du manchmal deinen Zorn nicht zügeln, doch wenn etwas Zeit vergeht, blickst du positiv auf alles, was dir vielleicht noch gerade eben Kopfzerbrechen beschert hat. Ich bewundere diese Einstellung und schätze sie sehr an dir.« Unter meinen Händen spüre ich, wie sich ihr Bauch zusammenzieht und verhärtet. Das gerade noch so liebevolle Lächeln weicht einem schmerzverzerrten Gesichtsausdruck.

»Komm, ich helfe dir.«

Ich gehe mit ihr ein paar Schritte. Sie stützt sich mit den Ellbogen auf das Bett und ich massiere ihr den Rücken. Dankbar stöhnt sie auf und atmet tief und gleichmäßig.

Für eine Erstgebärende schreitet die Geburt schnell voran. Als die Hebamme meint, Leni wäre nun gleich für den letzten Teil der Geburt bereit, werde ich nervös. Mein Herz schlägt bis zum

Hals. Dr. Willensberg kommt herein und übernimmt nun das Kommando.

Ich stehe tatenlos neben Leni und beobachte, wie sie tapfer unser Kind auf die Welt bringen wird.

»Frau Steinberg, bei der nächsten Wehe versuchen Sie bitte, mit aller Kraft zu pressen.« Es dauert keine vier Presswehen und ich höre erst einen lauten Schrei von Leni, dann einen quietschend hohen Ton unseres neugeborenen Sohnes.

Mein Herz bleibt stehen, als ich in Lenis tränenüberströmte Augen blicke, um danach meinen Sohn das erste Mal in meinem Leben zu begrüßen. Er schreit aus Leibeskräften. Ich küsse Leni stürmisch über ihr ganzes Gesicht, schmecke das Salz ihrer Tränen auf meinen Lippen. Sie lacht erleichtert. Ich weine vor Erleichterung und großer Dankbarkeit.

»Danke, Leni, danke, du bist großartig und so wunderwunderschön. Danke, dass du uns dieses kleine Wunder geschenkt hast!« Ich durchtrenne mit zitternden Händen die Nabelschnur.

Die Hebamme legt ein kleines weißes Bündel auf Lenis Brust, öffnet vorsichtig das weiße Handtuch und gewährt uns den ersten näheren Blick auf unseren Sohn.

»Er ist kerngesund«, beruhigt uns die Hebamme. Leni hebt den Kopf und blickt mich freudestrahlend an. Ich nicke, vergrabe mein Gesicht in ihrer Halsbeuge und gebe mich meinen Gefühlen hin. Ich zittere und das erlösende Weinen lässt meinen Körper erbeben.

»Er ist perfekt«, antwortet Leni leise flüsternd, während seine kleine Hand ihren Zeigefinger umfasst.

»Wunderschön. Wie seine Mami«, bestätige ich. In diesem Moment weiß ich, dass mein Herz grenzenlos lieben kann. Es läuft vor Liebe über, die ich bisher nicht kannte.

Ich bin unfähig, zusammenhängende Worte zu finden. Wenn ich in die Augen meines Sohnes blicke, sehe ich, wozu es sich zu kämpfen gelohnt hat. Friedvoll liegt er in Lenis Händen. Ich bemerke, wie sie mich beobachtet und dabei sanft lächelt.

Ich berühre ihre warmen Lippen, erfüllt mit Dankbarkeit und tiefer Demut. Wir küssen uns innig, während sich der kleine Mann in ihren Händen zu ärgern und leicht zu wimmern beginnt.

»Wollen Sie stillen?«

Ich schaue zu Leni. Das gehört zu den Dingen, die wir nie besprochen haben, da ich Idiot nicht hier war. Sie nickt und ich liebe sie in dem Moment noch mehr.

»Legen Sie ihn gleich an. Das beschleunigt die Milchproduktion.« Sie zeigt Leni, wie sie unseren kleinen Engel anlegen muss.

Ich küsse sie auf die Stirn und lasse die beiden für einen Moment alleine, um ihren und meinen Eltern zu sagen, dass sie nun Großeltern geworden sind. In meiner Euphorie schreibe ich auch David, Elli und Emma eine Kurzmitteilung. Als ich wieder ins Zimmer hereinkomme, bleibe ich verliebt im Türrahmen stehen. Leni blickt auf unser Kind und scheint noch nie glücklicher gewesen zu sein. Ich wische sofort die wiederkehrenden Tränen von meinen Wangen. Schnell mache ich ein paar Bilder mit meinem Handy. Ich setze mich wieder zu ihnen und blicke bewundernd auf die beiden. Unser Sohn nuckelt kräftig an der Brust.

»Kumpel, ich verstehe deinen Hunger. Ich bekomme von deiner Mami auch nie genug.« Ich tippe ihr auf die Nase. Sie quittiert es mit einem seligen Lächeln, bevor wir uns wieder voll und ganz auf unseren kleinen Jungen konzentrieren und darüber philosophieren, wem von uns beiden er ähnlich sieht.

Kurze Zeit später merke ich, wie Leni müde und blass wirkt. Sie reicht mir das kleine Bündel. Vorsichtig wiege ich meinen Sohn in meinen Händen und gönne ihr etwas Ruhe. Die Geburt hat sie an ihre körperlichen Grenzen gebracht.

»Alles in Ordnung, mein Engel?«

»Mir ist etwas schwindlig. Ich denke, ich bin ziemlich erledigt.«

»Willst du dich ausruhen?«

»Ja, das wäre schön.«

Die Hebamme kommt wieder herein und kümmert sich um Leni.

»Na dann, mein Kumpel, lassen wir deine Mami einmal in Ruhe.« Ich rede sanft auf ihn ein, summe ihm etwas vor und heiße ihn auf dieser Welt willkommen.

Seine kleinen Hände sind zu Fäusten geballt. Selig schmatzt er immer wieder und wölbt die Lippen seines kleinen, herzförmigen Munds. Als wäre er frisch gewaschen, ohne ein einziges Zeichen der Geburt, genießt er den Schlaf in meinen Armen. Ich bin fasziniert von dem kleinen Wunder in meinen Händen. Immer wieder streiche ich seine kleine Stupsnase entlang und ziehe ihn an mich, um diesen sagenhaft guten Duft einzuatmen. Er ist perfekt.

In meiner Bewunderung gefangen, merke ich erst ziemlich spät, dass Leni immer blasser wird. Die Hebamme wirkt unruhig. Stirnrunzelnd blicke ich zu Leni, deren müden Blick ich einfange. Mit dem Baby im Arm habe ich keine Möglichkeit, mir selbst ein Bild zu machen, was mich nervös stimmt.

Ich greife an ihr Handgelenk und vernehme einen schwachen Puls. *Was ist hier los?*

»Leni?« Ich tätschle ihr die Wange und versuche, ihre Aufmerksamkeit zu bekommen. Sie reagiert mit einem sanften Lächeln, doch sie öffnet ihre Augen kaum. Die Ärztin kommt herein, kontrolliert, genauso wie ich, ihren Puls und untersucht Leni. Ich bekomme es mit der Angst zu tun.

»Sie hat einen ganz schwachen Puls. Was ist mit ihr?«

»Herr Franke, ihre Frau verliert noch immer viel Blut. Ich

versuche gerade, die Blutung zu lokalisieren.«

»Wie bitte? Warum fällt Ihnen das erst jetzt auf?« Ich will etwas unternehmen, doch mir sind die Hände gebunden. In meiner Verzweiflung drücke ich der Hebamme das Kind in die Hand und stürme zu Leni.

»Mein Engel, schau mich an.« Ich klopfe ihr auf die Wangen und versuche, sie wach zu halten.

»Du musst wach bleiben. Hörst du mich? Nicht einschlafen!« Ich klopfe ihr unentwegt auf die Wangen. »Du kannst später schlafen.«

Sie lächelt erneut schwach, doch gibt der Müdigkeit immer wieder nach.

»Leni!«, schreie ich sie verängstigt an.

Sie blickt mit leicht geöffneten Augen in meine. Die Ärztin verlangt nach einem zweiten Arzt und ich weiß, was das zu bedeuten hat. Panisch schreie ich die Ärztin an, sie solle ihr helfen.

»Ich bin gerade dabei, Herr Franke«, antwortet sie streng.

Der zweite Arzt tritt herein und entscheidet nach einer kurzen Untersuchung, dass Leni operiert werden muss.

Leni blickt mich erschöpft an.

Dann wird es hektisch. Ich halte Leni fest an ihrer Hand, bis sie mit dem Bett aus dem Zimmer geschoben und unsere Verbindung gelöst wird.

»Paul …« Ich kann ihre Stimme erst wahrnehmen, als ich sie anblicke, da sie so leise spricht. »Paul … bitte pass gut auf unseren Sohn auf.«

»Warum sagst du das?«, schreie ich sie entsetzt an und reiße die Augen auf. Die Tränen brechen aus mir heraus und ich kann mich nicht mehr zusammenreißen. Ich weiß, ich sollte für Leni stark sein, doch ihre Worte ängstigen mich zu Tode. Ich halte das nicht aus, ich kann nicht ohne sie leben. Ich küsse sie in der Hoffnung, sie damit umzustimmen, nicht aufzugeben.

Sie schieben sie in den Operationsraum. Ich weiche nicht von ihrer Seite, doch dann nimmt ein Arzt meinen Arm und redet auf mich ein.

»Herr Dr. Franke, wir kümmern uns um Ihre Frau. Sie können jetzt nicht mit in den OP.«

»Ich bin Arzt, ich werde sie nicht alleine lassen!«, schreie ich verzweifelt und versuche, mich an ihm vorbeizuschummeln.

»Das mag schon sein, aber Sie sind uns jetzt keine Hilfe. Sie wissen, wie die Regeln sind. Bitte halten Sie mich nicht länger auf. Ich tue alles in meiner Macht Stehende, um ihr zu helfen.«

»Ich pfeife auf diese Regeln. Ich will zu ihr. Ich konnte ihr nicht sagen, dass ich sie liebe. Ich will ihr sagen, dass sie kämpfen muss.«

Der Arzt dreht sich um und nickt neben mir jemanden zu. Es ist meine Mutter, die die Hände um meine Schultern gelegt hat. Wie ein kleines Kind umarme ich sie und schluchze meine Angst lautstark heraus.

Ich kann nicht ohne Leni leben. Ich weiß nicht, wie lange ich mich an meine Mutter klammere und meinen Kummer von der Seele weine. Irgendwann nimmt sie mein Gesicht in ihre Hände. Ich blicke sie an, doch erkenne sie nur verschwommen.

»Paul, du musst jetzt stark sein. Dein Junge braucht dich.«

»Ich brauche Leni!«, antworte ich gequält.

»Die Ärzte kümmern sich um sie. Du weißt selbst, dass sie alles für sie tun.«

»Das ist nicht genug. Ich möchte bei ihr sein. Sie braucht mich.«

»Jetzt gerade braucht dich dein Sohn.«

»Ich kann nicht ...«

Sie führt mich in ein kleines Zimmer, in dem Lenis Mutter auf uns wartet. Sie hält unseren Sohn im Arm und hat selbst Tränen in den Augen. Ich möchte sie umarmen und ihr sagen, dass alles gut wird, doch ich kann nicht, da ich nicht weiß, ob ich recht behalte. Sie will mir meinen Jungen geben, der ruhig in ihren Armen schläft. Ich schüttle den Kopf. Ich kann ihn nicht nehmen. Trotzdem öffnen sich wie automatisch meine Hände. Überwältigt von den Emotionen, die ich gerade in mir spüre, setze ich mich auf einen Stuhl und halte das Bündel in meinen Armen fest an meine Brust gepresst.

FÜNFUNDZWANZIG

Leni

Die weißen Vorhänge wehen leicht im Wind. Ich streife im Vorbeigehen mit meinem Körper an den Stoff aus feiner Baumwolle. Die Luft riecht nach Urlaub. Salzig – nach Meer. Ich gehe ein paar Schritte auf die Terrasse und spüre den sonnenerwärmten Steinboden unter meinen Fußsohlen. Weit draußen, auf dem Ozean, sieht man Fischer, Segelboote und Möwen, die in Kreisen durch die Luft ziehen und deren Bewegungen die Idylle perfektionieren. Urlaubsgefühle werden geweckt. Über ein paar kleine Stufen gelangt man zum Strand. Ich höre Stimmen. Lachen, Flüstern – abgelöst von Murmeln. Ich gehe ein paar Schritte und nehme den Sand zwischen meinen Zehen wahr. So weich und warm. Einfach wunderbar. Hier fühle ich mich wohl. Ich setze mich auf den wärmenden Sand und lasse ihn spielerisch durch meine Finger gleiten, den Blick auf das rauschende Meer und die immer wiederkehrenden Wellen gerichtet. Trotz der wärmenden Sonne friere ich.

Erst als mich vertraute Hände umarmen, hört mein Körper zu zittern auf. Ich erkenne Pauls Stimme neben mir. Er flüstert immer wieder in mein Ohr, dass er mich liebt. Ich lächle mädchenhaft und genieße seine Anwesenheit. Er verteilt Küsse auf meinem Gesicht.

»Ich liebe dich. Weißt du, wie sehr ich dich liebe?« Er spricht mit einer Stärke in seiner Stimme, die ich nicht kenne. Sicher weiß ich das.

»Ich liebe dich doch genauso«, will ich sagen, doch ich denke, er weiß, wie ich fühle, und genieße seine Liebeserklärungen. Während ich auf das Meer hinausblicke, streicht er unentwegt über mein Haar. Das monotone Rauschen und Paul neben mir sind das, was ich jetzt brauche. Ich fühle mich fast leicht und schwerelos, wenn er bei mir ist. Immer wieder höre ich Stimmen um uns, doch ich sehe nur Paul, der mich beruhigend anlächelt.

»Ich bin hier«, flüstert er wieder an mein Ohr. Mein Herz beginnt spürbar schneller zu klopfen, jedes Mal, wenn er sich zu mir lehnt und ich seine Nähe wahrnehme. Er greift nach meiner Hand und streicht darüber. Ich schaue in seine wunderschönen, grünblauen Augen und verliebe mich aufs Neue. Er ist so wunderschön.

»Ich habe dich vermisst«, will ich sagen, doch ich möchte den Moment nicht zerstören. Die Stimme meiner Mutter ertönt plötzlich. Ich drehe mich suchend um, doch ich sehe nur Paul, der mich wieder schützend an sich zieht.

»Du solltest schlafen. Ich bleibe bei ihr«, höre ich sie sagen. Paul küsst mich auf die Stirn und flüstert in mein Ohr, dass er gleich wieder hier sei. Sofort bin ich beruhigt. Meine Mutter setzt sich zu mir, sie greift nach meiner Hand. Ich spüre ihre Berührungen. Dann höre ich sie weinen.

Warum weinst du?, will ich fragen, doch ich möchte sie nicht in Verlegenheit bringen. »Leni, du weißt, wie sehr wir dich alle lieben. Du bist eine unglaublich starke Frau. Dein Herz ist stark und deine Liebe unendlich. Du hast dich nicht durch deine Vergangenheit unterkriegen lassen. Du bist stark und ich will nun, dass du weiter stark bist. Gerade jetzt noch mehr als in der Zeit davor.« Ich drücke ihre Hand und stimme ihr zu. Ich will stark sein. Ich habe diesen dringenden Wunsch in mir. »Wenn ich schon damals gewusst hätte, welch kräftiges Herz in deiner Brust schlägt, hätte ich dich bedingungslos unterstützt. Doch ich hatte so viele Bedenken. Es war wahrscheinlich nicht dein Alter, was mir Angst machte. Es war vielmehr meine Schwäche und meine Angst, zu versagen. Verzeih mir bitte mein Verhalten und die Dinge, die unser aller Handeln ausgelöst haben.« Ich lächle und drücke erneut ihre Hand. Ihre Worte sind so schön und vollkommen, es gibt nichts hinzuzufügen. Ich will diesen Moment genießen.

Ich habe ihr verziehen, an dem Tag, an dem ich mir selbst verziehen habe. Ich habe begonnen, bedingungslos zu lieben und mein Herz zu öffnen. Sanft streiche ich über meinen Bauch, der wider Erwarten nicht mehr rund ist. Mein Puls schnellt in die Höhe. Ich bekomme Beklemmungen und spüre mein hämmerndes Herz. *Was passiert mit mir? Habe ich das alles nur geträumt? Wo ist Paul? Wo ist mein Baby?*

Ich blicke mich suchend um. Plötzlich befinde ich mich nicht mehr am Strand, sondern komplett alleine in einem sterilen Raum. Hier ist es furchteinflößend. Ich kenne diesen Ort. Ich war schon einmal hier. Vor sehr langer Zeit. Ich liege auf einem Tisch. Unter mir spüre ich das kalte Metall. Meine Brust brennt fürchterlich. Ich kann kaum atmen. Meine Hände fühlen sich gefesselt an. Dunkle Schatten umgeben mich wie Geister, die sich gespenstisch um mich bewegen. Ich weiß nicht, wo ich zuerst hinblicken soll. Sie sind überall. Erschrocken suche ich nach Hilfe, doch ich sehe niemanden, der mich beschützen könnte. Ich bin allein. Ich will nicht, dass sie mir mein Kind wegnehmen. Nicht schon wieder. Ich möchte schreien und mich wehren, doch mein Körper folgt meinen Anweisungen nicht. Wie aufgebahrt liege ich auf dem kalten Tisch und sehe, wie die Schatten immer näher kommen. Sie wollen sich auf mich stürzen und mich voll und ganz einnehmen. Ich atme immer schneller und abgehackter. Verängstigt schließe ich die Augen, zittere am ganzen Körper. *Was passiert mit mir?*

Plötzlich höre ich wieder Pauls Stimme in weiter Ferne. Er scheint zu mir zu laufen.

Ich bin hier!, will ich rufen, doch ich erkenne nur Dunkelheit, die mich immer weiter hinunterzuziehen versucht.

»Was ist los?« Seine Stimme ist aufgebracht. Jemand ergreift meine Hand. Die erste Wärme, die ich an meinem eiskalten Körper fühle.

Paul, hilf mir! Bleib bei mir, beschütze mich!, will ich schreien.

»Ich bin hier bei dir. Ich lasse dich nicht alleine. Atme ganz ruhig. Ich bin hier.«

Immer wieder bricht seine Stimme weg und ich beginne, mich schlecht zu fühlen, da ich anscheinend der Grund für seinen Kummer bin.

Seine Worte klingen wie ein Mantra, das mich von der ersten Sekunde an beruhigt. Dankend drücke ich seine Hand und weiß in diesem Moment, wie sehr ich ihn brauche. *Alles wird gut. Paul ist bei mir.*

»Leni, ich will, dass du mir nun zuhörst.« Plötzlich weichen die Schatten von mir. Pauls Konturen werden immer klarer und wir sitzen wieder im weichen Sand. Die Sonne und seine Nähe beginnen mich erneut zu wärmen. Ich atme erleichtert aus.

»Kannst du dich noch daran erinnern, wie ich dich zum ersten Mal gesehen habe?« Er lacht leise, doch ich höre, welche Angst in seiner Stimme mitschwingt. Natürlich erinnere ich mich. »Ich habe es dir noch nie gesagt, aber in diesem Moment, als du dich schüchtern, mit dem gewissen Funkeln in den Augen, neben mich gesetzt hast, da wusste ich sofort, dass du mein Mädchen bist. Ich war so hingerissen von deinem scheuen

Blick und dem frechen Mundwerk. Du hast mich von der ersten Sekunde an verzaubert. Du bist der Grund, warum mein Herz bedingungslos liebt. Selbst wenn ich durch dich auch die Tiefen und die unerfüllten Sehnsüchte erfahren habe, habe ich die grenzenlose Liebe kennengelernt. Wir waren schon immer füreinander bestimmt. Mit unserem ersten Blickkontakt hast du nicht nur einen Fuß in mein Leben gestellt, sondern mich mit Haut und Haaren eingenommen und mein Herz erobert. Ich liebe dich so sehr, dass es manchmal schmerzt. Gerade jetzt, wo ich wünschte, du könntest dich von dem Ort, an dem du dich gerade befindest, losreißen. Wir brauchen dich hier. Ben und ich brauchen dich hier. Verstehst du mich? Der kleine Kumpel hier braucht seine Mami.« Ich höre, wie Paul zu weinen beginnt. Ich spüre plötzlich einen kleinen Druck auf meiner Brust. Es bewegt sich etwas auf mir. Ich möchte bei ihnen sein. Doch mein Körper gehorcht mir nicht. Mal lauter, mal leiser, mal näher, mal weiter entfernt, nehme ich Pauls Stimme wahr, die kontinuierlich auf mich einredet. Als wolle er mir die Lebensgeister einflüstern.

Meine Augenlider flattern. Ich blinzle. Die Helligkeit versetzt mir einen Stich in den Kopf. Ich möchte meine Hand schützend auf meine Augen legen, doch ich bleibe bei dem Versuch hängen. *Wo bin ich?* Langsam gewöhne ich mich an das grelle Licht um mich.

Ich konzentriere mich auf die Geräusche neben mir, die mir hoffentlich Auskunft darüber geben werden, wo ich mich befinde. Neben mir piepst etwas monoton und plötzlich kommen alle Erinnerungen wieder zurück. Ich war mit Paul im Krankenhaus. Ich habe meinen Sohn in den Händen gehalten. Doch dann war da plötzlich dieser seltsame Traum. Der nebulöse Schleier lichtet sich nur langsam. Ich starte einen neuen Versuch und öffne die Augen. Ich befinde mich in einem Krankenzimmer. Neben mir erkenne ich Pauls Kopf, der an der Kante meines Betts ruht. Er scheint zu schlafen. Seine Hände sind fest mit meinen verschlungen. Ich löse sie vorsichtig, um ihn nicht zu wecken, und lege meine Hände auf seine blonden Haare. Er schreckt sofort hoch. Ich werde aus seinem Ausdruck nicht schlau. Er blickt mich verwundert an. Ich lächle und hoffe, damit diese seltsame Stimmung zu durchbrechen. Mit unveränderter Miene starrt er mich an.

Beinahe höre ich das Klicken in seinem Kopf, denn kurz darauf springt er auf, nimmt mein Gesicht in seine Hände und küsst mich stürmisch auf die Lippen. Ich schnappe nach Luft.

»HoneyBee ...« Er verteilt seine Küsse auf meinem gesamten Gesicht. Meine Brust fühlt sich noch immer schwer an. Ich hebe langsam und kraftlos meine Hand und lege sie darauf, um festzustellen, dass ein kleines Baby darauf liegt und ruhig auf mir schläft. Paul legt seinen Kopf ganz nahe an meinen, schluckt heftig und ich bemerke, wie nass sich seine Wange anfühlt. Beide betrachten wir unseren friedlich schlafenden Jungen auf mir.

»Wie geht es dir, mein Engel?« Paul sieht mich an und streicht über meinen Kopf. Ich sehe, wie Blut durch einen Schlauch in meine Venen fließt.

»Was ist passiert?«, stöhne ich leise auf und will mich etwas aufrichten.

»Du hattest eine Notoperation. Du hast nach der Geburt nicht mehr aufgehört zu bluten und sehr viel Blut verloren. Ich bin so glücklich, dass du endlich wieder aufgewacht bist.«

Ich runzle die Stirn.

»Wie lange habe ich geschlafen?«

»Einen Tag, doch für mich hat es sich wie Monate angefühlt.«

Ich versuche, die letzten Stunden zu rekonstruieren.

»Ich hatte einen wirklich seltsamen Traum.« Nur noch vage

erinnere ich mich daran, doch vielleicht ist es auch besser so. Paul zieht meine Hand an seinen Mund und legt seine Lippen darauf. Bei näherer Betrachtung sieht er schrecklich müde aus. Dunkle Schatten zeichnen sich unter seinen Augen ab. Die Blässe in seinem Gesicht unterstreicht nochmals seinen matten und erschöpften Blick. Seine Haare sehen so aus, als hätte er sie seit Tagen nicht frisiert. Er bemerkt, wie ich ihn eingehend mustere.

»Schau mich nicht so kritisch an.« Er rollt seine Augen übertrieben lange, doch ich sehe ihm an, wie er versucht, seine Empfindungen herunterzuspielen.

»Geht es dir gut?«, frage ich vorsichtig nach.

Er seufzt, verneint, sackt zusammen und legt seine Stirn auf das Bett. Die gespielte Selbstbeherrschung ist dahin und er lässt seinen Emotionen freien Lauf. Ich lege meine Hand auf seinen Kopf und streiche über sein zerzaustes Haar. Es zerreißt mir mein Herz, ihn so bitterlich weinen zu hören, doch ich weiß auch, wie heilend es sein kann. Als er wieder aufblickt, wischt er sich sofort die Tränen aus dem Gesicht. Sein aufgesetztes Lächeln fällt kläglich aus. Noch immer will er für mich stark sein.

»Es geht mir gut, Paul.«

»Ich hatte solche Angst.« Seine Stimme bricht bei seinen Worten weg. Er kämpft erneut mit seinen Gefühlen. Vehement meidet er meinen Blick. Die Tränen rinnen ihm unentwegt an seinen Wangen hinunter, sammeln sich bei seinem Mund und fallen auf die Bettdecke. Er schnieft und versucht, seine Fassung wiederzufinden, doch sobald er auf unseren Sohn blickt, fließen die Tränen wieder.

Vielleicht bin ich noch zu erschöpft, zu glücklich oder zu perplex, doch ich streiche ihm voller Zuversicht übers Gesicht und übers Haar, bis sich sein Atem beruhigt und die Tränen versiegen.

»Alles wird gut, mein Schatz. Wie geht es unserem Baby?«

»Er hat seine Mami vermisst! Oder, Kumpel?«

Das kleine Bündel auf meinem Bauch reagiert mit einem herzhaften Seufzen darauf. Erst jetzt blickt mich Paul an und lächelt gezwungen. Seine Augen sind verquollen und rot unterlaufen.

»Mach so etwas nie wieder. Du hast uns eine Heidenangst eingejagt.«

»Es tut mir leid, das wollte ich nicht.«

»Schhhh …« Paul verschließt meine Lippen mit seinen. Sein Kuss schmeckt salzig und feucht. »Ab jetzt beginnt unser Leben zu dritt. Keine Umwege mehr.«

Ich nicke und streiche über den kleinen Kopf unseres Kindes.

»Ich liebe euch.« Seine Worte formen sich an meinen Lippen, während er mich innig küsst.

»Bis zu den Sternen …«, erwidere ich.

»… und zurück«, beendet er meinen Satz.

Epilog

Leni

»Ladies and gentlemen, I hope you enjoyed the flight with us. The entire crew would like to say thank you for flying with us. We hope, we can welcome you on board soon …«

Wieder einmal spult eine Flugbegleiterin ihre auswendig gelernten Sätze ab, während ich auf dem Platz neben dem Gang sitze und ihren Worten aufmerksam folge. Es hat beinahe den Anschein, als rede sie nur mit mir, denn fast alle im Flugzeug liegen versunken in ihren Sitzen und schlafen tief und fest. Ich bin offensichtlich die Einzige, die ihr zuhört. Unruhig blicke ich auf die Uhr an meinem Handgelenk. Zwei Uhr früh. Kein Wunder, dass alle die Zeit nutzen, um sich auszuruhen – einschließlich meines kleinen Sohnes, der seit dem Start friedlich, mit dem Kopf auf meinem Schoß, schlummert.

Immer wieder lege ich den Kopf auf die Nackenstütze, versuche, die Augen zu schließen, mich selbst abzulenken, doch die Nervosität und die Anspannung lassen das Adrenalin nicht aus meinem Körper weichen. Fast schon tranceartig streiche ich meinem Sohn über sein blondes Haar, denn es scheint mich selbst zu beruhigen. Ich betrachte ihn voll Liebe und mit großem Stolz. Eine wunderschöne Wimpernlinie zeichnet sich um seine geschlossenen Lider ab. Leichte Sommersprossen zieren seine kleine Stupsnase, über die ich ab und zu meine Fingerspitze gleiten lasse.

Er wirkt so friedlich – wie ein kleiner Engel. Manchmal schnauft er herzerwärmend auf. Ben ist eine Miniaturausgabe von Paul.

Selbst wenn sein Vater Tausende Kilometer von uns entfernt war und wir ihn die letzten zwei Wochen jede Sekunde vermisst haben, fühle ich mich ihm durch Bens Anwesenheit immer nahe.

Die Flugbegleiterin beendet ihre Ansprache. Sie fand doch noch ein paar Zuhörer, die sie durch ihre hohe, eindringliche Stimme geweckt hat. Langsam beginnt das Flugzeug mit dem Sinkflug. Ich atme tief durch und merke, wie ein neuerliches, aufgeregtes Flattern in meinem Magen beginnt, das sich bis zu meiner Brust hochzieht. Ben verschläft sogar die Landung, obwohl sie verhältnismäßig hart ausfällt. Sobald wir am Boden aufsetzen, herrscht reges Treiben und die Leute, die gerade noch so friedlich geschlafen haben, springen auf, noch bevor das Flugzeug seine endgültige Parkposition erreicht. Ganz zum Ärger der Flugbegleiterinnen, die mahnend zur Ruhe auffordern. Ich warte, bis fast alle Passagiere das Flugzeug verlassen haben, bevor ich Ben vorsichtig hochhieve und ihn über meine Schulter lege. Die Flugbegleiterin hilft mir, meinen Trolley aus dem Handgepäckfach zu heben. Mit einer Hand trage ich meinen Sohn, mit der anderen ziehe ich das Handgepäck hinter mir her. Keine leichte Übung, denn Ben ist kein Baby mehr, und sein Gewicht hängt sich mit seinen beinahe vier Jahren ziemlich an. In der Gepäckhalle wird mir klar, dass mein Plan, ohne Kinderwagen zu verreisen, doch nicht so gut war, denn mit einem schlafenden Kind und zwei

Koffern erfordert das eine entsprechende Kraftanstrengung. Weit und breit ist auch kein Gepäckwagen zu finden. Freundlicherweise ist mir ein netter junger Mann behilflich und befördert meinen Koffer bis zum Ausgang. Die Schiebetüren öffnen sich.

Ich bin vom Flug geschlaucht und möchte eigentlich nur noch schlafen. Trotz der frühen Morgenstunde strömt mir zu allem Überfluss heiße, schwüle Luft entgegen. Der Schweiß tritt mir aus allen Poren und meine Kleidung klebt sofort klatschnass an meinem Körper.

Suchend blicke ich mich, mit Ben in meinen Armen, um. Viele dunkle Augen mustern mich eingehend. So langsam bekomme ich Angst. Es ist stockdunkel, außer einem kleinen, flackernden Licht beim Ausgang, in dessen Nähe ich mich stelle, um nicht noch mehr aufzufallen.

Wie bestellt und nicht abgeholt warte ich mit Ben auf dem Arm. Immer wieder prüfe ich die Uhrzeit. Ich vermisse meine sonst so routinierte Art zu reisen. Meine Arme fühlen sich wie Blei an. Ich erspähe eine Sitzgelegenheit und gehe auf sie zu. Als ich realisiere, dass sie im Dunkeln liegt, beschließe ich, lieber die schmerzenden Arme in Kauf zu nehmen.

In diesem Augenblick höre ich jemanden meinen Namen rufen. Ich atme erleichtert auf.

»Leni! Leni, hier!«

Ich drehe mich um, als ich meinen Bruder uns entgegenlaufen sehe. Außer Atem, aber mit einem breiten Grinsen auf den Lippen, umarmt er mich und nimmt mir sofort Ben von der Schulter. Ich wische den Schweiß von meiner Stirn und drücke mein Kreuz stöhnend durch.

»Tut mir leid, eine der Straßen zum Flughafen war gesperrt und so musste ich einen Umweg machen.« Er streicht Ben liebevoll übers Haar. »Komm, lass uns gehen, du bist sicherlich müde.«

Ich nicke und folge ihm mit unserem Gepäck. Nach einem kleinen Fußmarsch über festgetretenen, roten Erdboden erreichen wir endlich einen alten Jeep. Fragend blicke ich auf das Gefährt mit vier Rädern, das sich vor langer Zeit einmal Auto nannte. Die Zulassung hierfür wäre in Europa vor Jahrzehnten abgelaufen. Mein Bruder erkennt sofort, wie skeptisch ich dieses Vehikel begutachte.

»Leni, wir sind in Ghana. Ein Auto ist hier purer Luxus. Egal, wie alt es ist. Setz dich auf den Beifahrersitz. Dann kümmere ich mich um deine Sachen.«

Ich möchte mir meine Sorgen und Ängste nicht anmerken lassen, denn ich habe mich aus freien Stücken für diese Reise entschieden. Das Abenteuer und die Liebe riefen uns in dieses Land.

Ich lächle, ziehe an der eingerosteten Tür und warte, bis mir Lukas Ben überreicht.

Er dreht und wendet sich in meinen Armen, bis er wieder eine angenehme Liegeposition eingenommen hat. Selbst ihm läuft der Schweiß über seine Schläfen. Hinter mir höre ich, wie Lukas die Koffer mit einem lauten Knall auf die Ladefläche fallen lässt. Ich schrecke hoch. Vielleicht bin ich doch nicht für dieses Abenteuer geschaffen?

Paul hat so viel von Afrika erzählt und meinte, dass wir irgendwann gemeinsam hierherkommen werden. Seitdem wir ein Paar sind, reist Paul jedes Jahr für vier Wochen nach Ghana, um in dem Krankenhaus, das Lukas mitaufgebaut hat, zu helfen.

»Du wirst sehen, wenn du selbst einmal dort warst, wirst du verstehen, warum es mein Wunsch ist, immer wieder dorthin zu kommen, um zu helfen«, versuchte er meine Bedenken aus dem Weg zu räumen. Ich habe jedes Mal die vielen Bilder bestaunt, die er aus diesem faszinierenden Land mitgebracht hat, und bewunderte aus tiefstem Herzen die Arbeit, die dort alle leisten. Trotzdem fühlte ich Unbehagen, in ein Land zu reisen, das sich so von meiner vertrauten Umgebung unterscheidet. Schon letztes Jahr stand die Frage im Raum, ob wir Paul begleiten wollen, doch ich weigerte mich und schob Bens Alter vor. Vor zwei Wochen brach er wieder nach Ghana auf. Mit dem Wissen, ihn dort bald wiederzusehen, fiel uns der Abschied diesmal nicht so schwer wie in den letzten Jahren.

»Es ist alles vorbereitet. Paul ahnt nichts.« Ich zwinkere Lukas zu, der sich mit mir verbündet hat, um Paul zu überraschen.

Nach einer halben Stunde in einem nicht klimatisierten Auto, auf einer Straße, die mit Schlaglöchern übersät ist, wacht Ben auf. Selbst der Fahrtwind durch das offene Fenster bringt nur wenig Erfrischung.

»Sind wir schon bei Papi?« Er reibt sich müde die Augen und gähnt ausgiebig.

»Guten Morgen, Ben. Wir sind bald bei deinem Papi. Hast du schon gesehen, wer neben uns sitzt?«

»Onkel Lukas!« Voll Freude greift er an seinen Unterarm, quietscht vergnügt und zieht ihn an sich.

»Hallo, Kumpel. Freust du dich schon auf die vielen Tiere, die es hier gibt?«

»Wo sind sie? Ich möchte sie sehen.« Gerade noch hat er sich den Schlaf aus den Augen gerieben und nun zappelt er aufgeregt auf dem Sitz hin und her.

»Du musst dich noch etwas gedulden. Aber ich bringe deine Mami und dich dorthin.«

»Ist mein Papi auch dort?«

»Jetzt gerade nicht. Wenn er von seiner Reise zurückkommt, dann wirst du ihn wiedersehen.«

»Auf welcher Reise ist mein Papi?«

»Er ist vor zwei Tagen mit einem anderen Arzt in ein Dorf gefahren, in dem die Menschen auf seine Hilfe angewiesen sind. Dort hilft er vielen Kranken – danach kommt er wieder in die Klinik zurück.«

»Bekommen die Leute von ihm dort Spritzen? Ich mag nämlich keine Spritzen.«

Lukas lacht auf. »Na ja, wenn es notwendig ist, muss man eben tapfer sein.« Er wuschelt Ben durchs Haar.

Eine Stunde und viele blaue Flecken später biegen wir in die Straße, die uns zu dem kleinen Krankenhaus führt. Lukas hat im Laufe der Jahre in diese Idee viel Arbeit und sein ganzes Herzblut gesteckt. Sogar eine kleine Schule wurde vor zwei Jahren errichtet. Ich staune, wie sein Projekt durch die Arbeit vieler freiwilliger Helfer und die großzügigen Spendengelder Form angenommen hat. Endlich alles aus der Nähe zu sehen, macht mich sehr stolz auf ihn. Er hat es geschafft, seinen Traum zu verwirklichen und damit auch noch vielen anderen Menschen zu helfen.

Es dämmert bereits, als wir vor einem kleinen Hüttendorf stehen bleiben.

»Bereit für das Abenteuer?« Seine Hände liegen auf dem Lenkrad, der Motor ist abgestellt. Er blickt mich fragend an, während er seine Augenbrauen auffordernd hebt und senkt.

»Ja, klar. Wo sind die Tiere?«, antwortet Ben statt mir.

Wir lachen beide und steigen aus.

»Ihr bleibt bis morgen in meinem Zimmer, damit Paul, wenn er von seiner Arbeit im Dorf zurückkommt, nichts mitbekommt. Alle sind eingeschworen, Paul kein Wort von eurer Ankunft zu erzählen. Ich hoffe, sie halten dicht.«

Ich schaue mich neugierig um, doch es scheinen noch alle zu schlafen. »Zeigst du mir heute noch die ganze Station und die Schule?«

»Klar, uns bleibt der ganze Tag, bis wir zum Naturpark aufbrechen.«

Paul

Die Hilfstouren in ferne, entlegene Gebiete zehren an meinen Kraftreserven. Nun sind wir schon seit drei Tagen unterwegs. An Schlaf war bis jetzt nicht zu denken, geschweige denn an eine kurze, nasse Abkühlung, um den ganzen Staub von der Haut und aus den Augen zu waschen. Selbst meinem Kollegen Alexander sieht man die Strapazen an, obwohl er hier ganzjährig als Arzt arbeitet.

Als wir aus dem kleinen Bus aussteigen, umrunden uns viele Kinder. Ich streiche über ihre Köpfe. Sofort ergreifen sie meine Hände und begleiten uns ein kleines Stück. Ich bin froh, endlich wieder in der Krankenstation angekommen zu sein. Zuerst werde ich mir eine Dusche gönnen, dann werde ich Leni und Ben eine Mail schreiben, dass ich gut aus dem Dschungel zurück bin. Ich vermisse die beiden schrecklich.

Jedes Mal, wenn ich abreise und Ben am Flughafen zum Abschied winkt, zerreißt es mir das Herz. Doch hier sind die Menschen auf unsere Hilfe angewiesen und ich möchte Lukas weiterhin unterstützen. Dieses Land und die Menschen haben mir schon so viel gegeben.

Die Kinder fordern uns wieder auf, mit ihnen Fußball zu spielen. Ich lasse mich auf ein kurzes Spiel ein, denn ihr Lachen entfacht neue Energie in mir. Lukas unterbricht uns irgendwann und löst mich ab. Er meint, ich solle mich nun frisch machen und mich etwas ausruhen. Anscheinend sehe ich schrecklich aus.

Nach einer kurzen Dusche lege ich mich für einen Moment ins Bett und merke, wie mir die Augen zufallen. Einen gefühlten Moment später reißt mich ein heftiges Klopfen aus dem Schlaf. Mein Herz pumpt heftig in meiner Brust. Orientierungslos blicke ich mich um, bevor ich erkenne, wo ich bin. Stöhnend erhebe ich mich und öffne die Türe. Es ist Lukas, der mich zum nächsten Einsatz beordert.

»Bitte komm. Wir müssen in die Nähe des Nationalparks.

Dort wird unsere Hilfe benötigt.«

»Lukas, bitte frag jemand anderen. Ich bin fix und fertig. Ich habe die letzten Tage kaum geschlafen.«

An seiner Reaktion sehe ich, dass er ein Nein nicht gelten lässt.

»Es ist dringend. Sonst würde ich dich nicht fragen.«

Schnaufend drehe ich mich um, ziehe meine Schuhe an, greife nach meiner Arzttasche und folge ihm.

»Gut, aber danach gönnst du mir etwas Schlaf.«

Er grinst schelmisch und bedeutet mir, ihm zu folgen.

Ich trotte vollkommen gerädert zum Auto. Nach kurzer Zeit lehne ich mich an die Fensterscheibe und schlafe ein. Hier lernt man, in jeder Position zu schlafen. Ich weiß nicht, wie lange wir bereits unterwegs sind, als Lukas plötzlich das Auto stoppt. Ich wache auf und reibe meine Augen. Das eiserne Tor zum Mole-Nationalpark öffnet sich und wir passieren es. Nun beginne ich, mir Gedanken zu machen. Es wäre das erste Mal, dass wir in ein Gebiet beordert werden, in dem sich eigentlich nur Tiere aufhalten. Sooft ich in Ghana war, für einen Besuch in dieser grünen Oase reichte nie die Zeit.

Nach ein paar Kilometern treffen wir auf eine Elefanten- herde, die sich an einer Wasserstelle erfrischt. Meine Nase klebt förmlich an der Fensterscheibe. Ich bin beeindruckt von diesem Naturschauspiel und bereue es, dass ich meine Kamera nicht eingepackt habe, um für Ben dieses Bild festzuhalten. Wir fahren noch ein Stück weiter, bis wir auf einer erhöhten Aussichtsplattform ankommen. Lukas stellt den Motor ab und wir steigen aus. Noch immer wundere ich mich, wo hier ein Patient sein soll, doch ich bin von dem atemberaubenden Ausblick zu abgelenkt, um Fragen zu stellen. Nach ein paar Schritten stoppe ich und sehe, wie Lukas von einem Ohr zum anderen grinst. Ich blinzle, denn mein müdes Gehirn spielt mir Streiche. Ich glaube zu träumen. In einiger Entfernung steht Leni mit unserem Sohn. Sie trägt ein luftiges, weißes Kleid, ihre Haare wehen leicht im Wind, während Ben in seinem weißen Outfit und bunten Chucks vor Freude neben ihr auf und ab springt.

Meine Tasche plumpst zu Boden und ich sehe, wie sich Ben von Lenis Hand löst und auf mich zugelaufen kommt. *Ich träume nicht. Sie sind wirklich hier. Hier bei mir.*

Meine Schritte werden schneller und auf halbem Weg beuge ich mich zu ihm herab, um ihn aufzufangen.

Er quietscht vergnügt, als ich ihn im Kreis drehe. Gott, wie habe ich die beiden vermisst!

Er nimmt mein Gesicht in seine kleinen Hände, kneift seine Augen zusammen und beäugt mich verwundert. Ich spüre, wie sich Tränen aus meinen Augen lösen und meine Wangen hinunterlaufen.

»Nicht weinen, Papi. Schau mal, wie schön sich Mami für dich gemacht hat.« Er dreht sich um und zeigt auf Leni. Ich nicke, streiche über seinen Kopf und stelle ihn wieder auf den Boden zurück.

»Komm, lass uns zu deiner Mami gehen.« Ich versuche, die Fassung zu bewahren, was mir die Begrüßung meines Sohnes und der Anblick dieses Engels in Weiß erschweren. Gemeinsam laufen wir Hand in Hand zu Leni.

Leni

Aufgeregt zappelt Ben neben mir auf und ab, als wir den herannahenden Jeep mit Lukas und Paul sehen. Mein Herz pocht wie wild und meine Hände fühlen sich klatschnass an. Ich kann es nicht mehr erwarten, ihn endlich zu sehen. Nervös richte ich mein Kleid und streiche noch mal meine Haare, die vom Wind schon leicht zerzaust wirken, zurecht.

Schon gestern waren die Eindrücke, die ich im Krankenhaus und in der Schule erleben durfte, umwerfend. Ich verstehe nun meinen Bruder, der sein Glück in Afrika fand. Ich habe mich ebenfalls sofort in die Mentalität und in die Lebensfreude der Menschen verliebt. Sie empfingen Ben und mich mit offenen Armen. Ich fühlte mich sofort willkommen. Selbst Ben, der anfangs etwas schüchtern war, spielte nach kurzer Zeit mit den einheimischen Kindern. Kurz bevor Paul von seinem Arztbesuch zurückkam, haben wir uns auf den Weg zum Naturpark gemacht. Seitdem warten wir ungeduldig auf sein Eintreffen.

Ich schlucke heftig, als er endlich vor uns steht und uns wahrnimmt. Meine Hände zittern und in meinem Magen beginnt es heftig zu flattern. Er ist hier. Endlich! Ben läuft Paul als Erster entgegen. Die Szene erfüllt mein Herz mit Liebe und Glückseligkeit. Ich schlucke heftig bei ihrer innigen Umarmung und Tränen füllen meine Augen. Er hebt ihn auf und wirbelt ihn im Kreis herum. Sie lachen vergnügt. Ich sehe, wie sie sich kurz unterhalten, bevor sie zu mir kommen. Ich blinzle und lächle verlegen, als sie vor mir stehen.

»Leni …« Mit Ben an seiner Hand bleibt er vor mir stehen und blickt mich sprachlos an. Seine Augen glänzen – genauso wie meine.

»Hallo, mein Liebling«, antworte ich mit belegter Stimme.

»Papi, Papi, schau die vielen Elefanten!«

»Komm, Kumpel, wir schauen sie uns an«, meint Lukas, der hinter den beiden steht, und nimmt Ben von Pauls Arm.

Ich trete einen Schritt vor und greife nach Pauls Armen. Er zieht mich an sich, umarmt mich und verteilt Küsse auf meinem Haar.

Ich greife auf seine Brust, um etwas Abstand zu schaffen, und bete, dass die auswendig gelernten Worte über meine Lippen kommen, aber die Nervosität macht einen Strich durch meine Vorbereitung und so improvisiere ich. Ich senke meinen Kopf, denn die Intensität seines Blicks erschwert mir mein Vorhaben noch mehr.

»Du hast mich in den letzten Jahren oft gefragt, ob ich deine Frau werden will, und ich habe immer abgelehnt, mit der Begründung, dass es weder die richtige Zeit noch der richtige Ort sei. Jedes Mal sah ich die Enttäuschung in deinen Augen. Ich hätte dich bloß geheiratet, weil es einfach dazugehört und wir damit einen weiteren Punkt auf der Checkliste abgearbeitet hätten. Mit dir, mein Schatz, ist alles besonders und so soll auch dieser Moment ein besonderer sein. Du hast mir immer erzählt, wie sehr Afrika dich zu dem Menschen gemacht hat, der du heute bist. Du und Ben habt mich wieder an die schönen Dinge im Leben glauben lassen. Durch euch bin ich unglaublich glücklich und ich möchte keine Sekunde mehr ohne euch sein. Ich wünsche mir nichts sehnlicher, als für immer eine Einheit mit euch zu sein. Hier mit dir und Ben, mit Lukas als unserem Trauzeugen. Du hast mir damals von deinem Traum erzählt, in einem fernen Land zwischen vielen Tieren zu heiraten. Heute fühlt sich das richtig an.«

Er legt seine Hand an mein Kinn und hebt meinen Kopf, sodass ich zu ihm aufblicke. Seine grünblauen Augen leuchten mich erwartungsvoll an. Trotz der Hitze fegt Gänsehaut über meinen gesamten Körper und ich fühle mich in seiner Gegenwart wie elektrisiert.

»Du bist der Anker in meinem turbulenten Leben ...«, huscht es leise über meine Lippen, »mein Unterschlupf bei einem heftigen Gewitter, du bist meine wärmende Sonne an einem kalten Tag und mein leuchtender Stern am dunklen Nachthimmel. Ich liebe dich und möchte dich fragen, ob du dir ein Leben an meiner Seite vorstellen kannst – für immer. Willst du mich heiraten, Paul Franke?«

Er lächelt, nimmt mein Gesicht in seine Hände und wischt die herunterlaufende Träne mit seinem Daumen ab.

»Ja, das will ich, HoneyBee. Ich liebe dich, heute wie damals, und für immer.«

Er beugt sich zu mir herunter und küsst mich sanft auf meine Lippen.

DANKSAGUNG

Liebe Leserinnen und Leser von *Restart*
ich darf durch EUCH meinen Traum leben.
Danke für eure wunderschönen motivierenden Worte.
Jede einzelne Nachricht und jedes Posting zaubern ein Lächeln
auf mein Gesicht.
Mein Herz geht auf, wenn ich sehe,
wie viele von euch mit Leni und Paul mitfiebern.

Die größte Freude macht ihr mir mit einer Rezension auf Amazon, Facebook, der Restart- Homepage und in diversen Blogs.
DANKE :) – von ganzem Herzen!

Erzählt euren Freunden von Lenis & Pauls Geschichte und empfehlt meine Bücher bitte weiter.
DANKE!

Danke, mein Schatz, für deine Geduld, deine Unterstützung und den Mut, den du mir zusprachst. Danke für so viele schöne Inspirationen in meinem Leben und auch für diese Geschichte.
    Des Weiteren möchte ich meinen Eltern danken – die sich als Erste durch die Erstfassung meiner Geschichten kämpfen. Sie sind meine größten Kritiker, aber auch die Menschen, die

mir Flügeln schenken.

Danke für jede Minute.

Danke, liebe Christa, meine erste Testleserin. Gerade wenn ich manchmal zweifle, schickst du mir eine Nachricht und ich weiß, dass ich auf dem richtigen Weg bin.

Danke, Nina, für deine vielen Feedbacks. Wenn der Gegenwind stark ist, bist du diejenige, die sich mit ihren schützenden Worten davor stellt.

Danke, Marianne, meine Freundin aus Deutschland, die mir oft mit gutem Rat zur Seite steht, wenn mein »Wienerisch« mal wieder überhandnimmt.

Danke auch für die Hilfe beim Dreh des Booktrailers.

Danke, Sandi, dass du immer für mich da bist, auch wenn uns der weite Weg nach München trennt.

Danke für viele Inspirationen aus Afrika.

Danke an Patricia und Daniel, meine Leni und Paul Doubles – ihr habt Leni und Paul so gut verkörpert, dass ich mich zeitweise als kleines Mäuschen fühlte, das die beiden Hauptcharaktere beobachten darf.

Danke an Melanie Mandl, meine erste Lektorin, die mir mit ihren Kommentaren zwar oft die Haare raufen ließ :), aber einen wichtigen Teil zu der Geschichte beitrug.

Danke auch meiner zweiten Lektorin Cathérine Fischer. Wie schon beim ersten Teil war die Zusammenarbeit so wunderbar einfach und schön. Danke für deine schönen Kommentare und die Zeit, die du dir für Leni und Paul genommen hast.

Danke an meine Editorin, Lena Woitkowiak. Immer fröhlich, herzlich und nie einer meiner Mails müde. Danke, ihr wart großartig.

Danke für die Freundschaften, die ich in den letzten Monaten über Facebook schließen durfte, und danke für die zahlreichen Mails, die mich erreichen. Eure Geschichten bewegen mich und ich danke euch für eure Offenheit. Danke für eure Unterstützung!

Danke an die Menschen, die mich mit ihrem Engagement unterstützen und an die Geschichte von Leni und Paul glauben.

Danke an meine Familie und Freunde, die mich unterstützen.

Eure Mela

FSC
www.fsc.org

MIX

Papier | Fördert
gute Waldnutzung

FSC® C083411

Zeitfracht Medien GmbH
Ferdinand-Jühlke-Straße 7
99095 Erfurt, Deutschland
produktsicherheit@kolibri360.de

Druck:
CPI Druckdienstleistungen GmbH
im Auftrag der
Zeitfracht Medien GmbH
Ein Unternehmen der Zeitfracht - Gruppe
Ferdinand-Jühlke-Str. 7
99095 Erfurt